IRENA BUIVYDAITĖ

IRENA BUIVYDAITĖ

GYVENIMO SPALVOS

Romanas

Alma littera

VILNIUS /. 2010

UDK 888.2-3
Bu-155

ISBN 978-9955-38-500-4

I dalis

Sandra

Šiandien bus nuostabi diena! Tikrai, tikrai! Esu visiškai tuo įsitikinusi. Gal kas su manim nesutiktų: diena kaip diena, niekuo neišsiskirianti iš kitų – dar tik kovo mėnuo, šaligatvio pakraščiuose stūkso pajuodusio, išakijusio sniego krūvos, pavasario dvelksmas vos juntamas, ir tai gal tik man. Šįryt netgi šaltoka, žvarbi gėla skverbiasi pro mano ploną paltuką, bet man nesvarbu. Na ir kas, kad dangus ne žydras, o pilkas, o šie žemai slenkantys švininiai debesys grasina prapliupti lietumi ar šlapdriba. Mano nuotaika vis tiek pakili. Einu gatve ir šypsausi visiems – tiems skubantiems žmonėms, įsmeigusiems akis į žemę, nematantiems nieko aplink save, vaikams, nenoriai, koja už kojos kėblinantiems į mokyklą, netgi tai kastuvu stumdančiai pažliugusį sniegą moteriai, kurios ryški, linksma oranžinė liemenė visiškai nesiderina prie niūrios, pavargusios veido išraiškos ir įkritusių, užgesusių akių. Man nerūpi, kad praeiviai tik dėbteli į mane laikydami kvaištelėjusia. Mūsų krašte niekas nesišypso gatvėje šiaip sau – eidamas vienas, kai aplink nėra nieko juokingo, tik todėl, kad visas pasaulis tau atrodo nuostabus ir tu norėtum savo šypsena užkrėsti tuos niūrius, susitraukusius praeivius.

Ledinis vėjo gūsis švysteli į viršų mano palaidus plaukus ir užmeta juos ant akių, tačiau niekas negali nuslopinti tos širdyje kirbančios laimės nuojautos: kažkas šiandien atsitiks. Kažkas gera, įsimintina, ko aš ilgai nepamiršiu. Nežinau, kas tai bus. Gal kas nors padovanos rožę? Pagirs, kad gražiai atrodau ar puikiai dirbu? Gausiu viliojantį pasiūlymą, kuris pakeis visą mano gyvenimą? Vos susivaldau nenusipirkusi laikraščio ir nepaskaičiusi horoskopo. Ne, nereikia. Aš nenoriu nieko žinoti iš anksto, jei lemta, tai ir taip įvyks, todėl tegul būna maloni staigmena. Mane viskas džiugina: štai iš krūmo pakyla pulkelis žvirblių ir linksmai čirkšdami nulekia į kitą skvero pusę. Net prunkšteliu susižavėjusi jų gyvybingumu. Tai kas, kad šie paukščiai čia gyvena ir žiemą, bet šiandien žvelgiu į juos kaip į pavasario pranašus. Sukarkia pralėkdamos varnos. Ir iš kur jų čia tiek daug pačiame miesto centre? Bet ir jų kranksėjimas man tik kelia juoką – stengiasi vargšelės iš visų jėgų, rodo savo balsus, džiūgauja; mat, kol neparskrido vieversiai, varnėnai ir kiti giesmininkai, žmonės priversti klausytis rėksmingo, šiurkštaus jų karkimo. Pravažiuojantis automobilis ratu užkabina didžiulį klaną, pakelia rudo, murzino vandens čiurkšles, aš vos spėju atšokti ir išvengti purvino dušo. Skambiai nusikvatoju: vyriškiui, skubėjusiam paskui mane nepasisekė – matyt, galvodamas apie laukiantį dalykinį susitikimą, jis nespėjo laiku sureaguoti, o dabar, piktai keiksnodamas įžūlų vairuotoją, valosi savo juodą elegantišką paltą ir įširdęs

išraiškingai spokso į mane – kaip aš drįstu iš jo juok-
tis. Bet juk aš ne iš jo... Šiaip gyvenimas labai links-
mas. Mane pralenkia jauna paauglių porelė – moki-
nukai, skuba į pamokas. Staiga vaikinukas pasilenkia
ir pabučiuoja į skruostą šalia mažais žingsneliais tipe-
nančią, vos suspėjančią su juo mergaitę. Dieve, kaip
gražu! Vos nešūkteliu balsu. Mergaitės veidas paraus-
ta, pražysta šypsena ir man pasirodo, kad net gatvė
nušvinta ypatinga gelsva pavasariška šviesa. Pakeliu
akis į dangų – gal tikrai pro debesis pasirodė saulė?
Ne, tiesiog šviesu širdyje. Man dvidešimt treji, aš jau-
na ir laiminga nerimastinga širdimi skubu gatve pasi-
tikti manęs laukiančio džiaugsmo.

Evija

Pabundu kaip visada laiku. Ne, aš niekur neskubu, bet noriu paruošti pusryčius Ernestui. Savo mielajam Erniui, brangiausiam mano gyvenimo žmogui. Jis dar miega. Tylutėliai atsisėdu lovoje ir įsižiūriu į jo veidą. Nusišypsau, prisiminusi Bridžitą Džouns iš kelis kartus matyto, bet vis tiek mielo filmo „Ties proto riba", – ir ji šitaip spoksodavo į savo numylėtąjį Marką, siutindama jį. Jis visada pabusdavo nuo jos žvilgsnio, bet manasis širdies draugas (žurnalistų sugalvotas meilužio ar vulgaresnio sugyventinio eufemizmas) pučia nė nenumanydamas, kaip antroji pusė juo gėrisi. Jau kelias minutes žiūriu ir negaliu atsigrožėti. Koks jis patrauklus, koks vyriškas! Veidas lygus, tik kelios griežtos raukšlelės prie lūpų, bet jos tik pabrėžia jo ryžtingumą ir pasitikėjimą savimi. Akys užmerktos, bet po jomis slepiasi gili pietų jūrų mėlynė su mažutėmis linksmomis gelsvomis bangelėmis. Tiesa, kartais jos patamsėja ir tampa beveik plieninės. Tačiau per penkerius kartu praleistus metus aš jau išmokau atspėti Ernio nuotaikas ir žinau, ką turiu daryti, kad akys vėl taptų šiltos ir mėlynos. Jau penkerius metus jaučiuosi beprotiškai laiminga su juo ir nepaliauju dėkojusi likimui, kad leido mums susipažinti.

Gana spoksoti, subaru save ir atsargiai išsliuogiu iš lovos, kad jo nepažadinčiau. Nežinau, koks lauke oras, miegamajame užuolaidos užtrauktos, bet aš jų nejudinu – tegul Ernis dar kelias minutes pamiega, jo kaip visada laukia sunki diena biure. Reikia jį palepinti. Nusileidžiu į pirmą aukštą, pažvelgiu į lauką pro stiklines duris. O ne! Ir vėl tas pats. Ir kada gi pagaliau ateis tas pavasaris? Man be galo įkyrėjo ta pilka spalva. Pasiilgau žydrumos, saulės, žalumos. Kaip gali būti geros nuotaikos, kai aplink vien niūri švino tamsuma? Pasiilgau laiko, kai vos atidarius langus į kambarį ima veržtis pavasario gaiva, paukštelių giesmės. O dabar tik žvirbliai čirškia ir varnos karksi. Nekenčiu jų. Štai ir dabar juodas pakrikas pulkas šiurpiai kranksėdamas pakilo iš netoliese augančio beržo ir sukdamas ratus, keldamas pragarišką triukšmą nulėkė ir sutūpė į liūdnai styrančias tamsias ąžuolo šakas. Maniau, kad tos baidyklės čia apsistos, bet kur tau – po akimirkos viena kažkuri, matyt, vadė, plastelėjo ir juodieji paukščiai lyg negandą lemiantis ženklas vėl ima sukti ratus virš miškelio. Nutarusi nekreipti dėmesio į jokius išgalvotus ženklus, einu į virtuvę skrudinti duonos ir plikyti kavos.

Ernestas

Pabundu nuo jos žvilgsnio. Koks idiotiškas įprotis ši-
taip spoksoti! Buvo laikas, kai tai jaudindavo. Didžiuo-
davaus, kad manimi šitaip beatodairiškai žavisi. Tada aš
staiga atsimerkdavau, stverdavau ją į glėbį ir rytas pra-
sidėdavo audringu pasimylėjimu. Patikėkit manim – tai
geriau nei valandą prakaituoti prie treniruoklių sporto
salėje. Atsipeikėjęs lėkdavau į dušą, paskui žvalus, pasi-
krovęs energijos visai dienai – į savo biurą. Ilgainiui tai
virto rutina, apėmė tingulys, pradėjau apsimetinėti dar
miegąs. Ir ji tikėjo. Iki šiol tiki.

Šiandien ne sporto salės diena, todėl ilgiau pasi-
lepinau lovoje. Skubiai papusryčiavęs pakšteliu Evą į
lūpas. Jei to nepadaryčiau, ji iš karto pagalvotų, kad
kažkas ne taip, ir imtų graužtis. O šito man nereikia. Ji
privalo atrodyti linksma, žvali, laiminga – kaip ir dera
Ernesto Balučio gyvenimo draugei. Visus tuos metus
maniau, kad nieko kito man ir nebereikia – tokios
moters man daug kas pavydi: išsilavinusi, protinga,
elegantiška, velniškai seksuali. Bet jei žmogus mano,
kad viską turi, jis sustoja vietoje ir nebetobulėja. Tai
pavojinga būsena, ir jeigu ji užsitęstų, pasaulyje nebū-
tų progreso. O aš nemėgstu stovinčio vandens...

Evija

Na, štai aš ir viena namie. Ernis papusryčiavo ir išva-
žiavo į darbą. Jo nuotaika nelabai kokia, bet ir nenuos-
tabu – kai lauke toks oras, tik šventasis arba kvailys
gali šypsotis. Dabar jau mano laikas, kurį galiu skirti
sau. Nors ką aš čia kalbu – laiko visada turiu tiek, kiek
man reikia, galiu puikiai rūpintis savimi. Pradėsiu
rytą nuo sporto salės. Einu į puikiai įrengtą kamba-
rį pusrūsyje ir valandą laiko mankštinuosi: minu tre-
niruoklio dviratį, žingsniuoju takeliu, paskui kilnoju
svarmenis. Prieš kelerius metus lankiau sporto klubą,
tačiau vėliau mudu su Ernestu nusprendėm įsireng-
ti sporto salę namie. Taip daug patogiau, nereikia
gaišti laiko važiuojant iki sporto klubo, be to, namie
gali būti tikras, kad neužsikrėsi jokiomis bakterijo-
mis. Ypač baseine. Ak, taip, dar nepaminėjau basei-
no, mūsų namų pasididžiavimo, įrengto priestate. Jis
gana didelis – galima laisvai plaukioti, vidus išklotas
įvairių atspalvių melsvomis žvilgančiomis plytelėmis,
vanduo žydras, bet, žinoma, nėra jokio chloro kvapo.
Šiais laikais galima nusipirkti visokiausių priemonių,
padedančių išvengti tos smarvės, neatskiriamos viešų-
jų baseinų palydovės, kuri, rodos, įsigeria į tave iki pat

kaulų ir niekaip neišsisklaido visą dieną, kad ir kaip išlipęs trini kūną kvapnia dušo žele ir kremu. Todėl aš ir nekenčiu tų viešų baseinų ir taip madingų šiais laikais vandens parkų. Tiesiog nuostabu, kai tai turi savo namuose. Tiesa, viskas kainuoja, bet mums nesvarbu. Ernis uždirba tiek, kad užtikrintų malonų, patogų gyvenimą sau ir širdies draugei.

Valanda prabėga nepastebimai. Meluočiau sakydama, kad mankšta man patinka. Kiekvieną rytą turiu prisiversti. Tačiau aš valinga moteris ir niekada nepraleidžiu nė vieno ryto, nors tai būtų ir sekmadienis. Ernestas taip pat mankštinasi, bet tik tris kartus per savaitę ir trumpiau. Tiesa, jis dar išsprunka pažaisti krepšinio ar teniso. Aš taip pat mėgstu tenisą. Negaliu nemėgti – juk tai aukštuomenės sportas. Visi verslininkai jį žaidžia, ir vasarą mes dažnai važiuojame į kortus, o žiemą – į uždaras aikšteles. Ten susitinkame su verslininkais, svarbiais žmonėmis, sužaidžiame vieną kitą partiją keturiese, jei Ernesto partneris atvyksta su žmona ar drauge. Neslėpsiu, moteriai tai puiki proga parodyti savo išpuoselėtą, natūraliai ar soliariume įdegusį kūną, o trumpas baltas sijonėlis išryškina nepriekaištingas kojas... Beje, čia aš apie save. Oi ne visos žaidėjos gali tuo pasigirti! Mano kojos tikrai idealios, užpakaliukas stangrus. Niekas nepasakys, kad aš jau trisdešimt penkerių. Kainuoja tai kainuoja, bet ir rezultatas matyti. Taigi dabar nusimetu prakaituotą sportinę aprangą, palendu po dušu ir į baseiną. Jį tikrai mėgstu, čia nereikia prisiversti. Aš gerai plaukiu – taisyklingais grybšniais, su kvėpavimu. Visada stengiausi būti ideali, todėl tapusi verslininko Ernesto Balučio gyvenimo drauge lankiau treniruotes, kad neatrodyčiau kaip apgailėtina į vandenį įmesta vištelė. Yra tokių senesnės kartos verslininkų žmonų – turškiasi baseino pakrašty ir spygauja: „Oi, atsargiai, aš nemoku plaukti!" Visada žvelgiu į jas atlaidžiai šypsodamasi. Žinoma, tik mintyse. Aš žinau, kaip dera elgtis aukštuomenės damai. Vargšelės, aplinkybių verčiamos, vyrams netikėtai praturtėjus, atsidūrė elite, bet taip ir nesugebėjo pakilti iki reikiamo lygio. Nei jos elgtis moka aukštuomenėje, nei rengtis. Tenka samdytis stilistus ir etiketo žinovus. Man niekada to nereikėjo, viską pasiekiau pati. Iriuosi per baseiną lygiais, ritmiškais grybšniais, nepamiršdama skaičiuoti, kiek kartų jau perplaukiau. Baseinas tik dvidešimties metrų ilgio, todėl turiu paplušėti, kol įveikiu nusistatytus penkis šimtus metrų.

Pagaliau žvali, energinga, puikios nuotaikos aš nueinu į virtuvę pusryčiauti. Šviežiai spaustos greipfrutų sultys, indelis jogurto, šimtas gramų liesos varškės su vaisiais. Štai aš ir soti, kiekgi man reikia. O dabar atėjo metas pasilepinti kvapnia kava. Užsiplikau mažutį puodelį dvigubos espreso, pasiimu žurnalą ir įsitaisau ant savo mėgstamos dvivietės sofutės svetainėje. Palaima! Tikras rojus. Kad ir kokia užsiėmusi būčiau, kad ir kiek darbų lauktų, prieš pradėdama juos, visada randu laiko pasilepinti. Po tokios mielos valandėlės jokie darbai neatrodo sunkūs.

Peržvelgiu „Stilių". Man visada labai svarbu pamatyti aukštuomenės porų nuotraukas: kas dalyvavo kokiuose pobūviuose, o svarbiausia, kuo vilki damos. Vienų apranga kelia juoką, kitų – gailestį, kad moteris šitaip neturi skonio, bet nemažai ir tokių, į kurias galiu lygiuotis ar netgi kai ko pasimokyti. Beje, aš pati visada atrodau nepriekaištingai. Tačiau tikriausiai nieko kito ir negalima tikėtis iš dizainerės. Tiesa, aš ne drabužių, o interjero dizainerė, bet juk dailės studijos suteikia ir bendrą išsilavinimą, skonio, mados pojūtį, ar ne taip?

Išgėrusi kavą, kaip visada išsiruošiu apžiūrėti savo imperijos. Ji gana didelė – dviejų aukštų namas penkiasdešimties arų žemės sklype prie miško, sodas, gėlynai, dekoratyvūs elementai kiemelyje, ir viskas čia mano kūryba. Projektuodama savo namus, plyname lauke kurdama rojaus sodą, jaučiausi kaip Dievas-kūrėjas. Suprantama, teko samdyti darbininkus, kurie įkūnijo mano idėjas, bet kitur Ernis man suteikė visišką laisvę. „Aš pasitikiu tavo profesionalia akimi ir išlavintu skoniu", – kartodavo jis. Iš pradžių mes aptardavome kiekvieną elementą, aš jam rodydavau eskizus, jis dažniausiai pritardavo, o vėliau užtekdavo tik išsakyti mintį ir jis atverdavo kelią mano fantazijai. Šis namas užmiestyje – tobuliausias mano kūrinys. Kai mes susipažinom su Erniu, aš jau buvau sukūrusi nemažai interjerų elito atstovams, tačiau šį savo kūrinį tobulinau penkerius metus, atsižvelgdama į naujausias mados tendencijas. Todėl manau, kad jis – geriausia, ką gali padaryti dizainerė.

Pirmiausia apeinu visus kambarius. Svetainėje minkštos persiko spalvos sofutės, foteliai ir vienas didžiulis šeimininko krėslas. Nieko iš odos! Aš jos nekenčiu – ji šalta ir nejauki. Tegul tie vadinamieji stilistai susiriesdami įrodinėja ką nori, manęs niekada neįtikins. Poilsio baldas turi būti šiltas ir švelnus, priglusti prie kūno lyg mylimo žmogaus glamonė.

Žinoma, čia nėra jokių didelių sekcijų, tik skoningi bufetukai, lentynėlės, kuriose išdėsčiau įvairius dekoratyvinius niekučius, mūsų parsivežtus iš užsienio šalių. Paveikslų nedaug – tik trys, tačiau dideli, vieno dailininko, puikiai derantys tarpusavyje. Atsisėdu ant sofutės ir kelias minutes gėriuosi tobula harmonija. Žiūrėdama į rausvų rožių puokštę senovinėje vazoje ant žemo staliuko net susigraudinu: kokie puikūs mano namai! Ir viską čia sukūriau aš. Kaip man pasisekė, kad gyvenime sutikau Ernestą. Kita vertus, ir jam pasisekė, kad sutiko moterį, kuri sugebėjo įkūnyti jo svajonę – paversti tobulais namais tą šaltą jo nusipirktą betono dėžę plyname lauke.

Kasdien įprastu maršrutu apeidama kambarius aš nesiliaunu galvojusi, kokia esu laiminga štai jau penkerius metus. Šiandien beveik nieko nereikia tvarkyti. Vakar padirbėjau daugiau, išsiurbiau kilimus, peršluosčiau grindis, nuvaliau dulkes. Tuoj tik perbėgsiu dulkių rinkimo šluotele, pataisysiu kelis iš vietų pasitraukusius daiktelius, na, ir paklosiu lovas miegamajame. Pas mus visada tvarkinga. Aš viską darau pati. Nekenčiu namų tvarkytojų. Kam man reikia, kad namuose šmirinėtų svetima moteris? Traukytų stalčius, čiupinėtų mano apatinius ar, neduok Dieve, dar pasimatuotų? Žinotų, kokiais kvepalais kvepinuosi, kuo skutu kojas, kokias kontraceptines tabletes vartoju? Ačiū, ne! Tik jau ne mano namuose. Verčiau sugaišiu porą valandų per dieną, bet neįsileisiu į vidų svetimo kvapo, smalsių akių. Kas kita sodas ir kiemas. Nors ir neinu į darbą, tačiau nušienauti tą milžinišką veją ir išravėti gėlynus – tai jau ne mano jėgoms. Žinoma, aš viską prižiūriu. Niekuo negali pasitikėti. Samdai žmogų ir privalai nuolat sekioti iš paskos, kad nepridarytų nesąmonių, neišravėtų, neiškarpytų ko nereikia, neišmindžiotų mano retų augalų. Tačiau man nesunku. Kiekviena gėlė ar krūmelis auga ten, kur nurodžiau, bet fizinį darbą tegul atlieka kiti.

Dar kartą apžvelgiu kambarius. Viskas blizga, nerasi nė dulkelės. Galiu vykti į grožio saloną. Šiandien pakaks masažo ir veido kaukės. Galbūt paprašysiu, kad manikiūrininkė perlakuotų nagus. Vakare su Ernestu einam į labdaros balių, todėl privalau pasirūpinti savimi. O kaip plaukai? Jie platinos spalvos, neseniai apkirpti, ištiesinti krinta lyg smarkaus lietaus čiurkšlės ant skruostų nesiekdami pečių. Anksčiau turėjau banguotus kaštoninius plaukus. Apsigyvenusi su Erniu nusprendžiau pakeisti įvaizdį, nes jis vis užsimindavo, kad jam patinka blondinės. Atrodo, sėkmingai pavyko tai padaryti, nes tą dieną, kai šviesiai nusidažiusi ir madingai apsikirpusi grįžau iš grožio salono, jis su manimi mylėjosi kelias valandas, kuždėdamas visokias mielas vulgarybes, kurios taip mane kaitina. Dar nesakiau, kad Ernestas – nuostabus meilužis. Išradingas, nenuilstantis. Tiesa, pastaruoju metu jis turi daug rūpesčių ir mūsų pasimylėjimai tapo greitesni, dalykiškesni. Tačiau nereikia jaudintis – netrukus jis pasiims savaitę atostogų, išvyksim į Kanarų salas, ten apsistosime prabangiuose viešbučio apartamentuose ir pasinersime į malonumų vandenyną. Jau ne kartą taip buvo – Ernestas pavargsta nuo įtampos darbe, o labiausiai nuo lietuviškos žiemos. Ji tokia ilga, pilka ir niūri, kad bet kuriai jautresnei sielai įvaro depresiją. O Ernis labai jautrus. Kai ateina toks metas ir atrodo, nebeištversim to vienodo, purvino peizažo aplink, mes metam visus reikalus ir bėgam ten, kur karšta saulė, žydras dangus, šilta mėlyna jūra, amžina vasara ir nuolat žydi gėlės. Negaliu sulaukti, kada ateis ta diena, bet širdis jaučia, kad jau tuoj. Pastaruoju metu Ernestas toks sudirgęs. Jis tikrai nusipelno atostogų mylimos moters glėbyje.

Užsitempiu džinsus, įlendu į prigludusius marškinėlius, nusikabinu savo mėgstamą plonytės odos balintos kavos spalvos striukę, kurią pirkome prabangioje parduotuvėje Turkijoje ir nepigiai mokėjome. Tačiau, pasak Ernio, vilkėdama ją atrodau stulbinančiai. Susikišu džinsus į ilgus aulinukus, pasiimu spalvingą „Gucci“ rankinę. Na, štai aš ir pasiruošusi. Einu į garažą, sėdu į savo mielą reindžroverį ir spusteliu pultelio mygtuką. Garažo vartai pakyla ir išleidžia mane į laisvę. Aš net nusijuokiu nuo tokios minties. Į laisvę?

Kokios gi dar laisvės man reikia? Turiu viską, apie ką daugelis mano bendraamžių bijo net pasvajoti. Niekas manęs nevaržo. Tik ne Ernis. Galiu važinėti kur noriu, lankytis kokiose tik širdis geidžia parduotuvėse, grožio salonuose, naudotis jo kredito kortele. Tačiau aš tuo nepiktnaudžiauju. Esu taupi ir tuo didžiuojuosi. Vienintelis Ernio reikalavimas, kad viešumoje atrodyčiau taip, kaip dera aukštuomenės damai ir jo palydovei, o tai man pavyksta be ypatingų pastangų. Manau, kad esu gimusi gyvenimui viršūnėse.

Ernestas

Jau mūsų pažinties pradžioje Eva buvo be galo įspūdinga moteris. Pamačiau ją įkurtuvėse pas „Mauricijaus" firmos prezidentą. Eva sukūrė jo namų interjerą, ir apie jį iš karto prakalbo visas verslo pasaulis – vos šeimai įsikėlus į namą, laidą parengė televizija. Tikriausiai ponas Gediminas pats ir užsakė tą laidą, kad pasipuikuotų prieš visą šalį, – kur tai matyta: sukišo šitiek pinigų, o niekas nežinos kam. Manau, kad dėl tos pačios priežasties šeimininkai surengė prabangias įkurtuves, pasikvietė į pobūvį daugybę svečių, net ir aš kažkaip pakliuvau, nors mes maišėmės visai kitose sferose, aš – parfumerijos ir kosmetikos, o Gediminas – automobilių prekybos. Susitikdavom tik kokiuose nors priėmimuose, kartais kartu pažaisdavom golfą. Na, bet svarbu, kad aš ten dalyvavau. Šeimininkai iš karto visiems pristatė dizainerę Eviją – *jauną, bet kylančią ryškią interjero dizaino žvaigždę, sukūrusią šį stebuklą, kuriuo kviečiame visus pasigrožėti.* Iš karto matėsi jai rodoma didelė pagarba – žinia, gal dar sugalvos ką nors tobulinti, todėl pravartu palaikyti gerus santykius. Tokios moters negali nepastebėti – aukšta, liekna, ant nugaros plaikstosi banguoti kaštoniniai plaukai, ryškios tamsios akys, išraiškingai išlenkti antakiai, juoda trumpa suknelė, nuogi glotnūs pečiai, lyg nutekintos kojos, dailūs vyšniniai kojų nagučiai įsispiriamose basutėse. Šalia toks neišvaizdus akiniuotas palydovas, vėliau sužinojau, kad žymus scenografas. Kokia moteris! Tikra baliaus karalienė! Nenuostabu, kad ji visą vakarą buvo dėmesio centre, ponai ir ponios troško išgirsti jos nuomonę apie interjero mados tendencijas, gauti nemokamą patarimą, kuriais ji neskubėjo švaistytis. „Ateikite kurią dieną į mano biurą ir mes viską aptarsime. Galėčiau jus pakonsultuoti, tačiau pirma turėčiau pamatyti jūsų butą, po to pabraižyčiau eskizą. Žinoma, konsultacijos mokamos", – žavingai šypsodamasi atsakinėjo ji. Mane ji iš karto patraukė, stengiausi pagauti jos žvilgsnį, nutaisyti savo, kaip man atrodė, viliojančią šypseną. Tačiau Evijos neveikė mano kerai. Ji mandagiai atsakė į mano klausimą apie visiškai neįrengtą namą – nepamačiusi negalinti pasakyti, kiek kainuos jos paslaugos. Jei mane domina – štai vizitinė kortelė, galiu paskambinti į jos biurą. „Evija Tankauskienė", – perskaičiau kortelėje. Vadinasi, tas palydovas – jos vyras, pamaniau, tačiau dėl to mano noras ją nurengti nė kiek nesumažėjo. Grįžau namo keistai susijaudinęs, užvaldytas vieno troškimo – turėti ją. Staiga visa tai, ką buvau įsigijęs iki šiol, pasirodė lyg nublukę ir apėmė galingas geismas patirti naujų pojūčių, aistrų, išvysti ryškias spalvas.

Po trijų dienų paskambinu poniai dizainerei. Mėginu kviesti ją susitikti ir pasikalbėti, esą norėčiau pirma aptarti kai kurias bendras namų interjero tendencijas. Tada aš gyvenau bute ir tik dairiausi tinkamo sklypo. Jokio namo dar nebuvo, tačiau negi galėjau laukti, kol ką nors įsigysiu, ir tik tada samdyti ją, kai degiau nenumaldomu noru ją turėti. Tačiau ji susierzinusi mane nutraukia:

– Jei jūs dar neturite namo, apie ką mes čia kalbamės? Aš per daug užsiėmusi, kad gaiščiau su jumis laiką dėl kažkokių dviprasmiškų pasiūlymų.

– Bet aš jau ketinu pirkti, – skubiai tikinu.

– Kai nusipirksit, tada ir pašnekėsim, – nukerta ji. – O dabar atleiskit, kalbuosi su klientu. – Ir trumpi pypsėjimai ragelyje.

Kelias kitas dienas vaikštau kaip apsėstas. Man reikia jos! Nepajėgiu galvoti apie nieką kita, viskas namuose mane nervina, darbe staugiu ant visų, kas tik pasimaišo akyse. Vakare deginamas nepatenkinto geismo nuvažiuoju į tokį pogrindinį klubą. Laros mergytės mane visada išblaško. Tačiau tik ne šiandien – po „erotinio masažo", kur išradinga darbuotoja tenkina visus mano įgeidžius, pasijuntu be galo išvargęs ir toks pat suirzęs. Kitą dieną važiuoju pas pažįstamą nekilnojamojo turto agentą. Mes jau anksčiau apžiūrinėjom sklypus ir namus, bet nė vienas man nepatiko. Įrengti namai be galo brangūs, todėl ketinau statytis, bet tai užtruks, o Evijos man reikia dabar, tuoj, bent jau kitą savaitę. Šįkart pasakau, kad persigalvojau ir noriu neįrengto namo.

– Hmm, – mykia agentas. – Turiu vieną tokį variantą... Vieta nuostabi, prie miško, daug žemės, tačiau pats namas... Žinai, kai tik po Nepriklausomybės naujieji lietuviai puolė statytis pilis, o paskui baigėsi pinigai? Čia irgi tas atvejis... Stovi toks apleistas dvaras. Nelabai brangus, bet niekas jo nenori – dabar jau visai kitaip stato. Ir tau nedrįstu siūlyti.

– Važiuojam pažiūrėti, – iš karto sakau.

Kaip jis ir sakė, aš tikrai nesužavėtas projektu – didžiulė gelžbetoninė dėžė su bokštu. Nelabai panašu į dvarą – veikiau į kalėjimą. Bet gal jis tiktų mano planui? Jei tai padėtų man laimėti išdidžiąją Eviją, galėčiau leisti sau prarasti kelis tūkstančius, kuriuos sumokėsiu rankpinigių, ir vėliau atsisakyti.

Pasakau agentui pagalvosiąs, dar kartą paskambinu į Evijos biurą, bet sekretorė nė nepakviečia jos: „Direktorė kalbėsis su jumis tik apie konkretų projektą", – mandagiai, bet tvirtai sako ta pasipūtėlė. Nematydamas kitos išeities, sugrįžtu į nekilnojamojo turto agentūrą, pareiškiu tą namą pirksiąs, mes pasirašome sutartį, aš sumoku būtiną įnašą, kurį prarasiu, jei atsisakysiu sandorio. Dabar jau galiu skambinti Evijai. Šįkart man pasiseka – kalbu su kita darbuotoja, kuri tikriausiai nėra gavusi šefės nurodymo vyti mane šalin, ir po minutės Evija atsiliepia. Išgirdusi, kad jau esu namo savininkas, ji šneka trumpai, dalykiškai ir paskiria susitikimą kitą savaitę. Matote, turinti tiek daug užsakymų, kad sunku rasti laisvą valandėlę. Mintyse nusikeikiu, bet patikinu, kad aš viską suprantu, nedega, palauksiu. Nors iš tikro dar ir kaip dega...

Paskirtu laiku ateinu į jos biurą. Turiu pripažinti, kad jau priimamojo interjeras daro didelį įspūdį – skoningas, neperkrautas, detalių nedaug, tačiau viskas dera tarpusavyje, o vyraujančios geltona ir mėlyna spalvos kviečia jaukiai įsitaisyti, viliantis, kad čia išsipildys tavo slapčiausios svajos. Matyt, dizainerė stengėsi iš karto pavergti būsimuosius užsakovus, kad šie, vos čia įėję, nė neabejotų pasirinkę teisingai. Sekretorė kviečia mane užeiti į ponios Evijos kabinetą. Nors čia vyrauja dalykinis stilius, tačiau žaisminga vaza, keli stikliniai obuoliai, ryškiaspalvis abstrakcionistinis paveikslas ant sienos verčia pasijusti jaukiau ir atsipalaiduoti.

Evija vilki elegantišką dalykinį kreminį kostiumėlį, alyvinis šalikėlis ant kaklo puikiai išryškina rudas akis, kurios jau per Gedimino įkurtuves kėlė man geismų audrą. Nevalingai sustingstu, priblokštas jos grožio. Taip, aš prisiminiau ją iš pobūvio, tačiau kaip ji sugeba atrodyti tokia erotiška, kai uždengta viskas, išskyrus jos veidą ir plaštakas?

Ji pakviečia mane atsisėsti, pasiūlo kavos. Trumpai išdėstau, ko norėčiau: pagaliau mano sandoris įsigaliojo, namas neįrengtas, projektas nelabai mane žavi, tačiau vieta nuostabi – prie pat miško, ant Neries skardžio. Pasakau, kad esu pasiruošęs brangiai mokėti dizainerei, jei ji sugebės užpildyti jaukumu tą kol kas niūrią mūrinę dėžę. Dizainerės šypsenoje – begalinis pasitikėjimas savimi, Evija gręžte gręžia mane akimis lyg svarstydama, kiek rimtas mano pasiūlymas.

– Mane sudomino jūsų pasakojimas, – galiausiai pareiškia ji. – Sutinku apžiūrėti tą neišvaizdžią dėžutę.

– O kada? – netveriu džiaugsmu.

Tuo metu dar labai gerai žinojau, ko noriu – ne kad ji projektuotų mano svajonių namų interjerą, o kad kuo greičiau nuoga aikčiotų mano lovoje.

– Galima ir dabar. Šią popietę daugiau susitikimų neturiu.

Mano širdis šokteli į padebesius. Kaip viskas lengva! Mes važiuosim į namą, o ten... Ramiau, tildau pernelyg įsibangavusią fantaziją, vienas Dievas težino, kas ten bus. Mano būsimajame miegamajame ant grindų pamestas dvigulis čiužinys. Tuo jau iš anksto pasirūpinau... Kaip paaiškinsiu jai, kodėl jis čia? Kad radau ir galiu tik spėlioti, kam jo reikėjo šeimai, pardavusiai namą... Kad aš pagalvojau – tegul lieka, gal kada nors čia pernakvosiu, kai tingėsiu važiuoti namo...

Apžiūrėdami kambarį mes lyg netyčia prisėsim ant jo... O toliau...

Deja, Evija tuoj sugriauna mano rožines svajones.

– Vesta, Andre, pasiruošusios? Važiuojam apžiūrėti kliento namo, – netikėtai išgirstu jos balsą ir nustėrstu, kai iš gretimo kabineto pasirodo dvi merginos.

– Tai mano asistentės, – supažindina mus dizainerė, mostelėjusi į jas. Jos veide šmėkšteli jau pažįstamos ironiškos, savimi patenkintos šypsenos šešėlis: *Na, šaunuoli, kaip tau šitai? Aš tave kiaurai matau.* – Mergaitės, paimkite popieriaus, – primena ji ir kreipiasi į mane: – Tikiuosi, tilpsim į jūsų automobilį.

– Jokių problemų, – šaltai atsakau. – Jeigu jau mano namo imsis trijų žavių deivių komanda, aš visiškai ramus.

Sakydamas „žavių deivių" turėjau galvoje tik Eviją. Kitos dvi visiškai nebuvo žavios. Tiesiog merginos. Niekuo neišsiskiriančios iš minios, gatvėje į jas neatkreiptum dėmesio. Mes sulipam į mano naują BMW. Neatrodo, kad jis daro joms įspūdį. Matyt, jų klientai turtingi, dar ne tokiom mašinom važinėja.

Visą kelią nirštu, kad neturiu jokio plano B. Teks užsisakyti projektą, o paskui ką nors sugalvoti, kad mudu su Evija čia atvažiuotume vieni. Tai man kainuos, nes teks mokėti už jos darbą. Bet gal vėliau man pavyktų kaip nors įkišti tą projektą nekilnojamojo turto agentui ir jis man grąžintų pinigus. Jei Evija tikrai tokia gera specialistė, tai su tinkamu pertvarkymo projektu namas įgytų didesnę vertę... Na, matysim vėliau, o dabar jau privažiavom tą „mano svajonių namą", kaip pakeliui suokiau Evijai, bet ji tik šypsojosi ta savo firmine *aš viską suprantu* šypsena.

– Na, štai ir atvykom, – prisiverčiu kalbėti linksmai ir nerūpestingai. – Argi ne nuostabi vieta? – Mosteliu ranka į miškelį ir upės skardį.

Merginos pabyra iš automobilio ir susidomėjusios ima dairytis.

– Hmm. Buvote teisus, – pagaliau sako Evija. – Tikrai betoninė dėžė. Bet nugriovus tą bokštą, padarius šlaitinį stogą, įrengus į upę atgręžtą terasą, o virš jos balkoną...

27

– Nutinkavus, tarkim, gelsvos ir rusvos spalvų deriniais, – priduria viena asistentė, – namas taptų gyvesnis ir linksmesnis.

– Dar reikėtų iškirsti didesnius langus, gal kai kur iki pat žemės, kad geriau matytųsi gamta, – įkiša savo trigrašį kita. Bet jų nuomonė man visai nerūpi – aš neketinu čia gyventi.

– Tai ir darom visa tai, – entuziastingai kreipiuosi į Eviją.

– Aš ne architektė, – atšaldo ji mano įkarštį. – Dėl terasos ir viso kito reikėtų pakalbėti su specialistais.

– Turbūt jūs galite ką nors rekomenduoti?

– Turbūt galiu, – nusijuokia ji, ir mano širdį pakutena jos pasitikėjimas savimi.

– Likimas suvedė mane su labai tinkama moterimi, – sakau ir nevalingai įsižiūriu į jos lūpas. Asistentės prunkšteli, šefė dar ironiškiau nusišypso.

– Neužmirškit, ko atvykom.

– Atsiprašau, – skubu patikinti. – Tikrai neturėjau jokių juodų minčių.

Matau, kad jos nekantrauja pamatyti vidų, todėl atrakinu duris ir mes visi įžengiame į holą. Evija iš karto pasijunta kaip žuvis vandenyje – vaikščioja, apžiūrinėja, raukia kaktą, kažką žymisi savo bloknote, įsakinėja merginoms ką nubraižyti, o aš negaliu atitraukti akių nuo dailių jos kojų ir užpakaliuko, aptempto siauru sijonėliu.

Kai Evija pagaliau prieina prie manęs, jos veidas švyti.

– Medžiaga nelabai dėkinga, – sako ji. – Bet aš mėgstu iššūkius. Kokią sumą jūs pasiryžęs išleisti?

Geras klausimas. Kokią sumą aš pasiryžęs išleisti už vieną ar kelias naktis su ja?

– Noriu geriausio, – tikinu. – Suma nesvarbu. Paruoškit pasiūlymą su apskaičiavimais, o tada ir nuspręsiu.

– Pasiūlymas taip pat kainuos, – sako viena iš asistenčių, turbūt Andrė.

– Kuo jūs mane laikot? – vaidinu įsižeidusį. – Vargšu, nepajėgiančiu sumokėti už konsultaciją?

– Ne, tiesiog ji kalba iš praktikos, – maloniai paaiškina Evija. – Esam ne kartą susidūrusios, kai klientas baisiausiai nustemba, kad tas pirminis maketas tiek kainuoja... Jis, matot, tikėjosi išsisukti su keliais šimtais litų...

– Suprantu, – nerūpestingai atsakau. – Jei samdaisi geriausią, tai turi ir mokėti už kokybę.

– Taikliai pasakyta, – pagiria mane asistentė Vesta. – Mes tikrai geriausios.

Parvežu moteris į jų biurą. Evija pažada parengti pasiūlymą per dvi savaites. Aš mėginu derėtis, kad tai įvyktų anksčiau, tačiau ji nesiklauso ir šaltai linktelėjusi nueina durų link.

– Tokie dalykai nedaromi per vieną vakarą, – išmintingai paaiškina Andrė. – Juk čia menas! Malonėkit eiti su manim, reikia pasirašyti sutartį, kad apmokėsit už pirminį pasiūlymą.

O taip! Mes kalbamės aukštomis materijomis. Sustatyti baldus ir sukabinti paveikslus – tai jau menas! Aš atsisveikinu ir suirzęs važiuoju namo. Akivaizdu, kad įžymioji dizainerė tik šaiposi iš manęs. Tačiau noras turėti ją dar labiau sustiprėja. Dar niekas neatsakė Ernestui Balučiui! Aš ją turėsiu, kad ir kiek man kainuotų tas pirminis pasiūlymas! Ji dar aimanuos ant to čiužinio, į kurį taip pašaipiai žiūrėjo, kai atsidūrėme tame nelemtame kambaryje. Šituo tai aš jau pasirūpinsiu!

Meluočiau sakydamas, kad tas dvi savaites laukiau ramiai. Aš jos geidžiau. Beprotiškai. Sapnuodavau erotinius sapnus. Mėginau nuslopinti geismą pasikvietęs į viešbutį žavią ilgakoję blondinę, su kuria susipažinau viename verslo susitikime. Tačiau nusivyliau – dar blogiau negu su Laros merginomis.

Po dviejų savaičių man paskambino Vesta, toji simpatiškesnė už kolegę Andrę, tačiau nė nepalyginsi su šefe...

Eidamas į dizainerių biurą, nupirkau raudoną rožę. Baiminausi, kad teks ją atiduoti vienai iš asistenčių, nes išdidžioji firmos savininkė atsisakys susitikti su manim ir teks kalbėtis su padėjėjomis. Tačiau sekretorė kaip ir praėjusį kartą pakvietė į vadovės kabinetą. Evija sėdi prie rašomojo stalo. Šįkart ji vilki tamsiai žalią šilkinę, laisvai krintančią palaidinę. Jai nuostabiai tinka ši spalva. Ant kaklo įdomus sidabrinis papuošalas. Žinoma, ne masinės gamybos. Mane ir vėl pritrenkia šios moters grožis. Aš iš karto padedu prieš ją rožę.

– Čia jums, – iškilmingai sakau, žiūrėdamas jai į akis. – Moteriai, kuri man primena šitą gėlę – tokiai pat nuostabiai, išdidžiai, subtiliai, dygliuotai iš išorės, bet tikrai karalienei.

Nesitikėjau padaryti įspūdžio: palyginimą sugalvojau ekspromtu – Evija vis stengėsi man įdurti, elgėsi išdidžiai kaip karalienė, todėl nustebau pamatęs, kaip jos veide kažkas virptelėjo ir pašaipią šypseną pakeitė beveik drovi.

– Ačiū, – paprastai padėkoja ji. – Nedažnai pasitaiko, kad klientai mane lepina gėlėmis.

– Vaiva! – šūkteli ji per duris. – Išvirk mums kavos ir atnešk vandens į vazą.

Sekretorė įpila vandens į žaižaruojančio stiklo vazą, Evija įmerkia rožę ir susimąsčiusi žiūri į ją.

– Gal ir panašios, – šypteli ji, bet jau ne ironiškai. – Niekada nepagalvojau. Iki šiol mano mėgstamiausios gėlės buvo orchidėjos. Rožės – per daug pretenzingos, dovanojamos per įvairiausius jubiliejus. Bet kodėl gi ne? Jei ji tokia didelė kaip ši, viena, o ne šluotoje – subtilu ir elegantiška.

Suvokiu gavęs komplimentą už gerą skonį ir išsišiepiu: pagaliau nors kartą pataikiau.

– Na, ką gi, imkimės darbo, – pasiūlo ji. – Negaliu gaišti, nes po jūsų susitarusi dar su kitu klientu. Ateikite arčiau. Sėskit čia – viskas kompiuteryje. – Ji spragteli kompiuterio pele ir atverčia dokumentą. – Pradėsim nuo holo.

Evija rodo man brėžinius, pagyvintus baldų, audinių, kilimų nuotraukomis. Ji kalba taip įkvėptai, kad aš net pamirštu visai neketinęs jos iš tikrųjų samdyti. Pamažu kompiuterio ekrane veriasi mano svajonių namas, apie kurį, tiesą sakant, aš nė nepradėjau svajoti. Kol kas visai patogiai jaučiausi savo bute. Kažkur, tolimoje perspektyvoje, gal jis ir šmėkščiojo, bet visada supratau, kad kurti namus reikia su tinkama moterimi. Klausausi Evijos ir vis aiškiau suvokiu, kad tai gali tapti realybe. Ji veda mane iš kambario į kambarį, ir aš užsidegu noru iš tikrųjų turėti tokį namą. Šita moteris išmano savo darbą. Ji paverstų stebuklu tą niūrią, neišvaizdžią dėžę, kuri, tiesą sakant, dar nė ne mano. Buvau įsitikinęs, kad šį namą galima pirkti tik dėl vietos, jį nugriauti ir pastatyti kitą, mažesnį, šiuolaikinį, o ne tokį dvarą. Bet dabar, klausydamasis Evijos, rimtai suabejoju, ar tai būtų geriausia išeitis.

Aš vis dar mintyse vaikščioju po kambarius, kol staiga sugrįžtu į tikrovę, išgirdęs jos balsą.

– ...sumokėsite pagal sutartį. Galite pervesti pinigus į mūsų sąskaitą. Tada aš jums atiduosiu brėžinius ir kompaktą su projektu.

– Ir ką aš su juo veiksiu? Pats įgyvendinsiu? Viską susipirksiu?

– Na, galite samdyti mūsų firmą, tada viskuo pasirūpinsime mes.

Tada aš išmesiu krūvą pinigų, apmaudžiai galvoju. Ir tik dėl to, kad užsimaniau šios moters.

– Aš pagalvosiu, – sakau, – o dabar atsiskaitysiu grynais. – Kaip tik pasiėmiau reikiamą sumą.

– Tada prašau eiti pas Vaivą, ji viską sutvarkys. O pas mane tuoj ateis kitas klientas. Buvo malonu susipažinti. – Evija atsistoja, rodydama, kad susitikimas baigtas.

Viduje aš virte verdu: nepriartėjau prie jos nė per žingsnį, tik įsigijau projektą, kurio man tikriausiai nė neprireiks.

– Gal sutiktumėt su manim pavakarieniauti, – griebiuosi už šiaudo, nesugalvodamas, kaip dar pratęsti mūsų susitikimą. – Galėtume aptarti kai kurias detales. Turiu jums klausimų... dėl baseino.

– Ačiū, bet ne. Esu labai užimta ir tikrai tam neturiu laiko. O baseinas – tai jau atskiras užsakymas.

Ak tu, pasipūtėle! Viską matuoji pinigais. Na, bet mes dar pažiūrėsim!

Sumokėjęs sekretorei, pasiimu brėžinius, kompaktą ir grįžtu namo. Dabar mano butas atrodo man tipinis ir labai nejaukus. Žinoma, jokia profesionali dizainerė čia nėra prikišusi savo rankų. Iki šiol aš juo buvau visiškai patenkintas, bet dabar kažkodėl matau vien trūkumus.

Įsijungiu kompiuterį ir dar kartą keliauju per Evijos suprojektuotus kambarius. Kuo toliau, tuo labiau mane užvaldo mintis, kad šis svajonių namas galėtų tapti realybe. Žinoma, tai kainuotų apvalią sumelę. Jei samdyčiau Evijos firmą, išlaidos būtų neįsivaizduojamai didelės. Nelabai mėgstu mesti pinigus į balą dėl

akimirkos užgaidos, net ir dėl tokios moters kaip Evi-
ja. Dabar net nebežinau, ko geidžiu labiau – moters
ar jos suprojektuoto namo. *Ji neimtų pinigų, jei viską
įrenginėtų... sau!* Ši mintis lyg žaibo blyksnis nušviečia
man protą. Taip, štai kur išeitis! Ji turi viską daryti ne
man, o *mums*. Tiesa, yra viena kliūtis – ji ištekėjusi.
Nežinau, ar laimingai. Tačiau tai man nerūpi. Turiu
sugalvoti, kaip vėl įsivilioti ją į namą, o ten jau žiū-
rėsim. Šiaip ar taip, aš jos geidžiu, todėl pamėginsiu
nušauti du zuikius – gauti ir moterį, ir nemokamą di-
zainerę. Toks jau aš esu – praktiškas visose gyvenimo
srityse. Kitaip nebūčiau tapęs tokiu sėkmingai dirban-
čiu verslininku.

Man jau mirtinai atsibodo šitas mano gyvenimo
etapas, trunkantis penkerius metus. Aš jau visiškai iš-
sunkiau jį, paėmiau viską, kas įmanoma, toliau – tik
žengimas atgal, susierzinimas, užsidarymas beviltiš-
kame, nykiame kasdienybės rate ir smukimas. Jei dar
delsiu, žlugsiu kaip asmenybė. Reikia kažką keisti.
Gal net viską iš pagrindų. Aš jau per ilgai užsisėdėjau
kažkur ties viduriu. Laikas nerti giliau, lipti aukščiau.
Intuityviai jaučiu, kad Evija – būtent ta moteris, kuri
padėtų man įkopti į elitą, nes pati ten maišosi. Ji atver-
tų man duris ten, kur aš vienas labai ilgai belsiuos. Tą
naktį aš priėmiau vieną svarbiausių gyvenimo spren-
dimų ir vėliau niekada jo nesigailėjau.

Praeina dvi savaitės, ir aš įstengiu įtikinti Eviją dar
kartą apsilankyti mano name. Dabar jau tikrai mano,
nes aš vis dėlto jį nusipirkau. Netgi jei man nieko neiš-

eis su Evija, įrengsiu jį pagal jos projektą ir parduosiu už pasakišką sumą. Uždirbsiu dvigubai, o gal ir dar daugiau. Nueinu į jos biurą visai prieš darbo pabaigą vildamasis, kad tos dvi neatskiriamos palydovės jau bus išėjusios namo. Vėl dovanoju jai rožę – palaikykim tradicijas, paaiškinu. Ji patenkinta rausta, ir tai be galo jai tinka. Pradedu kalbėti apie tai, kad kompiuteryje man ne viskas aišku, aš neturiu erdvinės vaizduotės, todėl kai kurie jos sprendimai man atrodo neįmanomi. Ar ji nesutiktų paaukoti valandą savo brangaus laiko ir man viską išaiškinti vietoje. Evija padvejojusi sutinka, ir mes vėl važiuojame į užmiestį. Dabar jau vieni du, nes, kaip ir tikėjausi, merginos jau išėjusios namo. Žinau, kad ji nekvaila ir puikiausiai suvokia mano siunčiamus signalus, bet yra įsitikinusi, kad pajėgs atremti mano ataką. Na, ja dėtas, aš šiek tiek suabejočiau. Mes vėl einam per kambarius ir aš jos klausinėju įvairių techninių dalykų. Ji mielai aiškina, nors gal ir įtaria, kad aš viską ir taip suprantu. Sustojame svetainėje, ir ji kantriai rodo, kur ką suplanavusi. Aš beveik nieko nebegirdžiu, nes geismas jau temdo protą. Tikra kančia stovėti per metrą nuo jos ir apsimesti, kad labai domiuosi jos kalbomis.

Evija mato, kad aš spoksau į jos lūpas, ir ironiškai šypteli:

– Jūs norite interjero ar manęs?

– Abiejų, – sąžiningai prisipažįstu. – Negaliu ramiai galvoti apie interjerą, kai nepalieka mintis: kaip atrodytų, jeigu jus pabučiuočiau.

Evija mėgina nusijuokti, bet aš jau žengiu prie jos ir apkabinu. Ji bando silpnai pasipriešinti, bet kitą akimirką mūsų lūpos susilieja, jos rankos pakyla ant mano pečių ir mes ilgai nepajėgiame atsiplėšti vienas nuo kito.

– Šitaip negerai... – visiškai sutrikusi, vos atgaudama kvapą murma ji, pagaliau atsitraukusi nuo manęs. – Aš ištekėjusi... Jūs mano klientas...

Tačiau tuo metu aš negalvoju apie save kaip apie klientą.

– Noriu tavęs, – kuždu vėl prisitraukdamas ją, – visos, dabar, čia. Tu žavingiausia mano sutikta moteris. Dar nieko panašaus nesu jautęs. Trokštu tavęs nuo pat pirmos akimirkos, kai pamačiau. Būk mano, prašau.

Taip kalbėdamas stumiu ją prie laiptų ir vėl bučiuoju, mes užlipame į viršų, į tą patį kambarį, kur mūsų laukia kol kas vienintelis baldas – čiužinys. Evija nesipriešina – dega, įkaitinta mano glamonių. Mes sukrintame ant čiužinio ir imame plėšti drabužius vienas nuo kito...

Dabar, prisimindamas tai po penkerių metų, aš pats stebiuosi savimi: jau seniai taip aistringai netroškau jokios moters. Mano seksualinis gyvenimas buvo intensyvus ir gana įvairus, tačiau niekada šitaip neužsimiršdavau... Sako, kad jei ko nors taip ilgai ir aistringai geidi, gavęs labai nusivili. Bet ne – aš ja nenusivyliau. Evija pranoko visus mano lūkesčius, su kaupu išpildė viską, apie ką fantazavau pastaruosius du mėnesius. Ji buvo karšta, drąsi, nesivaržanti, ir mes kartu patyrėme orgazmą.

Tačiau, atslūgus įkarščiui, ji staiga sugniužo. Gulėjo nutolusi, nelaiminga, pajutau, kad pečiai krūpčioja. Ištiesiau ranką ir paglosčiau jos nugarą.

– Tu buvai nuostabi, – nuoširdžiai pasakiau, – dar niekada su jokia moterimi nesu jautęs tokios pilnatvės.

– Tai baisi klaida, – kūkčiodama murmėjo ji. – Ką mes padarėme? Kaip aš grįšiu namo? Mano vyras...

Ši mintis man pasirodė visiškai nepriimtina. Aš nenorėjau ja dalytis. Mano daiktai priklauso man. Ką tik ji tapo mano moterimi. Ji negali būti kito. Ir aš to neleisiu, kad ir kiek man tai kainuotų.

– Ar tu projektuosi mano namų vidų? – staiga paklausiau aš.

Ji nustebusi atsigręžė:

– Tu dar pajėgi galvoti apie reikalus po to, kas ką tik įvyko? Aš nebegalėsiu dirbti su tavimi – pažeidžiau užsakovo ir vykdytojo etikos kodeksą.

– Kvailute, – nusijuokiau ir pabučiavau ją į petį, – žinoma, galėsi. Aš noriu, kad tu projektuotum *mūsų* bendrus namus. Noriu, kad čia gyventum, niekad manęs nepaliktum ir mes kartu kurtume bendrą ateitį.

Nė nežinau, iš kur atėjo tie žodžiai. Jie nebuvo labai natūralūs, paprastai aš taip nekalbu su moterimis ir nieko nežadu, o dabar staiga prašnekau kaip muilo operų herojus.

Evija klausėsi priblokšta, prasižiojusi iš nuostabos ir galiausiai papurtė galvą.

– Neįmanoma. Taip nebūna. Man reikia eiti...

Ji iš tikrųjų atsisėdo ir ištiesė ranką prie savo dra-
bužių.

Aš sugriebiau ją ir pasiguldžiau šalia.

– Tu netiki meile iš pirmo žvilgsnio?

Ji abejodama papurtė galvą.

– Aš taip pat netikėjau, kol nepamačiau tavęs. Ma-
niau, kad tu pastebėjai tą vakarą.

– Aš pastebėjau... – tyliai prisipažino ji. – Tu taip
žiūrėjai į mane, lyg būtum nurenginėjęs. Ir aš pagalvo-
jau: koks pasipūtėlis, na, aš jam parodysiu jo vietą...

– Ir parodei, – nusijuokiau aš glostydamas jos krū-
tį. – Šalia savęs. Dabar bus sunku manim atsikratyti.

Aš ėmiau ją bučiuoti, ir jos pasipriešinimas paga-
liau ištirpo...

Tą naktį įžengiau į naują savo gyvenimo etapą, ku-
ris truko penkerius laimingus metus. Tačiau juk nieko
nėra amžino, ar ne?

Sandra

Aš esu įstaigų administravimo specialybės bakalaurė. Dirbu renginių organizavimo bendrovėje „Renga". Man čia labai patinka, darbas šaunus, kolektyvas jaunas. Mano kolegos kupini idėjų ir entuziazmo. Beje, mes patys ir įkūrėm tą bendrovę. Idėja gimė dar antrame kurse, kai aš ir dar keli bendramoksliai atlikome praktiką panašioje įstaigoje. Vėliau, parašę ataskaitas ir gavę tik labai gerus įvertinimus, mes nusprendėme, kad nenorime dirbti kitiems, kurie susižers dalį mūsų atlyginimų, ir įkūrėme savo firmą. Žinoma, buvo nelengva. Nuėjom kryžiaus kelius, kol gavom visus leidimus, dešimtis kartų mynėm įvairių įstaigų slenksčius, bet dabar viskas jau praeityje. Baigę universitetą mes visi ir toliau likome kartu, ėmėme plėstis, priėmėme naujų darbuotojų – daugiausiai tos pačios specialybės studentų. Mes teikiame įvairiausias paslaugas. Pradėjome nuo paprasčiausių – aptarnaudavome konferencijų dalyvius, ruošdavome kavą, sumuštinius per kavos pertraukėles, o dabar siūlome įvairių renginių scenarijus, vedėjų, vertėjų, organizatorių paslaugas, galime sukurti specialius kvietimus, užsakyti viešbučius, sudaryti kultūrinę programą, na, visko ir nesuminėsiu, užteks pasakyti, kad per trejus metus tapome viena geriausių renginių organizavimo bendrovių Vilniuje, be to, mus samdo firmos ir iš kitų miestų. Man be galo patinka šis darbas, čia aš jaučiuos savo vietoje. Kiekviena diena vis kitokia, nepanaši į kitas. Susipažinau su daugybe įžymybių, mane atpažįsta gatvėje. Net nepatikėsit, kokie žmonės su manimi sveikinasi, išsižiotumėt, jei paminėčiau bent kelias pavardes.

O šiandien mes dirbsime „Rotary" klubo labdaros baliuje. Žinoma, turtingų verslininkų žmonos ir pačios galėtų viską surengti, tačiau jų užduotis kita – spindėti šalia savo įtakingų vyrų, todėl visam neįdomiam, daugiausiai nematomam darbui samdo mus. Renginių dalyviai nė neįtaria, kiek reikia paplušėti, kad viskas vyktų sklandžiai, kiek visokiausių smulkmenų tenka apgalvoti. Visa tai – mano ir kolegų uždavinys. Iš pradžių visko pasitaikydavo – tai kas nors kvietimo negavo, tai termose baigėsi kava, o nauja dar neužvirė, tai sumuštiniai vėluoja, tai pamiršom užsakyti negazuoto vandens, bet dabar jau seniai nieko panašaus nenutinka. Mes esam tikri savo darbo profesionalai.

Aš sėdžiu prie staliuko priešais salės duris ir registruoju svečius. Jie man pasako savo pavardes, aš surandu jas sąraše ir pažymiu, įteikiu jiems renginio programėlę, aukciono dalyvio numerį. Visiškai paprasta. Vėliau eisiu daryti kitų darbų, bet dabar mano vieta čia. Šiandien nuo pat ryto aš spinduliuoju, šypsausi, laukdama kažko nepaprasto, visą dieną širdyje plevena ta vaiski, vos apčiuopiama laimės nuojauta, bet kol kas dar nieko neįvyko. Stebiu ateinančias poras, vertindama nužvelgiu damų sukneles, rankines, batelius, papuošalus. Kitą savaitę daugelio nuotraukos atsidurs „Stiliuje", „Žmonėse", įvairiuose moterų žurnaluose. Visi ponai ir ponios trokšta pasipuikuoti savo apdarais, parodyti visuomenei, kokie jie kilnūs, kaip dosniai aukoja, kad būtų nupirkta aparatūra onkologijos ligoninei. Šiais laikais labdara tapo labai madinga. Jei nori, kad visuomenė apie tave žinotų, pirktų tavo gaminius, turi susikurti ir teigiamą geradario įvaizdį, o tokie pobūviai – puiki reklamos forma.

Žiūriu daugiausiai į moteris. Vyrai beveik visi vienodai juodi – vilki smokingus, nesvarbu, kad vieni jaunesni, kiti pagyvenę. Jie mane nelabai domina. Kas kita moterys – čia galiu pasigėrėti naujausiais dizainerių darbais, pasižiūrėti madingų rankinių, aksesuarų. Stebiu ir viską dėmiuosi – nežinai, kada kas gyvenime pravers. Kirba tokia mintis – pradėti teikti konsultavimo paslaugas: kuo apsirengti, kokius aksesuarus derinti einant į vieną ar kitą pobūvį. Tai turėtų būti labai paklausi paslauga, nes dažnai matau, kaip naujai iškeptos ponios visiškai nesuvokia, kuo derėtų vilkėti, nežino, ką reiškia tie aprangos kodai. Tačiau tektų samdyti stilistą ir jam pasiūlyti milžinišką atlyginimą, nes geras specialistas nedirbs vien iš idėjos, arba kuriai nors iš mūsų darbuotojų, gal net man pačiai, reikėtų labai daug mokytis. Mintis verta dėmesio, kitą savaitę aptarsime ją su kolegomis. O kol kas kartais tik atsidūstu pagalvojusi, kada gi aš įstengsiu nusipirkti tokią stilingą ir brangią suknelę, kartais tyliai širdyje šaipausi, kad manęs nė surištos nepriverstų ateiti šitaip neskoningai apsirengusios.

Aš iš karto atkreipiu dėmesį į tą jauną, elegantišką moterį: siaura tamsiai mėlyna suknelė, pečiai nuogi, ant kaklo įmantrus vėrinys, turbūt originalus juvelyro darbas. Tiesūs, platinos spalvos plaukai krinta iki pečių. Jie atrodo tokie natūralūs, lyg visiškai nepaliesti kirpėjos rankų, bet aš žinau, kad toks natūralumas reikalauja kelių valandų kirpykloje. Kol grožiuosi truputį atokiau stovinčia moterimi, jos palydovas prieina prie manęs ir sako:

– Ernestas Balutis su drauge Evija Sirtaute.

Kaip šiuolaikiška ir drąsu – ne Sirtautaitė ar Sirtautienė, o Sirtautė, aš taip niekada neišdrįsčiau, man ir mano „-aitė" labai gražu, pamanau sau, bet nieko nesakau – aš tik techninė darbuotoja be savo nuomonės. Surandu sąraše jų pavardes, pažymiu, pakeliu akis ir nusišypsau, duodama jam programą ir aukciono numerius.

– Malonu jus matyti, pone. Linkiu gero vakaro.

– Ačiū, – šypsodamasis taria jis. – Kokios gražios merginos šiandien mus aptarnauja. Buvo malonu susipažinti, Sandra, – priduria, žvelgdamas į kortelę, prisegtą ant mano švarkelio krūtinės.

Kažkodėl paraustu, širdyje suplevena drugelis. Gražioji moteris prieina ir savininkiškai įsikimba jam į parankę.

– Neužlaikykim eilės, mielasis, – sako ji, o aš pastebiu, kaip jo veide šmėkšteli vos pastebima susierzinimo grimasa. Kažkas jam nepatiko. Gal kad ji pamėgino vadovauti ar kad pasakė „mielasis"? Niekada negali žinoti, ko trūksta tiems savimi patenkintiems verslininkams.

Sužymėjusi paskutinius svečius, einu į salę. Mano kolegės užėmusios savo vietas – kas pilstys kavą, kas nešios šampaną, kas žiūrės, kad neištuštėtų lėkštės su mažyčiais sumuštiniais. Paprastai mes keičiamės – niekada nedarome tų pačių darbų, nes šitaip būtų labai nuobodu. Šiandien aš atsakinga už svečius ir jų aukas, todėl įsitaisau prie staliuko šalia draugės Ilonos, kuri jau įsijungusi nešiojamąjį kompiuterį. Mes abi priiminėsime vokus su aukomis.

Balius prasideda, kol kas visi vaišinasi, vaikšto vieni prie kitų, bendrauja. Vėliau bus šokiai, aukcionas, dainuos populiarūs atlikėjai. Mudvi su Ilona vos spėjame įvedinėti į kompiuterį aukotojų pavardes ir sumas.

Prasideda šokiai. Staiga girdžiu jau pažįstamą malonų balsą.

– Sakykite, Sandra, ar jūs nešokate?

Aš pakeliu akis nuo ekrano ir nusišypsau.

– Deja, mums negalima – labai atsakingas darbas.

– O kai baigsite?

– O! – atsidūstu. – Tada jau orkestras bus išsiskirstęs.

– Labai gaila. Bet aš neprarandu vilties.

– Ką jūs? – apsimetu pasibaisėjusi, nes suprantu, kad jis juokauja. Tikrai nenorėtų, kad *tokia* jo nuotrauka atsidurtų bulvarinėje spaudoje – smokinguotas verslininkas strikinėja su kuklia aptarnaujančio personalo darbuotoja dalykiniu kostiumėliu. – Pirma, aš tam nepasiruošusi, – baksteliu pirštu į savo aprangą. – Čia niekas nešoka tokiais drabužiais. Antra, mane iš karto atleistų iš darbo.

– Jūsų viršininkai tokie griežti? – šypsosi jis. – Gal man pasikalbėti ir paprašyti?

– Kad aš pati esu viena iš viršininkų, – prisipažįstu ir patenkinta stebiu jo reakciją – to jis tikrai nesitikėjo. – Pati ir surašiau tas taisykles.

– O, vadinasi, „Renga" – tai jūsų firma?

Linkteliu galvą.

– Ar negalėčiau gauti jūsų vizitinės kortelės? Man patinka, kaip jūsų merginos dirba, kai reikės, žinosime, kur kreiptis.

Aš paduodu jam savo kortelę. Jis ištraukia iš kišenės savąją, įteikia man ir dar plačiau nusišypso.

– Sandra, tikiuosi kada nors su jumis pašokti. Gal ne visada būsite aptarnaujantis personalas?

– Labai abejoju, ar artimiausiu metu mane kas pakvies į tokį pobūvį kaip viešnią, – nusijuokiu. – Dar ilgai reikės laukti, kol aš pati dovanosiu, užuot rinkusi kitų pinigus.

– Ernestai, ar tu jau paaukojai? – klausia negirdimai priėjusi jo palydovė. – Eime, aukcionas prasideda. Ten bus viena intriguojanti vaza. Labai tiktų mūsų svetainei.

Matau, kaip įsitempia raumuo jo skruoste, akimirką atrodo, kad jis atrėš jai ką nors nemalonaus, bet tik skėsteli rankomis:

– Atleiskite, turiu eiti. Reikalai.

Gražioji dama vėl įsikimba jam į parankę ir jie nueina į aukcioną.

Jis taip ir nepaaukojo, buvo per daug užsiėmęs šnekindamas mane. Kita vertus, jeigu jie ketina pirkti tą intriguojančią vazą, nė nereikia palikti pinigų pas mane.

Vakaras trunka nelabai ilgai. Tačiau, kai svečiai išsiskirsto, mes dar turime susėsti su renginio šeimininkais, perduoti jiems svečių sąrašus, suaukotus pinigus, registracijos dokumentus. Šeimininkai patenkinti – paaukota didelė pinigų suma. Renginys bus aprašytas spaudoje, kaip visada gausiai iliustruotas nuotraukomis. Fotografai vos spėjo spragsėti savo blykstėmis, įamžindami iškilius ponus, išsipuošusias ponias – ir poromis, ir grupelėmis. Tačiau nė vienas nepastebėjo manęs, nė vienas nepagalvojo, kad ši panelė taip pat simpatiška, galėčiau ir ją nufotografuoti. Tik kad ji niekam neįdomi. Aptarnaujantis personalas lieka nematomas. Taip ir turi būti – žmonės priima paslaugą, o ne ją teikiantį asmenį. Jei viskas eina sklandžiai, niekas nė neprisimins, kas pilstė kavą, nešiojo šampaną ar rinko paaukotus pinigus.

Staiga aš pagalvoju, kad galbūt mano darbas nėra toks nuostabus. Kol kas man visada būdavo įdomu iš šalies stebėti žmones, vertinti damų sukneles. Jausdavausi labai reikalinga, atliekanti svarbias pareigas, esanti nepakeičiama. Iki šio vakaro. O dabar, sėdėdama savo mažyčiame renuke, aš pradedu galvoti, kad man reikia kažko kito, tik dar pati nežinau ko. Aišku tik viena: noriu, kad mane pastebėtų. Ir ne tik tas ponas Ernestas, juokais kvietęs mane šokti. Jis puikiai žinojo, kad man negalima, bet nusprendė paflirtuoti. Kažkodėl susierzinau, nors pati jam tvirtinau: niekada nebūsiu tokiame renginyje viešnia. Keista, juk visada tai žinojau, ir nėra dėl ko čia niršti ar liūdėti. Nė nepajėgiu įvardyti to keisto mane apėmusio jausmo. Pakili nuotaika, nepalikusi manęs nuo pat ryto, jau seniai išsisklaidė. Jaučiuosi pavargusi, netgi sugniužusi. Ryte man atrodė, kad šiandien būtinai įvyks kažkas gera, netikėta, stebuklinga, bet juk nieko neatsitiko...

Staiga suskamba mano mobilusis telefonas. Pažvelgiu į ekranėlį. Numeris nepažįstamas. Dažniausiai tai būna klientai, bet dabar jau vėlu. Negerai darau – vairuojant automobilį negalima kalbėtis telefonu, bet nepažįstamas numeris sudomina, todėl atsiliepiu.

– Sandra? – klausia vyriškas balsas.

– Taip, – suglumusi atsakau, nes balsas lyg ir girdėtas šįvakar, tik to negali būti.

– Čia Ernestas. Jei atsimenat tokį iš pobūvio. Norėjau su jumis pašokti.

– Taip, atsimenu, – širdis pradeda daužytis. Pasuku į šoninę gatvelę ir sustoju.

– Jūs man davėte savo vizitinę kortelę. Nusprendžiau paskambinti iš karto, kad nepamirščiau.

– Taip, o kokiu reikalu?

– Kitos savaitės viduryje į mano firmą atvyks daug svečių. Ar jūs galėsit padėti juos sutikti, pavaišinti kava, vėliau pavedžioti po Vilnių? Jei, žinoma, jūs teikiate tokias paslaugas.

– Ar jūsų įstaigoje nėra sekretorių? – pašaipiai klausiu. – Beje, mes ne palydovių firma.

– Yra, bet nesusidoros, o vadybininkės mano, kad toks darbas neįeina į jų pareigas, todėl ir prašau pagalbos. O ar jūs apie visus potencialius klientus taip blogai galvojate?

Nusprendžiu be reikalo jį įtarusi ir klausiu:

– Kiek merginų jums reikės?

– Manau, kad, be jūsų, dar poros. Tikiuosi, kad jūsų darbuotojos moka angliškai?

– Moka ir angliškai, ir prancūziškai, ir vokiškai, ir net ispaniškai, – jau nusiraminusi nusijuokiu.

– Puiku. Jei aš jūsų labai neapsunkinčiau, norėčiau susitikti pirmadienį ir viską aptarti.

– Gerai, – sutinku. – Kada man pas jus užeiti?

– Ar apie dešimtą ne per anksti? Gal mėgstate ilgiau pamiegoti?

– Ne, kaip tik gerai.

– Tada lauksiu jūsų savo biure, – ir jis pasako adresą. – Beje, tikiuosi, kad aš jūsų nepažadinau.

– Oi ne, aš dar sėdžiu savo mašinoje, iki namų geras galas kelio.

– O kur tie namai?

– Nuomojuosi butą Pilaitėje.

– Taip toli nuo centro? – nustemba jis. – Juk labai nepatogu.

– Bet daug pigiau. Matot, tai labai svarbi priežastis.

– Maniau, kad jūsų verslas klesti.

– Taupumas dar niekam nepakenkė.

– Jūs be galo teisi.

Mes abu nusijuokiam.

– Jūsų juokas labai simpatiškas, – sako jis. – Skambus kaip varpelis ir užkrečiantis.

– Ačiū. O dabar atsiprašau, bet turiu važiuoti.

– Suprantu. Taigi pasimatysime pirmadienį. Labanakt.

– Labanakt, – sakau. Telefono ekranėlis dar pašviečia ir užgęsta. Sėdžiu prispaudusi delnus prie degančių skruostų. Mane vėl apima džiugi ryto nuotaika. Vis dėlto kažkas atsitiko. Bet kas gi iš tikrųjų? Mane samdo kaip ir daugelį kartų. Tiesa, to niekas nedarydavo prieš pat vidurnaktį, bet kokių tik keistuolių nepasitaiko. Stengiuosi įtikinti save, kad viskas normalu, todėl nereikia statyti nei smėlio, nei oro pilių, bet mintys vis tiek kaip pašėlusios skrieja galvoje, kažkokie vaizdiniai mirguliuoja prieš akis, jungiasi į žėrinčius, spalvotus bokštus. Na ir kas, kad jis paskambino ir pagyrė mano juoką? Turtingas pobūvio svečias tik buvo mandagus ir galantiškas. Be to, prie jo šliejosi ta efektinga gražuolė. Ši mintis mane nemaloniai nupurto. Ir vėl negaliu suprasti kodėl. Juk žavėjausi ir jos suknele, ir bendru įvaizdžiu, netgi pavydėjau, kad ji sugeba šitaip elegantiškai atrodyti.

Ne, aš tikra kvaiša. Kaip galima šitaip nuklysti į lankas? Kaip aš drįstu įsivaizduoti, kad toks vyras atkreips dėmesį į vidutiniškos išvaizdos aptarnaujantį personalą? Vienintelė priežastis – jis pastebėjo, kaip profesionaliai aš dirbu. Mintis tokia absurdiška, kad net nusikvatoju. Kaipgi! Dvidešimt trejų metų profesionalė! Tiesiog spinduliuoja įgūdžius. Vos dvi minutes pasikalbėjęs su ja verslininkas nusprendžia, kad būtent šios merginos paslaugos lems jo dalykinio susitikimo sėkmę! O, ne! Jis verslininkas – taupo pinigus, vadinasi, priežastis galbūt kita... Bet per drąsu šitaip galvoti. Ir visiškai nerealu. Pasižiūrėk į veidrodėlį, liepiu sau. Ir palygink tą neapsiplunksnavusią jauniklę pigiu kostiumėliu su elegantiškąja pono Ernesto palydove. Matai skirtumą? Tai ir nusiramink. Jam reikia kokybiško aptarnavimo už nedidelę kainą, tokį ir gaus. Kokybę garantuoju, kaina nebus labai maža, bet aš nenusileisiu. Bendraudama su juo, aš tik stengiausi išlaikyti puikų savo firmos įvaizdį. Visada tai darau, ir šį kartą man taip pat pavyko. Reikia tik džiaugtis, kad gausime dar vieną gerą užsakymą ir puikią žodinę reklamą. Užvedu variklį ir leidžiuos namų link. Nuotaika pakili, bet prie vairo sėdi jau ne ta svaičiojanti romantikė, o dalykiška, nebijanti patraukti savęs per dantį renginių organizatorė. Jau ant to kabliuko aš neužkibsiu – jei tas Ernestas mano, kad mūsų firma jauna, o vadovė susileis nuo kelių komplimentų ir sutiks dirbti kone už dyką, jis labai klysta.

Ernestas

Padedu telefoną ir vis dar šypsausi. Sandra. Tokia jauna ir tokia žavi. Toje tuštybės mugėje jos nuoširdumas ir natūralumas atrodė lyg malonus kontrastas. Plaukai natūraliai tamsūs, akys mėlynos, vienu metu jose žybtelėjo išdaigininkės kibirkštėlė, maloniai sušildžiusi mano nykią nuotaiką. Pastaruoju metu manęs niekas nedžiugina. Viskas virto rutina. Ryte važiuoju į biurą, išklausau padalinių vadovų pranešimus, išgeriu kavos, perskaitau elektroninį paštą, liepiu sekretorei atsakyti, peržiūriu svarbiausias dienos naujienas internete, susitinku su keliais klientais – ir pietūs. Kita dienos pusė vėl panaši – pokalbiai, susitikimai, reikalai, problemos.

Vakare galbūt boulingas, biliardas su klubo nariais, savaitgaliais golfas ar tenisas. Gyvenimas nebeprimena veržlios kalnų upės kaip prieš kelerius metus, kai bėgau, skubėjau, triuškinau smulkius konkurentus, stengiausi būti įvykių ir rinkos centre, neatsilikti nuo kitų, įsigyti tokius namus, kuriuos rodytų prestižinės televizijos laidos, fotografuotų interjero žurnalai. Visa tai įvyko, bet srauni, purslota upė staiga įtekėjo į ramų ežerą ir sustojo. O aš kaip tingus eršketas plaukioju jo paviršiuje, sunkiai kvėpuodamas, dusdamas nuo užsistovėjusio vandens, ir nežinau, kaip išsikapstyti.

– Erni, kurgi tu dingai? – pasigirsta mano gyvenimo moters balsas. – Mielasis, man jau prailgo laukti.

Ji nulipa laiptais – grakščiai, elegantiškai, santūriai, kaip tik ji viena moka. Lūpose žavi šypsena, vilki permatomą peniuarą, po juo tik mažytės, seksualios kelnaitės. Taip, ji moka save pateikti. Visada mokėjo. Ir dabar jaučiu, kad šis vaizdas mane jaudina. Prieš mano valią, nes ir meilės gyvenime įsivyravo kasdienybė. Aš Evą pažįstu atmintinai – kiekvieną jos išpuoselėto kūno taškelį, kiekvieną vietelę, kurią palietus ji aikteli. Ji tobula meilužė ir velniškai jaudina. Tai anksčiau. Gal ir dabar. Kartais. Priklauso nuo nuotaikos.

– Mielasis, aš labai tavęs pasiilgau. Tas balius taip išvargino, nusikamavau maldama liežuviu su visomis poniomis.

Eva prieina, prisiglaudžia, padvelkia iki skausmo pažįstamas kvepalų aromatas. Ji užkiša ranką už mano marškinių, glosto krūtinę, slenka žemyn ir jaučiu, kad vėl pasiduodu jos atviram erotiniam kvietimui.

– O! – kužda ji. – Ką aš čia radau! Kokia staigmena... Mielasis, tu tikras milžinas!

Aš jau tiek kartų girdėjau tuos žodžius, kad net nesistengiu atsakyti. Ji apsilaižo lūpas ir šnabžda:

– Šiandien mylimasis padovanojo man nuostabią vazą, aš taip pat noriu jam kai ką padovanoti...

Kažkada seniai, mūsų meilės pradžioje, mane beprotiškai jaudindavo šitas jos vaidinimas. Ji tyčia kalbėdavo lyg pigių meilės romanų ir erotinių filmų herojė – pakylėtai, pompastiškai, vartodama tų filmų kalbos klišes, nuvalkiotus, nuolat besikartojančius epitetus: *galinga ietis, aštrusis kardas, pavojingas ginklas, vyriškas pasididžiavimas.* Šaipydamasis ir aš įsitraukdavau į tą žaidimą, imdavau vaidinti vieną ar kitą meilės sceną: *jis praskleidė jos pumpuro žiedlapius ir įsiskverbė į slapčiausią vietelę.* Eva net klykdavo iš juoko. Deja, nė patys nepastebėjome, kaip tokia kalba virto rutina. Mes iki šiol sakom tas kvailas frazes iš įpročio, bet jos jau nei jaudina, nei linksmina. Tik erzina.

Sandra

Kada aš jį pamilau? Ne, ne tą vakarą, kai tik susipa-
žinom. Ir dar ne tada, kai pradėjau pas jį dirbti. Jis
tikrai pasamdė mūsų firmą, priėmėm jo svečius, viskas
sekėsi puikiai. Atsiskaitydamas už renginį jis man pa-
siūlė dirbti pas jį. Iš pradžių administratore, kol susi-
pažinsiu su jo firmos darbo specifika, o vėliau tapsiu
vadybininke ar net asmenine padėjėja. Jis išgyrė mano
profesionalumą, užsienio kalbų mokėjimą ir... pasiūlė
daug didesnį atlyginimą, negu gaudavau iš savo ben-
drovės. Be to, kompensaciją už benziną, nemokamus
pokalbius mobiliuoju... Tai ir nulėmė, kad nuspren-
džiau atsisakyti savo kūdikio – „Rengos", nusileidau
keliais laipteliais žemyn – iš firmos bendrasavininkės
iki sekretorės, ir nėriau į man visiškai nepažįstamą
kosmetikos ir parfumerijos verslą. Viskas buvo nauja,
stengiausi kuo daugiau sužinoti apie mūsų produk-
tus, partnerius, salonus, naršiau po internetą ir greitai
sudariau gabios, ambicingos ir patikimos darbuotojos
įspūdį. Pinigai pinigais, bet aš tikrai neketinau ilgai
užsibūti prie sekretorės stalo, todėl stengiausi, kad
darbdavys pastebėtų, jog aš šį bei tą sugebu. Man pati-
ko šefas, bet nepuoselėjau dėl jo didelių vilčių – gerai

suvokiau savo vietą ir biure, ir visuomenėje, žinojau, kad iš sekretorės krėslo patekti į elitą nelengva taip pat kaip iš Žemės į Mėnulį. Kai vėliau Ernestas kartais po darbo parveždavo mane namo ar pakeliui pakviesdavo į kavinukę, aš tik mėgavausi viršininko dėmesiu ir dar negalvojau, kad norėčiau ko nors daugiau. Viskas pasikeitė staiga per uždarą kelių firmų pobūvį tik darbuotojams be antrųjų pusių.

Ernestas niekada neišskirdavo manęs, nerodydavo daugiau dėmesio negu kitoms firmos moterims, todėl ir dabar viskas atrodė kaip visada: aš vaikščioju po salę, bendrauju su kolegomis, geriu vyną ir laukiu, kada gi pagaliau galėsiu eiti namo, nusispirti aukštakulnius batelius, ištiesti kojas ir ramiai paskaityti. Pasamdytas orkestrėlis groja ramias, nostalgiškas devintojo dešimtmečio melodijas. Kai kas šoka. Mane taip pat pakviečia, šoku ir akies krašteliu stebiu Ernestą, besikalbantį su mūsų kaimynais iš gretimo pastato. Staiga mane apima nenumaldomas noras pašokti su juo. Partneris dar nenori manęs paleisti, todėl aš nelabai mandagiai pareiškiu, kad man mirtinai reikia įkvėpti tyro oro. Išeinu į koridorių, pavaikščioju kelias minutes ir vėl grįžtu į salę. Pasiėmusi į ranką taurę šampano einu artyn prie Ernesto, kuris tą minutę stovi vienas. Jis stebi mane ateinančią, mano širdis daužosi, lyg norėdama iššokti iš krūtinės, bet nusprendžiu nesitraukti.

– Kažkada žadėjot, kad mes pašoksim, – tyliai tariu. – Kodėl ne dabar?

Jis tylėdamas paima mano taurę, pastato ant baro ir ištiesia ranką. Labai rimtos akys gręžte gręžia mane... Mes nueinam į aikštelės vidurį ir pradedam suktis. Dabar visiškai nebesvarbu, ką apie mane galvoja bendradarbiai. Žiūriu jam į akis ir jaučiuosi skrendanti į devintą ar net dar aukštesnį dangų. Kai muzika nutyla, aš dar kelias sekundes nepajėgiu atsitokėti. Jis švelniai nuima nuo pečių mano rankas ir palydi mane, kur buvom palikę šampaną.

Noriu pasakyti jam, kad kolekcionuoju akimirkas, kai jaučiuosi visiškai, absoliučiai laiminga. Jos trumputės, bet įsirėžia į atmintį taip, kad nepamirši visą gyvenimą. Dažniausiai tokiomis akimirkomis aš būdavau viena: žiūrėjau į besileidžiančią saulę, ankstų rytą bėgau pajūriu, išėjusi į kiemą pamačiau pražydusį hiacintą, snigo dideliais kąsniais, kai per visą Vilnių pėsčia ėjau namo, ar tą niūrią pavasario dieną, kai vakare susipažinau su Ernestu. Tuomet atrodydavo, kad laimė tiesiog veržiasi per visas kūno ląsteles, jos net per daug, nepajėgi suvaldyti. Norėtum sulaikyti tą akimirką, bet negali. Ji prabėga, ištirpsta, tu vėl grįžti į kasdienybę, bet pakili nuotaika dar ilgai nepalieka, jautiesi prisilietusi prie kažko kilnaus ir didingo. Dabar, sukdamasi su Ernestu pagal „Strangers in the Night" melodiją, vėl pasijutau beprotiškai laiminga ir šis nepažįstamas žmogus staiga tapo man be galo artimas.

– Ernestai, ar nesutrukdysiu? – prie mūsų iš karto prisiartina kažkoks akiniuotas storulis.

Žinoma, kad sutrukdysi, eik šalin, mėginu hipnotizuoti, bet neatrodo, kad tai jį veiktų.

– Ne, nė kiek! – Ernesto šypsena iki ausų. – Labai malonu jus matyti. Atsiprašau, Sandra, štai tavo šampanas.

Tik nesakyk, kad buvo malonu su manim pašokti, nes paleisiu į tave šitą taurę.

Bet jis nieko daugiau nesako, tik leidžiasi į kalbas su tuo storuliu. Nusprendžiu, kad šį vakarą man jau gana įspūdžių ir pradedu slinkti durų link. Rūbinėje staiga kažkas prieina už nugaros ir uždeda rankas man ant pečių.

– Nepabėk. Aš tave parvešiu.

– Aš nenoriu, kad šiandien jūs mane parvežtumėt ir lauktumėt, kol pakviesiu arbatos, – pasakau kaip aikštinga mergytė. – Tai visiškai neromantiška.

– O ko tu nori? – pajuntu jo kuždesį prie savo kaklo. Lūpos vos prisiliečia prie mano odos, bet galinga elektros srovė nuvilnija žemyn.

– Aš noriu į Paryžių, – neatsigręždama sakau. – Noriu gerti vyną lauko kavinėje prie Senos ir bučiuotis krantinėje po medžiais...

Jis tyliai nusijuokia:

– Tu pašėlusi mergaitė, Sandra. Susikrauk lagaminą. Skrydis rytoj dvyliktą dvidešimt. Nepramik.

– Jokiu būdu! – aš taip pat nusijuokiu. – Tik jūs pats nepramikit.

Jis išsitraukia mobilųjį telefoną, paskambina mūsų firmos vairuotojui, paprašo parvežti mane namo.

– Savaitgalis Paryžiuje! – atsisveikindamas nusi-
šypso jis. – Ar gali būti kas romantiškiau?

Aišku, kad negali, todėl ir nebūna, tyliai nirštu aš.
Na, kam reikia šitaip nevykusiai juokauti, juk tai tikrai
mano slapčiausia svajonė. Grįžtu namo ir atsigulusi
dar ilgai negaliu užmigti – vis prisimenu mūsų šokį
ir pokalbį prie rūbinės. Galiausiai miegas mane įvei-
kia ir nugrimztu į nebūtį. Ryte prikelia telefonas. Dar
gerai neatsibudusi, aš vargais negalais sugraibau jį ant
spintelės prie lovos ir užkimusiu nuo miego balsu at-
siliepiu.

– Sandra! Tu miegi? Jau tuoj devynios! Po dviejų
valandų turim būti oro uoste!

– Ką? Kokiam oro uoste? – murmu nieko nesuvok-
dama. – Juk šiandien šeštadienis.

– Būtent! Savaitgalis Paryžiuje. Prisimeni?

– Prisimenu. Mes šauniai pajuokavom!

– Tik jau ne aš! Užsakiau bilietus. Mums pasisekė,
kad dar buvo laisvų vietų.

– Ernestai, užteks! Jūs taip įtikinamai kalbat, kad aš
tikrai šoksiu iš lovos ir imsiu krautis daiktus.

– Taip ir padaryk! Ir kuo skubiau. Vairuotojas Vir-
gis bus pas tave po valandos ir nuveš į oro uostą. Su-
sitiksim ten.

– Aš nieko nesuprantu. Tai negali būti tiesa.

– Negali, – šaiposi jis. – Tiesiog turiu per daug pi-
nigų ir nutariau paaukoti juos oro linijoms – užsisa-
kyti bilietus ir neskristi. Šok iš lovos! Greičiau. Pati
užsiprašei to Paryžiaus, o dabar nori mane nuvilti?

– Kaip galiu žinoti, kad jūs nemeluojat?

– Po valandos pamatysi po langu firmos automobilį, bet tada jau bus per vėlu pradėti krautis daiktus.

Vis dar netikėdama, kad šitaip gali būti, nusiprausiu po vėsiu dušu, kad miegai išsilakstytų, išgeriu stiprios kavos ir pažiūriu į laikrodį. Jei tai tiesa, vairuotojas Virgis bus po trisdešimt penkių minučių. Delsti tikrai nėra kada. Puolu prie spintos, ištraukiu džinsus, dvi palaidinukes, megztinį, apatinius, padvejojusi juodą kokteilių suknelę, aukštakulnius batelius. Ko dar gali reikėti savaitgaliui?

Dešimtą valandą lagaminėlis jau stovi koridoriuje, o aš pro langą matau į aikštelę įsukantį mūsų firmos automobilį. Vis dėlto tiesa? Dar abejodama nusileidžiu žemyn. Virgis išlipa iš mašinos, atrakina bagažinę.

– Tie prancūzai tikri juokdariai, – sako jis atidarydamas man dureles. – Paskutinę minutę sugalvoja pakviesti šefą verslo vakarienės.

– Taip, labai neatsakingai pasielgė, – rimtai pritariu, nors širdyje aidi fanfaros. Vis dėlto aš skrendu į Paryžių!

Oro uoste jis jau laukia. Stovi atokiau, žiūri į mane, stumiančią pro duris lagaminėlį, ir šypsosi. Ir staiga aš suvokiu – myliu jį, myliu, kaip dar nieko gyvenime nemylėjau. Visi buvę vaikinai, pasimatymai, bučiniai staiga atrodo nebesvarbūs lyg pernykštis sniegas...

Ernestas

Sandra artėja spinduliuodama... meile.

– Na, šito iš tavęs nesitikėjau, – sako priėjusi.

Ji visą laiką kreipėsi į mane „jūs", bet jei mes drauge skrendame, „jūs" atrodo visiškai netinkamas, ar ne? Nežinau, ar esu pasiruošęs tokiai staigiai mūsų santykių permainai, todėl sakau:

– Žinai, paskutinę minutę paskambino Žeraras ir pakvietė pietų. Koks laimingas sutapimas! Pagalvojau, bus visai neblogai pasiimti vertėją, juo labiau kad tu norėjai į Paryžių.

Jos veidas ištįsta, akys ir šypsena užgęsta, veide baisus nusivylimas. Aš imu kvatotis.

– Negi tu patikėjai ta nesąmone? Logiškai pagalvok: kada jis mane galėjo pakviesti? Šiandien? Juk kai tau skambinau, ten dar buvo ankstus rytas.

– Kodėl jūs mane šitaip erzinat? – graudžiai sumurma ji. – Man visai nejuokinga.

– Oi, tik nereikia to „jūs". Tas kreipinys iš tavo lūpų mane pjauna. Nusiramink, jis manęs nekvietė. Bet vis dėlto mes pasinaudosime proga ir su juo susitiksim. Suderinsim malonumą su verslu.

Matyti, kad jai vis tiek nepatinka mano žodžiai – stovi sutrikusi, nusiminusi, nuleidusi akis.

– Princese, – sakau. – Ar tu ne per anksti nori visko? Jei man būtų dvidešimt treji, galbūt ir aš į šią išvyką žiūrėčiau taip, kaip tu. Deja, šitas amžius jau seniai praeity. Nesu riteris ant balto žirgo, todėl ir nelaikyk manęs tokiu. Mes – suaugę žmonės, galim suteikti vienas kitam truputį džiaugsmo, o paskui ir vėl grįžti į pilką kasdienybę.

– Bet kodėl jūs taip kalbat? – išplėtusi akis klausia ji. – Argi aš prašau padovanoti man sužadėtuvių žiedą? – Jos akyse sublizga ašaros. – Jei jūs taip manot, aš... aš iš viso niekur neskrisiu!

Ji apsigręžia ir ryžtingai žengia durų link. Aš iš karto griebiu ją už rankos.

– Sandra, nereikia scenų. Aš tik noriu, kad nepuoselėtum nerealių iliuzijų. Aš negaliu duoti to, ko tu šiuo metu trokšti – per daug įsipareigojimų turiu.

Kalbu ir pats pykstu ant savęs. Juk tai aš ryte pabudęs sugalvojau šią kelionę, skambinau į oro uostą, užsisakiau bilietus, ištempiau iš namų Sandrą. Ką gi dabar darau? Kodėl sudaužiau jos svajonę? Kodėl romantišką kelionę staiga noriu paversti paprastu pasidulkinimu su sekretore per dalykinę išvyką?

– Atleiskit, Ernestai, kad aš jus neteisingai supratau, – jau nusiraminusi sako Sandra. – Aš nenoriu būti jums atsipalaidavimo objektas savaitgalį. Maniau, kad nusprendėt padovanoti man nuostabią, romantišką dovaną, ir susileidau. Bet skristi į Paryžių pasidulkinti su šefu – tikrai ne mano stilius. Aš neskrisiu su jumis. Ir suprantu, kad toliau nebegalėsiu pas jus dirbti. Mano „Renga" tikrai apsidžiaugs, kai sugrįšiu. Sudie!

Suvokiu smarkiai persūdęs, mėgindamas apsidrausti, kad ji per daug neprisiríštų prie manęs. Negaliu jos prarasti! Ne, tik ne tai. Per ilgai svajojau apie ją – jauną, stangrią, šviežią savo lovoje. Juk dėl to ir užkalbinau ją tame baliuje, skambinau, priėmiau į darbą, sėdėdavau su ja kavinukėse – jaukinausi, kad neišgąsdinčiau. Nes man taip trūksta tokio beatodairiško linksmumo, gyvenimo džiaugsmo, susižavėjusių akių. Jau taip seniai to neturiu. Dar kartą prisiveju ją jau visai prie pat durų.

– Sandra, atleisk, aš kvailys. Nežinau, kokia musė mane įgėlė. Gal, pamatęs tave, pagalvojau, kad nenoriu tavęs nuvilti, gal pats išsigandau, kad ši išvyka daug ką pakeis mano gyvenime. Bet jei tu dabar išeisi, žinau, kad prarasiu pačią nuostabiausią progą ir to labai gailėsiuos. Pamiršk visą tą pokalbį. Įsivaizduok, kad tu tik dabar įėjai pro duris.

Ji žiūri į mane netikėdama.

– Sandra, sustok prie durų ir atsigręžk, lyg būtum ką tik čia atsiradusi.

Ji sustoja ir skeptiškai žiūri į mane. Aš paeinu kelis žingsnius toliau ir puolu prie jos.

– Pagaliau! – šūkteliu. – Jau maniau, kad neateisi, kad nepatikėjai manim, – sugriebiu jos lagaminą. – Greičiau bėkim, tuoj baigsis registracija!

Akimirką ji žiūri į mane kaip į beprotį, vėliau pradeda juoktis. Suimu ją už rankos ir nusitempiu prie registracijos stalo. Ji nesipriešina. Aš vėliau pagalvosiu, ką toliau daryti, o dabar svarbu, kad ji vėl juokiasi, žiūri į mane tuo nepakartojamu, šiltu žvilgsniu ir mes skrendam.

Evija

Kažkas vyksta. Kažkas labai negera. Ernis pasikeitė. Tapo išsiblaškęs, visiškai nesiklauso, ką jam sakau, pusryčiaudamas sėdi įbedęs akis į laikraštį, lyg norėdamas visas už jo pradingti. Jau kelias dienas vakarais skundžiasi esąs labai pavargęs, nepajėgiu jo sugundyti. O kai sykį pamėginau kreiptis į jį mūsų sekso kalba, jis net suriaumojo: „Baik tu tas nesąmones! Jau net vemt verčia nuo tų iečių ir slapčiausių vietelių!" Tai buvo taip netikėta, kad aš net krūptelėjau ir atšlijau. Kai jis išvažiavo į darbą, ėmiau nagrinėti jo elgesį pastaruoju metu. Nerimą keliančių požymių atsirado maždaug prieš tris mėnesius. Po to labdaros baliaus dažnai pastebėdavau, kad jis išsiblaškęs, mintys vis kažkur nuklysta. Mėginau klausinėti, bet nieko nepešiau.

– Eva, gal tu per ilgai užsisėdėjai namie? – pasakė jis gūžtelėjęs pečiais. – Neturi ko veikti ir išsigalvoji visokių nesąmonių. Aš užsiėmęs žmogus, pavargstu darbe, grįžęs namo tiesiog noriu pasėdėti, patylėti. Ar žinai, kiek aš išsišneku per dieną? O tu tūnai čia viena, su niekuo nebendrauji, o paskui kankini mane savo nepagrįstais įtarinėjimais. Susirask kokį nors užsakovą ir suprojektuok jam interjerą.

Va, čia tai naujiena! Kai apsigyvenom kartu, jis nenorėjo, kad dirbčiau. Pavydėjo manęs visiems. Matyt, bijojo, kad atsiras koks nors įžūlus klientas, kuris, kaip tada Ernis, nusivežęs mane apžiūrėti namo, parsivers ant čiužinio. Tiesa, iš pradžių, kol kūriau savo namus, man nė nereikėjo kito darbo. Būčiau nepavežusi tokio krūvio. Be to, aš negaliu blaškytis ir vienu metu kurti kelis interjerus. Visą širdį sudėjau į šiuos namus. Tačiau dabar jau seniai viskas baigta, remontuoti kol kas nesiruošiam, todėl galbūt tikrai reikėtų susirasti klientų. Tik kaip? Per tuos penkerius metus mane visi pamiršo. Tada uždariau savo firmą, merginos įsidarbino kituose dizaino salonuose. Vesta pati labai sėkmingai kuria, dabar ji laikoma pačia madingiausia dizainere, ją graibsto visi naujieji turtuoliai. Aš niekada nesigailėjau uždariusi savo saloną ir visa atsidavusi įstabiausiam savo gyvenimo kūriniui – Ernesto ir Evijos meilės lizdeliui. Tačiau pastaruoju metu man tikrai trūksta veiklos.

Sėdu prie kompiuterio, sukuriu reklaminį tekstą apie teikiamas paslaugas, prikabinu kelias savo kurtų interjerų nuotraukas ir įdedu į mokamą skelbimų svetainę. Čia tik pradžia. Jei niekas neužkibs, mėginsiu laimę per laikraščius ar susirasiu tą televizijos vedėją, rengusią laidą apie mus, pamėginsiu pasiūlyti jai solidų honorarą, kad dar kartą mane pakalbintų. Kaip visada užsiplikau kavos, pasiimu žurnalą, bet šis ritualas man nebeteikia įprastos ramybės.

Ernestas labai pasikeitė po tos kelionės į Paryžių. Tada ryte nuėjo paplaukioti į baseiną, o grįžęs ėmė netikėtai krautis daiktus. Neva Žeraras primygtinai reikalaująs susitikti. Kažkas ten dega. Siūliausi vykti kartu – atitrūksim nuo kasdienybės, pavaikščiosim pamėgtom gatvėm, pasėdėsim kavinukėse. Bet jis nenorėjo nė girdėti – ten bus darbas, o ne pramogos, jis neturėsiąs laiko gaišti su manim kavinėse. Mėginau tikinti, kad dieną aš viena pavaikščiosiu po parduotuves, antikvariatus, o vakare... Bet jis tik nekantriai mostelėjo ranka.

– Ką tu dar nori nusipirkti? Ko dar trūksta tavo spintoj ar šiuose namuose? Apskritai tu labai išlaidi. Laikas riboti poreikius!

Jis išvažiavo, palikęs mane kaip maišu trenktą. Mano per dideli poreikiai? Pas mus per daug daiktų? Tačiau liūdniausia tai, kad mano draugija tik trukdytų. Kam? Žeraras labai malonus vyriškis. Paryžiuje mes ne kartą lankėmės pas jį, vakarieniavom kartu su jo drauge Sofi, praleidom daug malonių vakarų. Čia, Lietuvoje, taip pat susitinkam. Jis kelis kartus svečiavosi pas mus, labai gyrė namus ir mano skonį.

Ar Ernestas išvyko vienas? Ši mintis perskrodžia lyg durklas. Taip staiga, neįspėjęs iš anksto. Paprastai aš bent prieš savaitę žinau, kur jis važiuos. Jau norėjau griebti telefoną ir skambinti jo pavaduotojui, paklausti, ar tikrai jis ten turi reikalų, bet laiku susivaldžiau. Būčiau padariusi siaubingą klaidą – parodžiusi, kad nežinau, kur mano vyras. Ne, aš visada sugebėjau išlikti šalta ir apdairi. Kas gi čia man darosi? Kodėl aš jį įtariu? Gal tikrai pernelyg ilgai sėdžiu namie, susikūriau tobulą gyvenimą, maniau esanti absoliučiai laiminga. Tačiau tikriausiai neįmanoma būti laimingai visą laiką. Gyvenime reikia permainų. Keista, kad tai, kas neseniai atrodė tobulumo viršūnė, dabar pradeda po truputį slėgti. Mes per gerai pažįstam vienas kitą. Kartais net kalbėtis nereikia – iš anksto aišku, ką kitas pasakys. Manau, kad žmonės negali labai ilgai gyventi tik dviese. Taigi logiška išvada: mums reikia vaiko. Tada tikrai atsirastų taip trokštamų permainų. Kūdikis viską pakeistų. Žinoma, jis reikalautų dėmesio, tektų atsisakyti daugelio susiformavusių įpročių. Bet juk tai atsipirktų. Tik dar nelabai žinau kaip. Iki šios valandėlės man lyg ir nereikėjo vaiko. Visada atrodė, kad gyvenime noriu daryti tai, kas man patinka, – kurti tobulą grožį, įsirengti skoningus, unikalius namus, skirti daug dėmesio sau, lepintis, puoselėti savo kūną. Ne, aš neatmečiau minties kada nors turėti kūdikį, bet vis nukeldavau tai į tolimą neapibrėžtą ateitį. Tačiau man jau trisdešimt penkeri. Biologinis laikrodis tiksi. Gal tikrai reikia pagalvoti apie vaiką, kol dar ne per vėlu. Aš kaip ta romano „Ofelija mokosi plaukti" herojė – ir keturiasdešimties sulaukusi vis dar manosi turinti marias laiko kūdikiui pagimdyti.

Pradedu fantazuoti ir galiausiai įsivaizduoju tą savo vaiką – mažutį berniuką auksinėmis garbanomis, lyg angeliuką bėgiojantį po sodą. Taigi! O kurgi jis gyvens? Mūsų tobulai įrengtame name nėra vietos vaikų kambariui. Kur jis galėtų būti? Pašoku ir nuskubu laiptais į viršų. Žinoma, vaiko kambarys turėtų būti greta tėvų miegamojo, todėl reikės pertvarkyti vieną iš svečių miegamųjų. Turime du, taigi vieną paaukosim. Apžiūriu kambarius ir nusprendžiu, kad geriau tiks tas iš rytų pusės – didesnis, erdvesnis. Žinoma, gaila išardyti savo kūrinį, bet, kita vertus, mielai priimsiu naują iššūkį – sukurti vaikų kambarį. Dar nesu to dariusi, nes paprastai tokį darbą perleisdavau kolegėms. Tiesiog man nebuvo įdomu: apmušalai su fėjomis ar kačiukais, automobilio formos žaislų dėžės, kilimai su traukiniais ar gėlytėmis – tai paprasčiausiai ne mano sritis. Bet dabar mane pagavo įkvėpimas.

Nusileidusi į darbo kambarį, sėdu prie kompiuterio ir imu naršyti po internetą. Reikia pasisemti idėjų. Nė nepastebiu, kaip pralekia trys valandos. Pasirodo, štai ko man reikėjo, kad išblaškyčiau slogią nuotaiką, – naujo darbo, minčių, kūrybos.

Išjungusi kompiuterį, nusprendžiu pasivaikščioti po „Statybų alėją", pažiūrėti, ką gi jie siūlo, kad projektuodama žinočiau, ką galima gauti čia, o ką reikės užsakyti iš katalogų. Tiesa, aš nežinau, berniukui ar mergaitei rinkti aksesuarus. Tačiau kažkodėl galvoju tik apie sūnų. Be to, ir Ernestas tikriausiai norėtų sūnaus. Tikri vyrai visada trokšta turėti įpėdinį. Matyt, tai užprogramuota genuose.

Vaikštau po didžiulę parduotuvę, žiūrinėju begales apmušalų, ryškiaspalvių kilimų, žaismingų žaliuzių, fotografuoju labiausiai patinkančius – namie perkelsiu nuotraukas į kompiuterį ir bus aišku, ko iš tikrųjų noriu. Mano nuotaika pakili, aš kupina džiugaus susijaudinimo. Gerai suprantu, kad šiuo metu noriu ne tiek vaiko, kiek įrengti tą kambarį – kuo greičiau padaryti projektą ir pradėti jį įgyvendinti. *Ne, palauk, gal pirmiausiai reikėtų bent pastoti?*

Grįžtu namo, užvalgau ir puolu prie kompiuterio – perkeliu nuotraukas, peržiūrinėju ir karštligiškai rašausi kilusias mintis ant popieriaus lapų. Jau seniai taip gerai nesijaučiau. Aš visiškai pamirštu laiką ir atsipeikėju tik už nugaros išgirdusi Ernesto žingsnius.

– Oho, seniai nematytas vaizdas, – jis kritiškai nužvelgia ant grindų išmėtytus lapus. – Dirbi? Gavai užsakymą?

– Dirbu! – švytėdama pareiškiu. – Bet užsakymą gavau iš savęs!

– Nieko nesuprantu, – jis gūžteli pečiais. – Vėl sugalvojai ką nors patobulinti namuose?

– Taip! Būtent! Patobulinti! Mūsų namuose nėra vaikų kambario, tai nusprendžiau...

– Vaikų kambario? – Sunku būtų apibūdinti jo intonaciją ir veido išraišką – galbūt geriausiai tiktų „visiškas užtemimas". – O kam mums jo reikia? Kiek žinau, čia nėra jokių vaikų.

– Nėra, bet bus! – išdidžiai šūkteliu. – Manau, kad mums jau laikas...

– Ką? – dabar išraiška aiški: siaubingas susierzinimas ir net baimė. – Eva! Tu nėščia?

Suprantu, kad teigiamas atsakymas jį dabar pribaigtų, tik nesuvokiu kodėl. Kas čia taip baisu?

– Ne, – nusijuokiu. – Kol kas. Bet jei mes nueitume į miegamąjį ir labai pasistengtume...

– Fu!!! – triukšmingai iškvepia jis. – Na ir išgąsdinai! Bet ir sugalvok tu man šitaip juokauti! Net kojas pakirto. Einu, įsipilsiu išgerti.

Aš pakylu nuo rašomojo stalo.

– Erni, bet kas gi čia būtų blogo, jei aš tikrai laukčiausi kūdikio? Juk mes jau penkerius metus kartu, ir natūralu...

– Ne! Nenatūralu! – tamsiai išraudęs rikteli jis. – Man nereikia jokių vaikų. Turiu vieną – nemačiau dešimt metų, kai su motina išvažiavo į Ameriką. Ir patikėk, aš jo visai nepasigendu.

Tai man ne naujiena – Ernestas dar mūsų pažinties pradžioje prisipažino, kad vedė labai jaunas, kaip sakoma „iš reikalo", santuoka truko trumpai. Buvusi žmonelė ištekėjusi antrą kartą, vaikas įsūnytas, Ernis nemoka jokių alimentų.

– Bet juk tai buvo santuoka be meilės, – taikiai sakau. – Nenuostabu, kad ir tas vaikas tau buvo nemielas – tik kliūtis, privertusi tave daryti tai, ko nenorėjai. O mums viskas bus kitaip...

– Eva, aš niekada nemaniau, kad ir tu nori tapti tokia pat perekšle, kaip kitos moterys. Sudie profesijai, sudie elegancijai. Sumamėsi ir taukši tik apie savo aštuntą pasaulio stebuklą, nebeliks laiko nei vyrui, nei namams, nei draugams.

Sumamėsi! Kas čia per naujadaras? Pirmą kartą girdžiu.

– Erni, bet mano biologinis laikrodis...

– Kam tau iš viso reikia to vaiko! – šūkteli jis. – Man net toji mintis atgrasi. Apsiramink! Oi, moki sugadinti nuotaiką!

Jis staigiai apsigręžia ir išeina iš kambario taip trenkęs durimis, kad net šviestuvo stiklai suvirpa ir ima skimbčioti. Aš niekada nesu mačiusi jo tokio įsiutusio, nors mūsų partnerystė nėra ideali – visko pasitaiko, ginčų taip pat, bet visada sugebėdavau jį nuraminti. Tačiau neketinu pasiduoti. Jei iki šiol ta mintis turėti kūdikį man atrodė labai abstrakti ir nutolusi, tai dabar, dėkui Ernio pykčiui, ji pradeda materializuotis. Suirzusi imu galvoti, kad aš tikrai noriu vaiko. Bent jau būtų su kuo pasikalbėti, kai jo tėvas po darbo grįžta prieš vidurnaktį. Tiesa, tokiu laiku ir vaikas jau seniai miegotų, tačiau bent jau būčiau ne viena namie.

Kai susirinkusi savo išmėtytus popierius pagaliau nueinu į miegamąjį, Ernesto ten nėra. Namuose tylu ir tamsu. Tai kurgi jis dingo? Priėjusi prie svečių kambario, kurį ketinau paversti vaiko karalyste, pastumiu duris. Ernestas guli lovoje ir apsimeta miegantis.

– Negi tu toks naivus, kad manai, jog aš pulsiu tave ir užsitaisysiu tą vaiką būtent šiąnakt? – rikteliu. O ką? Jis pakėlė balsą, tai kodėl man negalima? – Nusprendei nebeliesti manęs, kad paskui galėtum sakyti, jog vaikas ne tavo.

– Tai ką? Vis dėlto laukiesi? – iš karto pašoka jis.

– Ne! Nes tik šiandien sugalvojau, kad mums reikia vaiko.

– Mums nereikia vaiko! NE-REI-KIA!!! Supratai?

– Ne, nesupratau! – nepasiduodu aš. – Man reikia!

– Tada, – staiga labai tyliai, bet grėsmingai ištaria jis, – gali pasirodyti, kad man nereikia tavęs.

– Na ir labai malonu! – atšaunu. – Aš taip pat pamąstysiu, ar man reikia tavęs. Nemanyk esąs tobulas, neklystantis. Tu – ne Dievas! – Trenkiu durimis ir grįžtu į miegamąjį.

Tik pamanykit, kokia arogancija! Jis, matai, nurodys, ko man reikia ir ko nereikia. Man! Kuri įrengė jam šitą rojų. Kaipgi atrodė tie namai, kol nebuvo prisilietusios mano rankos? Tai *aš* padariau juos tokius, kad jam ne gėda pasikviesti verslo partnerius. Tai *mano* triūsą ir talentą jie giria. Tai *aš* juos sutinku ir išlydžiu taip, kad jie visada jaučiasi čia mieli, laukti svečiai. Už visą triūsą ir *man* kažkas priklauso! Taigi vaikas bus. Jei *aš* taip nusprendžiau, šįkart taip ir bus.

Aš nė kiek nesijaudinu, kad mes susipykom. Žinau, ryte viskas bus gerai. Per tuos penkerius metus aš puikiai pažinau Ernį. Jis kartais užsiplieskia, prikalba visokių nemalonybių, bet iš ryto jau būna nusiraminęs ir net neužsimena apie vakarykštį kivirčą, o vakare aš gaunu kokią nors dovaną ar staigmeną – pavyzdžiui, vakarienę „Stikliuose" ar dar ką nors įdomaus. Kuo piktesnis būna iš vakaro, tuo dosnesnis kitą dieną. Todėl aš nueinu miegoti visiškai rami: rytas už vakarą protingesnis. Manau, kad ir mintis turėti kūdikį jam pasirodys visiškai miela.

Ernestas

Atrodo, kad Eva palengvino man apsispręsti. Aš ją apgaudinėju. Jau kurį laiką jaučiuosi prastai. Man atsibodo gyventi su Eva, įkyrėjo viskas – jos tobulumas, intonacijos, meilės žaidimai, viskas jau žinoma atmintinai. Sandra įnešė į mano gyvenimą gyvumo, žaismingumo, netikėtumų. Ne, ji ne tobula, jai dar reikia daug ko išmokti, kad galėtų bendrauti su elitu, eiti į aukštuomenės vakarėlius. Tačiau būtent tai mane ir traukia, bus įdomu ją lavinti, kad galėčiau nesivaržydamas viešai rodytis su ja.

Tačiau aš dar neketinu pakeisti Evos nauja širdies drauge. Nors ir nusibodusi namie, bet viešuomenėje ji nepakartojama. Kai įeinu su ja į pobūvio salę, į mus iš karto susminga susižavėję ir net pavydūs žvilgsniai. Ji moka padaryti įspūdį, niekada nesutrinka, sugeba palaikyti pokalbį bet kokia tema, mes drąsiai galime eiti ir į naujos dizainerio kolekcijos pristatymą, ir į operą, ir į labdaros šokių vakarą. Norėčiau dar ilgokai išlaikyti jas abi, mėgautis įprastu patogiu gyvenimo būdu su Eva ir kartais paįvairinti kasdienybę maloniais netikėtumais su Sandra.

Deja, likimas panoro viską sutvarkyti savaip. Ačiū už malonumą, bet tėčiu tapti neketinu. Šito nėra mano planuose. Žmogus privalo gyventi tik sau. Niekas nekompensuos jam su vaiku praleistų valandų. Tai tuščiai išeikvotas laikas. Prarastas, nesugrąžinamas. Aukoti pusę savo gražiausių metų, nervintis dėl įvairiausių ligų, traumų, paauglystės kompleksų, kovoti su draugų įtaka, sekti, kad nepradėtų gerti, ar dar blogiau, vartoti narkotikus, o jei tai, neduok Dieve, duktė, kad netaptų visų valkiojama kekše. O ką gausiu mainais? Nuolatinius reikalavimus: dėmesio, pinigų, naujausio modelio „tačkės"? Ir tik tam, kad, vos sulaukęs pilnametystės, jis paliktų mano namus, tačiau nepaliautų reikalavęs išlaikyti. Ne, tai ne man. Aš per daug myliu savo nepriklausomybę ir laisvę. O galbūt bijau atsakomybės, bijau, kad nesugebėsiu būti geras tėvas. Žmonės mėgsta kartoti: neturi vaikų, tai kas tave senatvėje išlaikys ir prižiūrės? Tipiškas atgyvenęs lietuviškas požiūris. Visose civilizuotose šalyse senjorai apsigyvena specialiuose namuose pagal savo kišenę. Turi pinigų – prabangiuose apartamentuose, neturi – sublokuotuose vieno kambario butukuose. Jais rūpinasi tam parengtas personalas. Ir visi laimingi. Taigi, pinigų aš turiu. Bet čia Lietuva, mums dar labai toli iki Vakarų šalių patirties. Nors jau ir čia atsiranda teigiamų permainų – neseniai pastatyti šaunūs senelių namai Birštone. Tik, sako, kad gyventojų ten nėra. Brangu. Manau, kol aš pasensiu, atsiras dar geresnių namų senjorams, kur gyvensi prižiūrimas geriausių specialistų. Tik mokėk pinigus. Joks vaikas tavimi šitaip nepasirūpins. Tikriausiai ir mano vaikui būtų neįdomu su manimi, kaip man su savo tėvais. Aš atmintinai žinau jų istorijas, man juokingas jų požiūris į gyvenimą ir moralę, mūsų politinės pažiūros absoliučiai skirtingos. Neįsivaizduoju, apie ką mes kalbėtume, jei neapšnekinėtume gausios mūsų giminės – dėdžių, tetų, pusbrolių, pusseserių, kurie, beje, man taip pat neįdomūs. Bet juk reikia apie kažką kalbėtis... Gal todėl aš taip retai juos lankau ir kiekvieną kartą prisiversdamas, labai nenoromis. Jie iš viso nėra buvę šiuose mano namuose, nematę Evos. Nei ji nori važiuoti į tuos jų Pabalius, nei aš noriu, kad jie čia maišytųsi. Neįsivaizduoju, kad mano santykiai su vaiku galėtų būti kitokie, tai kam man tas rūpestis?

Pakaks tų svarstymų. Rytas už vakarą protingesnis. O dabar miegoti, miegoti.

Pabundu anksti ir nustembu šalia neradęs Evos. Ištiesiu ranką – tuščia. Kurgi ji dingo? Dar tik aušta. Negi jau išbėgo ruošti man pusryčių? Ji tokia rūpestinga, lepina mane, žmogus greit pripranti prie gero, o penkeri metai ne toks ir trumpas laiko tarpas. Eva, mano ištikimoji, patogioji draugė... Buvo! Kol nesugalvojo to kūdikio. Staiga viską prisimenu. Štai kodėl jos nėra šalia – aš svečių miegamajame. Persikrausčiau vakar, neištvėręs jos absurdiškų idėjų. Gal ji tik pajuokavo? Norėjo atkreipti mano dėmesį, pajutusi, kad pastaruoju metu nutolau? Mes niekad nekalbėjom apie vaikus ir šventai tikėjau, kad ir jai jų nereikia. Kokios kvailos tos moterys – būtinai nori gimdyti, susigadinti figūrą. Gimdžiusios jau niekada nebebus tokios gražios. Krū tys išsitampo, nukąra, pilvas nudrimba. Prisimenu, kadaise man didelį įspūdį padarė senas Holivudo filmas „Logano pabėgimas". Ten žmonės gyvena tobulame pasaulyje, viskuo aprūpinti, mėgaujasi malonumais. Seksas skirtas tik džiaugsmui. Vaikai pradedami ir užsimezga mėgintuvėliuose, vėliau juos kažkas augina, auklėja. Nei tau sauskelnių, nei bemiegių naktų, nei kitų rūpesčių. Tikriausiai filmo kūrėjai įžvelgė mūsų ateitį. Taip ir bus! Žmonija gyvens tobulame pasaulyje. Tiesa, filmo pasaulis nebuvo tobulas. Žmonėms buvo leidžiama gyventi tik trisdešimt metų. Paskui juos sunaikindavo. Man trisdešimt penkeri. Vadinasi, jau būčiau miręs. Ne, šitaip negerai. Tačiau toks vaikų auginimas tikrai vertas dėmesio. Nusprendžiu, kad jau reikia keltis, vis tiek nepavyks užmigti. Eisiu paplaukioti, būsiu žvalesnis darbe.

Vos tik perplaukiu porą kartų baseiną, pasirodo Eva. Ji nusimeta baltą kilpinį chalatą ir grakščiai įlipa į vandenį. Gaivi, veide žydi šypsena, lyg ir nebūtų buvę to vakarykščio isteriško pokalbio.

– Erni, – murkia ji. – Atleisk. Nežinau, kas man vakar užplaukė. Prikalbėjau nesąmonių.

– Nieko, visiems pasitaiko, – kilniadvasiškai atleidžiu. – Tikiuosi, nusprendei, kad aš teisus. Mes puikiai gyvenam, kodėl turėtume viską sugadinti, kai tiek įdėjome puoselėdami savo padėtį visuomenėje, santykius su draugais? Juk vaikas viską pakeistų.

– Tu kaip visada teisus, – Eva priplaukia ir prisiglaudžia nuogu kūnu. – Įsimylėjėlių pykčiai tik atnaujina meilę, – kužda ji. – Ar nenorėtum...

74

– Juk žinai, kad aš visada norėčiau, – sakau ir tą akimirką esu nuoširdus – tikrai jos geidžiu.

– Tai kodėl mes ne... – Jos ranka gerai žino kelią. Bet aš nelinkęs taip greit ja patikėti. Moterys gudrios, kai siekia tikslo.

– Eva, kaip man žinoti, kad tu jau nevykdai savo plano pastoti? – nuimu jos ranką.– Po to, ką kalbėjai vakar, aš norėčiau būti atsargus.

– Juk žinai, kad visą laiką geriu kontraceptines tabletes.

– Žinau, kad tu taip sakai. Bet po vakar...

– Įtariau, kad taip bus, – juokiasi Eva. – Bet tu neišsisuksi. Ji išlipa iš baseino, prieina prie savo chalato ir išima iš kišenės pakelį prezervatyvų. – Na, o ką dabar pasakysi? – Ji nueina prie kušetės, užtiesia ją dideliu rankšluosčiu ir gundančiai atsigula, pasirėmusi viena ranka, o kita mojuoja apsaugos priemone. – Nagi, mielas berniuk? Bijai?

Aš esu silpnas ir neatsispiriu jos vilionėms. Po kelių minučių mes jau mylimės ir man tai patinka.

– Be apsaugos smagiau, – apgailestaudama kužda ji. – Turėtum labiau manim pasitikėti.

– Mmm, – numykiu, įsikniaubęs į jos kaklą. – Vis tiek buvo gera.

Važiuojant į darbą, mano pakili nuotaika ima sklaidytis. Dabar jaučiuosi išdavęs Sandrą. Juk tik vakar vakare alpau iš neaprėpiamos laimės jos glėbyje viešbučio apartamentuose, gėriau šampaną, svaigau nuo jos artumo ir mintyse žadėjau tikrai nesimylėti su Eva. Bent jau ne tuoj. Deja, visi mano geri norai sutirpo lyg pavasario sniegas, vos tik Eva nusimetė chalatą. Kaip vadinasi tokie vyrai? *Dvimoteriai? Neapsisprendėliai?* Sandra nieko iš manęs nereikalauja, tik džiaugiasi galėdama būti kartu. Kartą užsiminė, kad norėtų, jog aš būčiau paprastas firmos darbuotojas, o ne turtingas šefas. Ji tokia tobulybė ir taip nuoširdžiai myli mane. Po rafinuotosios Evos Sandra – lyg šalto, tyro vandens gurkšnis įkaitusiose didmiesčio stiklo ir betono džiunglėse.

Evija

Atrodo, man pavyko viską užglaistyti. Visada pavyksta. Per tuos kartu praleistus metus tapau nebloga psichologė. Gerai žinau, kokį svertelį paspausti, kam Ernestas nepajėgia atsispirti. Kelias dienas nė neužsimenu apie kūdikį, tik lepinu Ernestą jo mėgstamais patiekalais ir sekso malonumais. Jis labai mėgsta mylėtis rytais, man smagiau naktį, kai aplink tamsu, bet jei taip galiu laimėti jo palankumą, kodėl nepasistengti ir neapsimesti, kad ir man žvėriškai malonu? Ypač dabar. Kai jis patenkintas išvažiuoja į darbą, galiu ramiai tvarkytis namuose ir laukti jo pareinančio. Po mūsų konflikto jis kasdien grįžta namo laiku, mes kaip ir anksčiau vakarieniaujame prie žvakių, susirūpinimo raukšlės ant jo kaktos jau išsilygino. Pradedu manyti, kad nė nebuvo tų nemalonių pasiaiškinimų ir barnių. Jis netgi užsimena, kad mums reikėtų išvažiuoti kur nors pailsėti, ramiai pasikalbėti, kokių permainų trokštame savo gyvenime. Tyliai džiūgauju supratusi tai kaip neištartą kvietimą pradėti kūdikį kokioje nors romantiškoje aplinkoje.

Ir ši diena slenka įprastu ritmu. Patikrinu savo elektroninį paštą. Gal jau turiu pasiūlymų dėl darbo? Jau gavau kelis užklausimus. Valio! Dar du susidomėjo, nori susitikti, o juk čia tik pati pradžia. Atsiverčiu trečiąjį laišką ir pasijuntu lyg gavusi smūgį į paširdžius.

Miela Evija,
Jums tikrai reikia ieškotis darbo, nes į jūsų vietą jau taiko kita. Jumis dėta, pasidomėčiau Ernesto administratore. Ar jie ne per daug laiko po darbo leidžia kartu? O ką manote apie jų kelionę į Paryžių?

Jokio parašo. Širdį sugniaužia it replėmis. Ernesto administratorė? Kaip ji atrodo? Maišosi ten biure kelios mergaičiukės, bet nėra nė vienos, į kurią toks vyras kaip Ernestas atkreiptų dėmesį. Ne, to negali būti, mėginu nusijuokti. Kažkas pavydi mano gyvenimo ir mano vyro. Kažkoks piktavalis ar veikiau piktavalė nori viską sugriauti. Nekreipsiu dėmesio. Taip bus geriausia. Pasiimu dulkių siurblį ir imu energingai darbuotis. Nėra čia tų dulkių. Vakar išsiurbiau, bet man reikia kaip nors išlieti užplūdusį susijaudinimą. O kas, jei aš nuvažiuočiau į biurą ir išsiaiškinčiau, kuri ta administratorė? Aš jau senokai ten lankiausi. Ernis nemėgsta, kai kišuosi į jo darbo reikalus. Taip, tenka dalyvauti pobūviuose, priimti svečius namie, bet tada būnu tik žavi, rūpestinga šeimininkė. Aš retai bendrauju su Ernio darbuotojais, juo labiau tokio žemo rango kaip administratorės. Išjungiu dulkių siurblį, nunešu į sandėliuką ir einu rengtis. Vis dėlto nuvažiuosiu į biurą. Tik reikia sugalvoti tinkamą pretekstą. Ko man ten galėtų reikėti?

Kruopščiai apsirengiu, pasidažau. Atrodau kaip visada puikiai – smėlio spalvos kelnių kostiumėlis, išmoningai suraišytas spalvingas šalikėlis ant kaklo, neryškus dieninis makiažas. Tik vis dar nesugalvoju, ką sakyti. Gal man reikia informacijos apie kokį nors būsimą klientą? Jie gali sužinoti, ar jis patikimas, ar nesiruošia bankrutuoti? Ne, nevykusi mintis – apie tai galiu pasikalbėti su Erniu namie, paprašyti, kad jis pasidomėtų.

Einu į garažą ir išvažiuoju. Gal pakeliui šaus kokia išganinga mintis. Deja. Galvoje sukasi tik tos nelemtos žinutės tekstas. Buvau tokia laiminga, kad pavyko užlopyti savo kvailo elgesio spragas, ir še tau – saldainiukas visai dienai.

Pastatau automobilį aikštelėje priešais Ernesto biurą, įeinu į pastatą, keliuosi liftu vis dar nežinodama, ką pasakysiu. Įeinu pro stiklines vestibiulio duris. Prie didelio rašomojo stalo sėdi mergaičiukė ir kažką uoliai spausdina, žiūrėdama į kompiuterio ekraną. Jaunutė, kokių dvidešimties, juodi plaukai suraišti į arklio uodegą, paprastas pilkas kostiumėlis, tikriausiai pirktas Gariūnuose už kokius tris šimtus litų. Vokai vos padažyti, lūpos – tik perbrauktos blizgesiu. Ji man pasirodo matyta, tik niekaip neprisimenu kur. Kortelėje parašyta: „Sandra. Administratorė".

– Atsiprašau? – priimamojo erdvėje mano balsas nuskamba šaižokai. Gal dar neįveikiau susierzinimo po tos nelemtos žinutės.

Ji atitraukia akis nuo ekrano ir nusišypso.

– Laba diena. Kuo galiu padėti?

– Ar direktorius kabinete?

– Deja, jis išvykęs, – sako ji. – Ar ką nors perduoti?

– Ne, nieko, aš jam paskambinsiu, – sakau ir nesusilaikau nepaklaususi: – Ar jūs čia tik viena administratorė?

– Taip, – atsako ji. – O kodėl jūs klausiate? Ieškot kokios nors mūsų darbuotojos? Gal jos kitos pareigos?

– Ne, aš tik šiaip sau paklausiau, – pasisuku eiti, bet staiga pro duris įžengia Ernestas.

– Eva? – nustemba jis. – Ką tu čia veiki?

– Norėjau tau kai ką pasakyti, bet gal užeinam pas tave.

– Žinoma, – jis nusiveda mane į kabinetą. – Kas atsitiko? – susirūpinęs klausia.

– Nieko! – staiga nuoširdžiai išsprūsta. – Tiesiog mirtinai užsimaniau tave pamatyti. Žinau, kad tai kvaila, bet negalėjau susivaldyti. Pagalvojau, o jei tu vėl grįši vėlai, pavargęs, gal vėl nueisi į svečių kambarį ir aš nespėsiu tau pasakyti, kaip man gera, kad tave turiu, – tiriamai žiūriu į jį, ar neužpyko. Ne, juokiasi.

– Ak tu, gudruole lapute! Kaip visada moki pasimeilinti. Juk mes jau seniai susitaikėm ir aš nebeinu į svečių kambarį.

– Taip, bet aš prisiminiau, kokia vieniša tada pasijutau, pasidarė graudu... Juk žinai, kad viską dėl tavęs padaryčiau, – sakau, priėjusi visiškai arti. Užkišu ranką už marškinių ir paglostau jo krūtinę.

– O, Eva! – suvaitoja jis. – Kaip būtų pikantiška už-
siversti tave čia, ant rašomojo stalo... Bet aplink per
daug akių ir ausų...

Jei tai padėtų man dar labiau jį pririšti, galima ir
ant rašomojo stalo, bet nebeprovokuoju, pasitenkinu
bučiniu ir jo ranka mano liemenėlėje... Gyvenimas
saulėtas!

– Nori kavos? – atsitraukęs šypsodamasis klausia
jis. – Nekviečiu pietauti, nes ką tik pavalgiau. O kavos
išgerčiau – gal padės nuraminti aistras. Tu per daug
mane suaudrinai.

– Ir aš išgerčiau, – apsidžiaugiu, kad aš vis dar su-
gebu jį šitaip sujaudinti.

– Sandra, – pravėręs duris šūkteli Ernestas. – Išvirk
mums kavos.

Ta mergaičiukė tuoj ateina, nešina dviem puode-
liais kavos. Randa mus draugiškai besišnekučiuojan-
čius ant dvivietės sofutės. Ji pastato kavą ant žemo
staliuko, išima iš spintos lėkštutę su sausainiais.

– Prašom, – nusišypso. – Skaniai išgerkite. Gal dar
ko nors reikia?

– Ne, nieko, ačiū, – mosteli ranka Ernis. – Gali eiti.

Administratorė dingsta už durų.

– Tavo nauja sekretorė? – klausiu. – Labai jauna.

– Taip, ką tik baigusi bakalaurą. Rekomendavo vie-
nas partneris – jo draugo duktė. Labai kruopšti ir pa-
reiginga, gerai kalba angliškai, prancūziškai, rusiškai.

– Aišku. O kur dėjai senąją?

– Susirado kitą darbą. Pameni, sakiau tau, kad ji
puoselėjo kažkokias nepagrįstas viltis dėl manęs, – ne-

rūpestingai kalba Ernestas. – Leidau jai suprasti, kad nieko nebus, na, ji ir parašė prašymą...

Staiga man labai atlėgsta. Žinoma! Kaip aš iš karto nesupratau! Juk tai anoji, atstumtoji, keršydama Erniui, pina nešvarias intrigas. Tai ji man parašė šią žinutę. O aš, kvailė, beveik patikėjau. Šita Sandra visiškai ne Ernio skonio. Ji tokia vaikiška ir pernelyg paprasta. Jis nė už ką neiškeistų manęs į tokią provincialę.

Mes išgeriam kavą. Ernestas atsiprašo – laukia svarbaus kliento. Jis palydi mane iki vestibiulio durų, aš pasistiebiu ir pabučiuoju jį.

– Lauksiu sugrįžtant. Ko norėtum vakarienės?

– Nežinau, sugalvok, – šypsodamasis sako jis. – Ką nors įdomaus.

Išeinu laiminga. Kaip gerai, kad atvažiavau. Visos abejonės išsisklaidė lyg dūmai vėjyje. Gyvenimas puikus, todėl reikia pasilepinti. Aš nusipelniau kokios nors mielos staigmenėlės, važiuosiu pasivaikščioti po „Europą".

Sandra

O, aš tikra didvyrė! Tokį išmėginimą atlaikiau ir neišsidaviau, ji tikrai nieko neįtarė. Nors sprogau iš piktumo: man įnešus kavą į Ernesto kabinetą, ji atrodė lyg katė, prisilaižiusi grietinėlės, o ir jis buvo išraudęs, susitaršęs. Jai išėjus, Ernestas giliai atsidūsta ir sako:

– Čia buvo mano draugė...

– Man nereikia sakyti, kas ji, – mano balsas nuskamba irzliau, negu norėčiau. – Puikiai prisimenu ją iš to vakarėlio, kai susipažinom.

– Manau, kad ji nieko neįtaria, – patenkintas sako jis.

– Tai man džiaugtis ar liūdėti? – vis dar irzliai klausiu. – Ji tavo draugė, o kas aš? Dar viena draugė?

– Viskas ne taip paprasta, Sandra, – vėl atsidūsta Ernestas. – Aš negaliu imti ir iš karto sudeginti visus tiltus.

Koridoriuje pasirodo mūsų rinkodaros direktorius Viktoras, ir Ernestas apsidžiaugęs nuskuba prie jo. Jis ir vėl išsisuko nuo nemalonaus pokalbio. Ne, aš jo nespaudžiu, visiškai ne. Labai gerai suprantu, kad nė iš tolo neprilygstu tai jo rafinuotai poniutei. Tačiau juk jis jos nemyli. Niekada nemylėjo. Jis man puikiai viską išaiškino: turėjo savo namo viziją, bet nebuvo pinigų jai įgyvendinti, todėl jis rado genialią išeitį – įsigijo ir nemokamą dizainerę, ir namų tvarkytoją, ir meilužę. Jo gyvenimas labai patogus ir nugludintas, tačiau kokia kaina? Tenka nuolat kęsti šalia nemylimą moterį! Aš turiu visai nedaug patirties, bet gerai žinau: vyrai labai neryžtingi, kai reikia ką nors keisti nusistovėjusiame gyvenime. *Viskas ne taip paprasta!* O, kaip aš nekenčiu šito sakinio! Visų gyvenimas sudėtingas, bet jei nieko nedarysi, tai nieko ir neturėsi. Kartais tenka žengti ryžtingą žingsnį ir nukirsti ligotą šaką. Tai lyg operacija – iš pradžių skauda, bet vėliau pagerėja. Aš nenoriu būti *antra*, nenoriu virti kavos jo moteriai, kurią jis ką tik glamžė, aptarnauti ją ir šiepti dantis: *Gal jums dar ko nors reikia?* Man pačiai labai daug ko reikia ir ketinu tai pasiimti. Pasibaisėjusi tokiomis savo mintimis, net pasipurtau. Išgirdęs tokius mano samprotavimus, kiekvienas palaikytų mane plėšrūne, nusitaikiusia į riebų kąsnelį ir slapčia kuriančia baisiausius sąmokslus, kaip įgyvendinti savo planus. Ne, aš visai ne tokia. Dabar galbūt sudirgusi dėl savo dviprasmiškos padėties, pažeminta, kad turėjau virti jai kavą, matyti jų bučinį. O ji elgėsi kaip karalienė su žemiausio rango tarnaite! Pasipūtusi kvaiša! O, kad ji žinotų, ką aš veikiu su jos širdies draugu! Numirtų iš pavydo.

Sandra! Ką tu čia dabar išsigalvoji? Tu negali šitaip mąstyti. Tu ne tokia! Raminkis! Nuryk pagaliau tą pagiežą, – mėginu įteigti sau, bet sunkiai sekasi, todėl išsitraukiu iš stalčiaus plytelę šokolado ir pradedu kramsnoti. Įsimetusi į burną paskutinį kvadratėlį, pajuntu, kad pyktis nuslūgo, bet apsalo širdis – tiesiogine prasme. Įsipilu dar likusios kavos ir išgeriu be cukraus. Kartu, bet kaip tik to man reikia, kad nuplaučiau tą šleikščiai saldų skonį burnoje. Staiga ima kauptis ašaros. Ir kas gi čia man darosi? Aš tikrai ne barakuda. Aš myliu Ernestą – be galo, beprotiškai – ir nenoriu su niekuo dalytis. Ar gali meilė būti be skausmo? Turbūt tik romanų pabaigoje. Mano istorija panaši: vargšė Pelenė sekretorė įsimylėjo princą. Bet pasakose princai būna nevedę, tik turi kokią nors pretenzingą draugę, kuri žūtbūt trokšta už jo ištekėti ir visaip trukdo tai rožinei pagrindinei herojei. Palaukit, palaukit! Juk tokia ir mano istorija – princas nevedęs, o draugė nesiskaito. Tikriausiai ir gyvenime įmanoma laiminga pabaiga. Tik galbūt reikia dar šiek tiek pastūmėti įvykius? Už meilę reikia kovoti, ar ne tiesa? Aš neketinu pasiduoti. Kartais tas *viskas ne taip paprasta* gali pasirodyti ne taip ir sudėtinga...

Evija

Ir vėl kelias dienas gyvenimas slenka lyg ir įprasta vaga. Nepasakyčiau, kad jaučiuosi gerai. Aš labai įsitempusi, vis seku Ernesto elgesį, ieškau požymių, kad kažkas pasikeitė. Lyg ir nepastebiu, bet nežinau, ar tikrai galėčiau nusiraminti. Aš vis tiek atkakliai projektuoju vaiko kambarį. Jei Ernis pamatytų, pasiustų, bet man reikia kur nors nukreipti mintis.

Jo buvusi sekretorė neduoda man ramybės – kasdien vis siuntinėja dviprasmiškas žinutes, bet aš jas kaupiu ir kol kas nenervinu Ernio, mūsų santykiai dabar tokie trapūs, vėliau pasikonsultuosiu su teisininkais, ką daryti, kaip ją prigriebti už šmeižtą. Šiandien ji netgi atsiuntė nuorodą į interneto svetainę *neistikimieji.lt*. Ten kažkokie niekingi šnipai deda, kaip jiems atrodo, neištikimų sutuoktinių nuotraukas, pagautų kokiais nors pikantiškais momentais. Vienoje nuotraukoje panašus į Ernestą vyras šoka su kažkokia mergina, bet jos veido nematyti, tik ilgi tamsūs plaukai. Kitoje – tas pats vyras sėdi su moterimi kažkokioje kavinėje, moters veido ir vėl nematyti. Net jei tai ir Ernestas, gali būti fotografuota per kokią nors uždarą vakarienę su partneriais. Manęs tai neįtikina. Dabar, kai Ernestas paaiškino apie buvusią sekretorę. Tačiau jei tas nuotraukas būčiau pamačiusi prieš savaitę, nežinau, ar išlikčiau tokia rami...

Jau aštunta valanda vakaro, bet jis vis negrįžta. Jei viskas būtų normalu, aš nesistebėčiau – jis dažnai užsilaiko po darbo, turi įvairiausių pomėgių, lankosi klubuose, kur renkasi vieni vyrai. Taip jau įprasta – žmonos ir draugės turi savo ratą, savo veiklą, kurioje vyrai nedalyvauja. Tačiau ir mes, moterys, padarome mažų nuodėmių: pavyzdžiui, pasikviečiame į savo klubo susirinkimą „striptizo erelius", kad galėtume pašėlti, įaudrintos jų akivaizdaus vyriškumo. Aš tiksliai nežinau, ką vyrai veikia savo klube, girdžiu tik įprastus pasakojimus: *išlenkėm po bokalą alaus, sužaidėm šachmatais (pokerį, boulingą, biliardo partiją), aptarėm paramos vaikų globos namams projektą* ir taip toliau, ir panašiai. Įtariu, kad esama ir slaptesnės tų klubų veiklos, bet nesu liguistai pavydi. Suprantu, kad ir vyrams reikia atsipalaiduoti. Galbūt jie taip pat žiūri striptizą, pasikviečia žavių konsumatorių ar... Ne, taip toli nedrįstu galvoti. Tarkim, kad viskas baigiasi tik žiūrėjimu ir pokalbiais siurbčiojant kokteilį. Tačiau kol vyras vakarais grįžta namo, man ramu.

Supypsi mobilusis. Žinutė. Na, ir kas čia mane trukdo taip vėlai? Pasikeliu nuo rašomojo stalo, nueinu į holą, kur ant staliuko prie veidrodžio guli telefonas, perskaitau žinutę.

Ar jūs žinote, kur jūsų vyras? Žavios panelės draugijoje „Medininkuose".

Ir vėl dūris į širdį. Šįkart neįtikėtinai aštrus. Akimirką išvystu griūnantį savo pasaulį. Nesąmonė! Ir vėl ta buvusi administratorė keršija Erniui. Nekreipsiu dėmesio. Ernis „Rotary" klubo susirinkime. Jeigu jie ir nuėjo į restoraną, tai be jokių moterų, nes viešai jie to nedaro. Tas prakeiktas anonimas ar veikiau anonimė rašo tik tam, kad rašytų, sukeltų sumaištį. Ji nemano, kad aš važiuosiu tikrinti, bet, be abejonės, sėkla bus pasėta.

Kalbant apie abejonės sėklą, anonimei pavyko. Nepajėgiu nieko veikti. Galvoje tik viena mintis: važiuoti ir patikrinti. Nueinu į miegamąjį, atsidarau drabužinės duris ir pradedu rengtis. Staiga sustoju. O ką Ernestas sakytų, jei paskambinčiau? Taip ir padarau. Jis atsiliepia iš karto.

– Eva? Kas atsitiko? – balsas toks pat kaip visada.

– Man nieko. O tau? Taip ilgai negrįžti, aš jau pradėjau jaudintis.

– Aš su Žeraru „Medininkuose".

– Su Žeraru? – mano balse, matyt, girdisi abejonė. – Nieko nesakei...

– Žinoma, sakiau. Ryte per pusryčius. Sakiau, kad jis atvažiuoja, bet tu pastaruoju metu dažnai paskendusi savo mintyse ir manęs negirdi.

Gal tai ir tiesa. Žinau, kad dabar aš nuolat mąstau apie mus, kūdikį, jo kambarį ir daug įvairiausių dalykų.

– Noriu pasisveikinti su Žeraru, – sugalvoju, kaip patikrinti, ar Ernestas nemeluoja.

– Tai pasisveikink, – lengvai sutinka jis.

– *Bonsoir, madame* Eva, – išgirstu pažįstamą balsą, kuris man prilygsta visam angelų chorui.

– *Bonsoir*, Žerarai, – sakau, ir tai, matyt, nuskamba taip džiaugsmingai, kad jis net nustemba.

– Man be galo malonu, kad yra žmonių, kurie taip džiaugiasi mano kuklia persona, – sako jis angliškai, nes žino, kad mano prancūzų kalbos žinios pasisveikinimu ir baigiasi. – Būtų miela tave pamatyti.

– Tai atvažiuokit pas mus, – linksmai kviečiu.

– Deja, šį kartą ne. Aš labai trumpam. Rytoj anksti ryte skrendu į Rygą.

– Gaila... O čia, restorane, dar ilgai sėdėsit?

– Dar turim kai ką aptarti...

Pakviečiu jį būtinai apsilankyti, kai kitą kartą bus Vilniuje. Mes šiltai atsisveikinam kaip geri seni draugai, nors matomės ne taip ir dažnai. Bet tokie jau tie prancūzai – taip gražiai moka elgtis su moterimis, kad jau per pirmą susitikimą atrodė, jog aš visą gyvenimą jį pažįstu.

Baigusi kalbėti suvokiu, kad nieko nepasakiau Ernestui, nepaklausiau, kada grįš. Bet dabar tai nebesvarbu. Įsitikinau, kad jis tikrai su Žeraru, o piktavalė kenkėja ir vėl sudrumstė man protą. Tikrai gaila, kad nesusitiksiu Žeraro. O kodėl ne? Juk galiu nuvažiuoti į „Medininkus". Nustebinsiu juos. Žeraras tikrai bus patenkintas, o Ernis taip pat neišsiduos, net jei ir nebus labai sužavėtas mano įsikišimu į jų dalykinę vakarienę. Žinoma, ši apranga netinka – buvau užsitempusi džinsus, nes ketinau šnipinėti pro pravirų durų plyšį.

Persirengiu juodas siauras kelnes ir blizgantį švarke-
lį. Kritiškai nužvelgiu save veidrodyje. Ne! Prancūzas
įvertins, jei apsivilksiu siaurą juodą suknelę, apsimau-
siu juodas pėdkelnes, o priedai tebus raudoni bateliai,
maža raudona rankinė, koralų vėrinys.

Pasidažau, nes buvau nusivaliusi makiažą, ir einu
į garažą. *Plėšri katytė juodame džipe*, pamanau ir pa-
tenkinta nusijuokiu. Šis įvaizdis man labai patinka. Aš
greit nuvažiuoju prie „Medininkų", nes vakaras, kamš-
čių nėra. Aikštelėje matau Ernio automobilį. Viskas ge-
rai, jis dar čia, staigmena pavyks. Nemanau, kad labai
sutrukdysiu jiems svarbų susitikimą, nes, sprendžiant
iš Žeraro kalbos, dalykinis etapas jau pasibaigęs. Įeinu
į blausiai apšviestą salę, šviesos prigesintos, ant stalų
mirkčioja žvakės. Jauku. Mėgstu šią vietą. Mes dažnai
čia ateinam su Erniu. Visada renkamės aną staliuką
kampe. Dabar jis užimtas, prie jo ant sofutės sėdi po-
relė ir aistringai glėbesčiuojasi. Veidų nematyti – sle-
pia užkritę merginos plaukai. Kurgi Ernis su Žeraru?
Nematyti. Prie manęs prieina administratorius.

– Norėsit atsisėsti, ponia?

– Ieškau vyro su verslo partneriu prancūzu. Turėtų
čia būti.

– Prancūzas sėdi prie ano staliuko, – jis mosteli į
porelę. – Gal išėjo į rūkomąjį.

Jau ketinu eiti ieškoti Žeraro. Bet staiga aistringoji
mergužėlė pakelia galvą ir aš pamatau... Ernį... Jis taip
pat pastebi mane. Kelias akimirkas mes spoksome vie-
nas į kitą, tada aš imu iš lėto artintis prie jo staliuko.

Nežinau, ką jis įžvelgia mano akyse, bet, matyt, nieko gero. Tikriausiai aš panaši į zombę, nes jis kiek sutrikęs kilsteli ranką, lyg norėdamas mane sulaikyti:

– Eva, čia visai ne tai, ką tu galvoji...

Bet aš nieko negalvoju – akis užlieja raudona įniršio spalva, galvoje kala šimtakilograminis kūjis: visa tai tiesa, tiesa, tiesa! Šita mergiotė, jo administratorė, jo meilužė. Menkai suvokdama, ką darau, stveriu nuo stalo raudonojo vyno butelį ir išpilu jį Ernestui ant galvos, raudoni upeliai teka jo veidu, ant baltų marškinių plinta tamsi lyg kraujo dėmė. Ir tą akimirką suvokiu, jog to aš labiausiai ir trokštu, – kad čia būtų jo kraujas. Mergiotė klykia. Mane apima nenumaldomas noras ją nutildyti. Rankoje kažkaip atsiranda vyno taurė. Jau ketinu sviesti ją į tuos pražiotus nasrus, bet staiga mano riešą sugniaužia lyg replėmis.

– Eva, *don't do it,* – girdžiu lyg ir pažįstamą balsą, kalbantį su manimi angliškai.

Miglotai suvokiu, kad mane laiko Žeraras. Prie mūsų jau stovi administratorius. Vyrai jam kažką aiškina, bet aš nieko nesuprantu, mane pasiekia tik atskiri tos mergiotės žodžiai – aštrūs lyg stiklo šukės: *isterikė, šizofrenikė, puolė kaip išprotėjusi...* Aš nežinau, kam skirti jos žodžiai, netgi kokia kalba jie ištarti. Angliškai? Lietuviškai?

Staiga pratrūkstu isteriškai raudoti, pečiai krūpčioja, visas kūnas kratosi. Kažkas, turbūt Žeraras, sodina mane ant sofutės, įpila konjako, kurį aš iš karto visą susiverčiu į gerklę. Nudegina, bet geriau nepasidaro,

gal tik po kelių minučių aprimsta drebulys ir aš su-
vokiu, kad Ernesto ir tos mergiotės jau nėra šalia. Nė
nepastebėjau, kada jie dingo.

– Kaip jis galėjo mane iškeisti į šitą? – klausiu la-
biau pati savęs, nelaukdama atsakymo, bet, matyt,
klausiu angliškai, nes Žeraras atsako:

– Ir aš nesuprantu. Jūsų nė lyginti nėra ko. Gal pa-
traukė naujumas? Bet tai jokiu būdu nerimta, ilgai ne-
sitęs. – Jis vėl pripila man „Hennessy".

– Nepajėgiu suprasti, – purtau galvą aš ir užsiverčiu
ką tik papildytą taurę. – Tai neįmanoma. Mes – svajo-
nių pora, ideali, tobulai tinkame vienas kitam...

– Tiesą sakant, man taip neatrodė, – sako Žeraras,
sukiodamas delne taurę. – Tu verta geresnio vyro. Er-
nestas nė iš tolo neprilygsta tavo intelektui. Tu daug
labiau išsilavinusi už jį, esi subtili, turi rafinuotą skonį.
O jis – tik patrauklus vyriškis, bet juk gyvenime to ne-
užtenka.

– Man užtenka! – vėl pradedu karščiuotis. – Mes ti-
kom vienas kitam kaip dvi perpjautos to paties obuo-
lio puselės.

– Puikus palyginimas, bet Ernesto pusė šiek tiek
papuvusi... – šaiposi jis.

Aš visai nenusiteikusi su juo juokauti.

– Man reikia eiti, – sakau ir mėginu atsistoti, bet
apsvaigsta galva ir aš vos negriūnu.

– Tu negali vairuoti, – sulaikęs mane sako Žera-
ras. – Turi palaukti, kol alkoholis išsigaruos.

– Na ir gerai! – vėl atsisėdu. – Vis tiek aš nenoriu namo. Dabar jam iškelčiau siaubingą sceną – per daug įsiutusi esu.

– Kažin, ar jis nuvažiavo namo, – skeptiškai nutęsia prancūzas. – Supyko, kad viskas iškilo aikštėn, ir nuėjo kartu su Sandra išblaškyti įniršio seksu.

Aš suvaitoju lyg sužeistas žvėris.

– O gal ne? Gal kaip tik gailisi...

– Gailestis ateis vėliau. Dabar tik aklas pyktis, kad suiro toks patogus gyvenimas, reikės kažką aiškinti, atsiprašinėti, lopyti.

– O tu irgi geras! – staiga dar labiau užsiplieskiu. – Viską žinojai, o telefonu su manim šnekėjai, lyg tos mergužėlės čia nė nebūtų.

Jis tik gūžteli pečiais.

– Vyriškas solidarumas. Supratau, kad turiu pridengti savo verslo partnerį.

– Denk nedengęs, tiesa vis tiek išaiškėjo!

– *I am so sorry.*

Gaila tau, kurgi ne! Tai ko gi jį dangstei? Visi jūs, vyrai, vienodi. Bet ši banali tiesa lieka tik mintyse, nes aš staiga pajuntu, kad mano pyktis pereina į kitą formą – ima graužti akis ir aš mirksėdama stengiuosi sutramdyti ašaras, bet nepavyksta – viena jau nusirita skruostu ir papteli ant stalo, kita, trečia...

– Eva, ši situacija tikrai neverta tavo ašarų, – sako Žeraras. – Jei Ernestas nenorėtų tavęs išlaikyti, pasakytų tiesiai, nesislapstydamas.

– Tuoj pasakys, – proverksmiais išlemenu. – Todėl aš ir nenoriu namo.

Matau, kad restorane likome tik mes dviese ir padavėjai reikšmingai žvilgčioja į mus ir į laikrodžius.

– Parvežk mane namo, – maldaudama pažiūriu į Žerarą. – Paskui iškviesiu tau taksi.

– Juokauji? Aš gėriau daug daugiau už tave. Nenoriu mokėti baudos jūsų šalyje. Jūsų policija žvėriškai skriaudžia užsieniečius. Kartą jau susimokėjau už greitį – trigubai daugiau, negu būtų paėmę iš savo tautiečių.

– Tai kur man dingti?

– Mano viešbutis šalia, galim pasėdėti kambaryje, kol išsiblaivysi.

Anksčiau nė už ką nebūčiau sutikusi, o dabar pamanau: „Kodėl gi ne? Juk Ernis su Sandra."

– Juk nebūtina su manim miegoti, – šypsosi jis. – Nors visuose filmuose tokie pasisėdėjimai baigiasi būtent taip, kaip tu dabar galvoji.

– Taip akivaizdu? – vangiai šypteliu. – Kad aš ketinu atkeršyti Erniui tuo pačiu?

– Eva, mes abu protingi žmonės – žinom, kaip dera elgtis, kad paskui nereikėtų gailėtis.

Be abejonės, Žeraro argumentas tvirtas. Tačiau pasirodo, kad mes arba neprotingi, arba nežinom, kaip dera elgtis, nes, vos atsirakinę kambario duris, per kelias akimirkas atsiduriam lovoje. Aš nieko negalvoju, jaučiuosi tokia tuščia, kad norisi kažkuo užsipildyti. Nors tai ir nedera, nors žinau, kad nepadės ir kad ryte jausiuosi atkeršijusi ne Ernestui, bet sau pačiai. O Žeraras? Kaip paaiškinti jo elgesį? Labai paprastai: jis, kaip ir dauguma vyrų, nepraleidžia progos, jei ji krinta tiesiai į rankas. Žinau, jis nejaučia jokio sąžinės graužimo nei prieš verslo partnerį, nes šis ir pats daro tą patį, nei prieš Sofi – juk ji toli, o aš šalia. Be to, jis prancūzas.

Pabundu pamiegojusi vos kelias valandas. Dar tik brėkšta, bet nebegaliu nė minutės likti svetimo vyro lovoje, nenoriu nė prisiminti, ką mes darėm. Kada nors vėliau pagalvosiu, ar man patiko, o gal ir niekada. Negalėjo patikti, nes buvau ne su juo – niekas nepajėgė išmušti man iš galvos Ernio ir Sandros. Mylėdamasi su Žeraru, visą laiką įsivaizdavau juos, darančius tą patį, ką ir mes, tik įžūliau, gašliau...

Sandra

Išeinu į lauką. Įkvepiu šalto nakties oro, pasidaro truputį geriau. Kaip vis dėlto šlykštu. Taip romantiškai
prasidėjusi mano meilės istorija priėjo kažkokią bjaurią tamsią aklavietę. Argi bučiuodamasi su Ernestu
Senos pakrantėje Paryžiuje galėjau pagalvoti apie tokias pavydžios moteriškės sukeltas isteriškas scenas?
Ar noras būti su juo atperka tą kaltės jausmą, sunkiu
akmeniu užgulusį krūtinę dabar? Dar taip neseniai tikinau save, kad turiu pakovoti už savo teisę būti laiminga. Tik kur ta laimė? Aš noriu namo. Susiriesti į
kamuoliuką savo lovoje ir apsimesti, kad viso to nebuvo, įsivaizduoti, kad skausmas mane palieka, o aš
smingu vis gilyn gilyn į kažką minkštą, purų, šiltą, kol
galiausiai visiškai prarandu realybės jausmą ir virstu
beribės, neaprėpiamos visumos dalimi, pajuntu absoliučią harmoniją su savo vidumi ir pasauliu. Aš pati
susigalvojau šį savitaigos pratimą. Jis man visada padėdavo ištverti sunkias gyvenimo minutes. Reikia pagauti taksi, kuris kuo greičiau išvežtų mane iš šios juodosios skylės. Aš negaliu galvoti, kas bus toliau mano
gyvenime, nes tokios mintys mane smaugia, ima trūkti
oro ir aš net susverdėju. Stipri vyro ranka griebia mane

už alkūnės. Kažkodėl pagalvoju, kad anoji moteris dabar taip pat alpsta, tik gal nėra kam jos sulaikyti, nes Ernestas tikriausiai čia, su manimi.

– Sandra, kurgi tu pabėgai? – girdžiu jo balsą, duslų, nutolusį lyg per vatos filtrą. – Aš renkuosi tave. Tu – mano gyvenimo moteris.

Vos prieš pusvalandį aš, ko gero, būčiau pašokusi ligi lubų, bet dabar viskas pasirodo ne vietoje ir ne laiku.

– Noriu namo, – gailiai sakau. – Labai noriu namo!

– Ir aš su tavimi, – nepasiduoda tas balsas. – Negaliu išsiskirti. Kažkas man kužda, kad jei mes išsiskirsim dabar, tai ryte viskas pasirodys kitaip...

– Tu ir vėl sugrįši pas ją... – išsprūsta man. Vis dėlto aš nenoriu jo atiduoti.

– Aš apsisprendžiau, – tikina jis. – Vyno dėmė ant marškinių privertė į viską pažvelgti kitaip. Ta moteris man atgrasi. Nebenoriu turėti su ja nieko bendro.

Malonūs žodžiai lyg ir sumažina vatos sluoksnį ausyse, pradedu girdėti normaliau, tik nieko nesakau. Pasakysiu, kai būsiu visiškai tikra, kad jis nemeluoja ir neapsigalvos. Tačiau galbūt jis teisus: dabar mums negalima išsiskirti. Jei aš nuvažiuosiu, jis grįš namo su savąja, kuri jau pasistengs, kad ryte jis nebenorėtų nieko kito, tik jos. Aš rimtai imu tikėti, kad jinai jį užkerėjusi. Kažkada kvatojausi skaitydama straipsnį apie tokias raganas, bet dabar pagalvoju, kad viskas įmanoma. Kaipgi kitaip paaiškinti tokią nenumaldomą trauką, kuriai Ernestas niekaip nepajėgia atsispirti.

Vadinasi, ir man reikia pasistengti. Aš pakeliu galvą ir susirandu jo akis. Jis atlaiko mano žvilgsnį ir nenusuka akių į šoną.

– Važiuojam į butą, – ryžtingai pasako jis, išsiima mobilųjį telefoną ir iškviečia taksi. Mūsų firma turi atsarginį butą svečiams apgyvendinti. Dabar jis tuščias, nes Žeraras paprastai renkasi viešbutį miesto centre.

Nemaniau, kad aš taip greitai pajėgsiu atsipalaiduoti ir pasinerti į nuostabų Ernesto glamonių pasaulį. Iš pradžių mylimės pašėlusiai, lyg darytume tai paskutinį kartą mirtino pavojaus akivaizdoje. Vėliau kartu nusiprausiame po dušu, įsisupame į milžiniškus baltus rankšluosčius, susėdame svetainėje ir geriame šampaną iš atsargų, kurių čia niekada netrūksta. Keista, bet aš jau galiu juoktis, o tas nemalonus anos moters apsilankymas restorane ima atrodyti lyg tolimas griaustinis, kurio dundesio jau beveik nesigirdi. Ernestas paima mane už rankų ir mes vėl grįžtam į lovą, lėtai glamonėjamės, gėrimės gražiais vienas kito kūnais ir vėl beveik kartu pasiekiame viršūnę.

– Kas dabar bus, Ernestai? – klausiu jo, kai jau pajėgiam kalbėti.

– Nieko, – gūžteli pečiais jis. – O kas turėtų būti?

– Nieko! – vos neuždūstu iš apmaudo. – Nori pasakyti, kad visi grįšim namo ir toliau gyvensim kaip anksčiau – tu su Evija, aš – su Ilona. Kartais susitiksim šiame bute ar nueisim kur nors pasėdėti kaip ir šį vakarą, kol įsiveržusi tavo širdies draugė vėl aplies tave raudonu vynu.

– Manau, kad po šio vakaro ji mane paliks. Kokia moteris tai pakęstų? Ir viskas išsispręs.

– Taip ims susikraus daiktus ir išvažiuos! – sarkastiškai nutęsiu.

– Mes nevedę. Kodėl turėtų būti kitaip? Jokių sutarčių nesame sudarę, tik dėl dizainerės paslaugų.

– Na taip! Ji kūrė tavo namų interjerą ir, kad būtų patogiau, gyveno tavo namuose. Tu jai mokėjai atlyginimą, o dabar, baigusi darbą, ji išvažiuoja... – Aš vis dar ironiška.

– Saulute, bet juk tai geniali mintis! – Ernestas net atsisėda lovoje. – Būtent taip! Mūsų sutartis neterminuota, nenurodyta, kada ji privalo baigti darbą. Šaunu! Ačiū už idėją! – Jis karštai mane pabučiuoja.

– Nesuprantu, už ką čia dėkoji, – skeptiškai sakau. – Bet vis tiek malonu.

– Tau ir nereikia suprasti, nes čia tik mano reikalai, bet viskas bus gerai. Pažadu tau. Vėliausiai po dviejų savaičių mes skrisim į kokią nors egzotišką vietelę, kur užmiršim visus šio vakaro nemalonumus. Ar nori į Kanarus?

– Ar aš noriu į Kanarus? Dar klausi? Aš juk beveik niekur nebuvau, man su tavimi ir Varšuvoje būtų puiku.

– Oi, ne! Tik ne Varšuvoje! – juokiasi jis. – Ten per daug pažįstamų. Pradžiai noriu parodyti tau Tenerifę. Patikėk, ten mes puikiai pailsėsim. Dabar mums abiem reikia atostogų.

Kaip keista, galvoju prieš užmigdama, kad gyvenimas lyg chameleonas maino spalvas. Vos prieš porą valandų viskas atrodė juoda lyg gūdžiausią naktį, vėliau – pilka, niūru, nyku, visai neseniai, čia, lovoje su Ernestu, – raudona, o dabar mano siela nusidažė žydra vilties spalva. Kažkas prasidės. Širdy dainuoja pavasaris, aš visai pamirštu Ernesto partnerę. Jis ne kartą mane ramino, kad žiūri į ją tik kaip į darbą baigiančią interjero dizainerę, kurios rafinuotos manieros jam kelia šleikštulį. Na ir šaunu! Žinojau, kad Ernestas skirtas man jau pirmąjį vakarą, kai jis paskambino. Aš visai jo nepavydėjau tai moteriai. Akivaizdu, kad ji visiškai ne jo stiliaus, tik sunku viską nutraukti. Nebejaučiu sąžinės graužimo ir dėl tų žinučių poniai Evijai. Negi turėjau laukti, kol mus pastebės ir nufotografuos kokie nors paparacai. Taip ir gyvenimas praeis...

Ernestas

Pabudęs ryte žiūriu į tamsius Sandros plaukus, išsidraikiusius ant pagalvės. Jos veidukas išraudęs, gaivus ir labai jaunas. Ji beveik nenaudoja kosmetikos, ir tai mane žavi – oda lygi lyg iš tų reklaminių filmukų apie stebuklingus kremus nuo raukšlių. O Evai jau tenka užtepti neploną tinko sluoksnį, kad paslėptų raukšleles prie akių. Sandra dvylika metų jaunesnė, ir tai akivaizdu. Man reikia jaunystės. Su Eva jaučiuosi kaip solidus, pagyvenęs verslininkas, galintis dosniai aukoti per labdaros balių. Su Sandra noriu siautėti, juoktis, kvailioti, o su dizainere Evija Sirtaute atrodo, kad viską gyvenime jau esu pasiekęs. Deja, čia mūsų nuomonės skiriasi, ji nori dar vienu būdu save įprasminti, todėl sugalvojo, kad jai reikia kūdikio. Nieko jai nereikia! Ji tokia pat motina kaip aš universiteto dėstytojas. Netinkamesnį derinį sunku įsivaizduoti: Eva, jos tobulas manikiūras ir suterštos sauskelnės. Atleiskit, mano fantazija čia bejėgė. Bet tokia jau yra ta mano ilgametė gyvenimo draugė – jei įsikalė kokią idėją, tai niekaip neišmuši. Visada viskas turi būti pagal jos norus. Ji žino viską – ir kokius paveikslus parinkti, ir kokias plyteles pirkti, ir koks turi būti mano kaklaraištis, ir kokių produktų neturi būti subalansuotoje dietoje, todėl sūdytais žemės riešutais ir traškučiais gardžiuojuosi tik biure.

O Sandra nieko nežino ir beatodairiškai žavisi kiekvienu mano pasiūlymu. Aš jai dar nedovanojau nieko vertingo, nes ir gavusi minkštą žaisliuką ji pašoka ligi lubų. Aš pats ją formuosiu, kursiu, tobulinsiu, būsiu jos guru. Mane apima toks palaimingas pasitenkinimo savimi jausmas, sumišęs su troškimu ją turėti, kad vos nepažadinu jos bučiniu.

Tačiau šią pakilią nuotaiką aptemdo mintis, kad dar negaliu nieko rašyti į švarų puslapį, kol neužbaigiau senojo. Sandra nejučiomis man pakišo puikią mintį, bet dar reikia pasitarti su advokatu, kaip čia gražiau viską sutvarkyti su mažiausiais nuostoliais sau. O tada – sveika, laisve! Sveikas, naujas gyvenime!

Evija

Važiuodama namo nepaliauju kurti strategijos, kaip elgtis su Ernestu. Aišku viena, aš pasikarščiavau. Nereikėjo kelti scenos. Galbūt tik atsisėsti prie gretimo staliuko, parodyti, kad aš viską žinau, bet esu išmintinga, patyrusi, daug pranašesnė už tą mergaičiukę. Žeraras sakė nemanantis, jog Ernestas norėtų mane iškeisti į ją. Kuo ilgiau galvoju, tuo labiau man atrodo, kad taip ir yra. Jei būtų norėjęs, būtų man pasakęs, o nesistengęs nuslėpti.

Turiu kaip nors viską atitaisyti. Man visada pavykdavo. Antra vertus, gal viskas kaip tik į gera. Dabar jis žino, jog atskleidžiau jo romaną, ir pats pasistengs ką nors daryti, kad jam atleisčiau. Netikiu, kad jis panorės atsisakyti to saugaus mūsų susikurto pasaulio, mano draugijos, išlavinto skonio, pagaliau ir sekso. Juk čia mums visada viskas buvo gerai. Tai kuris gi iš mūsų turi žengti pirmąjį žingsnį į susitaikymą? Logiškai – Ernestas. Tai jis buvo neištikimas, jis turi atsiprašinėti ir maldauti atleidimo, o aš ilgai (na, gal ir nelabai ilgai) turiu sėdėti griežta, šalta, abejinga ir apsimesti, kad nenoriu nė girdėti jo gražių žodžių, grasinti, kad tuoj išsikraustau (o kur?). Tikiuosi, jog užteks tik pagąsdinti, Ernis ims įtikinėti, kad mes nesikarščiuotume ir viską gerai apmąstytume, prisimins, kiek gerų akimirkų (ne, minučių, valandų, dienų, mėnesių, metų) mes praleidom kartu, maldaus atleisti. Ir aš atleisiu. O kas gi man belieka? Juk negriausiu taip kruopščiai kurto savo pasaulio, nepaliksiu savo penkerių metų kūrybos vaisiaus, atstojusio man kūdikį, negrįšiu pas savo buvusį vyrą. Beje, tai ir neįmanoma, nes jis su naująja drauge gyvena mano įrengtame bute ir jau augina dvejų metų sūnų. Mano buvęs dizaino salonas – ne mano nuosavybė. Aš nuomojausi patalpas. Kai išėjau, partnerė Vesta liko jose ir toliau. Daugelį klientų išlaikė ne mano vardas, o vieta. Žinodami, kad čia yra salonas, jie ir toliau užeidavo, skambindavo tais pačiais telefonais. Negaliu pykti: tada, kai išėjau, man niekas neatrodė svarbu – tik kurti savo šedevrą ir gyventi su Ernestu. Vadinasi, visi argumentai už tai, kad aš niekur neinu, bet pamokau savo numylėtąjį neištikimą vyrą, kad taip elgtis nedera.

Vis dėlto kokią taktiką pasirinkti? Įžeistos žmonos ar mylinčios ir suprantančios, ištikimos (čia jau meluoju) draugės, kuri, atlaikiusi audras ir vyro nukrypimus „į kairę", vėl laukia jo jaukiam šeimos lizdelyje, paruošusi skanią vakarienę? Gal vis dėlto šitą? Esu tikra, kad kaip visada jį įveiksiu ne įžeistomis ambicijomis, o dėmesiu ir švelnumu. Iškėliau jam jau dvi scenas – namie dėl kūdikio ir vakar restorane. Ir kas iš to išėjo? Verčiau peržengsiu per savo išdidumą, nes tai lems visą tolesnį mano gyvenimą. Sugalvojusi tai, nuvažiuoju į turgų, kur yra paukštyno mėsos parduotuvė, nuperku kalakuto krūtinėlių. Paruošiu savo firminį patiekalą, kurį Ernestas taip mėgsta.

Grįžtu namo virpančia širdimi: gal jis parvažiavo naktį, gal dar miega ar plaukioja baseine? Būtų labai nesmagu susitikti su juo dabar, kai aš dar nepasiruošusi. Man reikia laiko – kad spėčiau ir apgalvoti savo kalbą, ir pasipuošti, ir paruošti vakarienę. Be to, kaip paaiškinčiau, kur aš buvau? Žinoma, būtų labai smagu išrėžti: „Aš miegojau su tavo verslo partneriu. Jis šaunus meilužis", – tik ką tai man duotų? Akimirkos triumfą ir begales rūpesčių vėliau. Viena, kai tik vyras jaučiasi kaltas, ir visai kas kita, kai žmona padaro tą patį, – vyras iš karto pasijunta pranašesnis. Nežinau, kodėl taip yra, bet meilės reikaluose niekada nebuvo lygybės. Turbūt nuo žmonijos atsiradimo pradžios vyrams neištikimybė – tik laiko praleidimas, įvairovė gyvenimo kasdienybėje, o moteriai – paleistuvystė, už kurią užmėtoma akmenimis. Taigi, kur aš buvau visą naktį? Reikia sugalvoti alibi. Kur lekia nuskriaustos moterys, nusivylusios savo vyru, namais, patyrusios nuoskaudą? Tradicinis atsakymas būtų – pas mamą. Bet mano mama gyvena Šilutėje ir visiškai neįtikėtina, kad aš per naktį suvažinėjau ten ir grįžau. Išsiverkti pas geriausią draugę? O kas ta mano geriausia draugė? Kol dirbom kartu dizaino salone, mano geros draugės ir bendramintės buvo Vaiva, Vesta ir Andrė. Vėliau mūsų keliai išsiskyrė. Aš pasinėriau į naują gyvenimą ir, tiesą sakant, nelabai norėjau girdėti, kaip joms sekasi: nors ir buvau be galo patenkinta savo likimo posūkiu, bet liko šiokių tokių nuosėdų, kad mano įkurtas salonas veikia ir be manęs, kad bendradarbės perėmė mano užsakymus, mano klientus. *Šiokių tokių nuosėdų* – per švelniai pasakyta. Aš joms pavydėjau, juodai pavydėjau, kad jos be manęs nebankrutavo, dirba ir toliau, todėl nenorėjau nei jų matyti, nei žinoti, kaip joms sekasi. Pati nutraukiau ryšius. Iš pradžių jos dar skambindavo, konsultuodavosi, siūlėsi ateiti apžiūrėti mano namų, bet pajutusios, kad čia nelabai pageidaujamos, liovėsi. Aukštuomenės vakarėliuose jos nesirodo – vis dėlto dar nepasiekė mano lygio, todėl aš jų jau seniai nemačiau. Ernestas niekaip nepatikėtų, kad buvau pas jas.

Mano kitos pažįstamos, vakarėlių liūtės, sporto klubų ir grožio salonų lankytojos, moterų klubo, kuriam priklausau, narės, tik ir lieka geros pažįstamos. Nė vienai aš negalėčiau pasiguosti, nes toks nerašytas kodeksas: mes visos – turtingų verslininkų žmonos ar draugės – nenešame šiukšlių iš savo namų. Mūsų vyrai visi puikūs, šaunūs, tobuli. Be to, niekada nežinai, ką kuri meili katytė vakare lovoje papasakos savo širdies draugui, o šis rytoj žaisdamas boulingą atkartos tavo vyrui.

Tai kurgi aš buvau? Kodėl negrįžau namo? Lieka viena: bijojau rasti namie tą sekretorę ir pernakvojau viešbutyje. Nemanau, kad Ernestas puls tikrinti viešbučio svečių sąrašą.

Namie Ernesto nėra, tai nereikia ir nieko aiškinti. Labai apsidžiaugiu: aš dar tikrai negalėčiau su juo bendrauti. Pirmiausia turiu atgauti jėgas ir susvyravusį pasitikėjimą savimi. Kas man geriausiai padės? Einu į burbulinę vonią, įsijungiu smarkias sroves, uždegu smilkalų, spusteliu mygtuką ir kambarį užlieja švelnios muzikos garsai. Koks nuostabus išradimas ta vonia – ir atpalaiduoja, ir suteikia energijos! Po pusvalandžio išlipu jausdamasi visai kita moterimi, rūpesčiai atrodo sumažėję perpus ir įveikiami.

Nusprendžiu paskambinti Erniui ir paklausti, kada grįš namo. Jis kalba ramiai, nieko neužsimena apie vakarą, sako sugrįšiantis apie šeštą valandą, atsiprašo negalintis ilgiau kalbėti, nes turintis susitikimą. Viskas normalu, viskas kaip anksčiau. Žinoma, jei jis kalbėjosi su manimi, kai šalia sėdėjo kiti žmonės, nieko kito ir negalėjau tikėtis. Vadinasi, firminis kalakutienos patiekalas šeštai valandai. Baltasis vynas, žvakės, subtiliai serviruotas stalas – viskas, kas anksčiau man padėdavo laimėti Ernesto širdį.

Sandra

Mes Kanarų salose! Tenerifėje! O, jei žemėje yra rojus, tai jis čia! Vaizdas iš mūsų penkių žvaigždučių viešbučio balkono atsiveria į jūrą. Vakarais sėdime čia, geriame raudonąjį vyną ir grožimės saulėlydžiu. Paskui, kai sutemsta, einame kur nors pašokti. Dienomis išsimaudome, šiek tiek pasikaitiname ir leidžiamės tyrinėti salos. Išsinuomojome mažą automobiliuką ir važinėjame juo įvairiomis kryptimis, apžiūrinėjame mažus, simpatiškus miestukus su bažnytėlėmis centrinėje aikštėje, namais rudai dažytais mediniais balkonais, išsirikiavusiais siaurose senamiesčio gatvelėse. Kėlėmės į Teidės vulkaną, matėme tiek visokiausių augalų, tiek įvairiausių žiedų, kad aš nespėjau visų fotografuoti. Ernestas švelniai šaiposi iš tokio mano susižavėjimo. Jis čia buvęs ne kartą, todėl yra man puikus gidas. Aš tokia laiminga, kad nepaliauju šypsotis. Mes fantastiškai ilsimės, valgome dievišką maistą, mėgaujamės viešbučio prabanga ir mylimės, mylimės, mylimės. Jis juokauja, kad aš labai tobulėju šioje srityje ir nepaliauju jo stebinti. Taip, mes mylėjomės Paryžiuje ir buvo nuostabu, tačiau ten aš buvau tik paklusnus instrumentas. Vilniuje mūsų skubūs susitikimai neatskleisdavo pilnatvės. Mes tik tenkindavome savo aistrą, vos išlaukę dvi tris nesimatymo dienas, mylėdavomės greitai, karštai, bet trūko tos neskubios įžangos, tingaus Ernesto žvilgsnio, priverčiančio užsiliepsnoti kiekvieną odos lopinėlį.

– Man atrodo, kad visas ankstesnis mano gyvenimas – tai tik kelias pas tave, – pasakė man Ernestas trečiąją mūsų viešnagės dieną.

– Ir mano, – pritariu. – Man visai nesvarbu, ką tu turėjai iki manęs. Visos tavo ankstesnės meilės tirpo sutirpo, išgaravo, nepalikdamos nė pėdsako manyje.

– Tu čia šauniai pasakei. Manyje jos taip pat nepaliko nė pėdsako. Su tavim atverčiau švarų lapą, ant kurio jau prirašėme nuostabių dalykų.

– Pavyzdžiui? – šelmiškai šypsausi aš.

– Pavyzdžiui, ši naktis.

– O daugiau? Ne tokių erotiškų?

– Tavyje viskas erotiška.

– Netgi kai fotografuoju gėles? – apsimetu abejojanti.

– O, tai ypač erotiška! – Ir jis užspaudžia mano lūpas bučiniu. – Tenerifėje visos gėlės man kelia norą mylėtis, – atsitraukęs tikina jis.

Aš kvatojuosi ir mes vėl nusiritam per karališką lovą.

– Ir ką aš padariau, kad nusipelniau tokios laimės? – atsigavusi po patirto orgazmo šnabždu.

– Tu tik esi nuostabiausia mergaitė, kokią esu sutikęs. Tu – gyvenimo džiaugsmo šaltinis, margaspalvis drugelis, papuošęs mano pilką gyvenimą.

Aš gerte geriu jo žodžių nektarą. Šiuo metu tikrai žinau, kas yra laimė.

Evija

Ar skausmas turi spalvą? Niekada apie tai negalvojau, o dabar įsitikinusi: turi, skaisčiai oranžinę, lyg pašvaistė, ir tokią ryškią, kad gelia akis. Guliu ant sofos kažkokioje skylėje, blokiniame name, užsitraukusi žaliuzes nuo įkyrios saulės šviesos. Nežinau, kiek jau laiko šitaip tysau – parą, dvi? Ar dar ilgiau? Nedaug judėjau nuo to laiko, kai Ernestas atvežė čia mano daiktus. Cha! Tik apgailėtinai menką jų dalelę. Čia tik mano drabužiai ir buities reikmenys. Jie visiškai beverčiai. Net ir tos ilgos dizainerių pasiūtos vakarinės suknelės. Jos man nebereikalingos. Kurgi aš eisiu? Kam įdomi pamesta verslininko draugė, nors ir buvusi dizainerė. Kas apskritai prisimena jos profesiją? Penkeri metai ištrynė mano vardą iš interjero mados puslapių. O kadaise klientai stodavosi į eilę, kad tik aš įrengčiau jų namus, sukurčiau savitą, niekur nesikartojantį vaizdą. Gražiausi mano gyvenimo metai paaukoti tobulinant Ernesto Balučio namų interjerą. O aš maniau, kad mano namų. Beviltiška kvailė! Pasirodo, ten niekas man nepriklauso. Aš buvau tik dizainerė, per kvailumą ėjusi dar žmonos, meilužės, ekonomės pareigas, beje, neapmokamas.

Tada, kai laukiau Ernio skoningai padengusi stalą ir iškepusi savo firminį patiekalą, jis grįžo ne vienas – su savo advokatu. Aš jį gerai pažįstu, Ernis nuolat su juo tvarko kažkokius teisinius reikalus, man net neįdomu, todėl ir dabar nieko neįtariau, tik niršau, kad svetimas žmogus sugadino taip kruopščiai suplanuotą susitaikymo vakarą, kuris, kaip vėliau pasirodė, virto mūsų paskutine vakariene. Ernestas buvo toks kaip ir visada prie svetimų žmonių – malonus, mandagus, su manimi elgėsi normaliai, niekas nebūtų įtaręs, kad vakar mes šitaip kivirčijomės.

Kai pavalgę jau gėrėme kavą svetainėje, tas advokatas iš lagaminėlio, kurio visą vakarą nepaleido iš rankų, išsitraukė popierius ir ėmė man aiškinti, kas aš esu – Ernesto Balučio pasamdyta dizainerė. *Štai, ponia, paslaugos pirkimo–pardavimo sutartis. Matot, ji neterminuota. Automatiškai nutrūksta, atlikus darbą. Paslaugos pirkėjas įsipareigoja į paslaugos teikėjo sąskaitą kas mėnesį pervesti tam tikrą sumą pinigų. O štai išrašas iš Ernesto Balučio banko operacijų registro. Matote? Penkerius metus ponas Balutis pervedinėjo į jūsų sąskaitą pinigus. Mano kliento teigimu, jūsų darbas atliktas, todėl sutartis automatiškai nutraukiama. Prašom pasirašyti tai liudijantį dokumentą. Ne? Ponia, jūs nesikarščiuokit. Mano klientas teigia, kad jūsų paslaugų jam daugiau nebereikia. Jūs PRIVALOT pasirašyti šį dokumentą, kad pinigų išmokėjimas jums nutraukiamas ir nebeturite jokių pretenzijų. Nesutinkate? Tada mes turėsime samdyti ekspertus, kurie nustatys, kad darbas atliktas, ir kreipsimės į teismą pripažinti sutartį netekusią galios.*

– Aš čia gyvenau! – rėkiu. – Su juo! Jo lovoje!

– Miela ponia, mano klientas teigia suteikęs jums gyvenamąjį plotą, kad galėtumėte dirbti, neatsitraukdama nuo objekto, – čiulba tas idiotas minkštu aksominiu balseliu. Dievaž, noriu sudaužyti jo akinius.

Mane apima toks aklas įniršis, kad aš, norėdama pasirodyti daug pranašesnė už jį, griebiu tą lapą ir brūkšteliu savo parašą taip energingai, kad net įdreskiu popierių.

– Imk! Turėkis! Žinokis! Tegul tai gula tau ant sąžinės! Man nieko iš tavęs nereikia! – Jei įstengčiau, imčiau spjaudyti ugnimi. – Gerai! Sukūriau tau interjerą! Aš susikursiu sau kitą! Šimtą kartų gražesnį! – siautėju ir su kiekvienu sakiniu jaučiuosi vis tvirtesnė ir galingesnė. – Tu apgailėtinas! Tu ir tas tavo žiurkėnas advokatėlis.

O žiurkėnas tik griebia mano pasirašytą lapą, skubiai įsideda į lagaminėlį ir linksėdamas atbulas traukiasi:

– Ačiū, ponia. Likit sveika. Ernestai, ryt pasimatysim. Nebetrukdysiu jūsų daugiau, gero vakaro.

Gero! Kurgi ne! Na ir surengsiu aš jam vakarą!

Bet aš nieko nesurengiu, nes jis manęs nesiklauso. Kai įsiutusi pradedu dėstyti, ką apie jį manau, Ernestas tik vaidina geraširdį ir atlaidų tipą.

– Eva, pastarųjų dienų įvykiai parodė, kad priėjome ribą. Nei mes pirmi, nei paskutiniai, tiesiog mums ne-

lemta būti kartu. Dingo ta moteris, dėl kurios aš kaž-
kada krausčiausi iš proto ir buvau pasiryžęs jai po ko-
jom pakloti visą pasaulį. Vietoj jos atsirado pavydi ir
kerštinga furija. Mūsų santykiuose įsivyravo toks nuo-
bodulys, kad norom nenorom buvau priverstas ieškoti
naujovių, įvairovės, gaivumo. O tu, užuot mėginusi ką
nors pataisyti, pasirinkai isteriškos kovos taktiką. Nė
viena moteris nevaldė manęs iki šiol, nevaldysi ir tu.

Ir, neleidęs man atsikirsti, jis energingai nužygiuo-
ja, metęs per petį:

– Rytoj išsikraustai. Aš nupirkau tau butą Antakal-
nyje. Manau, tai tinkama atsisveikinimo dovana.

Aš per daug apstulbusi, kad pajėgčiau ką nors pa-
sakyti. Ernestas nueina į svečių miegamąjį, aš į mūsų
bendrą, kurį su tokia meile įrengiau. Visą naktį tikinu
save, kad tai tik baisus sapnas, nors guliu plačiai at-
merktomis akimis ir negaliu užmigti. Šitaip nebūna,
mąstau. Negali būti. Juk jis mane mylėjo. Aš nepažįstu
šito arogantiško savimi patenkinto teisuolio. Tai ne
jis. Niekada toks nebuvo. Kada jis šitaip pasikeitė? Ar
čia ir yra tikrasis Ernestas, išmetantis žmoną kaip ne-
reikalingą daiktą? Užsnūstu visai prieš rytą, pabundu
po dešimtos valandos, į langą plieskia saulė. Akimirką
mane apima įprastas laimės jausmas: aš čia, tobulame
savo įrengtame kambaryje šalia mylimo vyro, gyveni-
mas nuostabus. Deja, jau kitą akimirką tikrovė smogia
visa jėga. Čia jau niekas nebe mano, gyvenimas bepro-
tiškai sumautas, o mylimas vyras mane išspiria lauk.
Miegamojo durys atsiveria, kyšteli Ernesto galva.

– Pagaliau! Maniau, kad niekada neišsibudinsi. Aš jau grįžau su darbininkais. Padės tau persikraustyti. Bute yra baldai, todėl tau nieko nereikės. Gali pasiimti tik tą savo begalinę vazelių, statulėlių ir panašių niekų kolekciją. Visada sakiau, kad praradai saiką ir pripirkai jų per daug. Man tas šlamštas niekada nepatiko.

Aš nieko neįstengiu atsakyti, nes vis dar manau, kad sapnuoju. Rengiuosi automatiškai, net negalėčiau pasakyti, ką apsivilkau. Nusileidžiu į holą ir matau, kad čia vyksta energinga veikla – Ernestas kaip pakliuvo krauna į dėžes mano taip kruopščiai surinktus dekoratyvinius elementus, o keli vyrukai nešioja jas lauk. Prieinu prie durų ir matau, kaip jie viską krauna į mikroautobusą.

– Eva, nestovėk kaip stabo ištikta. Negi nori, kad aš dar ir tavo apatinius sudėčiau?

Aš jaučiuosi turbūt panašiai kaip ligonė, sužinojusi nepagydomos ligos diagnozę. Pirma stadija – neigimas. *Taip negali būti,* – įkyriai ir nenumaldomai kala galvoje. Judu kaip robotas. Grįžtu į miegamąjį, pamatau ant grindų numestus didelius plastikinius maišus ir pradedu viską krauti iš spintos. Mane sulaiko atsiradęs Ernestas.

– Palauk, brangioji, neįsijausk! Ir patalynė, ir rankšluosčiai pirkti už mano pinigus. Žinoma, nepaleisiu tavęs plikos, bet turėk saiką.

Prabangi šilkinė patalynė vėl grįžta į lentynas, o man lieka keli rinkiniai medvilnės. Ką gi, ačiū ir už tai.

Kažin, ar jis pastebi, kad aš dar neištariau nė žodžio? Mes vėl nusileidžiame žemyn.

– Na, štai ir viskas, – linksmai sako Ernestas. – Aš tave nuvešiu.

Aš lyg marionetė seku jam iš paskos. Kieme laukia man nematytas folksvagenas polo.

– Čia tavo naujoji mašina, – mosteli ranka Ernestas. – Sąžinė neleidžia palikti tave be mašinos, bet nesu toks turtingas, kad atiduočiau reindžroverį. Šitas polukas beveik naujas. Neturėsi bėdos.

Galbūt jis ir stebisi, kad aš nė kiek nesipriešindama, tylėdama su viskuo sutinku, bet aš žiūriu į save iš šalies. Nieko negaliu padaryti. Teko matyti filmuose, kai, žmogui mirus, siela pakyla į viršų ir stebi viską, kas darosi kūnui. Ji jau nieko negali pakeisti, nes jau yra nebe čia, ne šiame žemiškame pasaulyje. Taip ir aš – visa tai vyksta ne man.

Aš net nesuvokiu, kad turėčiau atsisveikinti su šiuo namu, savo penkerių metų darbo vaisiumi, kurį tikriausiai matau paskutinį kartą. Tą suprasiu vėliau, o dabar paklusniai lyg aukoti vedama avelė sėdu į keleivio vietą poluke. Ernestas prie vairo. Nežinau, kiek laiko važiuojame, bet galiausiai pamatau, kad stovim priešais senos statybos blokinį penkiaaukštį. Išlipu iš mašinos ir buku žvilgsniu spoksau į apsilupusias žalias laiptinės duris. Ernestas nueina pirmas, liepęs vyrams kraustyti daiktus. Dėžės viena po kitos ima keliauti į vidų ir galiausiai visas mano per penkerius metus užgyventas turtas atsiduria penktame aukšte.

Žmonės tokį būstą vadina pusantro kambario butu. Įėjus pro duris – siauras koridoriukas, priešais – penkių kvadratų virtuvė, vonia kartu su tualetu, labai ankšta, čia nieko neįkiši. Didesnysis kambarys pereinamas. Kitas – visiškai mažutis, dvigulė lova turbūt netilptų. Nors esu mačiusi tokį butą, bet, žinoma, niekada nekūriau jam interjero. Tokių skylių gyventojai dizainerių nesamdo.

– Na, atrodo, viską sunešėm, – girdžiu Ernesto balsą. – Tai aš jau eisiu, Eva. Sėkmės tau tvarkytis. – Jis pasilenkia, pabučiuoja man į skruostą. – Ačiū tau už sugaištą laiką įrengiant mano namą. Tu šauniai padirbėjai, niekam ne gėda parodyti tokį interjerą.

Kitą akimirką jo jau nebėra. Stoviu lyg druskos stulpas tarp dėžių, dėželių, maišų, o paskui susmunku ant kažkokios aptriušusios išskleidžiamos sofos ir pravirkstu. Verkiu ilgai, kol visiškai išsenka ašaros, o aš tik konvulsiškai gaudau orą lyg į krantą išmesta žuvis.

Kodėl? Kodėl? Kodėl? Garsus, bukas kūjo trinksėjimas skaldo mane į gabalus, plėšia galvą, temdo sąmonę, ir aš nugrimztu į sunkų, lipnų miegą, kuris neatneša palengvėjimo, tik dar labiau skandina į juodą dumblą.

Pabundu visiškoje tamsoje ir niekaip nesuprantu, kur esu. Atsikeliu nuo sofos, mėginu eiti, užkliūnu už dėžės ir visu ilgiu žiebiuosi ant grindų. Siaubingai nudiegia kelį ir alkūnę, net suklykiu, o paskui pravirkstu iš skausmo, pykčio ir nevilties. Taigi, Evija Sirtaute, jei žemėje yra pragaras, tai tu jame atsidūrei.

Sandra

Ar kada galėjau apie tai svajoti? Kad gyvensiu rūmuose, kur viskas skoningai įrengta, sutvarkyta, pritaikyta visiems poreikiams, viskas apgalvota?

Esu girdėjusi, kad į vyro namus atėjusi nauja moteris tuoj puola viską pertvarkyti savaip, kad nė neliktų anos „eks" kvapo. Aš ne tokia. Manęs nekamuoja pirmtakės šešėlis. Žiūriu į ją tik kaip į dizainerę, įrengusią mano namus. Juolab kad pats Ernestas man įteigė šią mintį: ponia Evija Sirtautė buvo samdoma darbuotoja. Suprantama, aš žinau, kad ji penkerius metus buvo jo meilužė. Na ir kas? Ernis tikina jai jautęs aistrą, kuri vėliau išblėso. Ne, jis jos nemylėjęs. Tik jau ne taip, kaip mane. Aš jį beprotiškai myliu. Galėčiau gyventi su juo ir mažame butuke, mano jausmai jam nepasikeistų, jei jis būtų ir paprastas mūsų firmos pardavimų vadybininkas. Man visai nereikėjo tos prabangos, puikiai išsiversčiau ir be jos. Tačiau jei jau taip buvo lemta, kodėl nepasinaudoti? Kas atsisakytų ryte paplaukioti savo baseine, vakare gerti vyną savo terasoje žvelgiant į išpuoselėtą gėlyną? Kur geriau mylėtis – ant išgulėtos sofos ar karališkoje miegamojo lovoje su baldakimu? Kur daugiau romantikos? Žinoma, aš ne tik romantikė, bet ir protinga, tvirtai stovinti ant žemės moteris. Nepritekliai, skurdas, buitiniai rūpesčiai nužudo ir didžiausią meilę. Mums tai negresia. Čia, šioje pilyje, aš neturiu jokių rūpesčių. Du kartus per savaitę ateina mūsų tvarkytoja, ir namai blizga, orus senukas šienauja veją, rūpinasi gėlynu, o aš tik apžiūriu, ar viskas gerai padaryta. Man lieka tik sudėti nešvarius drabužius į skalbyklę, o naudotus indus – į indaplovę. Net lyginti nereikia, tai namų tvarkytojos pareiga. Tiesa, aš padedu Ernestui. Kitaip tariant, aš ir toliau dirbu jo firmoje, tik namie. Netgi atlyginimą gaunu, tiesa, daug didesnį negu sekretorės. Dabar, kai apsigyvenom kartu, Ernestas nenori, kad abu nuolat maišytumėmės viename biure. Aš jį visiškai palaikau, nes žinau ne vieną porą, išsiskyrusią todėl, kad visiškai neduodavo vienas kitam atokvėpio – kartu namie, kartu darbe, kartu vakarėliuose. Taip netrunki atsibosti, nelieka staigmenų, puikiai žinomas kiekvienas partnerio žingsnis, net žodis. Ar man ne nuobodu? Ne, nė kiek. Veiklos tikrai užtenka, be to, reikia daug skaityti, rūpintis mūsų pardavimais, rengti įvairius pristatymus, galvoti, kaip patraukliau pateikti, kad geriau pirktų. Darbo nė kiek nesumažėjo, netgi padaugėjo, nes Ernesto biure buvau tik administratorė – tipiškos sekretorės pareigos, o čia esu asmeninė direktoriaus padėjėja ir sutvarkau begales visokiausių reikalų. Ernestas labai džiaugiasi, kad aš laisvai kalbu angliškai ir prancūziškai, todėl labai lengva bendrauti su partneriais ir tiekėjais. Jis pats moka tik anglų kalbą, bet prasčiau už mane. Be to, aš dar mokausi vokiečių, nes visada maniau, kad kalbų mokėjimas dar niekam nepakenkė.

Šiandien skubu Gedimino prospektu, turiu sutvarkyti keletą reikalų, užeiti į kelias parduotuves, prekiaujančias mūsų gaminiais. Bėgu nesidairydama, nekreipdama dėmesio į praeivius, todėl net krūpteliu, kai kažkas mane stveria už rankos.

– Sveika, įpėdine. Kaip gyvenimas?

Evija. Tik jos man betrūko! Aš visai nenusiteikusi su ja bendrauti. Ji atrodo šiaip sau. Nė nepanaši į tą elegantišką damą, kurią pirmąkart pamačiau labdaros baliuje, įsikibusią į parankę mano Ernestui. Netgi tą paskutinį kartą restorane, kai ji vos neiškabino man akių, atrodė nepalyginti geriau. Dabar ji visiškai užgesusi – nepasidažiusi, skruostai įkritę, paakiai pajuodę, sulysusi ir šiaip papilkėjusi. Mūvi paprastais džinsais, vilki kažkokią neaiškios spalvos striukę.

– Gyvenimas geras, bet aš labai skubu, – pamėginu ištraukti ranką, bet ji nepaleidžia.

– Aš noriu tave įspėti, kad labai nesidžiaugtum: praeis šiek tiek laiko ir tapsim lygios – jis tave taip pat pames.

Įsiuntu juodai. Dar ji čia man aiškins politinę padėtį!

– Atsikabink! – nemandagiai sušnypščiu. – Reikia mokėti pralaimėti. Aš nekalta, kad jis tavęs nebemyli. Gal niekada ir nemylėjo.

– O tave tai myli! – pašaipiai nusijuokia ji. – Mergaite, aš daug galvojau pastaruoju metu ir supratau karčią tiesą: Ernis myli tik save, o kiti jam svarbūs tiek, kiek jam tuo metu naudingi.

– Pasilik savo išmintį sau, – iškošiu pro sukąstus dantis. – Ir paleisk mane, nes jau žmonės ima žiūrėti. Juk nepulsim aiškintis santykių vidury gatvės.

– Gerai, lėk vykdyti savo brangiausiojo užduočių. Lažinuosi, kad dabar nemokamai atlieki visą savo buvusį darbą ir dar daugiau.

– Va, ir neatspėjai – mokamai! O tu nesirūpink svetimais reikalais. Ar neturi ko veikti? Kurk vėl kokį nors interjerą.

– Beje, o kaip tau sekasi gyventi mano sukurtoje erdvėje. Juk ten dar plevena mano aura. Ji niekada neišnyks, sups tave kaip gyvas priekaištas, – niekaip nepasiduoda ji.

– Pasvajok! Argi kiekviename tavo kurtame interjere sklando tavo šmėkla? Jei taip, nenustebčiau, kad po tavo apsilankymo klientai kviestųsi egzorcistą. Bet Ernesto namuose jokių vaiduoklių neliko. Matyt, mano biolaukas stipresnis ir sėkmingai tave išstūmė.

– O jis vis tiek tave pames, – piktdžiugiškai šnabžda ji.

– Tada ir pakalbėsim! – atšaunu. – Susitiksim ir įkursim „Pamestų žmonų" klubą.

– Atmink, kad pažadėjai. – Ji pagaliau paleidžia mano ranką, kuri net nutirpo jos gniaužtuose. – Aš susirasiu tave, kai jis pames, nesvarbu, kiek laiko reikėtų laukti.

Kyla didelė pagunda pridėti prie smilkinio smilių ir pasukioti, bet to nepadarau ir šaunu į priekį, kad greičiau pabėgčiau nuo tos kibios žmogystos. Vakare pasiskundžiu Ernestui. Jis pažada prigrasinti buvusiajai, kad daugiau prie manęs nekibtų.

– Ji nemoka pralaimėti, – pasako jis mano jau dieną pavartotus žodžius. – Bjauru, kai žmonės praranda išdidumą.

Aš jam visiškai pritariu: niekada nenusileisčiau iki tokio lygio. Prieš guldama patikrinu mobilųjį telefoną. Praleistas skambutis ir gautas vienas pranešimas. Siuntėjas tas pats – ponia atstumtoji.

Pamiršau tau pasakyti: supratau, kad tas žinutes man siuntinėjai tu. Nuotraukos internete taip pat tavo darbas. Kaip žemai puolei.

Įtūžusi ištrinu pranešimą ir vėl nueinu pas Ernestą.

– Radau praleistą Evijos skambutį, – sakau. – Ji dar šlykščią žinutę atsiuntė.

– Parodyk, – jis ištiesia ranką į telefoną.

– Žinutę įsiutusi ištryniau, o praleistas skambutis va.

– Taip, čia jos numeris, – sutinka jis. – Reikia pakeisti tavo numerį, kad ji nebeskambintų. Aš tuo pasirūpinsiu. Daugiau ji tavęs nebeerzins.

Aišku, negalėjau parodyti Ernestui tos žinutės. Jokiu būdu jis neturi sužinoti, kad aš tikrai šiek tiek pagreitinau įvykių eigą.

Evija

Šiandien stovėjau ant Antakalnio tilto ir žvelgiau į tekančią Nerį. Ne, žinoma, neketinau ten šokti. Esu per daug racionali, kad matyčiau išeitį pasitraukdama iš gyvenimo. Ką aš pagąsdinčiau? Ernį? Cha! Tik ne jį. Jei ir sugadinčiau jam nuotaiką, tai tik kelioms dienoms. O gal tik valandoms. Tik apsidžiaugtų, kad nebesirodysiu jam akyse.

Vakar jis man paskambino, išdėjo į šuns dienas ir griežtai įsakė nebenervinti jo brangiausios Sandrutės, nes galiu labai pasigailėti – visokių keistų įvykių atsitinka šiais laikais. Aš norėjau išrėžti jam vieną žinią, nuo kurios jis būtų išvirtęs iš koto, bet nusprendžiau pasilaikyti ją sau. Dar ne laikas. Spėsiu. Pasakysiu jam tai, kai turėsiu gyvą įrodymą. Laukti liko ne tiek ir daug – pusę metų. Taip, taip! Aš nėščia! Meluočiau sakydama, kad džiaugiuosi. Ši žinia smogė man lyg žaibo iškrova. Aš per ilgai liūdėjau dėl sudužusių iliuzijų, tūnojau ant sofos Ernio išnuomotoje skylėje, nekreipdama dėmesio į savijautą, visus pirmuosius požymius priskirdama depresijai. Tačiau pradėjusi vemti suabejojau ir nusipirkau nėštumo testą. Neturėčiau labai stebėtis, kad jis teigiamas, juk toks ir buvo mano

tikslas – pastoti. Ernis manė, kad saugiai mylisi nau-
dodamas prezervatyvus. Po mūsų didžiojo ginčo dėl
kūdikio jis nebepasitikėjo manimi ir nesimylėdavo be
apsaugos, tačiau nepastebėjo, kad aš visas jo atsargas
sugadinau – pradūriau po kelias skylutes.

Taip elgdamasi tikėjausi pasiekti savo: tu nenori
vaiko, bet jis bus, ir mes tapsime tikra šeima. Kai išsi-
skyrėme, buvau visiškai pamiršusi tą genialųjį planą. Ir
nors mano pirmoji reakcija buvo šokas, bet vėliau pa-
maniau galėsianti išpešti iš jos naudos sau. Ernis taip
sutvarkė mūsų skyrybas, kad likau beveik nuoga – pa-
sirašiusi tą prakeiktą sutartį, pasirašiau sau nuospren-
dį: atseit gavau suderėtą atlyginimą ir daugiau man
niekas nebepriklauso. Įdomu, ką jis sakys sužinojęs,
kad turi vaiką. Nejau ir jam niekas nepriklauso? Deja!
Priklauso! Pasidarysim DNR tyrimus ir kreipsimės į
teismą. Taigi, mylimas Erni, teks pakratyti piniginę ir
mokėti alimentus savo atžalai.

Sugalvojusi tai, iš karto pasijutau daug geriau. Pasi-
rodo, teisingas posakis: vieniems Dievas duoda nuei-
damas, kitiems – pareidamas. Arba nėra to blogo, kad
neišeitų į gera. Įsivaizduoju Ernio veido išraišką, kai
pranešiu jam gerąją naujieną. Vien dėl to verta gyventi
nesidairant į bjauriai rudą upės vandenį.

Ernestas

Gyvenimas su Sandra kupinas džiaugsmo. Ji – lyg jaunystės injekcija į mano ketvirtą dešimtį įpusėjusį kūną. Ne, man dar ne amžiaus vidurio krizė, bet su Evija jau buvau pradėjęs taip jaustis – lyg įvarytas į laiko mašiną, kuri visu greičiu lekia prie tos baisios ribos – keturiasdešimtmečio. Sandros jaunystė, energija, gyvenimo džiaugsmas mestelėjo mane kone dešimtmečiu atgal. Aš vėl prisiminiau seniai užmirštą veiklą – mes daug rečiau lankomės aukštuomenės vakarėliuose, bet einam pasivaikščioti, čiuožiam ledo arenoje, savaitgaliais žvalgomės po mažus miestukus, kuriuose aš niekada nesu buvęs. Ji mėgsta keliauti, stovyklauti, irstytis valtimi, plaukti baidarėmis ir visur tempiasi mane. Evijai tai visiškai nebuvo įdomu. Užsienyje jai patikdavo gulėti saulės atokaitoje paplūdimyje ar prie baseino, todėl mes dažniausiai rinkdavomės populiarius kurortus. Sandra nemėgsta paplūdimių, dievina aktyvų poilsį, ir turiu pripažinti, kad ji tuo užkrėtė ir mane. Jaunystėje ir aš mielai nakvodavau palapinėje, važinėdavaus dviračiu, bet vėliau aptingau, ėmiau žaisti golfą, tenisą – tai, kas tinka mano sluoksniui. Tačiau Sandra privertė mane prisiminti studijų metus, ir mes patyrėme daug puikių įspūdžių. Kita vertus, jai be galo patinka atrasti naujas šalis, o man smagu jai teikti šį malonumą, todėl manau, kad mums puikiai pavyks suderinti savo pomėgius.

Kartą centre mačiau Eviją ir vos pažinau – kažkokia papilkėjusi, nepasidažiusi, priaugusi svorio, plaukų spalva, matyt, vėl natūrali – ruda. Net nusipurčiau – šitaip apsileido. Negi ji puošėsi ir rūpinosi savim tik dėl manęs? Ar čia toks jos protestas – visiems demonstruoja, kokia ji pamesta ir nelaiminga.

Kai mes išsiskyrėm, žurnalistai lipte aplipo mane, klausinėjo įvairiausių smulkmenų, pasirodė keli straipsniai, netgi populiari skandalų laida įsigeidė gauti interviu. Stengiausi būti diskretiškas, bijojau, kad Sandrą nervins toks staiga atsiradęs dėmesys ir viešumas. Bet ji, šaunuolė, puikiai susidorojo. Pasakė: aš jį myliu, ir man visiškai nesvarbu, kas buvo iki manęs. Žurnalistai medžiojo ir Eviją, bet ši iš viso atsisakė ką nors komentuoti.

Aš dėkingas jai, kad nepasakojo jokių intymių mūsų gyvenimo smulkmenų, tik gūžtelėjo pečiais ir pasakė: „Meilė praeina. Juk girdėjote populiariąją frazę: meilė trunka trejus metus. Mes išgyvenom penkerius, reikėjo atsinaujinti. Buvau apleidusi savo profesiją, dabar vėl dirbu, turiu daug užsakymų, gyvenimas eina toliau, mes net nebuvome vedę..." Ji puikiai pasinaudojo proga parodyti: štai kokia aš stipri, laisva, nepriklausoma moteris, – ir pasireklamuoti: dirbu, kuriu interjerus, netgi nurodė savo svetainės adresą.

Visada buvo gudri ir mokėjo iš visko išspausti naudos sau. Tas interviu buvo rodomas per televiziją praėjus mėnesiui po mūsų skyrybų, tada ji dar nebuvo tokia apsileidusi ir atrodė beveik kaip anksčiau, gal tik veidas sulysęs. Bet vėliau jos išvaizda labai suprastėjo. Tačiau man tai nerūpi – Eva praeitas mano gyvenimo etapas. Tada man reikėjo tokios moters – elegantiškos, rafinuotos, jau žinomos aukštuomenės sluoksniuose, mokančios elgtis pobūviuose, žinančios, kaip apsirengti. Taip, ji turi gerą skonį ir aš juo visada galėjau pasikliauti. Iš pradžių man buvo labai patogu: Eva supažindino su daugeliu elito atstovų. Tai dėl jos žmonės atkreipė dėmesį ir į mane, mus pradėjo fotografuoti renginiuose. Ji daug ko mane išmokė, netgi neužmigti klasikinės muzikos koncertuose ar koks kaklaraištis dera prie kokių marškinių. Tačiau tai, kas iš pradžių atrodė privalumas, vėliau virto trūkumu. Man jau nereikėjo jos vadovavimo, o ji nesiliovė ir tai ėmė mane erzinti. Su Sandra viskas buvo atvirkščiai – tai aš ją visko mokiau, tai aš jai aiškinau, kaip kur rengtis, nors vesdama renginius ji buvo jau gerokai apsišlifavusi. Tačiau turėjau jai papasakoti apie vynus, gurmaniškus patiekalus ir dar daug kitų dalykų. Bet tai buvo malonu – man daug labiau patinka pačiam vadovauti, jaustis pranašesniam, negu mokytis iš kito.

Šį rytą į darbą neskubu. Vakar mes turėjom svečių, vėlai atsigulėm. Ryte dar ilgokai pasilepinom lovoje. Dabar, kai paplaukiojęs grįžtu į holą, Sandra manęs laukia ir aš iš karto pastebiu, kad kažkas ne taip – ji išblyškusi, sutrikusi kramto lūpą, vos neverkia.

– Kas yra? – klausiu sunerimęs.

– Aš kaip visada peržiūrėjau tavo laiškus... – Jos balsas užlūžta.

– Ir?

Ji tik mosteli ranka.

– Ateik prie kompo. Pats pamatysi. Ji atsiuntė nuotraukų...

– Kas ta ji ir kokių nuotraukų?..

Sandra nieko neatsako. Nueinu prie kompiuterio ir vos neatsisėdu: ekrane Evija su kūdikiu ant rankų.

– O! Čia tai bent staigmena! – šūkteliu. – Nenuostabu, kad ji taip prastai atrodė, kai paskutinį kartą mačiau. Kada ji čia suspėjo? – Ir tuoj suvokiu, kad tai labai negerai.

– Ernestai, ji rašo, kad čia tavo sūnus Rolandas... – vos girdimai pro ašaras kužda Sandra.

Pyktis taip sugniaužia man gerklę, kad išsiveržia tik kažkoks cypimas.

– Žiurkė! Ji vis dėlto tai padarė! – galiausiai sušvokščiu.

– Man atrodo, kad tam reikia dviejų! – Sandra jau neverkia, bet niršta. – O tu mėgini mane įtikinti, kad po Paryžiaus su ja nesimylėjai.

– Melavau, – niūriai sakau. – O ką kita aš tau galėjau sakyti – juk nebūtum supratusi, kaip aš galiu su dviem moterimis vienu metu. Negalėjau kitaip, ji būtų ką nors įtarusi.

– Tai ir turėk dabar! – Sandra apsisuka ir nukaukši į virtuvę.

Aš įsižiūriu į kūdikio nuotrauką. Ne, nesitikėkit, kad pasakysiu, jog mano pyktį iš karto pakeitė šiltas, mielas jausmas, vos ne meilė savo vaikui. Nieko panašaus neįvyko – dar labiau įsiutau. Kaip kažkas drįsta primesti tai, ko man visiškai nereikia? Nuimu iš ekrano nuotrauką ir atsiverčiu laišką.

Erni, susipažink: čia tavo sūnus Rolandas. Gimė kovo šešioliktą dieną, taigi dabar jam jau mėnuo. Tai viena iš tavo paskutinių dovanų man, pradėtas tada, kai mes trumpam susitaikėme po didžiojo ginčo dėl vaikų. Kaip matai, ne visada išeina taip, kaip tu planuoji. Kartais Dievas patvarko savaip. Nors tu labai nenorėjai, bet vaikas gimė, todėl manau, kad turėtum jį pripažinti savu ir skirti pinigų jam išlaikyti. Viliuosi, tau liko bent kruopelė padorumo ir tu susitiksi su manim, kad galėtume aptarti tavo sūnaus finansavimo ir bendravimo su juo sąlygas. Nenorėčiau kreiptis į teismą, bet, jei reikės, dėl savo vaiko ateities neatsisakysiu. Jei tu nepasirodysi pas mane po dviejų dienų, aš duosiu išskirtinį interviu „geltonajai" spaudai. Nemanau, kad tau tai patiks.

– Velniava! – šūkteliu. – Sandra, ji man grasina.

Sandra išdygsta tarpduryje.

– Aš skaičiau laišką, – šaltai sako ji. – Jei atsimeni, tai įeina į mano pareigas, nes čia biuro adresas.

– Kodėl gi tu dabar vaidini tokią teisuolę? – rikteliu. Nervai mane sprogdinte sprogdina. Turiu kur

nors išsilieti. Jei šalia nėra Evos, tai nors ant Sandros. –
AŠ TO NENORĖJAU! Supranti? Kai ji ėmė svaičioti
apie kūdikį, griežtai liepiau nė negalvoti apie tai. Juk
jau turėjau tave! Čia jos intrigos! Jos idiotiškos viltys
šitaip susigrąžinti mane. Negi tu manai, kad aš dėl to
kaltas?

– Vyrai niekada nebūna kalti... – ironiškai nutęsia
Sandra. – Tokį šaunuolį ėmė ir apvyniojo aplink pirštą.

– Tai dėl to, kad aš ja pasitikėjau! Ir tavim pasitikiu.
Gal ir tu sugalvosi pradžiuginti mane tokia dovana?
Tai ką patarsi man daryti? Sterilizuotis, jei mano mo-
terys nesugeba apsisaugoti?

– Aš tau niekada nepadarysiu tokio dalyko, – jau
ramiai sako ji. – Nė negalvoju apie vaikus iki trisde-
šimties metų.

Ir po trisdešimties negalvok, – noriu pasakyti, bet
nutyliu. Ne laikas brėžti ribas, dabar turiu susitvarkyti
su Evos „dovana".

– Ką žadi daryti? – klausia Sandra. – Juk negali
tiesiog nekreipti dėmesio. Ji sukels triukšmą. O aš to
visai nenoriu. Nekenčiu žurnalistų ir straipsnių, kur
tave narsto po kaulelį, rašo šlykščiausius komentarus.
O dabar to tikrai neišvengtume. Visi palaikys vienišą
motiną su vaiku, o ant manęs užpils toną purvo.

Ji teisi, taip ir būtų. O jos pečiai per daug gležni, kad
tą ištvertų. Aš negaliu paaukoti Sandros. Tikrai ne.

– Paskambinsiu jai ir susitarsiu susitikti. Taip lai-
mėsim bent kelias dienas.

– Darysies DNR?

– Apskritai neturiu pagrindo ja abejoti. Ji norėjo ne kažkieno vaiko, o mano.

– Niekada dėl nieko nebūk šimtu procentų tikras, – pažeria išminties perlų Sandra. – Jei jau ketini siūlyti pinigų, turėk pažymą, kad vaikas tikrai tavo.

Ir kada ji tapo tokia dalykiška – rūpinasi mano pinigais?

– Gerai, Sandra, pažadu, tyrimas bus.

Paskambinu Evai ir be jokių sentimentų susitariu susitikti.

– Darau tai dėl tavo ramybės, – pareiškiu Sandrai. – Jei gyvenčiau vienas – tegul ji duoda nors šimtą interviu.

– Žinau, – atsidūsta ji, akyse blizga ašaros. – Viskas buvo taip gražu...

– Ir toliau bus gražu, – tvirtai sakau. – Kai viską išsiaiškinsiu, važiuosim kur nors pailsėti. Išsirink širdžiai mielą kampelį.

Ji liūdnai linkteli.

– Gerai, kai viskas paaiškės.

Kokia ji šaunuolė, taip puikiai susitvardė! Šita mergina – tikras lobis. Nė nepalyginsi su ta rafinuota intrigante Eva.

Sandra

Tas kelias dienas gyvenau lyg ant parako statinės. Ernestas taip pat buvo įsitempęs. Jis susitiko su Evija, bet nematė vaiko. Tokia buvo jo sąlyga – kol nežinomi DNR tyrimo rezultatai, jis nepageidauja nei matyti vaiko, nei aptarinėti alimentų sąlygų. Evija sutiko. Mes nė nepajėgėm žmoniškai bendrauti, sugriuvo mūsų sukurti ritualai, Ernestas buvo nervingas, užsisklendęs savyje, sėdėjo prie kompiuterio ir žaidė kažkokius žaidimus. Naktį jis pašėlusiai mylėjosi su manim lyg bijodamas, kad aš galiu pradingti, todėl reikia pasiimti iš manęs viską, ką įmanoma.

Tą rytą, kai turėjo paaiškėti tyrimų rezultatas, jis anksti išvažiavo iš namų, su manimi neatsisveikinęs. Aš žinojau, kad noriu neįmanomo, bet troškau stebuklo. Ernestui nereikia jokio vaiko su moterimi, kurios jis nemyli. Tai būtų tik nemalonus faktas, gerokai apkartinantis mūsų gyvenimą. Žinoma, kai jie aptars finansines sąlygas, Ernestas pasistengs išmesti viską iš galvos. Jis tai sugeba. Jį visi pasmerks, kad nenori bendrauti su savo vaiku, bet aš jį suprantu. Vaikas turi būti laukiamas. Tai džiaugsmas, vyro ir moters meilės vaisius, o ne ambicijų ar keršto įrankis. Aš dar negalvoju apie kūdikį, bet kai jis ateis, tikrai bus laukiamas ir mylimas.

Trinkteli lauko durys, ir aš net krūpteliu – dar tik pusiaudienis, Ernestas turėjo būti biure. Susitikęs su Evija, žadėjo lėkti į darbą, nes per šią savaitę, kol jis įsitempęs laukė, visi darbai krito iš rankų, nebuvo nuotaikos susitikti su klientais. Aš pakylu nuo kompiuterio ir skubiai einu išvyti įsibrovėlio. Tačiau tai Ernestas. Jo rankose didžiulė puokštė gėlių, o veide plačiausia šypsena. Tokio spinduliuojančio aš jo jau seniai nemačiau.

– Sandra! – šaukia jis. – Mano brangiausia, geriausia mergyte! Dievas yra! Stebuklas įvyko! Vaikas ne mano!

Mane nukrečia lyg elektra. Stoviu sustingusi, netekusi žado, išplėtusi akis.

– Kaip ne tavo? – pagaliau išlemenu. – Papirkai laborantę?

– Ne! – Jis padeda gėles ant stalo, puola prie manęs ir suspaudžia glėbyje. – Aš nieko nedariau! Vaikas ne mano! Eva vos nenualpo, turėjau gaudyti – visa tik išbalo ir ėmė svirti. Ar gali įsivaizduoti? Taip kruopščiai rengė keršto planą, taip juo mėgavosi ir staiga toks akibrokštas.

– Bet kieno gi tas vaikas? – atsitokėjusi klausiu, vos neuždusinta jo bučinių.

– Ji nesakė, o aš jos neklausiau. Man visiškai neįdomu. Koks skirtumas. Tik juokinga – mano geroji, išmintingoji, ištikimoji Eva ėmė ir iškrėtė šunybę, kuri jai dabar karčiai atsirūgo. Palikau ją prie jos mašinos, o pats kuo skubiausiai pas tave. Meskim viską iš galvos ir švęskim. Ar turim šampano?

Žinoma, mes jo visada turim, kaip ir įvairiausių kitokių gėrimų. Aš visada pasirūpinu, kad bare būtų didelis pasirinkimas visokiausiam skoniui. Nueinu prie šaldytuvo ir atnešu butelį savo mėgstamiausio. Ernestas iššauna kamštį ir pripila taures.

– Tai kada mes skrendam į Tailandą? – koketiškai klausiu, dauždamasi su juo.

– Nors ir rytoj, jei tik gausim paskutinės minutės pasiūlymus, – sako jis. – O dabar, zuikyte, einam į miegamąjį. Reikia iškrauti susikaupusią įtampą...

Evija

To negali būti! To niekaip negali būti! Už ką man tokia bausmė? Negana to, kad mane pametė, išvijo kaip šunį, ištrenkė kaip sulūžusią sofą, bet dar nepaliko ir savo dalelės. Tai turėjo būti mano žvaigždžių valanda, mano didžioji pergalės akimirka. Aš taip kruopščiai viską apgalvojau, netgi išvažiavau iš Vilniaus pas tėvus, gimdžiau Šilutės ligoninėje, kad tik Ernis nesužinotų pirma laiko, kad vėliau galėčiau žiūrėti jam į akis ir triumfuoti, džiūgauti dėl jo sutrikimo. Ir še tau!

Blogiau jau ir būti negali! Keršto naktis su Žeraru smogė man atgal visa jėga. O aš jos net gerai neatsimenu, viskas sklandė tirštame rūke. Tos kelios atsitiktinės sekso valandos man buvo tokios nereikšmingos, jog nė nepagalvojau, kad jos gali turėti kokių nors pasekmių. Kai Ernestas mane pametė, aš galvojau tik apie jį, prisimindavau įvairiausius mūsų santykių momentus, verkiau iš nevilties ir niršau, kad jis toks niekšas. Pasijutusi nėščia nė sekundės nesuabejojau, kad vaikas jo. KODĖL? KODĖL? KODĖL? Kodėl šitaip įvyko? Kodėl likimas man skyrė dar vieną tokį skaudų smūgį? Juk aš iki šiol myliu Ernį ir tikėjausi turėti jo dalį šalia savęs, gyvą priekaištą jam. Aš neabejoju, kad jis nesuklastojo tyrimo, nes pamatęs atsakymą apstulbo taip pat, kaip ir aš. Vėliau jo lūpas iškreipė sarkastiška šypsena: *Kas iš jūsų be nuodėmės, te pirmas meta į mane akmenį... Prisižaidei, Eva. Dievas yra! O dabar tikiuosi, kad mudu sąmoningai niekada nebesusitiksim, nes neturėsim jokių bendrų reikalų. Sudie!*

Atidarau automobilio dureles. Čia ant užpakalinės sėdynės stovi pintinė, kurioje miega mano vaikas – atsitiktinės nakties produktas. Spoksau į jį, lyg matydama pirmą kartą. Viskas neteko prasmės – ilgais nėštumo mėnesiais mane palaikė mintis apie Ernesto veido išraišką, kai pamatys savo vaiką. Kai jis gimė, pirma mintis buvo: „Na štai, Erni, mes tuoj būsim atsiskaitę – smūgis už smūgį." Vos ištvėriau tą mėnesį, norėjau, kad vaikutis kiek paaugtų ir sustiprėtų, tada galėčiau vežtis jį į Vilnių ir parodyti tėvui. Tikėjausi išsireikalauti didelę kompensaciją už penkerius iš manęs pavogtus gyvenimo metus. Ne, pinigai man būtų antraeilis dalykas, svarbiausia – kad Ernis gaus tai, ko labiausiai nenorėjo. Ir viskas veltui! Aš nieko negausiu, tačiau man nieko ir nereikia. Ir vaiko man nereikia, nes jo atsiradimas – visiška beprasmybė. Tobulo keršto įrankis, netekęs jokios galios. Jis niekada neturės tėvo, negaus alimentų, o man vienai bus nepakeliamai sunku jį auginti. Tik jau ne tokios psichinės būklės, kokios aš esu dabar. Girdėjau, kad kitose šalyse prie vienuolynų yra langeliai, kur galima palikti nereikalingus kūdikius. Gaila, pas mus to nėra. Aš nesugebėsiu būti jam gera motina.

Negalvodama, kur važiuoju, sukinėjuosi po senamiestį ir staiga atsiduriu prie vienuolyno. Taigi šitaip reikėjo – kažkieno ranka mane nukreipė čia. Pavažiuoju už kampo, sustoju, atidarau užpakalines automobilio dureles, iškeliu pintinę. Vaikas miega. Aš net mintyse neįstengiu jo pavadinti vardu, noriu visiškai atsiriboti. Einu nieko negalvodama, mechaniškai, kaip užprogramuotas robotas. Žinoma, jokio langelio įkišti kūdikiui čia nėra. Padedu pintinę prie durų, paspaudžiu skambutį ir kiek jėgos leidžia nulekiu gatve. Už kampo, drebančiomis rankomis darydama automobilio dureles, išgirstu jo verksmą. Užtrenkiu dureles, uždavu variklį, verksmo jau neturi girdėtis, bet aš vis dar girdžiu jį ausyse, jis sklinda po visą mano kūną, sprogdina galvą. Skubiai nuvažiuoju gatvele. Neprisimenu, kaip atsiduriu greitkelyje į Kauną ir lekiu nežiūrėdama į spidometrą. Ausyse vis skamba verksmas, aš niekaip nepajėgiu jo užslopinti. Atsikvošėju tik tada, kai mane sustabdo policija. Matyt, atrodau klaikiai, nes jie tikrina, ar nesu girta, ar nevartojusi narkotikų. Įsitikinę, kad esu blaivi, išrašo baudos kvitą. Aš nesiginčydama susimoku, sėdu į automobilį, bet niekur nevažiuoju. Kol kalbėjausi su policija, verksmas buvo aptilęs, o dabar ir vėl pasigirsta, atrodo, net išskiriu žodžius: *Mama, mamyte, kur tu, aš noriu valgyti. Mamyte, kodėl tu manęs nemyli? Ma-a-my-y-yte-e-e! Kur tu? Man baisu!*

– Ne – ne – ne! – staiga riksmas išsiveržia jau iš mano gerklės. O Dieve! Ką gi aš padariau! Virpančiomis rankomis pasuku raktelį, automobilis neužsiveda, pabandau dar kartą, ir vėl nieko. Apsidairau, policija jau nuvažiavusi. Mane apima tylus siaubas, kad, kol aš čia įstrigusi, mano vaikas numirs iš bado ir baimės, kad jį pamečiau. Pasielgiau kaip Ernestas. Aš niekuo ne geresnė už jį. Jis metė mane, o aš – savo kūną ir kraują, mažytį, bejėgį padarėlį, kuris nepajėgs be manęs gyventi. Mano krūtys pritvinkusios, net skauda, pienas jau sunkiasi, ant palaidinukės plinta šlapia dėmė, o mano vaikas guli alkanas... Vėl pasuku raktelį melsdamasi, kad mašina užsivestų, ir šįkart mano maldos išklausomos. Aš pajudu iš vietos ir riedu pirmyn, ieškodama ženklo apsisukti. Greitkelis vis bėga į priekį, o apsisukti vis nėra kur. Nejaugi turėsiu važiuoti iki Kauno? Bet ne, pagaliau pamatau ženklą ir pervažiuoju į kitą kelio pusę. Vėl lekiu, genama ausyse skambančio savo mažiulio balso.

Pagaliau aš senamiestyje. Kažkaip randu tą vietą, nors pirma visai nekreipiau dėmesio – matyt, atvedė Rolando verksmas. Išsiritu iš mašinos ir tekina nulekiu prie siaurų rudų durų aklinoje sienoje. Žinoma, pintinės jau nebėra. Kiek laiko aš važinėjau? Valandą? Dvi? Ar dar ilgiau? Suvaitoju kaip sužeista liūtė ir iš visų jėgų paspaudžiu skambutį. Nesusivokdama neatitraukiu piršto net kai durys atsiveria ir vienuolė švelniai nustumia mano ranką nuo skambučio.

– Turbūt čia tu palikai vaikutį? – tyliai klausia ji.

Nepajėgiu nieko atsakyti, nes gerklę užgulęs baisus gumulas, tik linkteliu.

– Ateik, sese, – ramiai kviečia ji ir vedasi mane į namo gilumą.

Aš vėl išgirstu Rolando verksmą, puolu į priekį. Užkliūnu už slenksčio ir vos neišsitiesiu. Smulkutė vienuolė sugriebia mane už rankos ir vos išlaiko. Ji atidaro duris, mes atsiduriame kambaryje, kur ant kėdės stovi pintinė, o ant stalo kepurnėjasi mano vaikutis ir išraudęs klykia iš visų plaučių. Kita vienuolė ką tik pakeitė jam sauskelnes, kurias rado maišelyje šalia. Ji pakelia akis į mane.

– Jis alkanas, – ramiai sako ji. – Mes dar nespėjome jo pavalgydinti, jis miegojo, o dabar sesuo Agnetė išėjo pirkti mišinuko. Ar pati jį maitinate? – Ji nukreipia žvilgsnį į sudrėkusį mano palaidinukės priekį.

Aš tik linkteliu.

– Tai ir pamaitinkite.

Jos padeda man atsisėsti, atsagsto palaidinukę ir prideda prie krūties mažylį. Kai jis godžiai griebia krūtį, mane staiga užgriūva visas mano poelgio siaubas. Juk čia jis – mano sūnus, mano kūnas. Ne beveidis keršto įrankis, o neatsiejama mano dalis. MANO, ir niekieno kito. Aš jį taip myliu, kad net skauda. Jis visiškai bejėgis, priklausomas nuo manęs, o aš norėjau jį palikti, išmesti kaip nereikalingą daiktą, kaip jo tėvas išmetė mane... *Koks tėvas! Atsipeikėk, Evija! Tas mažylis turi tik tave.* Aš šimtą, ne, tūkstantį kartų blogesnė už Ernestą, nes ketinau palikti ne meilužį, o savo vaiką.

Rolandas pavalgęs vėl užmiega, o aš žiūriu į ramų jo veiduką ir pradedu pasikūkčiodama verkti – išsiveržė visa pastarojo meto įtampa, ašaros apmaldo gėlą, atrodo, net fiziškai jaučiu, kaip iš kūno išplaunama beprotybė, apėmusi mane po gimdymo, – juk aš negalvojau apie vaiką, koks jis nuostabus, kaip aš jį myliu, o tik apie jo tėvą *(tfu, ne tėvą!)* ir saldų keršto jausmą. Vienuolės leidžia man išsiverkti. Vėliau viena išeina ir po kurio laiko atneša kvapnios žolelių arbatos.

– Išgerk, sese, pasidarys geriau.

Aš klusniai paimu puodelį ir lėtai siurbčioju, kol išgeriu visą. Dabar jaučiuosi nurimusi ir keistai tuščia.

– Mūsų motinėlė nori su jumis pasikalbėti, – sako vyresnioji vienuolė, kuri atidarė man duris. – Aš jus palydėsiu pas ją, o sesuo Teresė prižiūrės vaikutį.

Vienuolyno vyresnioji primena man vienuolę iš vaikystėje matyto filmo „Muzikos garsai". Nežinau, kaip jai pavyksta mane priversti šnekėti, bet ištarusi pirmą sakinį aš nebeįstengiu sustoti ir išpasakoju jai visą savo gyvenimą. Ji labai moka klausytis. Tikriausiai seserys patiki jai savo nuodėmes. Dabar suprantu, kodėl žmonės būna tokie pakylėti atlikę išpažintį. Ji kalba man ilgai, tyliu, bet įtaigiu balsu – apie Dievo planą, kuris mums nežinomas, bet visada prasmingas. Ji paneigia mano įsitikinimą, kad Dievas mane šitaip nubaudė už tai, kad palikau savo pirmąjį vyrą, nors mes tuokėmės bažnyčioje.

– Dievas nebaudžia, – kartoja ji, – jis myli, todėl ir tu privalai mylėti savo vaikutį.

– Aš ir myliu! Labai myliu. Dabar jau žinau, – tikinu ją pro ašaras.

– Tai ir gerai, – šypsosi ji. – Eik pas jį ramybėje.

Išleisdama vyresnioji sako, kad, jei aš vėl imsiu abejoti, jei pasidarys liūdna, jei našta atrodys nepakeliama, visada galiu ateiti pas ją ir pasikalbėti.

Pasiimu Rolandą ir išeinu iš vienuolyno. Kol buvau čia, atėjo popietė, oras atšilo, pasirodė saulė – lyg mano sielos apsivalymas būtų išsklaidęs ir debesis.

Vėl padedu pintinę ant užpakalinės automobilio sėdynės, sėdu į vairuotojo vietą ir susimąstau: o kur dabar? Aš nebegaliu grįžti į tą Ernio nupirktą butą. Ten nieko nėra mano. Na, taip, drabužiai, indai, statulėlės mano, bet visa kita svetima. Matyt, ir Rolandui ten negera, todėl jis buvo toks neramus tas kelias dienas, kol mes laukėme DNR tyrimų atsakymų.

Aš susikursiu naują gyvenimą – savo. Atgimusi šiandien, aš viską pradėsiu iš pradžių. Mano vaikas turės namus, kur jį sups tik labai šviesi ir šilta aura. Aš tai padarysiu dėl jo ir dėl savęs.

O dabar grįžtame į vienintelę vietą, kur mus myli, – į mano tėvų namus. Čia apšilsim ir sukaupsim jėgų naujam gyvenimui, kuriame būsim tik mes – mama, sūnus ir jį dievinantys seneliai. Vaikams reikia daug meilės, be meilės jie nyksta kaip nelaistomos gėlės. Jis gaus tiek meilės, kiek tik jam reikės ir dar daugiau, nes jis, vargšelis, augs be tėvo.

II dalis

Po šešerių metų

Sandra

Sėdžiu ant suoliuko Parnidžio kopos viršūnėje ir žiūriu į plytinčias kopas, raibuliuojančias marias su baltomis jachtų paukštėmis, niūrų paslaptingą Grobšto ragą, dešinėje saulės nutviekstą jūrą. Vaizdas iki skausmo pažįstamas, brangus, raminantis.

Pirmą kartą pamačiau jį būdama septynerių. Tada su tėvais ilsėjomės Nidoje, užlipom į kopą ir aš lyg pakerėta sustingau užburta grožio. Tėvelis pasakojo apie smėlio užneštą kaimą. Tiesa, jis buvęs ne čia, už Pervalkos, ta vieta vadinama Mirusiomis kopomis, bet man buvo svarbu ne tai. Verkiau ir vis klausinėjau: *O ten ir mažų vaikų buvo? Ir visus užpustė? Visus visus? Ir vaikus, ir tėčius, ir mamas?*

Tėtis ramino, kad žmonės išsigelbėjo, užpustė tik jų namelius, bet man vis tiek buvo labai baisu: o jei mūsų namus užpustytų? Dabar jaučiuosi taip pat – lyg smėlis būtų užkloję ne tik mano namus, bet ir visą ankstesnį gyvenimą. Tiesa, aš išsikapsčiau, esu gyva, tik sužeista širdimi. Sėdžiu čia ir svarstau, ką reikės daryti toliau.

Vos prieš tris dienas mano gyvenimas buvo visiškai kitoks. Kaip visada laukiau grįžtančio Ernesto, gami-

143

nau jo mėgstamas graikiškas salotas. Ernestas, didžioji mano meilė, įsiveržusi į mano gyvenimą, privertusi pamiršti viską, uždegusi kunkuliuojančią aistrą ir lyg lavina nusinešusi ją su savimi.

Jis sugrįžo kaip visada pasitempęs, švariai nusiskutęs, kvepiantis, su raudonų rožių puokšte ir brangaus vyno buteliu. Vakarieniavom terasoje, kurioje vešėjo rūpestingai prižiūrimos gėlės. Aš kaip visada uždegiau įmantrų žibintą, smilkalų lazdelę. Vakaras buvo tobulas kaip ir daug mūsų drauge praleistų vakarų. Nesilioviau dėkoti likimui, padovanojusiam man didelę meilę ir patį nuostabiausią vyrą Lietuvoje.

– Taigi, Sandra, mes kartu jau septynerius metus, – pasakė jis, užsidegęs kvapnų cigarą. Šiaip jis nerūko, bet kartais pasilepina cigarais. Galbūt tai tinka jo įvaizdžiui visuomenės akyse. O man šitoks jis atrodo ypač seksualus. – Aš tikiu skaičių magija. Septyneri metai – tai laikas, kai gyvenime reikia ką nors keisti.

Mano širdis pradėjo daužytis: jis pasipirš, tikrai pasipirš! Tiek metų to laukiau, svajojau, kada būsiu oficiali Ernesto žmona, o ne partnerė, gyvenimo ar širdies draugė, ir mes pagaliau nuspręsim, kad jau pakankamai laiko esam kartu, visapusiškai patikrinom vienas kitą, prisitaikėm ir nerandam nė menkiausio trūkumėlio. Mes jau pagyvenom sau, atėjo laikas susilaukti vaikų... Galvoje sukasi milijonas įtaigių, džiaugsmingų argumentų, ausyse skamba Mendelsono vestuvių maršas. Nenorėčiau labai prabangių vestuvių. Man nereikia tūkstančio baltų balandžių, rožių žiedlapių, gėlėse skendinčios bažnyčios, garsaus dizainerio suknelės, puotos Gintaro muziejuje, Verkių rūmuose ar Trakų pilyje. Būtų šaunu susituokti kokioje mažytėje kaimo bažnytėlėje, kur mūsų netykotų žurnalistų minia, po to surengti kuklią vakarienę tik patiems artimiausiems žmonėms ir skristi į povestuvinę kelionę. O kur? Labai norėčiau į Šveicariją. Apsigyventi mažame kalnų miestelyje, kur į dangų šauna bažnyčios smailė, aplink išsibarstę mažyčiai tvarkingi tinkuoti namukai su ryškiomis raudonomis pelargonijomis loveliuose po kiekvienu langu, priešais jaukų viešbutuką stūkso didingi kalnai, šalia tyvuliuoja mažytis vaiskus ežeriukas... Vieniems vaikščioti kalnų takeliais, gėrėtis didingais vaizdais...

– ...taigi, sakoma, kad po septynerių metų reikia keisti darbą, gyvenamąją vietą ar partnerį, – užsisvajojusi net negirdėjau kelių jo sakinių.

– Kadangi tu turi puikų darbą, – išsišiepusi sakau, laukdama jo staigmenos, – gyvenamoji vieta – tikra svajonė, o partnerė... – Norėjau pasakyti: patikrinta per tiek metų, bet jis mane nutraukė:

– Apie tai ir ketinu pakalbėti. Sandra, aš noriu, kad tu išsikraustytum.

– Kur? – juokiuosi iš šio pokšto. Mane visada žavi Ernesto humoro jausmas. Įdomu, kaip jis iš to išves „...todėl tekėk už manęs"? Bet aš vaidinu, kad nieko nesuprantu. – Gal tu man nežinant slapčia pastatei ar nupirkai kitą namą?

– Sandra, aš labai rimtai, – jis nė kiek nesišypso ir aš surimtėju. Jei jau tokios žaidimo taisyklės, ką gi – aš jas priimu, išklausysiu viską, ką jis taip kruopščiai suplanavo. Jis visada moka mane nustebinti – pradeda taip iš toli, kad niekaip neįtarsi, kur tai nuves, o vėliau džiaugiasi, kai imu krykštauti iš netikėtumo. – Mes jau per ilgai užsibuvom kartu, į mūsų santykius pradeda smelktis rutina, todėl reikia viską užbaigti, kol dar viskas gražu, kol mes galutinai nenusibodom vienas kitam ir nepradėjom pykti. Manau, kad mums reikia naujų žmonių šalia, naujų įspūdžių, naujų tradicijų.

Staiga pamanau, kad jis kalba kažkokia užsienio kalba, kurios aš nesuprantu. Išplečiu akis ir suraukiu kaktą. Bet ši mimika labiau apsimestinė negu tikra. Aš vis dar manau, kad jis juokauja ir visa tai kažkaip veda į jo paruoštą dovaną – žiedą su deimantu.

– Mums reikia skirtis, kol dar laikas? – labai rimtai klausiu, bet akyse žybčioja šelmiškos ugnelės.

– Pagaliau supratai. Matai, aš jau pastebėjau pavojingų požymių – tu ėmei dairytis į vaikus, vis parodai man: žiūrėk, kokia graži mergytė, ak, koks šaunus mažylis. Prisipažinsiu, tai man sukėlė didelį nerimą. Aš visiškai neketinu dar kartą tapti tėčiu, o jei moteris to užsimano, nesunkiai pergudrauja vyrą ir še tau džiaugsminga naujiena – aš laukiuosi.

– Ne, aš nesilaukiu! – patikinu, vėl nusišypsau ir kilstelėjusi palaidinukę paplekšnoju per plokščią pilvą. – Tikrai to neslėpčiau. Ir jokių gudrybių dar nenaudojau.

– Šaunuolė! Tačiau aš noriu užbėgti tam už akių ir toliau mėgautis gyvenimu, nesuterštu nešvariomis sauskelnėmis, slogomis, naktiniu verksmu ir panašiais nemaloniais dalykais...

– Ernestai, ką tu čia dabar kalbi, man dar nė į galvą nešovė...

– Šovė, šovė! Ne toks aš ir bukas. Gerai pažįstu žmones. Beje, labai gerai prisimenu tavo žodžius: „Iki trisdešimties aš nė negalvoju apie jokius vaikus." Bet tau jau trisdešimt, todėl aš laiku susirūpinau...

Mano mintis išblaško pasigirdę balsai. Mediniu per kopas nutiestu taku vorele artinasi grupelė vienuolikos dvylikos metų berniukų vienodais sportiniais maršikinėliais, lydimi vyriškio, matyt, trenerio. Tikriausiai kokia nors komanda, atvažiavusi į vasaros stovyklą.

– Vaikai, va iš anos aikštelės atsiveria labai gražus vaizdas, matosi Grobšto ragas, Sklandytojų kopa, Mirties slėnis, – šūkteli treneris, berniukai nugarma pro mano suoliuką, sustoja ant skardžio krašto, užstodami man vaizdą, ir pradeda garsiai komentuoti tai, kas prieš akimirką buvo tik mano.

Vyriškis žvilgteli į mane, matyt, teisingai supranta mano rūgščią veido išraišką, sukviečia berniukus prie savęs ir liepia:

– Na, pasigėrėjot, ir užteks. Kitą dieną pabūsim čia ilgiau, o dabar lengva ristele grįžkite į stovyklą ir iki vakarienės laisvas laikas. Treneris Vytautas jūsų laukia ten. Pasakykite jam, kad aš sugrįšiu vėliau. Tadai, tu atsakai, kad visi stovyklą pasiektumėt kartu.

Pavadintasis Tadu energingai linkteli.

– Gerai. Paskui mane marš!

Ir berniukai tvarkinga grupele nubėga žemyn asfaltuotu taku.

Treneris nulydi juos žvilgsniu ir prieina prie mano suoliuko.

– Atleiskit, kad išblaškėm jūsų mintis. Atrodėt nelabai patenkinta mus pamačiusi.

– Veikiau liūdna, – vos šypteliu. – Bet jūs teisus – vaikų klegesys tikrai nesiderina prie mano nuotaikos...

O dabar ir tu eik sau, stengiuosi mintimis jam įteigti. *Man nereikia jokių žmonių – nei berniukų, nei jų trenerio. Aš noriu toliau mąstyti apie sudužusį savo gyvenimą ir savo naivumą, atvedusį mane ant šios kopos.* Tačiau neatrodo, kad įsibrovėlis ketintų mane palikti. Dar to tik man trūko – įkyruolio, kuris tuoj ims siūlyti pavakarieniauti kartu. Suprantu, kad aš jam patinku, tiek dar mano pojūčiai nėra atbukę. Tik kol gyvenau su Ernestu, man nerūpėjo joks kitas vyriškis, kad ir kaip išraiškingai jis žvelgtų, kad ir ką žadėtų jo kūno kalba. O dabar man juo labiau nieko nereikia, tik vienatvės ir gamtos. Todėl aš čia... Kita vertus, kodėl ne? Gal man kaip tik reikėtų išsiblaškyti su kitu vyru? Gal tai padėtų nors valandą pasijusti ne išmestu padėvėtu, nebemadingu ir todėl nebereikalingu daiktu, o geidžiama moterimi? Pažvelgiu į jį nebe taip atšiauriai. Atrodo nieko sau – aukštas, sportiškas, plaukai šviesesni už mano, jam tinka tie šviesūs šortai ir raudoni sportiniai marškinėliai. Kitu laiku netgi pasakyčiau, kad jis patrauklus, bet dabar tai visiškai nesvarbu...

Darius

Kodėl aš priėjau? Net nusiunčiau vaikus į stovyklą, nors ketinom po treniruotės čia atsipūsti ir kartu pasigrožėti vaizdais. Tiems paaugliams neturi rūpėti vien tik sportas, kartais reikia ir sustoti, pamatyti saulėlydį... Taigi, kodėl? Ar mažai merginų sėdi kopose, žvelgdamos į plytinčią smėlio dykumą? Ar pamatęs, kokia ji liūdna, nenorėjau palikti jos vienos? Gal mane paveikė ta įkyri socialinė televizijos reklama: *Ar tu galvoji apie savižudybę? Pasikalbėkim?* Ne, man neatrodė, kad ji mąsto apie savižudybę, bet vis tiek nutariau užkalbinti.

– Man pasitraukti? Palikti jus vieną?

– Galbūt kaip tik ne. Aš jau trečia diena tyliu. Taip ir kalbėti galima pamiršti.

– Gyvenimas ne rožėmis klotas?

– Gal kaip tik rožėmis – su labai aštriais spygliais.

– Patyrėt kokį nors sukrėtimą?

Ji linktelėjo.

– Darbe?

– Galima ir taip sakyti. Bet veikiau asmeniniame gyvenime. Matot, mano darbdavys, pajamų šaltinis ir, kaip dabar sako, „gyvenimo draugas" staiga atleido mane iš visų pareigų.

– Nė neįspėjęs? – nevalingai šypteliu. Ji nepraradusi ironijos, todėl vargu ar galvoja apie savižudybę.

– Iš karto. Nedavė nė dviejų savaičių apsiprasti su šia žinia.

– Ir tai įvyko prieš tris dienas?

– Taip. Jis pranešė man šią džiugią žinią mūsų septynerių metų bendro gyvenimo proga. Liepė išsikraustyti ir iš jo namų, ir iš gyvenimo. Beje, naiviai maniau, kad tai mūsų abiejų namai ir bendras gyvenimas. Turbūt logiška taip galvoti, kai esi kartu septynerius laimingus metus, kurių netemdė joks debesėlis?

– Ar jūs nieko prieš, jei aš atsisėsiu šalia? – klausiu. – Kažkaip nepatogu kalbėtis, kai stoviu. O gal man iš viso eiti šalin?

– Sėskit, – atsidususi leidžia ji. – Vis tiek jau sutrikdėt mano vienatvę. Be to, jau sakiau, nesu tikra, ar dar noriu būti viena. – Ji pasislenka nuo suoliuko vidurio.

Atsisėdu ant kito suoliuko galo, palikęs tarpą tarp mūsų.

– Taigi jums liepė išsikraustyti ir iš jo namų, ir iš gyvenimo, ir dabar jūs nežinote, ką daryti toliau? Atvažiavot visko apgalvoti?

– Nežinau, kodėl turėčiau kalbėtis apie tai su pirmu sutiktuoju. Bet taip ir yra: apgalvoti, ką darysiu toliau.

– O kaip dėl pinigų?

– Dar turiu, bet būtinai reikės susirasti darbą. Matot, apsigyvenusi su savo šefu, tapau jo asmenine padėjėja, sekretore, meiluže, namų tvarkytoja – viskuo.

Be to, gaudavau atlyginimą iš jo firmos. Asmeninės padėjejos pareigos buvo oficialios. Žinoma, būčiau ir taip dirbusi, bet reikėjo bendrauti su klientais, pasirašyti dokumentus, tad kitaip negalėjo būti. Mano svajonių vyras aiškino, kad aš pati jausiuosi savarankiškesnė, kai turėsiu savo sąskaitą. Ir aš su tuo sutikau. Deja, tai buvo spąstai – jis iš anksto apsidraudė, kad jei skirsimės, man daugiau nieko nepriklauso, nes gavau atlyginimą. Tik abejoju, ar mano buvęs gyvenimo draugas parašys rekomendaciją.

– Kodėl? Buvęs darbdavys galėtų... Paprašykit, jei išsiskirdama nesuplėšėt jo geriausių marškinių, nepadegėt būsto, nesukapojot baldų, nesubraižėt automobilio, nenunuodijot šuns.

Ji pirmą kartą nusijuokia, juokas nors ir nelabai linksmas, bet skambus, užkrečiantis.

– Deja, ar kaip tik laimei, aš to nepadariau. Mes išsiskyrėm civilizuotai. Kaip išeitinę kompensaciją nupirko man butą, netgi pervežė daiktus... Matot, koks jis kilnus.

– O butas padorus?

– Sename blokiniame name, vieno kambario, be balkono, su šiokiais tokiais baldais. Dar gerai, kad ne kambarėlis bendrabutyje. Gyventi galima, jei tai vadinsime gyvenimu, išsikrausčius iš dizainerės apstatyto didžiulio namo su sodu, vejom, baseinu ir kitokiais maloniais patogumais.

– Vadinasi, buvot turtingo vyro gyvenimo draugė.

– O, taip! Prabangus namas, vakarėliai, pobūviai, kelis kartus per metus atostogos užsienyje... Su juo aplankiau beveik visas Europos šalių sostines. Egiptą, Tunisą, Tailandą, Malaiziją... Ne gyvenimas, o pasaka...

– Tai kas gi atsitiko?

Ji trukteli pečiais.

– Turbūt išblėso naujumas, trisdešimtmetė jau neatrodo taip gerai kaip dvidešimt trejų. Viskas jau žinoma atmintinai – įpročiai, požiūriai, kalbos. Norisi gaivaus vėjo...

– O jūs nenorėjot naujovių?

– Pasirodo, kad kitokių negu jis: ištekėti už jo, kada nors susilaukti vaikų. Tačiau to nebuvo jo planuose, todėl mane pakeitė dvidešimt vienerių ilgakojė blondinė, kurios galvoje bent devynetą metų nebus minčių apie vaikus.

– Jis nenorėjo vaikų?

– Turi beveik suaugusį sūnų, kuris gyvena su jo buvusia žmona Amerikoje ar Anglijoje, tiksliai nežinau, nes jis ir pats nežino. Jei sakė tiesą, tai jie nepalaiko ryšių. Bet nemanau, kad melavo, vis tiek kaip nors išaiškėtų.

– Tai kiek jam metų? Keturiasdešimt ar dar daugiau?

– Keturiasdešimt dveji. Kai mes susipažinom, jam buvo trisdešimt penkeri. Jau tada turėjo namą, poršą ir daug įvairių kitų prabangos dalykų.

– O tada namą prižiūrėjo...

– Kita ekonomė, kuriai buvo per trisdešimt.

– Vadinasi, sensta tik šeimininkas, o ekonomės jaunėja?

– Tokia jau žiauri ta realybė.

– Gal tai padeda jam išlikti jaunam?

– Aš irgi apie tai pagalvojau. Tokie kaip mano buvęs vyras, oi, atsiprašau, gyvenimo draugas, nori gyventi turtingai, gražiai, patogiai ir tik sau. Moteris šalia yra tik būtinas to gyvenimo priedas – saugus seksas, kada tik užsimanai, palydovė kelionėse į užsienį, vakarėliuose, kad būtų su kuo pozuoti fotografams...

Atidžiai pažvelgiu į ją.

– Turbūt turėčiau būti jus matęs žurnaluose?

– Jei juos skaitot.

– Tiesą sakant, ne. Jei atsitiktinai pakliūna koks į rankas, tai tik perverčiu, nekreipdamas dėmesio, koks ten veikėjas su žmona ar gyvenimo drauge. Niekada nesidomėjau paskalomis.

– Ir teisingai. Nemanau, kad tai trenerių literatūra. Bet jei dabar pavartysim žurnalus, tuoj pamatysim jį nuotraukoje su naująja drauge. Tokios permainos nelieka nepastebėtos. Mano įpėdinei viskas bus nepatirta, nauja. Jis nusiveš ją į Paryžių, vedžiosis po Monmartrą, vaikščios Senos pakrantėmis, jie romantiškai bučiuosis... Ir jis jai kuždės, kokia ji nepakartojama, žavi... – Jos balsas suvirpa.

– Taip jums buvo?

– Nė klausti nereikia... Aišku, kad buvo. Ir tada aš, kvailė, maniau, kad tai skirta tik man...

– Kodėl manot, kad bus tas pats? Gal jis sugalvos ką nors kita?

– Vargu ar jis toks išradingas? Kam galvoti, jei scenarijus jau yra, tereikia tik pritaikyti kitai aktorei.

– Ar visa tai, ką dabar kalbat man, sugalvojot per tas tris dienas, kol tylėjot? – klausiu, kas man ir taip aišku. Mane stebina jos blaivus požiūris. Taip, ji liūdna, suirzusi, sarkastiška, bet nepalūžusi. Ji sako tiesą – per tas tris dienas turėjo laiko viskam kruopščiai permąstyti, įvertinti ir padaryti teisingoms išvadoms. – Vargu ar gyvendama su juo tai numatėt.

Ji pažvelgia man į akis lyg svarstydama, ar verta pasitikėti ir kalbėti toliau. Kodėl ji iš viso su manimi šnekasi? Juk aš tik dar vienas vyriškis. Toks pat kaip visi. Matyt, tikrai per ilgai tylėjo.

– Pasakysiu jums nuoširdžiai: kol gyvenau su juo, nekilo nė menkiausio įtarimo, kad kas nors ne taip. Tą paskutinį vakarą, kai jis man pasakė, kad septyneri metai – laikas permainoms, aš tikėjausi, kad jis man pasipirš. Visa įžanga buvo tokia: metas kažką keisti. Raudonos rožės, raudonas vynas, raudonos žvakės... Tik vietoj žiedo su deimantu mažo butuko raktai ir žinia, kad jau yra mane pakeisianti antrininkė... Matėt tokių siaubo filmų – sukuriamas žmogaus klonas, o tą tikrąjį nužudo? Manęs nenužudė, tik išmetė. Pasak jo, aš pasikeičiau: tapau buitiška, per daug nuspėjama, jokių staigmenų, prisirišusi prie namų, kurių nė nesukūriau, nes atėjau, kai viskas buvo įrengta. O visų blogiausia, aš pradėjau svajoti apie kūdikį, o tai neišvengiamai sugriautų mūsų nusistovėjusią laimę... Jo susikurtame pasaulyje nėra vietos vaikams. Jis per daug gerai atsimena tą košmarą, kai per tą amžinai klykiantį padarą žlugo jo santuoka, nes jis nuolat neišsimiegodavo, žmona buvo suirzusi, pikta, namai netvarkingi, seksas pasigailėtinas. Ne, visa tai ne jam. Žmogus turi gyventi tik sau, kiekvienas privalo viską susikurti savo rankomis, ir jis visai nenori, kad tai, ką jis pastatė, liktų kažkam kitam.

– Čia jo mintys?

Ji linkteli.

– Taip, bet išdėstytos jau vėliau, kai tobulas vakaras virto košmaru. Jis kalbėjo gražiai, santūriai, logiškai, kaip ir visada tvarkydamas verslo reikalus.

– Ar jis ketina prieš mirtį išsprogdinti susikurtą imperiją, kad neliktų kitiems?

– Nežinau. To nepaklausiau. Buvau pernelyg priblokšta. Bet tiesa ta, kad sau jis negailėjo nieko.

– O jums?

– Kaip jau minėjau, kol gyvenau su juo, kiekvieną mėnesį jis pervesdavo į mano sąskaitą atlyginimą, kurio tikrai užtekdavo drabužiams, kosmetikai, kitoms reikmėms ir dar likdavo. Bet aš buvau taupi: jis norėjo, kad į pobūvius eičiau vis kita suknele, todėl apsivilktas vieną kartą veždavau į vieną saloną, kur priimdavo už mažesnę kainą, taip šiek tiek padidinau savo sąskaitą... Turėjau savo automobilį. Jis kilniaširdiškai paliko jį man, nes jau nebenaujas. Taigi galiu parduoti ir nusipirkti paprastesnį, dar liks keli tūkstančiai. Kaip matot, nesu visiška vargšė.

Esmė ne ta, kad jis manimi pasinaudojo ir pliką basą išmetė į gatvę. Jūs teisus: aš atvažiavau čia, norėdama viską apmąstyti ir nuspręsti, ką man veikti toliau. Aš nepražūsiu, tikiu, kad rasiu darbą. Skaudžiau suprasti, jog septynerius metus gyvenau iliuzijomis, kad myliu, esu mylima, turiu puikius namus, man nieko netrūksta. Na, beveik nieko, kai ateis metas, turėsiu ir porą mielų vaikučių... Skaudu prarasti ne materialius dalykus, bet suvokti, kad iš tiesų tavęs nemylėjo (bent jau pastaruoju metu), o tavo meilės taip pat niekam nereikia.

– Vadinasi, susipažinusi su tuo turtingu verslininku, jūs negalvojot apie jo turtus?

– Jis buvo žavus vyriškis, atkreipęs dėmesį į studentę, aptarnaujančią svečius per vieną pobūvį... O paskui jis įdarbino mane savo firmoje, išsivežė į Paryžių... Žinoma, aš įsimylėjau.

– Mokate prancūzų kalbą?

– Anglų, prancūzų, rusų, lenkų. Tokia mano specialybė – įstaigų ir įmonių administravimas. Dvi užsienio kalbos buvo privalomos. Universitete pasirinkau anglų ir rusų, be to, lankiau prancūzų kalbos kursus, lenkų išmokau gyvendama su juo, nes to reikėjo verslui. O, dar pamiršau paminėti ir vokiečių. Susikalbu, nors ir prasčiausiai iš tų visų. Aš atlikdavau daug darbų: tvarkydavau visokiausias sutartis, užsakydavau prekes, kalbėdavausi telefonu su partneriais, dalyvaudavau susitikimuose, jei reikėdavo, versdavau... Mano pirmtakė, žymi interjero dizainerė, įrengė jo namus, užsakė baldus. Man to daryti jau nereikėjo, bet aš labai daug padėjau versle.

– Skamba įspūdingai. O kokių talentų turi ta, kuri pakeitė jus?

– Manau, kad mano įpėdinė bus tik reprezentacijai, nes ji yra grožio konkurso laureatė, ilgakojė blondinė, anoreksiška manekenė.

– Buvot susitikusios?

– Tiesiogiai ne. Jis buvo to konkurso rėmėjas, komisijos pirmininkas. Aš domėjausi konkursu ir žinau, kas laimėjo.

– Ar daug laiko praėjo nuo konkurso iki sprendimo jus pakeisti kita?

– Gal trys keturi mėnesiai. Aišku, jie susitikinėjo. Kaip ir aš su juo, kol jis dar gyveno su kita. Ne intymiai, bet romantiškai. Pavyzdžiui, nusiveždavo papietauti į kokią ramią, jaukią kavinukę. Tyrinėjo, nagrinėjo, sprendė, ar būsiu tinkama įpėdinė.

– Manot, kad nemylėjo jūsų?

– Nežinau. Gal mylėjo. Bet jo meilė savotiška. Aš visai neseniai tą supratau: jis neprisiriša. Jei nusprendė, kad kita moteris tinka geriau, be gailesčio meta pirmąją.

– O kaip jūs jaučiatės? Norite verkti, daužytis, trankytis, keršyti?

– Aš noriu... – Ji nutyla ir iškalbingai pažiūri į mane. – Aš noriu... Šiuo metu labai noriu pabendrauti su kitu vyriškiu, kad įtikinčiau save, jog jis ne vienintelis, ir išmesčiau jį iš savo gyvenimo, kaip jis mane išmetė iš savojo.

– Jūs man tai sakote todėl, kad...

– Būtent! Tu prieš?

Nusprendusi, kad tinku vienai nakčiai, ji iš karto ima kreiptis į mane „tu". Mane tai šiek tiek sutrikdo – pasiūlymas per daug netikėtas. Tikrai nemaniau, kad ji dabar galėtų galvoti apie kitą vyriškį. Nors, aišku, negalvoja. Jos mintyse vien tik jis, jo pernelyg daug, jis ją valdo, užgožia, dusina, todėl ji norėtų nors trumpam užsimiršti kito glėbyje.

– Ne, bet...

– Negali, nes tavęs laukia tie berniukai, kuriuos treniruoji? Girdėjau, kad yra kitas treneris.

– Jie ne kliūtis, tikrai Vytas jais pasirūpins, bet turiu įspėti, kad grįšiu vėliau.

Paeinu toliau, kad ji negirdėtų, ką kalbėsiu, ir išsiimu mobilųjį telefoną. Trumpai pakalbėjęs, sugrįžtu pas ją.

Sandra

Jis sugrįžta ir sako:

– Taigi aš laisvas. Einam kur nors pasėdėti?

– Einam, – abejingai sutinku.

Mes nusileidžiam nuo Parnidžio kopos ir iš lėto einam taku palei marias. Aš tyliu, mano naujasis pažįstamas taip pat.

– Žinai ką, – staiga apsisprendusi nutraukiu tylą. – Aš apsistojusi netoliese, svečių namuose, turiu kambarį su atskiru įėjimu. Einam pas mane?

– Tu tuo tikra? – Jis akivaizdžiai sumišęs. O man labai smagu. Smagu kaip per laidotuves. Man tik piktdžiugiškai malonu, kad ne visi vyrai mane valdo, dar pasitaiko ir tokių, kurie sutrinka nuo mano įžūlumo. Šiaip juk aš nesu įžūli, niekada nebuvau. Man visada sekėsi bendrauti su žmonėmis, bet šiandien aš kitokia – noriu šokiruoti, žeminti kitus, tyčiotis, komanduoti. Nežinau, tai kaukė, ar dabar tikroji Sandra visada bus tokia.

– Visiškai! – ryžtingai tariu ir pasuku į gatvelę savo laikino būsto link.

Mes vėl einam tylėdami, kol pasiekiam svečių namus. Aš jau noriu rakinti duris, bet jis staiga sulaiko mano ranką ir sako:

– Beje, mano vardas Darius. O tavo?

– Sandra, – aš įkišu raktą į skylutę, pasuku ir stumteliu duris. – Užeik.

– Sandra... – jis nepajuda iš vietos. – Nemanau, kad turėtume tai daryti.

– Kodėl ne? – bematant susierzinu: mane atstumia? Ir vėl? Kažkoks treneris? Ką tik maniau sugebanti valdyti kitus. Deja! Niekas manęs nenori!

– Tau šiuo metu reikia ne sekso su kitu partneriu.

– O ko, pone visažini? – sarkastiškai klausiu.

– Galbūt kur nors pasėdėti, išgerti, išsikalbėti.

– Neatspėjai! Aš jau išsikalbėjau su tavim. O dabar man reikia užsimiršti meilėje.

– Bet meilės čia nebus nė kvapo.

– Sakydama „meilė" turėjau galvoje „pasidulkinti", bet parinkau gražesnį žodį. – Aš noriu būti šiurkšti, bjauri, vulgari, bet neatrodo, kad jis dabar sutrikęs. Priešingai, atsigavęs po pirmojo netikėto mano puolimo, stengiasi užimti vis tvirtesnę padėtį.

– Pasidulkinimas nepadės. Tu trumpam užsimirši, o paskui bus dar blogiau.

Aš prapliumpu piktu juoku:

– Ak tu, moteriškos širdies žinove! Psichologe nelaimingas! Man blogiau jau negali būti! Tik geriau! Man reikia sekso terapijos! Nesvarbu su kuo!

– Tada aš tuo labiau nenoriu dalyvauti. Niekas nenorėtų būti bet kuo.

– Nenori – nereikia, – abejingai gūžteliu pečiais. – Einu į barą. Ten tikriausiai atsiras norinčių.

– Nedaryk to, – labai rimtai kalba jis, gaudydamas mano žvilgsnį, bet aš nenoriu žiūrėti jam į akis. – Ryte pasigailėsi. Geriau eikim į kokią nors ramesnę kavinę ir pamėginkim prasiblaškyti.

Aš vėl nusikvatoju:

– Nesuprantu tokio vyro kaip tu. Auklėji mane, atsisakinėji lyg skaistus berniukas, nors už minutės jau galėtum patirti malonumą. Patikėk, aš moku jį suteikti.

– Neabejoju, – linkteli jis. – Bet aš norėčiau, kad ir tau būtų malonu su *manim,* o ne visą laiką galvotum apie tą, kuris turėtų būti mano vietoje.

– Viskas! – aš vėl pasuku raktą. – Einam iš čia. Grįžk pas savo globotinius, o aš traukiu į medžioklę. Tikiuosi, kad rasiu vyrą, kuriam pasirodysiu patraukli.

– Tu ir man labai patraukli, bet nenoriu pabūti tau sekso robotu.

Jis taip mane siutina, kad, jei įmanyčiau, – nagais sudarkyčiau tą savimi patenkintą paveiksliuką. Tačiau pagalvoju, jog vienintelis būdas jo atsikratyti – apsimesti, kad jis mane įtikino.

– Gerai, gerai – tu laimėjai. Aš grįžtu į savo urvą ir tūnosiu čia iki ryto.

– Aš pasirengęs pabūti psichoterapeutu ir išklausyti tavo istoriją. Juk tau reikia išsikalbėti. Kol kas tu šnekėjai tik labai abstrakčiai.

Prikandu liežuvį, kad neišsiplūsčiau. Psichoterapeutas mat atsirado! Jis išklausys ir patars! Matyt, iš savo vedybinio gyvenimo patirties. Tarp tokio amžiaus vyrų retai rasi viengungį. Tiesa, Ernestas turbūt niekada neves. Tačiau tai jau kitas reiškinys. O šitas moralizuotojas atrodo pernelyg doras. Juokinga! Argi Lietuvoje yra dorų vyrų? Visi apsimetėliai. Patinai, kuriems tik viena galvoj.

Aš prisiverčiu nusižiovauti.

– Ne, nebenoriu kalbėtis, diena buvo per daug sunki. Eisiu į lovą. Ir tau patariu... Labanakt.

Aš skubiai stumteliu duris, smunku į vidų ir užsirakinu. Pro užuolaidos kraštelį stebiu jį nueinantį. Atrodo, kad pavyko nusikratyti. Netinkamą objektą pasirinkau atsipalaiduoti. Kai tas tipas, kuo jis ten vardu, dingsta už posūkio, aš palieku savo laikinąjį būstą – urvą, kaip sakiau tam *netinkamam* objektui, ir patraukiu baro link.

Įsitaisau ant kėdutės, užsisakau kokteilį ir, siurbčiodama gėrimą, imu iš lėto dairytis, ieškodama *tinkamo* objekto. Žinau, kad moku gundyti, kai pasistengiu. Taigi ir dabar įsmeigiu akis į vieną vaikiną, vos šypteliu ir nuleidžiu akis. Kai vėl jas pakeliu, jis klausiamai žiūri į mane. Aš linkteliu. Po minutės jis jau stovi šalia manęs. Mano taurė dabar sparčiai tuštėja, jis užsako dar ir įsitaiso ant gretimos kėdutės. Mes persimetame vienu kitu nereikšmingu sakiniu, jo ranka glosto mano kelį... Taip, dabar viskas eina teisinga linkme. Po dešimties minučių mes jau susitariam tęsti vakarėlį pas mane ir pakylam eiti.

Staiga mums kelią pastoja mano šio vakaro nelaimė – tas pats *netinkamas* objektas.

– Sandra, nekvailiok! – griežtai kreipiasi jis. – Na, susiginčijom, bet dėl to nereikia gultis su pirmu pasitaikiusiu.

– Eik tu šalin, – sušnypščiu. – Ko čia atsivilkai? Praleisk! – Mėginu jį apeiti, bet jis tvirtai sugriebia mane už rankos ir nepaleidžia.

– Gerai, pripažįstu, aš neteisus, – sako jis, bet aš tuo nepatikiu ir kreipiuosi į savo naująjį palydovą:

– Eina jis po velnių! Aš jo nepažįstu! Teisingiau – tik tiek, kiek tave.

– Netikėk ja! – nepasiduoda tas dorasis kaliausė ir kalbina mano išsirinktąjį. – Mes jau porą metų kartu. Susipykom – ko nepasitaiko. Matai, kokia ji ambicinga – viską padarys, kad tik man atkeršytų.

Tikiuosi, kad naujasis gerbėjas trinktels tam sužūlėjusiam kadrui į nosį. Bet ne! Traukiasi!

– Eikit ir aiškinkitės be manęs! – sako truktelėjęs pečiais. – Man nereikia jūsų problemų.

– Palauk! – šūkteliu. – Viskas ne taip. Aš jo tikrai nepažįstu!

Bet jis skuodžia šalin neatsigręždamas. Na ir sekasi man šį vakarą – vieni bailiai.

– Ir kas toliau? – Aš virte verdu iš pykčio, nė nesumodama paklausti, iš kur jis čia atsirado. Matyt, sekė, pagaliau suvokiu. – Ko tu iš manęs nori?

– Juk sakiau, kad buvau neteisus. Einam pas tave.

Žinoma, turėčiau jį nuvaryti, bet jaučiuosi tokia išsekusi, kad nepajėgiu priešintis. Mes einam tylėdami ir jau antrą kartą šį vakarą pasiekiame mano būstą.

Kambaryje jis įsitaiso ant sofutės, o ant kavos staliuko iš kažkur atsiranda butelis gero raudonojo vyno.

– Atnešk taures, Sandra. Pirmiausia išgersim, – sako jis. – Sumažinsim įtampą.

Noriu priešintis, sakyti, kad man nereikia nieko mažinti, geriau iš karto eikim į lovą, bet nepajėgiu ginčytis ir atnešu kažkokias stiklines, kurias radau virtuvėlėje...

Tikriausiai nesunku atspėti: mes taip ir nepasimylėjom. Gėrėm vyną ir šnekėjom. Tiksliau tariant – šnekėjau aš. Išpasakojau tam treneriui visą savo gyvenimo istoriją: nuo pat vidurinės mokyklos, studijų, pažinties su Ernestu iki išvarymo ir rojaus. Kai baigiau, buvo trečia valanda nakties. Maniau, kad dabar jau mylėsimės, bet jis pakilo ir pasakė:

– O dabar tau reikia išsimiegoti. Vienai! – pabrėžė ir žengė durų link.

– Nors pabučiuotum... – ironiškai pasakiau. – Bent koks prisiminimas liktų.

Jis atsigręžė, nusišypsojo ir priėjęs pabučiavo... į kaktą.

– Labanakt, – pakartojo ir vėl ketino eiti, bet dar prisiminęs ant laikraščio paraštės brūkštelėjo savo telefoną. – Jei kartais vėl norėtum pasikalbėti.

Buvau tvirtai įsitikinusi, kad nenorėsiu. Tik jau ne su juo. Nesvarbu, kad tris valandas dėsčiau jam savo gyvenimo istoriją. Tačiau lygiai taip pat sėkmingai galėjau kalbėti į diktofoną – tas treneris beveik nieko

manęs neklausinėjo, tik skatino stereotipinėmis frazė-
mis, norėdamas parodyti, kad klausosi. Keista, bet vos
tik jis išėjo, griuvau ant lovos ir iš karto užmigau.

Pabundu vienuoliktą valandą ryto. Pro langą plies-
kia saulė, dangus be jokio debesėlio. Nustembu, kad
jaučiuosi šiek tiek geriau. Nors širdį maudžia, bet jau
nebeatrodo, kad gyventi nebėra prasmės. Turėsiu pa-
kilti ir kažkaip pradėti iš naujo. Tik ar aš jau dugne?
Jau yra į ką atsispirti? Tačiau jei čia dar ne dugnas,
tai kur jis? Kas dar blogiau gali būti? Ak, taip, galėtų,
jei pasirodytų, kad aš nėščia, bet, ačiū Dievui, tikrai
nesu. Stengiuosi įtikinti save, kad milijonai žmonių
pasaulyje šiandien nelaimingesni už mane – prarado
artimą žmogų, neteko darbo, sužinojo, kad serga ne-
pagydoma liga... Bet, matyt, esu baisi egoistė, nes vis
tiek atrodo, kad mano bėda pati didžiausia. Juk darbo
ir aš netekau – buvau asmeninė pono Ernesto Balučio
padėjėja, o dabar šias pareigas užima kita. Abejoju, ar
ta blondinė tvarkys Ernesto reikalus. Nebent asmeni-
nius finansus. Evija įrengė namus, aš juos puoselėjau,
dirbau vadybininke, užsikroviau ant pečių didesniąją
jo reikalų dalį. Ir kam visa tai? Kad po kelerių metų at-
sidurčiau čia, svečių namuose, maldaudama nepažįs-
tamo vyro meilės? O blondinės paskirtis – aptirpdyti
jau pernelyg išaugusias Ernesto sąskaitas.

Prisiverčiu suvalgyti indelį jogurto. Žinoma, apeti-
tas dingęs. Paprastai, kai nervinasi, žmonės arba valgo
labai daug, nejausdami skonio, arba nepajėgia nė kąs-
nio nuryti. Priklausau prie pastarųjų. Tai ir gerai – bent

jau negresia sustorėti. Tai gal susirgsiu anoreksija? Na, ne! Ponas Ernestas Balutis tikrai to nevertas.

Akys užkliūva už telefono numerio ant laikraščio paraštės. Kurį laiką neprisimenu, kieno čia telefonas, bet greit suvokiu – taigi to mano vakarykščio nuodėmklausio, kurio nepavyko sugundyti. Praradau viliojimo meno įgūdžius. O gal niekada neturėjau? Nusprendžiu, kad tikrai jam neskambinsiu. Kam? Jis mane atstūmė, vadinasi – viskas aišku, aš nesižeminsiu ir daugiau nebesisiūlysiu. Susiruošiu į paplūdimį, pasiimu didelį minkštą rankšluostį, ant kurio atsigulsiu, padvejoju, ar imti maudymuką – vis tiek ketinu eiti toli už paplūdimių ribos, kur manęs niekas nematys. Tačiau nusprendžiu, kad vietos neužima, o aš dar nežinia ką sugalvosiu veikti. Išeidama iš kambario paimu nuo stalo laikraštį, kurį vėliau išmetu į popieriaus konteinerį. Kaip sakoma, iš akių – iš atminties, bus mažiau pagundų dar kartą pasisiūlyti ir vėl patirti pažeminimą, kai atstums.

Eidama pro turizmo informacijos centrą lange pamatau užrašą: nemokamas internetas. Staiga man šauna į galvą mintis: juk šiandien turėčiau užsakyti prekes. Įdomu, ar kas nors jau tai padarė. Reikėtų patikrinti. O jei ne, tai gal senu papratimu aš užsakyčiau? Tas treneris klausė, ar aš nesuplėšiau geriausių savo brangiausiojo marškinių, nesukapojau baldų... Tada pasigailėjau, kad nieko blogo jam nepadariau, elgiausi labai santūriai ir civilizuotai. Bet gal dar ne vėlu? Gal galėčiau nors kiek jam pakiaulinti? Nors trupučiuką, kad mane atsimintų. Įeinu į vidų. Žinoma, tokią saulėtą dieną visi paplūdimyje, kompiuteriai laisvi. Prisėdu prie vieno, įeinu į firmos sistemą su savo slaptažodžiu. Niekas nesugalvojo, kad reikėtų mane užblokuoti. Keista, kad mane išvijęs Ernestas buvo toks aplaidus. Kita vertus, jis jau atprato ką nors daryti pats, kai šalia buvau aš. Nesitikėjo, kad aš čia lįsiu? O be reikalo. Jis per menkai mane vertina. Tuoj aš jam užsakysiu prekių. Paprastai mūsų užsakymuose nedaug kas keičiasi, kiekvieną mėnesį imame jau patikrintą asortimentą, tik įvedame vieną kitą naują pavadinimą. Taigi ir dabar užsakau tuos pačius produktus, bet kiekvienai firmai prirašau kokių nors papildomų gaminių iš jų katalogų. Pavyzdžiui, pačių pigiausių odekolonų, kremų, pudrų, lūpų dažų, kurių pas mus niekas neperka, nes mūsų klientai – iš aukštesniųjų visuomenės sluoksnių. Užsakau negailėdama, kad nebūtų mažai. Lydraščiuose paaiškinu, kad mūsų firma rengia labdaros akciją, todėl kai kurių pigių produktų užsakome didesnius kiekius. Finansiškai mano mylimasis nelabai nukentės, bet turėtų įsiusti. Galės pasukti galvą, kaip savo prabangiuose salonuose ir skyriuose iškišti tokius kiekius pigios kosmetikos ir parfumerijos, o jei neišparduos, galės tikrai surengti labdaros akciją prie geležinkelio stoties – kremus ir lūpdažius išdalinti mergaitėms, pardavinėjančioms meilę, o odekoloną – jų klientams ir draugams, kuriems labai reikia atsipagirioti. Mintis apie įsiutusį Ernestą mane nuoširdžiai pralinksmina. Išsiunčiu užsakymus mūsų nuolatiniams tiekėjams ir leidžiuosi į paplūdimį, jausdamasi daug tvirtesnė negu vakar vakare.

Pusę dienos kaitinuosi apleistame paplūdimyje. Nuėjau taip toli, kad, be žuvėdrų, čia niekas neužklysta. Vis dėlto jūra turi begalinę gydomąją galią. Bent jau man. Klausausi raminamo bangų ošimo, žiūriu į baltas jų keteras ir visiškai nebegalvoju apie Ernestą. Na, beveik ne. Neįmanoma per tris dienas išmesti iš galvos septynerių metų. Staiga prisimenu savo pirmtakę Eviją, jos nevilties iškreiptą veidą restorane, kai užtiko mus su Ernestu. Tada atvirai džiūgavau, kad mano pasiųsta žinutė paveikė taip, kaip aš norėjau – Evija atėjo, pamatė mus, iškėlė sceną ir... atidavė man Ernestą. Aš neketinau dalytis juo su ja. Manęs netenkino antrosios meilužės vaidmuo, norėjau turėti jį visą sau. Dabar pati esu tokia pat, kaip ji tada. Įsivaizduoju, kaip ji sarkastiškai juoksis, kai pamatys žurnale Ernesto nuotrauką su ta blondine. Nemanau, kad reikės ilgai laukti, gal jau kitą savaitę išvysim, kaip jie šypsosi apsikabinę... Iš karto vėl sugelia širdį – kaip kažkada su manimi. Staiga mintis apie Ernestą išblaško suskambęs telefonas. Tai Žeraras, mūsų pagrindinio tiekėjo iš Prancūzijos prezidentas. Po džiaugsmingo pasisveikinimo ir apsikeitimo mandagumo frazėmis jis klausia:

– Sandra, ar tu nesuklydai? Tikrai užsakai dešimt tūkstančių flakonų to pigaus odekolono? Gavusi tavo užsakymą mano vadybininkė labai nustebo ir atėjo pas mane pasitarti, ką daryti.

Atrodo, kad tikrai suklydau – įsismaginusi spausdinti nuliukus, vienu prirašiau per daug. Ketinau užsakyti tūkstantį. Nenuostabu, kad Žeraras nusprendė pasitikrinti. Bet šitaip dar geriau. Dešimt tūkstančių – tai jėga! Dėžutėje dvidešimt flakonų, vadinasi, mano buvęs gyvenimo draugas gaus penkis šimtus dėžučių. Šaunu! Kažin, kur jas sukraus? Nutaisau žvalų balsą.

– Ne, ne, viskas gerai, tikrai dešimt tūkstančių. Mūsų firma rengiasi švęsti gimtadienį, todėl darome dovanų krepšelius...

– Bet tokiais kiekiais...

– Na, argi tu nepažįsti Ernesto? Jo užmojai visada platūs.

– Hmm, net nežinau, ar mes tiek turėsim... – abejoja Žeraras.

– Tai siųsk, kiek turit, o kitus vėliau.

– Bet tu labai nusivilsi, jei aš neturėsiu viso kiekio, – girdžiu jo balse juoką.

– Atspėjai, nusivilsiu.

– Gerai, aš pasistengsiu dėl tavęs...

Nesigilinu, kodėl jis taip pasakė, svarbu, kad Ernestas gaus dovanėlę. O beje, kažin ar jis darbe? Paskambinu praktikantei, vaduojančiai atostogaujančią sekretorę. Ji pas mus vos kelios dienos, todėl manęs nepažįsta. Lenkiškai paprašau sujungti su direktoriumi ir angliškai išgirstu, kad šefas išvykęs į Kanarų salas. Pajūryje staiga aptemsta, nors danguje nė vieno debesėlio. Vakar pati sakiau tam treneriui, kad scenarijus lieka tas pats, keičiasi tik aktorės, bet viena sakyti, o kita – įsitikinti, kad esi teisi, nors visiškai to nenori... Numetu telefoną, atsigulu ant pilvo ir užsimerkiu. Bet tai nepadeda, vaizdas akyse darosi vis ryškesnis ir spalvingesnis: jie taip pat guli paplūdimyje ir žiūri į baltas jachtas mėlynoje jūroje. Ji be liemenėlės, oda nurudinta soliariume, net Kanarų nereikia. Blondinė paima apsauginį kremą ir koketiškai išsilenkusi prašo, kad Ernestas ją išteptų. Jis užsispaudžia kremo ant delno, lėtai trina jos pečius, nugarą, ranka nuslenka ant plokščios krūtinės (per konkursą pastebėjau, kad šita manekenė galėtų turėti ir įspūdingesnį biustą), įtrina kremu krūtį... Man suskausta širdį, lyg kas būtų suvaręs ilgą adatą. Gerai, kad tuo metu vėl suskamba mano mobilusis: Monika iš Italijos klausia, ar aš tikrai užsakiau penkis šimtus flakonų losjono po dešimt litų. Ne, atsakau, aš suklydau – turėjo būti penki tūkstančiai.

Kai Europos firmose baigiasi pietų pertrauka, aš vos spėju atsakinėti į telefono skambučius. Daugelis mūsų senų tiekėjų suabejojo, ar mes tikrai užsakome tas prekes. Bet man visus pavyksta įtikinti, patvirtinu, kad užsakymas tikras – jau mano minėtai labdaros akcijai, ir jie pažada viską atsiųsti laiku. Tas kelias valandas jaučiausi kaip senais gerais laikais, kai dar dirbau ir nuolat kalbėdavausi su firmų atstovais iš visos Europos. Tačiau artėjant darbo dienos pabaigai, skambučiai liaujasi. Pakili nuotaika išsisklaido, kai suvokiu realybę – juk aš paskutinį kartą kalbėjausi su jais visais. Sužinojęs, ką padariau, Ernestas iš karto mūsų kompiuterininkams lieps mane užblokuoti. Ką gi, nors atsisveikinau su visais senaisiais partneriais, su kuriais tiek metų bendravau internetu, telefonu ir susitikimuose. Kiek kavos kartu išgerta, kepsnių suvalgyta... Prisiminusi verslo vakarienes restoranuose, pamanau, kad laikas ir dabar ko nors užkąsti. Tačiau nors nuo pat ryto nieko nevalgiau, nesijaučiu alkana. Čia jau negerai – gal tikrai darausi anoreksikė. Kažkaip nepagalvojau nors bananų nusipirkti, o šiame laukiniame paplūdimyje nebent galėčiau išsikepti kokią žuvėdrą, jei pavyktų pagauti. Nusprendžiu grįžti į miestą. Pasidėjusi daiktus savo laikiname prieglobstyje, išeinu į krantinę ir svarstau, kokią kavinę pasirinkti. Tačiau mintis sėdėti prie staliuko vienai man nepasirodo patraukli. Kol apsnūdusi padavėja atneš man ko nors užkąsti, turėsiu žvalgytis į laimingas poreles ar šeimas prie gretimų staliukų, o mane purto vien mintis apie tai. Nusprendžiu kiek paėjėti krantine, o grįždama nusipirkti ko nors parduotuvėje. Slenku šaligatviu nuolat vaikydama prisiminimus, kaip vaikščiodavau su Ernestu kitomis krantinėmis, prabangesniuose kurortuose, šiltesniuose kraštuose. Jis nemėgo Nidos, čia jam būdavo nuobodu. Palangą dar pakentė – daug pažįstamų, pramogų, yra kur pasirodyti ir į kitus pažiūrėti. Tačiau į mūsų pajūrį mes atlėkdavome savaitgaliais, o ilgesniam laikui skrisdavom vis į kitas vietas, kur palmės, nuolat žydras dangus, mėlyna jūra ir šiltas vanduo, o vakarais barai, klubai, diskotekos... Iš pradžių Ernestas pakluso mano norams čiuožti, slidinėti, plaukti baidarėmis, aplankyti įvairiausius

Lietuvos kampelius, bet vėliau kažkaip nepastebimai šias pramogas išstūmė kitos ir aš net nebemėgindavau siūlyti... Dabar net pasiilgau tokio paprastesnio, bet aktyvesnio poilsio. Pavyzdžiui, pasivažinėti dviračiais, pagalvoju, staiga išgirdusi šaižų dviračio skambutį. Aš krūpteliu, šoku į šoną ir šitaip vos išvengiu susidūrimo su maždaug dešimtmete dviratininke.

– Žiūrėk, kur važiuoji! – piktai rikteliu. – Tu vos manęs nepartrenkei.

– Čia dviračių takas! – pasigirsta vaikėzo balsas. – Reikia žiūrėti, kur einat.

– Oho, koks karingas! – nirštu aš, pažvelgusi į įžūliosios dviratininkės gynėją – gal dvejais metais vyresnį berniuką. – Dinkit man iš akių, kol nepakviečiau policijos!

Žinau, kad esu neteisi, aš tikrai užėmiau dviračių taką, tačiau man reikia kur nors išsilieti.

– Tėti, tėti! – rėkia ta višta. – Greičiau čia! Ta teta mums grasina.

Teta! Dar manęs niekas šitaip nėra pavadinęs. Žinoma, pagal amžių aš jau galėčiau būti teta, tačiau mano dvidešimt trejų brolis dar nevedęs ir vaikų neturi, todėl nuo tokio neįprasto kreipinio pasijuntu sena ir tai dar labiau supykdo.

Atsilikęs tėtis priartėja ir aš atpažįstu savo vakarykštį guodėją. Na štai – išmečiau laikraštį su jo telefonu, o likimas vėl mus suvedė. Net didžiuojuosi savimi, kad teisingai atspėjau: toks tipas negali būti nevedęs. Nenuostabu, kad nepasidavė mano kerams – kažkur netoliese jo laukė šeima. Tik keista, kad nusekė paskui mane į barą. Negi tikrai dirba paklydusių sielų gelbėtoju? Jo naktinės dorovingos kalbos dabar pasirodo tokios absurdiškos, kad aš net pašaipiai nusijuokiu:

– O, koks netikėtas susitikimas! Pasirodo, tu čia su šeima.

– Labas, Sandra, – nė kiek nesutrikęs, kad kortos atskleistos, linksmai sveikinasi jis. – Malonu, kad tavo nuotaika pasitaisė – jeigu juokiesi, reikalai gerėja.

– Gal supažindinsi su savo vaikučiais? – ironiškai sakau ir staiga pagalvoju: o kam ta ironija? Ar jis man sakė esąs nevedęs? Ką nors žadėjo? Sulaužė ištikimybę žmonai? Viskas logiška – sūnus beveik paauglys, todėl jis įpratęs prie įvairių krizių ir draugiškai norėjo pasirūpinti manimi, – jei būčiau, jo nuomone, iškrėtusi kvailystę, jį užgraužtų sąžinė.

– Kodėl ne? – mielai sutinka jis. – Vaikai, čia mano pažįstama Sandra, o čia – Rytė ir Vakaris.

Viešpatie mieliausias! Koks absurdiškas derinys – Rytė ir Vakaris. Ir kam gali šauti į galvą šitaip kvailai parinkti vaikams vardus? Išauklėti vaikučiai rimtai pasako: „Labas vakaras. Malonu susipažinti“, – ir aš prunkšteliu, pasijutusi kaip gerų manierų mokykloje.

– Kaip gyveni, Sandra? – klausia jis ir nelaukdamas atsakymo „sumautai“, kuris jau sukasi man ant liežuvio galo, siūlo: – Gal nori pasivažinėti dviračiu? – Matyt, iš mano veido išraiškos atspėjęs nuotaiką, jis man parinko sporto terapiją. Kita vertus, nenuostabu, juk jis treneris.

– Kokiu dviračiu?

– Šituo! – nė nemirktelėjęs pasiūlo sūnaus dviratį.

– O jis neprieštaraus? – aš abejodama nužvelgiu berniuką.

– O jis nubėgs ir pasiims draugo. Mes čia daug jų turim – žinai, treniruojamės.

Berniukas nelabai noriai nusėda nuo dviračio ir atiduoda jį man.

– Mes važiuosim iki krantinės galo ir apsigręšim atgal. Susitiksim kur nors kelio vidury, – sako sūnui tėvas. Matosi, kad labai jaunas susilaukė vaikų, pats dar atrodo kaip berniokas, o sūnus kokių dvylikos. Bet man tai visai nesvarbu. Jei jau davė dviratį, tai kodėl nepasivažinėti. Vis tiek valgyti nenoriu. Sėdu ant dviračio ir nušvilpiu į priekį. Tas treneris, kuo jis ten vardu, su savo dukra lieka toli užpakalyje.

Keista, bet man patinka. Pasijuntu daug geriau negu bet kada pastarosiomis dienomis. Kažkuriuo metu mus pasiveja Vakaris ir mes važinėjam beveik kartu, tik aš išsiveržusi į priekį. Galiausiai vis dėlto pajuntu žvėrišką alkį ir sustoju palaukti linksmosios šeimynėlės. Atiduosiu dviratį ir eisiu kur nors valgyti. Man jau nesvarbu, kad sėdėsiu už staliuko viena, kad tik greičiau ką nors sukrimtus.

Darius

Mano vakarykštė pažįstama šiandien atrodo šiek tiek atsigavusi. Ji pašėlusiai mina pedalus, lyg norėdama išlieti susikaupusią blogą energiją. O jos, matyt, esama nemažai. Iš patirties žinau, kad fizinis krūvis sudegina neigiamas emocijas. Vienu metu ir pats daug sportavau. Bet tai jau praeitis. Dabar aš tik pažaidžiu savo malonumui. Atrodo, kad Sandra mane laiko treneriu, nes vakar pakeičiau tikrąjį trenerį, savo draugą Vytą, kuris su šeima buvo išvažiavęs į Juodkrantę, o aš pabėgiojau su jo krepšininkais.

Suplukusi ir išraudusi nuo greito važiavimo Sandra šypsosi ir pagaliau ne ironiškai. Šypsena ją labai pakeitė. Vakar ji man atrodė šalta ir neprieinama gražuolė, nors ir atvirai kvietėsi į lovą. Dabar ji panaši į studentę, valiūkišką pirmakursę, o ne į gyvenimo vėtytą ir mėtytą nusivylusią turtingo vyro pamestą lėlę.

– Ačiū! – sako ji, privesdama dviratį. – Gal tu ir teisus – fizinis krūvis atleido įtampą. Kur padėti dviratį? Aš staiga baisiausiai įsinorėjau valgyti. Pirmą kartą per kelias pastarąsias dienas.

– Nori, kad palaikyčiau tau kompaniją?

Ji nepatikliai nužvelgia mano vaikus tolumoje.

– Ar su jais?

– O ne, jie maitinasi sporto stovykloje. Pinigai su-mokėti, reikia naudotis.

– O trenerių nemaitina?

Ji tikrai laiko mane treneriu.

– Treneriai valgo, kur nori. Jei stovyklos valgyklo-je – patys užsimoka.

Rytė ir Vakaris privažiuoja ir įtariai šnairuoja į mus. Nors jie niekada atvirai nėra prieštaravę, bet savo ty-liu priekaištu saugo tėvo moralę: tėvas negali artimiau bendrauti su moteriškos lyties asmenybėmis. Jis turi priklausyti tik jiems, bent jau per atostogas.

– Vaikai, ar jūs dar važinėsitės? – klausiu.

– Ne, eisim į diskoteką, – sako Vakaris. – O tu, aiš-ku, dar neisi namo?

– Atspėjai, – juokiuosi. – Eisiu pavakarieniauti su Sandra. Jūs prieš?

– Argi tu kada nors mūsų klausai? – atlaidžiai sako Rytė, matyt, nusprendusi, kad Sandra nepavojinga. Nors dukteriai tik dešimt metų, bet moteriška intuici-ja kužda, kad šita mergina nepanaši į pernelyg savimi pasitikinčias gražuoles, grasinančias pagrobti jos tėtį.

– Ar mes mažai laiko praleidžiam kartu?

– Nemažai, bet...

– Tai ką jūs man siūlot? Eiti su jumis į diskoteką? Galiu, jei norit.

– Tai jau ne! – ryžtingai nukerta Vakaris.

– Jis bijo, kad tu pamatysi, kaip jis kabins Karoli-ną, – paslaptingai sušnibžda sesutė.

– Eik tu žinai kur? Nieko aš nekabinsiu, – užsiplieskia brolis.

– Man viskas aišku! Į diskoteką nevalia, bet alaus išgerti taip pat negalima, – šaipausi.

– Galima, galima, – atsidūsta Vakaris. – Dar galėtum ir Rytę vestis kartu.

– Dar ko! – įsižeidžia mergaitė. – Aš labai mėgstu šokti.

– Gaila, kad tų mažamečių nenuvaro miegoti. Šokėjos atsirado! – nepiktai murma Vakaris. Bet iš tiesų jis taip nemano. Tik atrodo, kad mano vaikai pešasi, o iš tiesų mūru stoja vienas už kitą.

– Vadinasi, susitiksim po diskotekos, – taikiai sakau. – Mes dviračius parvarysim vėliau.

Vaikai nuvažiuoja.

– Na, kaip girdėjai, mane išleido. Galim eiti, – sakau Sandrai, kuri iki šiol apsimetė, kad nesiklauso mūsų pokalbio.

– Vaikai tau leido, o kaip žmona? – pašaipiai teiraujasi ji.

– Žmonos nėra, – lakoniškai tariu. Nenoriu jai nieko aiškinti.

– Nidoje nėra ar iš viso nėra? – teiraujasi ji.

– Iš viso nėra...

– Pasaulis pilnas vedusių vyrų... – nutęsia ji. – Pasaulis pilnas išsiskyrusių moterų. Yra tokia knyga, tik neprisimenu apie ką.

– Ne visose knygose rašoma tiesa, – neapibrėžtai pareiškiu. – Eime valgyti.

Mes susėdame „Pašiūrėje", prie staliuko lauke. Mėgstu tą kavinę, čia labai jauku, daug gėlių, trykšta fontanas. Ji labai populiari, mes dar randam staliuką dviem prie fontano, o vėliau kavinė prisipildo žmonių. Sandra ketina pavalgyti už visas pastarąsias dienas, nes užsisakė didelę porciją graikiškų salotų, karbonado su sūriu ir grybais, karšto obuolių pyrago. Mano užmojai kuklesni – pasitenkinu alumi ir žirniais. Stovykloje ir treneriai, ir jiems padedantys tėčiai ar mamos tikrai gali pavalgyti, ir aš jau vakarieniavau.

Vienam treneriui būtų sunku susitvarkyti su paauglių grupe, todėl paprastai atsiranda savanorių tėvų, sutinkančių per atostogas dvi savaites pabūti Nidoje, padėti prižiūrėti savo atžalas. Mes jau treji metai čia atvažiuojam. Šiaulių sporto mokykla Neringoje rengia vasaros stovyklas. Vakaris treniruojasi pas mano vaikystės draugą Vytą, Rytė lanko sportinius šokius. Nors jie nepriklauso sporto mokyklai, bet šokėjų vadovė – Vyto žmona Rasa, todėl ir jų grupė įsiprašo į vasaros stovyklą. Organizatoriai neprieštarauja – svarbu, kad tėvai pinigus moka. Abi Vyto dukterys šoka mamos grupėje, o tėvui tenka sportuoti su svetimais vaikais.

Šiandien Sandra nebekalba apie sugriuvusį savo gyvenimą. Mes šnekučiuojamės apie viską ir apie nieką, daugiausia – apie keliones. Jos buvusysis ją daug kur pavežiojo, aš taip pat nemažai matęs, tik mūsų lankytos vietos labai skiriasi. Ji aplankiusi daugybę egzotiškų kurortų, buvusi Romoje, Paryžiuje, Niujorke. Mes savo automobiliu išmaišę Lenkiją, Vokietiją, Austriją,

Šveicariją, Kroatiją. Ji gyvenusi prabangiuose viešbučiuose, mes – kempinguose, palapinėse, pigiuose moteliuose. Mūsų gyvenimo būdas visai priešingas, bet Sandra man patinka. Nežinau, gerai ar blogai, bet per pastaruosius trejus metus jokia moteris manęs šitaip netraukė. Suprantu, kad aš ne jai, ji – ne man. Ji vieniša, laisva, pripratusi prie prabangos, kurios aš niekada neturėjau ir vargu ar turėsiu. Beje, niekada ir nepasigedau. Taip, vakar aš panorėjęs galėjau mylėtis su Sandra, neabejoju, kad ir šiandien galėčiau. Jos mįslingas, kiek pašaipus, vertinantis žvilgsnis sako, kad išėjus iš kavinės galbūt vėl sulauksiu pasiūlymo. Tačiau žinau, kad nereikia. Dabar ji bent iš dalies atsikratė neigiamų emocijų, tačiau vis dar nenuslopo troškimas atkeršyti buvusiajam su kitu. Esu per daug išdidus, kad tai priimčiau. Jei jau būsiu su moterimi, tai ji norės manęs, o ne beveidžio roboto, patenkinančio jos seksualinius troškimus ar įkūnijančio mintį atkeršyti.

Mes apsimokame savo sąskaitas.

– Nenori likti skolinga? – klausiu, kai Sandra išsitraukia piniginę.

– Gal ir norėčiau, bet tu nepriimi atsilyginimo. Vakar aš niekaip nesupratau, kodėl tu mane atstūmei. Šiandien, pamačiusi vaikus, tariausi suvokusi – tu vedęs, todėl esi ištikimas vyras. Tai buvo labai logiška, ir aš net didžiavausi, kad ne visi vyrai Lietuvoje sugedę. Bet tu sakai, kad žmonos nėra, todėl aš ir vėl sutrikusi...

– Vakaras dar nesibaigė, – juokiuosi. – Gal dar spėsim viską išsiaiškinti.

– O kada baigiasi diskoteka?

– Po valandos, – pažiūrėjęs į laikrodį sakau. – Žinai, sportininkai turi laikytis režimo. Ryte kelsis septintą, bėgs iki jūros, maudysis...

– Tai tu ketini per pusvalandį su manim apsisukti? – nusivylusi klausia Sandra, bet pastebiu akyse žiburiukus ir man atlėgsta – ji jau sveiksta. – Juk žadėjai vaikams, kad susitiksit po diskotekos.

– O tau neužteks pusvalandžio? – apsimetu nustebęs. – Aš ilgiau neištverčiau.

– Atrodo, mes žaidžiame skirtingose lygose, pone treneri, – juokiasi ji, bet šįkart ne ironiškai. Atrodo, kad pavyko ją pralinksminti. – Turėtum būti ištvermingesnis. Ar treniruotės išsiurbia visas tavo jėgas?

– Tai kad aš ne treneris, Sandra.

– Ne? – jos antakiai kilsteli į viršų. – O kas?

– Blogiau negu treneris. Transporto firmos technikos direktorius.

– Direktorius blogiau už trenerį?

– Matai, čia tik pavadinimas skambus, o pareigos bjaurios. Net jei aš nedirbu, koks nors mūsų vairuotojas gali paskambinti vidury nakties ir pranešti, kad sugedo kur nors Lenkijoje, o aš privalau verstis per galvą ir sugalvoti, kaip jam padėti. Jei įvyko avarija, turiu ir aš lėkti ir kartu su ekspertais nustatyti, ar vilkikas buvo techniškai tvarkingas. Atsakomybė didelė, nervų daug.

– Pinigų taip pat daug...

– Nepasakyčiau... Aš priklausau vidutinei klasei. Toli gražu iki to lygio, kaip tu gyvenai.

– Taigi... – numykia ji, matyt, nusivylusi.

– Tu teisi, mes tikrai žaidžiam skirtingose lygose. Aš nesu turtingas verslininkas.

– Tik jau nereikia apie turtingus verslininkus, – užsiplieskia ji. – Man jau vieno per akis. Dėl įvairumo man tiks ir technikos direktorius. Tai kaip dėl to pusvalandžio? Laikas bėga, liko dvidešimt penkios minutės.

– Sandra, verčiau lekiam su dviračiais prie jūros, – siūlau. – Atrodo, kad saulėlydis bus gražus.

– Saulėlydis... Kaip įspūdingai saulė leidžiasi Kaprio saloje... – svajingai sako ji ir šypsena dingsta, akis apniaukia liūdesys.

– Jei kartais nepastebėjai, saulė gražiai leidžiasi ir Lietuvoje. Būk patriotė! – tai nuskamba nelabai draugiškai, nes to Sandrą pametusio vyro šešėlis jau pradeda mane erzinti.

– Na ir atsiuntė dangus man bėdą, – suaimanuoja ji. – Kodėl aš pirmiausia sutikau tave, o ne tą raumeningą jaunuolį iš baro? Jau seniai būčiau viską pamiršusi. O dabar šitas sportininkams prijaučiantis technikos direktorius ir dar Lietuvos patriotas mane išvarys iš proto. – Tačiau ji atrakina nuo stovo dviratį, sėda ant jo ir nelaukusi manęs pasileidžia dviračių taku jūros link.

Sandra

Aš vis dar Nidoje, bet manau, kad reikia važiuoti į Vilnių ir mėginti pratintis prie naujojo gyvenimo. Čia jaučiuosi visiškai kitame pasaulyje, niekas nerūpi – tik pabėgioti rytais, išsimaudyti, ištisą dieną tysoti ant karšto smėlio, vakare nueiti ko nors suvalgyti, pasivažinėti dviračiu. Šiandien po pietų technikos direktorius su vaikais išvažiavo namo. Kai aš atsiradau, jau savaitę jie buvo stovyklavę. Jis neturėjo daugiau atostogų – įmonė neleidžia imti visų iš karto, nes be technikos direktoriaus ten viskas griūva. Taigi kitą dalį pasiims per vaikų žiemos atostogas ir važiuos su jais slidinėti į Slovakiją. Aš nė karto nepavadinau jo vardu, net mintyse. Iš pradžių jis man buvo treneris, vėliau virto technikos direktoriumi. Net mano telefone jo numeris įvestas „Tech. direktorius". Mes matydavomės kasdien. Dažniausiai vakarais – važinėdavom dviračiais, eidavom pavalgyti, bet visą laiką mokėjom kiekvienas už save, tik paskutinį vakarą leidau jam pavaišinti mane kokteiliu. Mes kalbėjomės nedaug. Po pirmosios išpažinties nelabai beturėjau ką pridurti. Jis apskritai nieko nepasakojo apie savo gyvenimą, sužinojau tik apie jo pomėgius, kurių didžiausias – kelionės. Savo buvusios žmonos nepaminėjo nė žodeliu. Nors vaikus mačiau nedaug, bet jie taip pat nė tarpusavyje neužsimindavo apie motiną. Matyt, skyrybos buvo skaudžios, ir nė viena pusė nenori judinti praeities. Tėvas su vaikais bendrauja gražiai, laisvai, kartais netgi pernelyg laisvai – jie nebijo pasišaipyti, pasakyti: „Na, tėti, tu jau visai bukas", – jis atsilygina tuo pačiu.

Iš vaikų kalbų supratau, kad jie gyvena senelių name, antrame aukšte, turi sodą, šunį, katę. Matyt, po skyrybų duktė su vaikais liko pas tėvus, o žentas tikriausiai išėjo į kokį nors vieno kambario butuką, panašų į mano. Aš nedaug bendravau su tuo „ryto ir vakaro deriniu", apsikeisdavom vos keliais nereikšmingais sakiniais, nė nesistengiau jiems patikti. Tokio amžiaus vaikai man iš viso neatrasta žemė, jau seniai pamiršau, kokia tada buvau pati, ir niekas iš pažįstamų neturi tokių suaugusių atžalų.

Bet ką čia aš apie juos galvoju – paprasta savaitės pažintis, netgi ne atostogų romanas. Bėda ta, kad bendravimas su technikos direktoriumi padėdavo nors trumpam pamiršti Ernestą. O dabar vakaras ir galva sprogsta nuo prisiminimų, ką mes su juo veikdavome vakarais, ypač ne Lietuvoje – pasivaikščiojimai, barai, diskotekos, linksmybės. Jis labai aktyvus ir niekada nenusileisdavo man – jei šėlti, tai iš visų jėgų ir iki ryto. Pasak jo, Evija buvo ramesnė, jie eidavo į prabangesnius restoranus, prestižinius klubus, ji nemėgo diskotekų. O Ernestas ten jausdavosi lyg žuvis vandenyje, tuoj susidraugaudavo su visais aplinkiniais, jie plodavo vieni kitiems per pečius, vaišindavo vieni kitus alumi ar kokteiliais...

Ernestas įtraukė mane į aukštuomenės gyvenimą. Lietuvoje aš nesipriešinau: jeigu tau reikia išlaikyti solidaus verslininko įvaizdį – puiku. Mes galim nueiti į tuos nuobodžius labdaros vakarus, kuriuos kadaise aš pati organizuodavau, priėmimus pas Prancūzijos, Lenkijos, Rusijos ar kitų šalių, su kuriomis mes prekiaujame, ambasadorius, vieną kitą simfoninį koncertą, operos premjerą. Pastarųjų Ernestas nepakentė, bet prestižas reikalavo retkarčiais apsilankyti, kad mūsų nuotraukos pasirodytų spaudoje. Tai suprantama – mes juk elito atstovai. Žinoma, mano nuomonė apie elitą šiek tiek kitokia. Na, koks iš manęs „elitas"? Administratorė, beveik aptarnaujantis personalas, ir staiga – aukštuomenės dama. Ir Ernestui ten ne vieta. Tai, kad jis apsukrus verslininkas, dar nedaro jo išsilavinusio ir inteligentiško. Bet pas mus vietą aukštuomenėje lemia tik pinigai. Tikrai išsilavinę žmonės, menininkai, aktoriai, mokslininkai ten kviečiami tik kaip atsvara, kad būtų galima pasigirti pamačius per televizorių atsiimantį kultūros premiją: štai su juo gėrėm „Hennessy" viename vakarėlyje ir diskutavom apie egzistencializmą (nors pats nė velnio nežinai, kas tas egzistencializmas). Manau, kad tuo mudvi su Evija ir skyrėmės – ji puikiai jausdavosi tuose sluoksniuose ir jų pobūviuose, o aš – laisvo stiliaus vakarėliuose ir diskotekose. Todėl užsienyje, kur mūsų niekas nepažįsta, mes nusimesdavom tas elito kaukes ir šėldavom kiek tik širdis geidžia. Ernestas buvo laimingas, tiesiog švytėte švytėjo. *Tu man suteikei tai, ko niekad gyvenime neturėjau...* Tikriausiai taip – kol jis mokėsi Technologijos universitete, nespėjo pasilinksminti, nes labai jaunas vedė. Neatsargus seksas su bendramoksle, kūdikis, tėvų prievarta. Jie su žmona gyveno labai trumpai, išsiskyrė taikiai, dabar ji su sūnumi užsienyje. Tokios šykščios žinios. Jis nemėgo apie tai kalbėti, o aš nesidomėjau. Tada aš negalvojau apie vaikus, žinojau, kad Ernestas jų nenori – per daug neigiami prisiminimai apie santuoką „iš reikalo" ir klykiantį padarą, neleidusį džiaugtis jaunyste ir studentiško gyvenimo malonumais.

Vėliau jis kūrė savo verslą, troško įrodyti tėvams, uošviams, ir labiausiai sau, esąs kažko vertas. Tėvai buvo nelaimingi, kad vos per dvidešimtmetį perkopęs sūnus susigadino gyvenimą. Turtingi uošviai niršo, kad tas plikšis suvedžiojo jų tyrą deimantą. Uošvis, buvęs aukšto rango partinis darbuotojas, per privatizaciją kartu su kitais vadovais už grašius nusipirko gamyklą, vėliau pelningai pardavė jos akcijas. Gamykla, žinoma, bankrutavo, buvęs direktorius susižėrė kelis milijonus už nieką, bet žentui nuolat priekaištaudavo: „Aš plikomis rankomis viską susikūriau ir neketinu šelpti kažkokio vargetos dykaduonio. Mokėjai užtaisyti mano dukteriai vaiką, mokėk išlaikyti ir šeimą, sukurk jai tokį gyvenimą, iš kurio išplėšei." Ernestas nekentė savo uošvio ir nusprendė jam įrodyti, kad yra verslus ir taip pat sugeba praturtėti. Tačiau, kol įrodinėjo, jo žmona susirado kitą ir išvažiavo su juo į Angliją.

Vėliau Ernesto gyvenime atsirado Evija. Tada jam reikėjo tokios moters. Jinai įvedė jį į elitą, ir jis jau galėjo iš aukšto žiūrėti į savo buvusį uošvį. Bet Evija buvo tik tam tikras etapas jo gyvenime, kuriame trūko džiaugsmo, krykštavimo, siautulio, romantiškų kelionių. Visa tai jam suteikiau aš. Didžiavausi tuo, mintyse nuolat pabrėždavau, kokia aš šaunuolė gelbėtoja. Jis taip pat nuolat kartojo, kad aš grąžinau jam gyvenimo džiaugsmą ir jaunystę, kad esu jam gyvybės eliksyras, gurkšnis tyro šalto vandens dykumoje ir kaip mums pasisekė, kad suradome vienas kitą. Pritariau jam visa savo esybe.

O dabar lyg šalta jūros banga mane perlieja realybė: *tai kodėl tu čia, jei viskas buvo taip nuostabu? Ko nepadarei? Kur tavo klaida?* Iki šiol aš tik sielvartavau, kad mane pametė, bet nesistengiau suvokti kodėl. Įtūžusi kažką plepėjau technikos direktoriui, kad išblėso naujumas, kad tokio tipo vyrai, kaip Ernestas, gyvena tik sau, kad moteris šalia jiems tik gražus priedas. Bet juk aš taip tik mėginau pasiteisinti, suversti visą kaltę jam. Bėda ta, kad aš vis dar nežinau, kodėl mes išsiskyrėm. Aš privalau išsiaiškinti, privalau surasti priežastį, kodėl jam prireikė kitos. Juk aš jį taip mylėjau ir dabar myliu. Nieko neįtariau iki paskutinės dienos. Kas gi atsitiko? Jei ir išblėso naujumas, įsivyravo rutina, tai kodėl? Rodos, taip stengiausi, kad kasdienybė nesugriautų mūsų idilės, nuolat kūriau šventes. To neužteko ar šventės virto kasdienybe? Ernestas sakė, kad aš pradėjusi žvalgytis į kūdikius. Bent jau pati to nepastebėjau. Man atrodė, kad tam dar yra laiko. Pirmiausia norėjau žiedo su deimantu ir pasiūlymo tapti jo žmona. Mes atrodėm ideali pora. Kodėl išsiskyrėm?

Prisimenu viską – mūsų pirmą susitikimą, jo skambutį, pirmą bučinį, pirmą pasimylėjimą Paryžiuje, daugybę romantiškų vakarų, mielų dovanėlių, žaidimų, mažybinių vardų. Vėl nagrinėju mūsų pokalbius paskutinįjį mėnesį ir nieko nerandu. Visiškai nieko! Bet jau tada buvo ta blondinė. Jau tada jis mane apgaudinėjo. O dabar tikriausiai sėdi su ja kokiame nors pajūrio bare, paskui eis šokti į diskoteką, nes dvidešimt vienerių partnerė norės pademonstruoti savo ilgas įdegusias kojas, kyšančias iš vos užpakalį dengiančio mini sijonėlio, ir nuogą pilvą. O paskui jie grįš į viešbutį ir raičiosis po karališką lovą. Visa tai jau buvo! Su manimi! Tai aš turėčiau būti su juo ten, o ne čia, viena šiame nykiame kambarėlyje. Pradedu gailėtis savęs, pasipila ašaros ir suprantu, kad nebeištversiu vienatvės. Technikos direktorius išvažiavo namo, todėl šįkart man niekas nesutrukdys.

Aš vėl atsiduriu bare, vėl sėdžiu vieniša, pasiėmusi kokteilį. Trumpas sijonukas, kviečiantis žvilgsnis ir galiausiai vyriškas kūnas lovoje...

Po trečio karto liepiu jam eiti. Jis nelabai patenkintas, bet paklūsta. Prašo telefono, bet aš neduodu.

– Nida maža, mes ir taip susitiksime...

– Šiaip ar taip, žinau, kur gyveni. Aš ryt užeisiu, – sako jis. – Tu šauni mažytė. Žinai, ką veikti lovoje.

Žinau, bet bėda ta, kad jaučiuosi visiškai tuščia. Man nepavyko pamiršti Ernesto. Pasidarė tik dar blogiau – aš lyginu juos, ir viskas to atsitiktinio partnerio nenaudai. Vartausi lovoje, vis prisimindama Ernesto kūną, jo glamones, ir norisi staugti iš vienatvės. Pagaliau nugrimztu į sunkų miegą, kuris trumpam atneša užmarštį. Pabundu jausdama dešimt kartų sunkesnį akmenį ant širdies. Man labai gėda dėl vakarykštės nakties. Kodėl aš iki šito nusiritau? Tūkstantį kartų teisus buvo technikos direktorius, stengdamasis mane apsaugoti. Staiga žvilgsnis užkliūva už šimto litų banknoto ant spintelės prie lovos ir mane ištinka isterija. Jis palaikė mane prostitute! Negi aš šitaip elgiausi? Negi mano trumpas sijonas jam pasirodė profesijos atributas? Jaučiuosi purvina, nors ir kelis kartus palendu po dušu. Man reikia skubiai panirti į šaltas bangas ir nuplauti šitą dėmę.

Užsitempiu šortus, tą nelemtą šimtinę įgrūdu į užpakalinę kišenėlę, apsiaunu sportbačius ir leidžiuosi prie jūros. Pasiekusi tuščią pajūrio ruožą, nusimetu visus drabužius ir puolu į vandenį, bangos nemažos, nes naktį pakilo stiprus vėjas. Bet man nesvarbu. Jei lemta, paskęsiu. Šokinėju per bangas, kol pamėlsta lūpos, dantys barška iš šalčio. Vis dėlto jūra manęs nepasišaukė, vadinasi, gyvensiu, tik nežinia, kaip. Apsirengiu ir leidžiuosi paplūdimiu atgal, bendro paplūdimio link. Einu negalvodama ir vos neužlipu ant savo naktinio partnerio, gulinčio ant ištiesto rankšluosčio. Jis visai nuogas, nes čia nudistų pliažo teritorija.

– O, mažyte! – šypsosi jis. – Štai kaip greit susitikome.

Mažytė! Kurgi ne! Mane net nupurto ir nuo tos šypsenos, ir nuo idiotiško kreipinio. Ernestui buvau saulutė, zuikutis, kačiukė, gėlelė, žuvytė, bet niekada mažytė. Žinoma, mažytė, tai ta, kuriai už meilės naktį reikia palikti šimtą litų.

– Įvyko mažas nesusipratimas, – susitvardžiusi sakau. – Aš neimu pinigų už paslaugas. Tu suklydai. Atsiprašau, jei sudariau tokį įspūdį.

– Aš ir nemanau, kad tu tuo vertiesi, – šypsodamasis ramina jis. – Patikėk, atskiriu profesionales, nes su jomis turėjau nemažai reikalų. Tie pinigai – tai tiesiog mano susižavėjimo ženklas. Laikyk tai dovanų čekiu ir nusipirk ką nors seksualaus, kad dar labiau gundytum, kai kitą naktį mylėsimės.

Aš ištraukiu iš šortų kišenės tą jo šimtą litų ir numetu ant rankšluosčio.

– Nereikia mokėti už tai, kad mes vienas kitam suteikėm trumpalaikį malonumą.

– Mažyte, didelį malonumą. Aš nieko prieš pakartoti. Nors ir dabar. Žiūrėk... ką tu su manim darai.

Bet aš nenoriu žiūrėti, apsisuku ir nubėgu.

– Žinau, kur tave susirasti, – šūkteli jis. – Lauk vakare! Aš pats išrinksiu tau dovaną.

Tai padeda man apsispręsti – turiu iš čia dingti. Kuo greičiau, kol manęs dar niekas nesusirado ir nepadovanojo seksualių apatinių. Užteks atostogauti, laikas grįžti į Vilnių ir pagalvoti, kaip aš gyvensiu, išvaryta iš rojaus.

Darius

Šiemet nenorėjau išvažiuoti iš Nidos. Vaikai niekada nenori, bet man dvi savaitės jau riba – daugiau niekada neištverčiau. Bet priežastis ta, kad mes išvažiavom, o Sandra liko. Vakarai su ja būdavo įdomūs. Nors mes bendravom daugiausia važinėdami dviračiais, kai vienas lekia priekyje, o kitas iš paskos, ar tylėdavom vakarieniaudami, bet aš vis tiek laukdavau susitikimo su ja. Aišku, negalėjau tikėtis, kad ji per kelias dienas pamirš savo buvusią meilę ir atidžiau pažvelgs į mane. Nesu tikras, ar ji prisimena mano vardą. Nė karto nesikreipė į mane Dariumi. Nors mes ir apsikeitėm telefonais, bet Sandra nepažadėjo atsiliepti ar atsakyti į žinutes.

– Tu – Šiauliuose, aš – Vilniuje. Dviračiais nevažinėsim, nematau prasmės bendrauti, – atsisveikindama pasakė ji.

Dar tik birželio pabaiga, o aš jau po atostogų. Jei pavyks, dar po kelias dienas pasiimsiu nemokamų. Neištversiu visos vasaros darbe, be to, reikia ir su vaikais pabūti, gal dar kur nors pastovyklauti, paplaukioti baidarėmis ar pasiirstyti, pažvejoti.

Aš nesu išsiskyręs, kaip manė Sandra. Mano žmona žuvo prieš trejus metus. Rytei buvo septyneri, Vakariui – devyneri. Dabar mes jau apsipratę, bet iš pradžių buvo be galo sunku. Gerai, kad mes gyvenom žmonos tėvų namuose, tai uošvė, atsipeikėjusi po laidotuvių, labai daug padėjo man prižiūrėti vaikus. Jai ir pačiai buvo lengviau, kai turėjo kuo rūpintis.

Man nelabai patiko gyventi viename name su uošviais, tačiau iš pradžių neturėjom kitos išeities. Su žmona buvom klasės draugai. Pora tapome vienuoliktoje klasėje, mokėmės Vilniuje. Aš Gedimino technikos universitete studijavau transporto inžineriją, ji Pedagoginiame – istoriją. Mes kartu nuomojomės butą, o kai ji netikėtai pastojo, iš karto susituokėm. Buvom labai jauni, tik dvidešimt vienerių, kai gimė Vakaris. Ilgai rinkom vardą, nesutarėm, aš norėjau trumpo – Tadas, Ignas, Saulius, bet Asta užsimanė Vakario. Taip ir liko. Ji pasiėmė akademines atostogas ir vaiką augino pas mamą.

Baigęs studijas, turėjau pasiūlymą likti Vilniuje. Aš jau dirbau toje firmoje, ir ten manimi buvo patenkinti, tačiau Asta užsispyrė gyventi pas tėvus – šitaip būsią daug lengviau auginti vaiką, tėvai išleisią mus į koncertus ar pas draugus. Iš pradžių mes glaudėmės buvusiame Astos kambaryje, dalijomės virtuve ir vonia su jos tėvais. Vėliau, kai pavargom nuo ankštumos ir nuolatinės trinties, nusprendėm įsirengti mansardą. Pinigų nebuvo daug, todėl abu su uošviu beveik viską padarėm patys. Aš dirbau transporto firmoje, o vakarais įrenginėjau mums būstą. Asta niekaip neprisiruošė baigti mokslų, įsidarbino pardavėja drabužių parduotuvėje. Vėliau nusprendėm, kad šitaip netgi geriau – baigusi istoriją, dirbtų mokykloje, o ten jos visiškai netraukė. Gyvenimas buvo paprastas, be ypatingų aistrų ir audrų. Kai Vakariui buvo pusantrų metukų, nusprendėm turėti antrą vaiką – užauginsim abu iš karto ir vėliau galėsim pagyventi laisviau. Mergytei vardą išrinkau aš. Jei jau turim Vakarį, tebus Rytė. Asta neprieštaravo. Taip mes ir gyvenom – auginom vaikus, kartais išvažiuodavom pas draugus, savaitei ar dviem prie jūros, vėliau ėmėm leistis į tolimesnes keliones į užsienį savo automobiliu, švęsdavom gimtadienius, įsigijom naujus baldus...

Panašiai verčiasi beveik kiekviena šeima. Kartais aš pagalvodavau, kad jei ne Astos nėštumas, vargu ar mes dabar būtume kartu. Gailėjausi nepatyręs tikro studentiško gyvenimo, nes į visus grupės vakarėlius mes eidavome kartu, aš nedraugavau su jokia kita mergina. Asta nebuvo man pirmoji lovoje, bet aš jai buvau pirmas. Pamėginom pasimylėti dvyliktoj klasėj, vėliau vis susibėgdavom radę laisvą plotą.

Pasakodamas apie savo gyvenimą, galvoju, kad kitam jis gali pasirodyti labai nuobodus, tačiau aš nieko nenorėjau keisti. Pakeitė likimas. Niekada nepamiršiu tos dienos, kai vakare suskambo mano mobilusis. Pamačiau Astos vardą. Po darbo ji kažkodėl negrįžo namo ir man nepaskambino. O buvom susitarę aplankyti draugus. Atsiliepęs puoliau: „Na, pagaliau, kur tu bastaisi visą dieną?" Tačiau vietoj Astos atsakymo išgirdau metalinį vyro balsą: „Jūsų žmona pakliuvo į avariją, sužeista. Dabar ligoninėje, būklė sunki."

Mes jau turėjome du automobilius ir Asta savuoju važinėjo į darbą. Tačiau avarija įvyko užmiestyje, netoli Pageluvio. Jos automobilis išlėkė į priešingą kelio juostą ir susidūrė su kitu lengvuoju. Jo vairuotojas taip pat atsidūrė ligoninėje. Ką mano žmona veikė tame kelyje? Kur ji važiavo darbo laiku? Jos vedėja vėliau sakė, kad Asta atsiprašiusi iš darbo, nes blogai jautėsi. Ji, žinoma, melavo, bet kur iš tiesų išvažiavo?

Į tuos klausimus liko neatsakyta, nes Asta mirė taip ir neatgavusi sąmonės, o vėliau aš ir nesistengiau sužinoti tiesos.

Neverta nė kalbėti, kokį košmarą mes visi išgyvenom. Bet jau praėjo treji metai. Taigi aš ir toliau gyvenu uošvių namuose, auginu vaikus, kartais susitinku su viena ar kita mergina, bet rimtesnių santykių kol kas nepradedu. Priežastis paprasta: sužinojusios, kad aš vienas auginu du vaikus, jos pačios pabėga. Nė vienos merginos nežavi perspektyva tapti dviejų paauglių mama, o issiskyrusi moteris, kuri man patiktų, dar nepasimaišė mano kelyje.

Grįžę iš Nidos namo, vaikai pirmiausia bėga pasisveikinti su šunimi, kuris šokinėja iš džiaugsmo, sulaukęs savo draugų, laižo jiems rankas. Į kiemą išskuba močiutė, taip pat pasiilgusi anūkų. Rytė puola jai į glėbį, Vakaris santūriai leidžiasi pabučiuojamas. Jis jau paauglys ir nebemėgsta tokių švelnybių.

– Paruošiau jums pietus, – sako uošvė Albina. – Pasidėkit daiktus ir ateikit pas mane. Žinoma, išalkę po kelionės.

Tiesą sakant, nelabai, nes buvom sustoję pakelės kavinėje. Tai jau mūsų ritualas – bet kur važiuodami sustojam pavalgyti. Vaikams labai patinka. Jie visada išrenka kavinę. Bet mes negalim nuvilti močiutės, kuri taip stengėsi mūsų laukdama. Žuvus Astai, ji labai prisirišo prie mūsų vaikų, nors turi ir dar vieną anūką – jaunesniosios Astos sesers, Danguolės, aštuonmetį sūnų Tomą.

Danguolė išsiskyrusi. Tipiška šių laikų istorija – vyras išvažiavo uždarbiauti į Angliją. Iš pradžių viskas buvo puiku, Danguolė džiaugėsi jo siunčiamais pinigais, įsigijo naują automobilį, drabužių. Vėliau, pajutusi kažką negero jų santykiuose, pati išvažiavo į Angliją, palikusi trimetį Tomuką motinai. Atrodo, kad ten nieko nepavyko sulipdyti, jie dar kurį laiką pagyveno kartu, o paskui vyras išėjo pas tuometinę draugę. Danguolė kurį laiką dar liko dirbti daržovių rūšiavimo ceche, apsigyveno su kažkokiu emigrantu iš Jemeno ir galiausiai grįžo namo, nes mama ėmė nuolat reikalauti: „Arba pasiimi vaiką, arba grįžti, nes Tomas jau tuoj ims mane mama vadinti.“

Mano uošvė dar nesena – neturi šešiasdešimties ir dirba mokesčių inspekcijoje. Uošvis – darbų mokytojas vidurinėje mokykloje. Labai nagingas žmogus, sodelis pilnas jo darbų, o pavėsinė ir suoliukai tokie originalūs, kad praeidami pro namus žmonės sustoja gatvėje pasigrožėti, užsuka pasiklausti, ar nepadarytų ir jiems tokių. Jis nuolat turi užsakymų ir taip prisiduria prie nedidelės mokytojo algos. Pasilikę Tomuką, jie pakaitomis vedžiojo jį į darželį, dėl to nebuvo didelio vargo, bet vaikas ėmė užmiršti tėvus. Kai Danguolė grįžo per Astos laidotuves, Tomas įsikibęs laikėsi močiutės, nors jai ir taip buvo sunku. Vaikas gerai nesuprato, kas atsitiko namie, bet jautė, kad didelė bėda, glaudėsi prie jam artimiausio žmogaus. Tačiau tada Danguolė neliko Lietuvoje, po savaitės vėl išskrido į Londoną. Matyt, labai liepsnojo aistra tam Machmudui, ar kuo jis ten vardu. Tai labai nepatiko uošviams. O pažiūrėję televizijos laidą apie lietuvaitę, beviltiškai mėginančią susigrąžinti vyro musulmono išvežtus vaikus, jie visai išsigando ir kategoriškai liepė grįžti pas sūnų. Iš pradžių Danguolė ketino vežtis Tomuką, bet Machmudas atsisakė priimti – jis auginsiąs tik savus vaikus. Taip Danguolė buvo priversta likti Lietuvoje.

Taigi taip mes ir gyvenam – didelė sudėtinė šeima, trys kartos po vienu stogu. Aš su vaikais viršuje, Danguolė ir Tomas apačioje. Vaikai puikiai sutaria, aš taip pat su niekuo nesipykstu. Mano uošviai labai taikūs žmonės, visai neturi priešų, jiems visi geri. Mūsų kaimynai taip pat pagyvenę žmonės. Visas kvartalas kartu statėsi namus. Jie dažnai užeina vienas pas kitą, kviečiasi į šeimos šventes. Jaunimo likę nedaug: kas užsienyje, kas sukūrę savo šeimas apsigyveno kitur. Retai kas, kaip mes, liko gyventi tėvų namuose.

Gyvenimas teka ramiai, vienodai, be ypatingų įvykių ir džiaugsmų. Kai buvo Asta, mes bendraudavome šeimomis dažniausiai su jos draugėmis, savaitgaliais rinkdavomės tai pas vienus, tai pas kitus, vasarą važiuodavom su palapinėmis prie ežerų. Kai jos neliko, iš pradžių manęs niekur netraukė, o vėliau kažkaip nutolom, manęs niekas nė nebekviečia. Taip dažniausiai ir būna su tais šeimos draugais, – kai kuri nors pora išsiskiria, iš draugų rato iškrenta abu. Nors mus išskyrė mirtis, bet vienas aš tapau nereikalingas, nes galbūt per ilgai neįstengiau prisiversti linksmintis, juoktis iš banalių anekdotų. Draugai negalėjo jaustis su manim laisvai, bijojo paliesti pokalbiuose įprastas temas, o ypač avarijų ir mirties.

Vakare pareina Danguolė. Ji dirba „Saulės mieste", avalynės skyriuje. Kai ji grįžo iš Anglijos, kaip tik atidarė naująjį prekybos milžiną. Šiauliuose jų net keli, niekas nesupranta, kaip jie išsilaiko, iš kur randa pirkėjų, bet Danguolei pasisekė gauti darbą. Nors atlyginimas daug mažesnis negu Anglijoje, bet čia pas tėvus ir būstas nekainuoja, ir vakare valgyti paduota, ir vaikas prižiūrėtas. Tik arabo nėra, bet esu aš.

Pirmą kartą tai atsitiko vos jai grįžus iš Anglijos. Tėvai buvo išvažiavę pas gimines, Tomas, įsižaidęs su mano vaikais, užmigo pas mus.

Danguolė pasikvietė mane, nes norėjo išgerti vyno. Sėdėjom, plepėjom, guodėmės, vieno butelio pasirodė per mažai, atsikimšom kitą... O vėliau kažkaip natūraliai sukritom į lovą. Ryte aš bijojau ją susitikti. Mes pažįstami šitiek metų. Ji visada buvo jaunesnioji Astos sesutė, vėliau – vaikų teta. Kai ištekėjo, puikiai sutarėm su jos vyru. Kiek kartu žvejota, stovyklauta, kiek šašlykų suvalgyta, alaus išgerta. Aš guodžiau Dangę, kai ji ėmė įtarti, kad vyras Anglijoje turi kitą. Ji man labai padėjo tuoj po Astos mirties. O dabar viską sugadinau... Ryte tyliai nulipau laiptais ir pamatęs ją vaikštančią kieme puoliau prie mašinos, kad netektų kalbėtis.

– Dariau, palauk, nebėk, – šūktelėjo ji. – Aš tavęs laukiu.

Nenoromis sustojau.

– Žinok, kad viskas gerai. Taip turėjo būti. Aš pati to norėjau, kaip ir tu. Jei tau taip geriau, apsimeskim, kad nieko neįvyko. Prieš kitus mes ir taip apsimesim, bet galim ir vienas prieš kitą. Juk tau patiko su manim?

– Taip, – trumpai atsakiau, nenusiteikęs apiberti jos komplimentais.

– Tai ir gerai, – atsiduso ji, matyt, nusivylusi, kad jų nesulaukė.

Vėliau gal tris mėnesius dėjausi, kad nieko neįvyko, Danguolė kartais mėtydavo užuominas ar kviesdama šypsojosi, bet aš nepasidaviau.

Tačiau... Kiek galima gyventi be sekso? Man buvo tik trisdešimt treji. Taigi mes retkarčiais miegame. Kartą per savaitę, dvi ar mėnesį – priklauso nuo to, ar tuo metu turim kitą partnerį. Praėjusių metų pabaigoje Danguolė pradėjo rimtai susitikinėti su vienu vyriškiu, bet vėliau kažkas atsitiko ir ji vėl ėmė lankytis pas mane. Visada ji ateina į viršų, kai vaikai suminga. Mes greit pasimylim ir ji vėl grįžta į savo kambarį. Įtariu, kad mano uošviai žino – dveji metai, ilgas laiko tarpas, sunku nuslėpti. Nejaučiu jai jokių sentimentų, tiesiog labai patogu. Matyt, ir jai taip atrodo, nes vos tik pasitaiko kita proga, ji nedvejodama ja pasinaudoja.

Kai visi suminga, Danguolė ateina pas mane.

– Pasiilgai? – kužda. – Pasninkavai, ar turėjai kurortinį romaną?

– Pasninkavau, – prisipažįstu. – O tu?

– Ir aš, – atsidūsta ji. – Aš kaip ir tu ištroškusi meilės.

Geriau jau ji būtų pasakiusi „sekso", nes aš tuoj prisimenu Sandrą ir savo nerealias fantazijas apie ją. Mes pasimylime, bet aš kažkoks vangus, šįkart man nelabai patinka.

– O, berniuk! – nusivylusi pareiškia Danguolė. – Man regis, pamelavai neturėjęs kurortinio romano. Anksčiau būdavai kitoks.

– Tiesiog pavargau – ilgai vairavau, dar su vaikais buvom delfinariume.

– Gerai, gerai, nesiteisink. Vis tiek nerasi geresnės už mane.

Šie žodžiai verčia suklusti. Ji jau mane savinasi? Anksčiau to nebuvo. Reikės būti atsargesniam. Mažiausiai noriu susipančioti su Danguole.

Jai išėjus aš dar ilgai negaliu užmigti. Vis prisimenu Sandrą, perkratinėju visus mūsų susitikimus, pokalbius, svarstau, ką ji dabar veikia. Gal, kai manęs nėra, ji įvykdė savo planą ir parsivedė iš baro vienos nakties partnerį? Ši mintis pasirodo labai nemaloni. Nors pats ką tik mylėjausi su Danguole, bet nenoriu, kad Sandra darytų tą patį. Nežinau, koks čia skirtumas, bet man seksas su Dange nieko nereiškia, o Sandrai gali ir patikti koks nors naujas pažįstamas. Tada aš nebeturėsiu jokių vilčių, nors ir dabar jų neturiu. Mes susitikom visiškai netinkamu laiku. Suprantu, kad kitaip ir negalėjo būti. Jei tas verslininkas nebūtų jos pametęs, tai mes net nebūtume susitikę, nes ji sėdėtų dabar su juo kur nors Bermuduose. Ranka jau tiesiasi į mobilųjį telefoną ant spintelės šalia lovos, bet susivaldau. Nors man atrodo, kad nemačiau jos jau kelias savaites, bet juk iš tiesų dar nepraėjo nė para. Ryte, prieš mums išvažiuojant, buvom susitikę prie marių, atsisveikinom, ji dar pabučiavo mane į skruostą, padėkojo už kantrybę ir psichologinę pagalbą – kad pabuvau jos nuodėmklausiu, ir jai dabar nebereikėsią eiti į bažnyčią išpažinties.

Evija

Žiūriu į žurnalą ir netikiu savo akimis. Nuotraukoje Ernis. Šalia – aukštaūgė liesa blondinė. Užrašas skelbia: „Manekenė, grožio konkurso „Mis Baltija" nugalėtoja Indraja Žilytė su draugu Ernestu Balučiu." Užrašas man be galo patinka. Pagaliau sulaukiau – Ernis išmetė Sandrą. Labai noriu pažvelgti jai į akis. Seniai norėjau, net atsibodo laukti. Septyneri metai – ilgas laikotarpis. Per juos aš susigrąžinau, ką buvau praradusi, – visas vertybes, plaukų spalvą, stilių, grįžau į savo verslą, atsikračiau kvailos, viską naikinančios meilės Ernestui, užauginau puikų sūnų, vėl tapau asmenybe. Mėgstu galvoti, kad aš kaip baronas Miunhauzenas pati už plaukų ištraukiau save iš pelkės. Tiesa, man padėjo sūnus, be jo būtų buvę sunkiau. Jau seniai nebejaučiu jokios neapykantos Sandrai. Tiesiog noriu ją susitikti, pažiūrėti, kaip atrodo mano įpėdinė, buvusi priešininkė, atsidūrusi mano kailyje. Tada ji žadėjo, kad apie viską pakalbėsim, kai abi įstosim į „Pamestų žmonų" klubą. Štai ir sulaukėm tos džiugios dienos. Čia aš be jokios ironijos. Diena, kai Ernis tave palieka, reikia tik džiaugtis – tai naujo gyvenimo pradžia. Bet šitai suvoki nepalyginti vėliau. Norėčiau susitikti Sandrą ir pasikalbėti su ja apie tai. Bet kur aš ją rasiu? Žinau, kur rasti Ernestą, nepasikeitė nei namų, nei biuro adresas, telefono numeris, elektroninis paštas. Per tuos septynerius metus ne kartą esu mačiusi juos Vilniuje, bet jie manęs nepastebėdavo. Kelis kartus per metus žurnaluose matydavau jų nuotraukas iš kokio nors pobūvio. Jau buvau ėmusi manyti, kad tai sekretorei pavyko pasiekti tai, ko nesugebėjau aš. Bet, pasirodo, ne. Dievas yra, ir ji atsidūrė ten, kur aš prieš septynerius metus. Galiu lažintis, kad scenarijus panašus – jis jai nupirko kokią nors landynę ir pervežė daiktus. Jeigu jai, kaip ir man, mokėjo atlyginimą į sąskaitą, tai visai šaunu – ji nepretenduos į jo turtą. Taip turėjo būti, nes Ernis labai apdairus.

Tik kaip aš tai sužinosiu? Neketinu eiti į Ernesto biurą ir klausinėti Sandros telefono. Turėjau kažkada, kai siuntinėjo man žinutes, bet vėliau ji pakeitė numerį. Aš norėčiau pamatyti ją dabar, kai dar viską skauda, kai ji dar tokia sutrikusi, pažeidžiama, nusivylusi. Tačiau mes galim nesusitikti netgi kelerius metus. O per tą laiką ji nusiramins ir, žiūrėdama į ją, aš jau nejausiu tokio moralinio pasitenkinimo, kokį jausčiau dabar. Tačiau kodėl aš tokia įsitikinusi, kad tai jis metė ją? O gal atvirkščiai? Tačiau ne, to negali būti. Iš rojaus niekas neišeina savo noru. Iš rojaus tik išvaroma.

Pamačiusi Sandrą Gedimino prospekte, praėjus vos kelioms dienoms po nuotraukų pasirodymo, aš jau antrą kartą per šias dienas pagalvoju: Dievas yra.

Sandra

Mes susiduriame gatvėje. Jau kartą esam susitikusios Gedimino prospekte. Seniai seniai, kai aš dar buvau jauna ir kvaila šefą suviliojusi sekretorė, tikinti beribe meile, o Evija, mano manymu, nebe jauna, padėvėta, išmesta, praradusi nuostabų svajonių princą ir karalystę. Tada mūsų susitikimas buvo nelabai vykęs, bet ir dabar nepasakyčiau, kad aš labai apsidžiaugiau ją pamačiusi.

– Sveika, pagaliau įstojusi į mūsų klubą, – pašaipiai šypsosi Evija.

– Kokį klubą? – gūžteliu pečiais aš. – Neprisimenu, kad būčiau kur nors stojusi.

– „Pamestų žmonų" klubą, – primena ji. – Pati pasiūlei tą pavadinimą. Juk sakiau, kad pasikalbėsim, kai ir tave išvarys. Ilgokai man teko tavęs laukti, bet sulaukiau.

Atsimenu tokią knygą: „Pamestų žmonų klubas", bet, aišku, aš jos neskaičiau – nemaniau, kad man tai kada nors bus aktualu.

– Mat kaip aš protingai sugalvojau! „Pamestų žmonų" klubas. Gal geriau tiktų „gyvenimo draugių", nes mums nė vienai nesuteikė tokios garbės ir nevedė? –

Mano balse net nėra ironijos, tik abejingumas. Šita istorija mane visiškai atbukino.

– Pavadinimas esmės nekeičia, užeikim į kokią kavinę, pasėdėsim, paplepėsim.

– Apie ką? – kilsteliu antakius. Aš jau atlikau vieną išpažintį apie savo santykius su Ernestu ir visai neketinu kalbėtis su ankstesniąja jo širdies drauge.

– Na, apie tai, kaip tau sekėsi, kaip dabar sekasi... Kaip man sekasi, jei tau įdomu.

– Jei atvirai, tai visai neįdomu, – burbteliu. – Ir apie save pasakoti visiškai nenoriu. Negi tau po septynerių metų vis dar norisi ką nors nagrinėti? Ernestas man ir taip aiškus.

– Jis – taip, – linkteli Evija. – O štai mes...

– O ką mes? Tu išgyvenai, aš taip pat kaip nors...

– Aš tada daug galėjau tau pasakyti.

– Nieko tu negalėjai. Buvai kupina pykčio man, turėjai kažkokių nerealių iliuzijų, kad susigrąžinsi jį per vaiką. Turbūt siaubingai nusivylei, kad vaikas ne jo...

Evija išblykšta, ir aš išsigąstu. O gal to vaiko jau nėra? Gal jam kas nors negerai, o aš čia pliurpiu negalvodama?

– Atsiprašau, – sutrikusi sumurmu. – Aš per daug įsijaučiau. O kaip tavo sūnus?

– Gerai, – atsidūsta ji. – Dabar jau gerai. Tik iš pradžių man buvo aptemęs protas. Galėjau padaryti baisų dalyką...

– Gal tikrai prisėskim, – pasiduodu aš, vis dėlto susidomėjusi, ką baisaus gali padaryti atstumta moteris.

Mes užeinam į kavinę ir aš išgirstu Rolando istoriją. Praėjo šešeri metai, bet pasakodama, kaip paliko vaikutį vienuolyne, Evija braukia ašaras. Aš taip pat vos laikausi, nors neturiu vaiko ir nežinau, ką jausčiau, jei ketinčiau palikti.

– Beje, Sandra, tu nesilauki?

– Ne, ir labai dėl to džiaugiuosi. Aš dar nesu to amžiaus, kai atrodo, jog vaikas būtinas, vis dar naiviai tikiuosi, kad nereikės auginti vienai.

– Svajoti niekam neuždrausta... – jos balsas liūdnas. – Vienai iš tiesų nelengva.

– O tu nemėginai pasikalbėti su tikruoju tėvu?

– Vienos nakties partneriu? Ne. Tiek savigarbos aš dar turiu...

Aš nebežinau, ko paklausti, ką pasakyti. Ketinu sugalvoti kokią nors skubią priežastį ir dingti, bet Evija vėl ima šnekėti:

– Man buvo labai sunku, nes buvau praradusi save. Nebežinojau, kokia esu iš tikrųjų.

– Nesuprantu, – gūžteliu pečiais.

– Matai, Sandra, aš užaugau Šilutėje, mokytojų šeimoje. Abu mano tėvai dėsto dailę. Jie abu talentingi, išugdė daug gabių vaikų, bet patys nieko ypatingo gyvenime nepasiekė. Galbūt pritrūko drąsos, ryžto ar dar ko nors. Gabumus dailei paveldėjau iš jų. Dar vidurinėje aš tikinau save, kad būsiu kitokia, neužsidarysiu mažame pasaulėlyje, sieksiu pripažinimo. Atvažiavusi studijuoti buvau tik mergaitė iš provincijos, kupina vilčių užkariauti Vilnių, nors tam trūko ir žinių, ir išsilavinimo, ir bendros kultūros. Tiesa, tėvai man suteikė daug, bet tik tiek, kiek gali suteikti provincijos pedagogai. Studijavau dizainą, formavau savo įvaizdį, beprotiškai daug skaičiau, lankiau įvairias paskaitas, koncertus filharmonijoje, rūpinausi savo drabužiais, išvaizda ir pagaliau tapau, kuo tapau – galiausiai įkūriau saloną, atsirado garsių klientų, įgijau rafinuotų manierų. Kažkur giliai tūnojo ta provinciali mergaitė, nuoširdi, jautri, švelni, bet aš ją nugramzdinau giliai ir stengiausi, kad neiškiltų į paviršių. Vyras, keleriais metais vyresnis už mane scenografas, viename vakarėlyje sutiko mane jau naują, pradedančią dizainerę, tik dar be salono, susižavėjo ir nepaleido... – Evijos veide atsiranda liūdesys, bet ji pasipurto ir kalba toliau: – Erniui taip pat patikau tokia, tik dar rafinuotesnė, dar labiau pasitikinti savimi, nes jau buvau pelniusi pripažinimą. Gyvendama su juo aš vėl pasikeičiau ir išvaizda, ir elgesiu: jam patiko rusvaodės šviesiaplaukės, taigi iš elegantiškos paryžietės pasidariau soliariume įdegusi platininė blondinė, jis norėjo moters-katės, todėl ji ir atsirado – šiek tiek gašloka, tingi, atsaini, visada pasiruošusi seksui...

– Kol atsibodo, – pertraukiu ją. Evija žiojasi kažko sakyti, bet aš ją aplenkiu, ir pati išrėžiu numanomus jos žodžius: – Ir tada sutiko naivią, energingą, linksmą, nuoširdžiai spygaujančią ir aikčiojančią dėl menkiausios kičinės dovanėlės, susileidžiančią iš laimės, kai nusiveža į Paryžių.

Evija nelinksmai šypsosi.

– Po skyrybų tu labai greit sugebėjai blaiviai įvertinti padėtį. Aš net baltai tau pavydžiu. Man reikėjo daugiau laiko... Beje, ar jis nemėgino tavęs keisti?

– Aš nepasidaviau. Iš pradžių, jei aš, jo nuomone, ką nors padarydavau ne taip, jis bandydavo sakyti: „O Evija..." Aš linksmai atšaudavau: „Aš Sandra, pamiršai?" Ilgainiui jis apsiprato ir liovėsi.

– Pavydžiu tau... Kai jis mane paliko, staiga dingo ta rafinuota blondinė. Aš visiškai sutrikau, puoliau į depresiją, pamačiau, kad nebemoku bendrauti su žmonėmis. Kol turėjau savo saloną, sugebėdavau juos įtikinti, patarti, jie pasitikėjo mano skoniu. Vėliau toji gašli katė tvarkė tik savo namus ir gundė Ernį, klientų neturėjo, ir staiga viską reikia pradėti iš pradžių. Ir aš su siaubu supratau, kad nebemoku. O čia dar suvokiau, kad esu nėščia...

Aš įdėmiai nužvelgiu Eviją. Taip, ji visiškai kitokia. Nepažinojau jos prieš Ernestą, bet tikriausiai vėl grįžo ta elegantiška paryžietė – trumpi kaštoniniai plaukai, subtilus makiažas, prigludęs šviesus kostiumėlis, aukštakulnės basutės, tvarkingas manikiūras, pedikiūras.

– Kada tu vėl pradėjai rūpintis savimi? – klausiu šiaip sau. Aš žinau, kad esu apsileidusi, bet man ir nerūpi.

– Kai supratau, kad mes puošiamės ir tvarkomės ne dėl kitų, o dėl savęs, – jos žvilgsnis užkliudo mano negražiai apkarpytus nagus. Nulaužusi vieną, žirklutėmis nutrumpinau visus kitus ir patingėjau pasiimti dildę. – Todėl, Sandra, aš ir užkalbinau tave – norėjau pasidalyti šia išmintimi: jis nevertas to, kad mes taip sielotumės. Ne dėl jo turim būti gražios ir pasitempusios, apskritai ne dėl jokio vyro, tik dėl savęs. Pirmiausia mes turim mylėti save.

Staiga pajuntu, kad man ji nuoširdžiai patinka. Pavydėjau jai, niekinau, žiūrėjau iš aukšto, triumfavau, vėliau tiesiog pamiršau, o dabar taip pat pavydžiu, bet visiškai ko kito – kad ji sugebėjo šitaip atsitiesti.

– O kokia Evija dabar? Ar sugrįžo ta nugramzdinta mergytė?

– O ne, – atsidūsta ji.– Mergytė virto mama. Bet šita Evija bent išoriškai patinka ir man pačiai, ir klientams. Aš vėl grįžau į elito madą, susitvarkiau buitį, įsirengiau, mano manymu, jaukų butą...

– Bet tau vis tiek kažko trūksta.

– O kas iš mūsų turi visko užtektinai?

– Ernestas.

– O ne! – nusijuokia ji. – Jis niekada neturės... Todėl tave ir pakeitė blondinė.

Išsiskiriam draugiškai, Evija netgi pakviečia mane į svečius, nori parodyti, kaip įsikūrė be Ernesto. Man keista, kad ji man nejaučia jokios neapykantos. Kita vertus, kodėl turėtų jausti – juk aš tikrai įstojau į „Pamestų žmonų“ klubą.

Darius

Po kelių dienų Danguolė pasikviečia mane į sodą. Sėdime pavėsinėje, geriam šaltą alų, vaikai važinėjasi dviračiais, uošviai kažką veikia viduje.

– Dariau, aš pagalvojau: kraustausi pas tave į viršų.

– Ką? – vos nepaspringstu alumi.

– Vis tiek visi žino, bent jau tėvai. Nebereikės slapstytis nuo vaikų, man sėlinti lyg kokiai nusikaltėlei. Tomas galėtų likti miegoti savo kambaryje apačioje, o mes gulėtume miegamajame, galėtume nevaržomi mylėtis.

– Dange, negi tu praradai viltį susirasti vyrą?

– Man reikia ne bet kokio vyro, o patikimo žmogaus. Tokio kaip tu – negeriančio, rūpestingo, užjaučiančio partnerio, gero tėvo mano sūnui.

– O ko reikia man?

– Geros partnerės lovoje, moters, kuri rūpintųsi tavo paaugliu sūnumi ir dukra, nes ji tuoj ims bręsti ir vien tėvo neužteks, o močiutė sensta, nesugebės suprasti jaunos panelės reikalų.

– Jie turi tetą.

– Teta tik kartais, o jei apsigyventume drauge, aš būčiau šalia visą laiką.

– Tu jiems vis tiek nepakeisi mamos.

– Aš ir nemėginsiu, bet jokia svetima moteris tavo vaikams nebus tokia artima, kaip aš. Juk mes vieno kraujo.

– Citata iš „Mauglio"...

– Nesišaipyk! Aš rimtai. Ką tu apie tai manai? Gal eikim ir pasakykim tėvams? Jie tik apsidžiaugs. Geresnio žento jie neįsivaizduoja. Mama pati man jau užsiminė apie tai.

Aš tyliu pritrenktas tokio dalykiško pasiūlymo. Ji daug kur teisi. Taip būtų labai patogu. Bet... Negi viską gyvenime lemia patogumas? Negi aš nebegaliu tikėtis nieko kito, tik saugiai užauginti vaikus ir gyventi su moterimi, kurios nemyliu ir niekada nepamilsiu? Negi mano gyvenimo paletėje jau nėra kitų spalvų, tik rusva patogumo? Patogiai gyvenau su Asta, paskui išgyvenau juodą laikotarpį, vėliau pilką, o dabar vėl prasidėtų rusvas ir aš patogiai gyvenčiau su Danguole iki gyvenimo pabaigos šitame pačiame name? Karšinčiau uošvius, jau ne buvusius, o vėl esamus, nes vesčiau kitą dukterį? Kaip pagal kažkokių genčių paprotičius, mirus žmonai vyras gauna jos seserį.

Danguolė pajudina mane už peties.

– Ei! Pabusk! Pripažink, kad tu ir pats apie tai galvojai, tik nedrįsai užsiminti. Aš tave puikiai pažįstu.

Tu mane pažįsti? Niekas manęs nepažįsta. Net aš pats. Mintis apsigyventi su Danguole man neateidavo į galvą net kai mylėdavomės išgėrę, ką jau kalbėti esant blaiviam.

– Žinai, Dange, padarom taip. Palaukiam metus. Jei per tą laiką nė vienas nesusirasim nieko kito, tada ir apsigyvensim.

– Tikiesi per tuos metus susikukuoti su ta Sandra, su kuria važinėjaisi dviračiais Nidoje. Vaikai man viską papasakojo.

Aš suirzęs pakylu nuo suoliuko.

– Jei manai, kad ką tik panaudojai patį geriausią būdą įkalbėti mane, tai labai klysti.

– Bet aš tik pajuokavau, – tuoj ima teisintis ji.

– Kitą kartą atsargiau juokauk. Aš nepriklausau tau ir tu neturi jokios teisės man nurodinėti, su kuo važinėtis dviračiais.

– Dariau, palauk! Tu visai nesupranti juokų!

– Tikrai nesuprantu. Tai ką dabar daryt? Susirask tokį, kuris supranta.

Aš neatsigręžęs įeinu į vidų.

Atsisėdu ant sofos tiesiog įsiutęs. Kelis sykius giliai įkvepiu, iškvepiu ir dabar jau aprimęs galvoju: ir ko gi aš čia taip užsidegiau? Dangė nepasakė nieko blogo. Gal ji tikrai įsižiūrėjusi mane ir prakalbo moteriškas pavydas. Tik kad pavydėti nėra ko – Sandra nenori, kad jai skambinčiau. O gal persigalvojo? Aš nuolat ją prisimenu – darbe, vairuodamas, o ypač vakare, kai ateina mūsų susitikimų Nidoje valandos. Protas gerai žino, kad mes ne pora ir niekada nebūsim kartu, bet jausmai niekaip neklauso. Ir noriu jai skambinti, ir vėl susilaikau. Na, gerai, paskambinsiu, paplepėsim (jei ji atsilieps), gal net susitiksim, o kas toliau? Pasakysiu:

žinai, o aš vienas auginu tuos vaikus. Scenarijus at-
mintinai pažįstamas. Mergina nusistebi: o, koks šau-
nus tėtis, nedaug tokių vyrų, bet kitą kartą, kai siūlai
susitikti, ji ima aiškinti, kokia esanti užimta ir būsianti
laisva neaišku kada – gal tik kitą mėnesį... Nieko nuo-
stabaus – aš ir pats žvalgausi į bevaikes. Sužinojęs, kad
moteris išsiskyrusi ir viena augina vaiką ar net du, aš
taip pat stengiuosi kuo greičiau nutraukti santykius:
jei sueitume į porą, namuose peštųsi jau keturi vaikai.
O kad jie peštųsi, tai nėra ko nė abejoti. Ir tarp savų
kyla barnių, o čia dar reikėtų gyventi po vienu stogu
su svetimais. Todėl ir neskambinu Sandrai... Todėl?
Juk ji neturi dviejų vaikų ir nėra pavojaus dėl ketver-
tuko peštynių.

O gal vis dėlto paskambinti?

Sandra

Mes sėdim jaukioje Evijos terasoje ir žiūrim į begalinius senamiesčio bažnyčių bokštus, rausvas stogų čerpes, baltą Katedros varpinės smailę. Jos butas senamiesčio mansardoje, nuostabioje vietoje. Už tokį vaizdą negaila pakloti ir milijoną. Matyt, Evijai gerai sekasi, kad sugebėjo jį įsigyti.

– Tu nežinai, koks čia buvo laužas, kai aš jį pamačiau, – sako ji. – Grožėjomės vaizdu iš vieno kliento balkono. Ir tas ponas susierzinęs parodė man namą šalia: „Viskas būtų gerai, tik to paskutinio aukšto ten niekas netvarko, visą vaizdą gadina." Šitoje terasoje buvo prikrauta visokio šlamšto – dėžių, senų kibirų, statinių. Mes nusprendėm nueiti išsiaiškinti, kas ten gyvena. Pasirodė, kad butas priklausė senutei, kuri neseniai mirė slaugos ligoninėje. Vienintelis paveldėtojas – jos išgeriantis anūkas. Apžiūrėjau butą, susitikau su tuo vyruku ir ryžausi didžiausiai gyvenimo avantiūrai (aišku, neskaitant Ernio) – iškeičiau savo pusantro kambario skylę į tą mansardą. Anūkas buvo devintam danguj – mano butukas švarus, neseniai išdažytas, naujos plytelės, padorūs baldai ir visa kita, o čia... Jis jau nežinojo, ką daryti, ir be galo džiaugėsi atsikratęs tuo šlamštu.

Nežinau, gal greit ir buvęs mano butas tapo panašus į landynę, bet man tai nerūpi. Tas vyrukas manė „išdūręs" pakvaišusią poniutę. O aš išsinuomojau butą ir pradėjau rekonstrukciją. Rolandui buvo treji... Jau didelis, pradėjo lankyti darželį... Maniau, įrengsiu tą butą ir parduosiu. Brangiai... Užsidirbsiu krūvą pinigų ir tada darysiu ką nors kita. Bet vėliau pamilau jį. Turiu galvoje butą, o ne kokį nors tinkuotoją. Tai antroji mano didelė meilė, pirmoji buvo Ernesto namas... – Ji įdėmiai pažvelgia į mane. – Ar tau jo negaila? Namo, ne Ernesto.

– Ne, – nė negalvodama atsakau. – Tai buvo tik namas. Gražus, patogus gyventi, bet tik tiek. Neprisirišau prie jo.

– Kaip svetimas vaikas, – mąsliai taria Evija ir liūdnai šypteli. – Tu jam tik pamotė, nors ir rūpiniesi, prižiūri, bet nieko nejauti... O ten buvo mano kūdikis... Aš jį sukūriau, išpuoselėjau ir buvau priversta pamesti... Bet ką gi aš čia šneku, kaip galima namą lyginti su vaiku... – Ji staiga nutyla ir įsižiūri į tolį. Veide šmėkšteli sielvartas.

Prisimenu, kad ji niekieno neverčiama buvo pametusi tikrą savo kūdikį, tiesa, trumpai, ir iki šiol jaučiasi kalta, nors tuo metu jai iš nevilties buvo aptemęs protas. Suprantu, kad ji dabar mąsto apie tai, bet nieko nesakau – tema ir taip labai skaudi. Niekas to nežino. Kodėl ji prisipažino man? Saugodama nuo panašaus žingsnio? Solidarizuodamasi su taip gerai pažįstamais pamestos meilužės jausmais?

– Minėjai, kad Ernestas ir tave apgyvendino vieno kambario bute – skylėje. Taip? – vėl išgirstu ramų Evijos balsą.

– Taip, taip, jis, matyt, nepasižymi didele fantazija, – ironiškai pritariu.

– Žinau, todėl ir samdėsi mane kurti interjero savo namui. O jei užsiminėm apie interjerą, ar nori, kad aš tau padėčiau? Padarysim iš tos tavo landynės kažką panašaus į gyvenamą patalpą ir parduosim.

– Aš ir taip žadėjau jį parduoti...

– Palūkėk, dabar gausi visai nedaug, nes Ernestas tikrai neišlaidavo, ėmė patį pigiausią, kokį rado rinkoje. Gali tik džiaugtis, kad gavai ne bendrabutį. O jei mes iš jo kai ką padarysim, tu užsidirbsi dvigubai.

– O kiek sukišiu į remontą?

– Jei pasikliausi manimi – nedaug. Patikėk, aš moku savo darbą ir žinau, kaip padaryti, kad atrodytų labai efektinga, bet tau nebūtų brangu. Pažįstu ir gerų, sąžiningų meistrų.

– Evija, tu tikras lobis. Ir kodėl tu man tokia gera? Po viso to, ką aš tau padariau, turėtum manęs nekęsti.

Bet kodėl aš įsitikinusi, kad ji tikrai nuoširdžiai nori man padėti? Gal sugalvojo kokį nors rafinuotą kerštą. Paklausysiu jos ir prarasiu net tą truputį, kiek turiu. Evija šaukšteliu kilnoja kavos tirščius ir kažką piešia ant puodelio sienelių. Jau per pirmąjį mūsų susitikimą pastebėjau šitą jos įprotį – nukreipia nemalonias mintis į kitokią veiklą. Tada, pasakodama man apie tą dieną, kai paliko vienuolyne Rolandą, ištisai žaidė su kavos likučiu puodelyje. Štai ir dabar rudi tirščiai subėga į fantastiškiausius raizginius baltame porceliano fone.

– Niekas nieko niekam nepadaro... Mes viską pasidarom patys, – pagaliau sako ji.

– Tai pasakei! Juk jei ne aš, būtum iki šiol gyvenusi su Ernestu. Juk ne tu jį palikai.

– Aš pati pasirinkau tą žmogų ir tokį gyvenimo būdą. Ernestas neatitempė manęs surišęs į tą savo namą. Pati atėjau. Galėjau neiti ir likti su savo vyru.

– Bet vėliau aš...

– O kas žengė pirmą žingsnį? Tu ar jis?

– Jis. Paskambino dar tą patį vakarą, kai mes susipažinom labdaros baliuje. Ir tolesnius žengė jis – priėmė į darbą, vesdavosi vakarieniauti, nusivežė į Paryžių.

– Matai? Vadinasi, ne tu rinkaisi.

– Kaipgi ne aš? Taip pat galėjau neiti, juk žinojau, kad jis turi tave. Tai aš jį pastūmėjau galutinai apsispręsti tave išvaryti.

– Ir gerai padarei...

Ant Evijos puodelio sienelių iškilo įmantrūs rudi bokštai. Kaip ji taip ir sugeba? Ne veltui menininkė. Reikėtų paklausti, kodėl gerai, bet galbūt ji pasakys pati. Parodau ranka į jos puodelį ir sakau:

– Mačiau internete tokias „smėlio fantazijas". Dailininkė ant stiklo pilstė įvairiausius paveikslus iš smėlio, kaip tu iš kavos.

– Ir aš mačiau. Bet žinai, kur visas žavesys? Tu sukuri paveikslą. Atrodo gražu. Nubrauki ir jo nebėra, o tu vėl supilstai kitą, gal dar gražesnį... Viskas tik į gera...

– Ką tu nori tuo pasakyti?

– Gerai, kad Ernestas mane išvijo. Buvau virtusi tingia kate, tolesnis etapas būtų buvęs – pagiežinga kalė, o dabar esu dizainerė Evija, kurios paslaugų daug kam reikia. Todėl nesivaržyk, priimk mano pagalbą ir neieškok jokių slaptų kėslų. Juk svarstai, kaip aš ketinu tave dar labiau sužlugdyti, ar ne? – Aš paraudusi linkteliu, o ji nusijuokia: – Nieko nuostabaus, tavim dėta, ir aš taip galvočiau, bet patikėk, neturiu jokių piktų užmačių. Tarkim, aš tau padėsiu atsidėkodama už tai, kad nevirtau kale...

Žiūriu jai į akis ir nematau jokių paslėptų kėslų, nebent aš visai nepažįstu žmonių. Tačiau dėl pastarojo teiginio negalėčiau būti tokia įsitikinusi, nes net kai Ernestas tiesiai liepė išeiti, aš vis dar maniau, kad jis juokauja. Evija nenukreipia savo šiltų rudų akių, supranta, kad tiriu, ar ji nuoširdi.

– Įkalbėjai, remontuokim, – pagaliau pasiduodu. – Vis bus kuo užsiimti, nes kol kas dar neieškau darbo, noriu susivokti, ką galėčiau daryti.

– Puiku, – apsidžiaugia ji. – Rytoj pat apžiūrim tavo butą ir aš pradedu braižyti. Pasistengsiu padaryti per kelias dienas. Reikia suktis, kol dar neprasidėjo šildymo sezonas, nes dabar bus galima brangiau parduoti...

– Evija, geriau pašnekam ne apie butą, o apie žmones, – pertraukiu ją. – Ar lengviau, kai galvoji, kad viskas priklauso tik nuo tavęs, kad niekas nieko blogo tau nepadaro, tik tu pati?

Ji vėl nubraukia kavos tirščius nuo puodelio sienų ir ima varvinti naują piešinį.

– Ne, – pagaliau atsako. – Visada lengviau kaltinti kitus. Bet kai peržengi per savo nuoskaudą, geriau sekasi priimti aplinkinius ir su jais bendrauti.

Suprantu, kad dabar ji turi galvoje savo santykius su manimi, todėl aš ir sėdžiu čia.

– Bet aš kaltinu save, – prisipažįstu savo likimo draugei. – Nuolat svarstau, ką gyvendama su Ernestu padariau ne taip. Pripažink, kad ir tu apie tai galvojai.

– Galvojau, – sutinka ji. – Iš proto krausčiausi. Kaltinau save visomis būtomis ir nebūtomis nuodėmėmis. Juk jei visą laiką buvęs tobulas vyras staiga pradeda kažko ieškoti, vadinasi, jam to trūksta namie, aš nesugebu to duoti... – Ketinu atsakyti, kad ir aš taip pat, bet ji kilsteli ranką: – O tau tada atrodė, kad žinai atsakymą: tavo jaunystės žavesio, žaismingumo, gyvumo, nuotykių, siautulio diskotekose. To, ko neturėjo nei su manimi, nei iki manęs.

– Taip, aš jau kažką panašaus sakiau tau praėjusį kartą, – pritariu jai. – Bet tu tai supratai pati.

– Todėl man ir atrodė, kad mums reikia susitikti ir palyginti parodymus, – šelmiškai šypsosi ji. – Aš radau tą atsakymą, nagrinėdama mūsų išsiskyrimo priežastis ir tavo asmenybę.

– Tu manęs nepažinojai.

– Ne, bet pažinojau tavo asmenybės tipą. Matai, kurdama verslą, norėdama rasti savo klientą, aš daug mokiausi, lankiau kursus ir čia, ir Amerikoje, studijavau psichologiją. Jei tu apžiūrėtum mano interjerus, kurtus atskiriems žmonėms, nerastum nė vieno tokio paties. Visus pritaikau pagal žmogaus psichologinį tipą.

– Ar galiu paklausti „ne į temą" – iš kur turėjai pinigų tiems kursams ir pradiniam verslo kapitalui?

– Klausimas labai „į temą". Aš, kaip ir Ernestas, pasinaudojau pinigais žmogaus, kurį labai nuvyliau. Mano buvęs vyras rėmė mano sumanymus ir skatino absolventę, jau susikūrusią naują įvaizdį, bet viduje dar ne visai įveikusią provincialės kompleksus ir todėl nelabai ryžtingą. Baigusi akademiją, nežinojau, ko griebtis, ieškojau darbo pas kitus interjero kūrėjus, o jie, aišku, nenorėjo manęs priimti – žalia, be patirties, neturinti parodyti jokių darbų, išskyrus diplominį projektą. Jei ne vyras, nebūčiau pradėjusi dirbti savarankiškai, atidariusi savo salono. Jis tiesiog išstūmė mane pusei metų į Ameriką, kad pamatyčiau pasaulio, susipažinčiau su kitokiu, laisvu mąstymu, kitokiu gyvenimo būdu, suprasčiau, jog, norėdama pasiekti savo, turi drąsiai lipti per kitų galvas. Ir jis buvo teisus, – atsidūsta Evija. – Bet aš pasinaudojau jo pinigais, tapau garsia dizainere ir po kelerių metų jį palikau...

– Kodėl tu sakai „kaip ir Ernestas" – juk jis viską susikūrė pats, – prieštarauju. – Nors jis ir negražiai pasielgė su tavim, bet reikia pripažinti tiesą – Ernestas pradėjo nuo nulio ir sukūrė įspūdingą savo imperiją.

Evija staiga ima juoktis ir ilgai kvatoja nepajėgdama nustoti, net ašaros ištrykšta.

Žiūriu į ją kaip į isterikę. Matyt, ji turi rimtų psichologinių bėdų. Kaip dar sugeba savo vaiką auklėti? Jos sūnus man pasirodė pernelyg ramus, santūrus, mandagus, per daug rimtai samprotaujantis, tiesiog mažas senis. Žinoma, auga vienas su jį dievinančia mamyte, kuri neturi su kuo pasikalbėti, todėl viską išsako jam, pamiršusi, kad jis – tik šešerių. Štai ir dabar jis piešia savo kambary, nelenda prie mūsų, netrukdo kalbėtis. Žino vaikas savo vietą.

Evija

Nusišluostau juoko ašaras, atsigeriu vandens.

– Tai Ernestas pradėjo nuo nulio?

– Tu puikiai tai žinai, – susierzinusi atsako Sandra. – Nesuprantu, kodėl reikia taip isteriškai žvygauti. Pyksti tai pyksti, bet negali nuneigti jo nuopelnų.

Ji tikrai nieko nežino, todėl šaltas dušas pravers.

– Tu klysti, aš visai nepykstu, – pagaliau įstengiu kalbėti. – Sakiau, kad mums reikėjo susitikti ir palyginti parodymus. Taigi, Sandra, išklausyk manųjų. Ernio uošvis davė savo dukteriai nemažą sumą, kad toji atidarytų prestižinį grožio saloną, kur dirbtų tik labai geri specialistai, naudotų garsių firmų kosmetiką, be to, prekiautų įvairiais brangiais kremais, kvepalais ir panašiai. Žmona buvo jauna, naivi, nepatyrusi, įsimylėjusi Ernestą, augino jo vaikutį. Tuo metu ji nedrįso pati pradėti verslo ir visus pinigus patikėjo vyrui, netgi tėvo šaltinių surastus partnerių kontaktus. Taip gimė verslininkas Ernestas Balutis. Neneigiu, jis turi verslumo gyslelę, bet pradėjo ne nuo nulio, o nuo tam tikro skaičiaus su keliais nuliais...

Kalbėdama aš įdėmiai stebiu Sandrą ir matau, kaip ji išrausta.

– Tvanku, – teisinasi ji, nors terasoje pučia gaivus vėjelis. – Bet vėliau jo žmona išvažiavo į Angliją su kažkokiu vyru, – patylėjusi netvirtai prieštarauja ji, beveik įsitikinusi, kad aš tuoj sudaužysiu ir šią iliuziją.

– Atskiriems Ernesto veiklos etapams reikia vis kitų moterų, – išsakau jau seniai atrastą tiesą. Jaučiuosi lyg išmintinga močiutė, mokanti žalią dukraitę gyvenimo gudrybių. – Rimgailės etapas baigėsi – ji jau buvo atidavusi viską, ką galėjo. Įsitvirtinusiam verslo pasaulyje Erniui prireikė prabangaus dvaro, kurio žmona negalėjo sukurti, nes, savo nelaimei, vėl pastojo. Ernestas visiškai įtūžo, įkalbinėjo darytis abortą, bet ji nesutiko. Taigi vyras surežisavo spektaklį: atsiuntė į namus neva užsakovą. Šis aiškino susitaręs su Erniu susitikti namuose. Rimgailė įsileido jį į vidų, pavaišino kava, sėdėjo kartu, kalbėjosi, laukdami Ernesto, – kaip ir turi elgtis pavyzdinga žmona su vyro partneriais. Vėliau pagal iš anksto numatytą scenarijų vyrukas pradėjo kabinėtis, Rimgailė, aišku, kovojo, bet jėgos buvo nelygios... Grįžęs Ernestas rado juos dviprasmiškoje padėtyje: ant sofos, Rimgailės palaidinukė atsagstyta, sijonas užkeltas... Jis neva labai susinervinęs puolė jų skirti, nubloškė tą aktorių, stvėrė žmoną, ši išsigandusi, kad jis ketina smogti, atšoko, mėgino išsisukti, prarado pusiausvyrą, griuvo... – Sandra staiga ima mirksėti. – Ir persileido... – Užbaigiu sakinį. Man ir pačiai perši gerklę, bet kalbu toliau: – Ji ir taip buvo palūžusi, mėgino aiškinti jam nepažįstanti to vyro...

– Bet Ernestas tvirtino, kad vaikas ne jo... – sako Sandra.

– Iš kur žinai, juk tą istoriją girdi pirmą kartą? Ar ne pirmą?

– Jis kažką minėjo, kad žmona, prieš išvažiuodama į Angliją su kitu vyru, jau nešiojo jo kūdikį, bet jis nežinojo, ar pagimdė, nes išmetė tą neištikimąją iš savo gyvenimo ir iš atminties... Mačiau, kad jam nemalonu apie tai kalbėti, ir daugiau neklausinėjau. Tada man jo praeitis buvo visiškai nesvarbi ir neįdomi. Kaip ir tu...

– Rimgailė beviltiškai stengėsi, kad Ernestas ja patikėtų, nemėgino atsiimti tų savo pinigų. Be to, tėvas neįformino dovanojimo pas notarą – nenorėjo rodyti didelės sumos, tiesiog davė, ir tiek... Viena paguoda, kad jis pats juos nelabai švariai įsigijo. O Rimgailė ilgai nesiliovė savęs kaltinusi...

– Ir ji, – išsprūsta Sandrai.

– Taip, ir ji. Bet aš labai norėčiau tikėti, kad tu nuo šiandien liausiesi blusinėti, ką darei ne taip, – įdėmiai žiūriu į ją. – Susitaikyk su mintimi, kad tiesiog baigėsi dar vienas Ernesto gyvenimo etapas, o tau ta proga reikia nueiti pas kirpėją ir manikiūrininkę.

Ji pažvelgia į savo nagus ir susiraukia.

– Gerai, vieną pamoką tu man jau įkalei: privalau būti graži ne dėl jo, o dėl savęs...

– Labai džiaugiuosi. Dar vyno? Tu nevairuoji?

– Ne, atvažiavau troleibusu, jaučiau, kad pavaišinsi.

Papildau mūsų taures.

– Beje, iš kur tu žinai apie Rimgailę? – Sandra vėl grįžta prie buvusio pokalbio. – Negi turi laiko rinkti duomenis savo psichologijos studijoms?

– Taikliai pasakyta, – nusijuokiu. – Aš tikrai galvoju parašyti straipsnį apie Ernesto tipo asmenybės psichologinį portretą. Gal būtų nauda kitai žaliai vištelei.

– Bet tu neatsakei į mano klausimą.

– Apie Rimgailę... Aš žinau, kas jos tėvas. Sykį, prieš trejus metus, teatre pamačiau juos drauge. Iš karto buvo aišku, kad jis su dukterimi. Ji taip pat mane pažino ir labai išraiškingai pažiūrėjo...

– Kodėl? – Sandra išplečia akis. – Juk Ernestas išsiskyrė su ja prieš daugelį metų, kai jūs nė nebuvot pažįstami.

– Aš irgi taip maniau, – ramiai sakau jai. – Deja... Kai mudu su Erniu aistringai raičiojomės ant čiužinio ką tik įsigytame name, jo žmona Rimgailė dar laukėsi jo kūdikio... Jis nusprendė, kad namą įrengsiu aš, todėl abejingai išmetė iš savo gyvenimo nedidelę kliūtį – žmoną. Jie išsiskyrė, kai mes jau gyvenom kartu, bet man buvo pasakyta, kad tai įvyko prieš kelerius metus, kai jis buvo dar labai jaunas. Pati supranti, kaip aš jaučiausi, kai mes susitikom su Rimgaile ir pasikalbėjom... Beje, tai ji priėjo prie manęs po spektaklio ir pasiūlė kur nors pasėdėti. Kaip dabar aš tau. Tada ir sužinojau jos istoriją. Ji nepyksta ant manęs, nes, susipažinusi su Erniu, aš nė neįtariau apie jos buvimą.

– Ar ji turi kitą vyrą?

– Turi. Anglą. Ir dukrytę su juo. Ernesto sūnus mokosi universitete. Matau, kad tu pritrenkta. Nieko, išgyvensi. Ir man Ernis sekė tą pasakaitę, kad buvo vedęs vos pusantrų metų.

– O kiek iš tikrųjų?

– Apie septynerius metus. Dabar sūnui devyniolika. Kai jie skyrėsi, jis buvo maždaug toks kaip mano Rolandas. Jis atsimena tėvą, kuris, palikęs motiną, liovėsi domėjęsis ir vaiku. Po skyrybų Rimgailė su sūnumi tikrai išvažiavo į Angliją, bet su antruoju vyru susipažino daug vėliau.

– Scenarijus vertas muilo operos, – padaro išvadą Sandra.

– Pritariu, – sutinku, – bet amerikietiškos. Meksikietiškoje turėtų būti stiprus moteriškas personažas – kenkėja, trukdanti herojaus laimei su juodosios herojės antipodu – švelnia, efemeriška rožine fėja. O mes nė viena netinkam tam vaidmeniui, nes iš pradžių kenkėm varžovei, paskui tapom fėjomis ir sklandėm laimingos, kol galiausiai išspyrė ir mus...

Šis mano palyginimas Sandrai pasirodo toks juokingas, kad dabar ji kvatoja iki ašarų.

– Sveika, sugrįžusi į realų pasaulį! – kilsteliu savo vyno taurę. – Malonu matyti tave „Pamestų žmonų" klube.

– Kodėl tu manai, kad aš tik dabar grįžau į realybę? Juk mes kalbėjomės apie tai ir anksčiau. Pati sakei, kad aš labai greit pradėjau teisingai vertinti padėtį, tau prireikė daugiau laiko.

– Tu tik kalbėjai protingai, taip, kaip aš norėčiau, o iš tikrųjų iki šiol kaltinai save ir vyleisi atrasianti burtažodį, kuris sugrąžins tave į prarastąjį meilės sodą pas tą patį princą.

– Tu teisi, – linkteli Sandra. – Ieškojau burtažodžio. Bet man įdomus vienas dalykas: pasikalbėjusi su Rimgaile, tu nesmagiai pasijutai dėl jos prarasto kūdikio, nors tai ir ne tavo kaltė, tu nė neįtarei, kad egzistuoja reali žmona. O aš niekada nesijaučiau neteisi prieš tave. Tada, kai tu atėjai į „Medininkus", man net buvo smagu...

– O, „Medininkai"... – išsprūsta man. Žeraras... Nuo to laiko aš jo nemačiau... Tylėdama įsižiūriu į raudonus senamiesčio stogus.

– Suprantu, kad turėčiau jaustis kalta, – girdžiu Sandros balsą, kai tyla užtrunka per ilgai. – Bet...

– Ne, neturėtum... Kartais tai, kas tuo metu atrodo didžiausia nelaimė, vėliau pasirodo didžiausia laimė, – kalbu neatitraukdama žvilgsnio nuo stogų. Aš turiu galvoje Rolandą, pradėtą be meilės, iš keršto Ernestui, bet nutyliu. Sandrai pakaks žinoti tiek, kiek dabar.

Sandra nueina į koridorių, atsineša rankinę, pasirausia kosmetinėje ir išsitraukia spirale susuktą vielutę.

– Noriu tau kai ką parodyti.

– Kas čia? – pagaliau išeinu iš transo ir abejingai pažvelgiu į tą keistą daiktą.

– Kai Ernestas mane išmetė, išlėkiau į Nidą. Ten mėginau pakabinti tokį trenerį. Žinoma, vienai nakčiai...

Susidomiu šiuo teiginiu, abejingumo veide kaip nebūta. Ir ji tokia kaip aš. Kodėl mes visos darom tas pačias klaidas?

– Bet jis nepasidavė, – sako ji ir šypsosi.

– Tau pasisekė, – nuoširdžiai apsidžiaugiu.

– Deja, ne taip puikiai, kaip tu manai. Vėliau pakabinau kitą, kuris pasidavė. Po to nenorėjau jo nei prisiminti, nei susitikti, todėl parlėkiau į Vilnių. Bet esmė ne čia, – skubiai patikina ji, pamačiusi susirūpinimą mano akyse. – Tas treneris, ne, kaip vėliau pasirodė, technikos direktorius, man labai paprastai išaiškino gyvenimo tiesas... Mes valgėm vakarienę ir plepėjom apie šį bei tą. Jis jau žinojo visą mano istoriją – išpliurpiau tada, kai jis per naktį sėdėjo mano kambaryje, bet manęs nelietė, – sukinėdama rankoje spiralę gyvai pasakoja ji, o aš vėl šypsausi. Tas nežinomas vyriškis man jau patinka. – Taigi, kai aš vėl užsisvajojau apie Ernestą ir visiškai nepalaikiau pokalbio, jis rado ant stalo tokį iš vielos susuktą įvairiaspalvį skėtuką, kokiu puošiami kokteiliai, ir, neturėdamas ką veikti, ėmė žaisti – išvyniojo, vėl suvijo, paskui pamatęs, kas išėjo, nusijuokė ir parodė man.

„Pažiūrėk, čia mūsų gyvenimo modelis: mes einam į priekį, bet ne tiesiai, o spirale. Štai čia linksma geltona spalva, lyg ir viskas būtų puiku, bet ją tuoj keičia juoda – ištiko kažkokia neganda, po kurio laiko vėl nuslenkam į kitą spalvą – gal žydrą, rausvą, oranžinę. Juoda liko užpakalyje, mes grįžom lyg į tą pačią vietą, bet aukščiau, nes laikas jau kitas ir mes kitokie. Viskas dėsninga ir nieko čia nepakeisi, tik lieka viltis, kad šviesioji spalva ir vėl tuoj pasikartos. Matai, kaip šauniai sumąsčiau, koks aš protingas ir koks geras psichologas", – šaipėsi jis. „Tu man įrodei esąs tikras technikos direktorius – tik paduok vielos, tuoj kokį nors mechanizmą sukursi, – tada ironiškai pasakiau. – Bet kas čia nauja? Tiesa labai banali, visi žino, kad po nakties ateina diena." Tačiau jis vis tiek įmetė tą spiralę į mano rankinę: „Kai bus liūdna, pažvelk į ją, gal palengvės..."

– Nežinau, ar palengvėjo, – toliau kalba Sandra, – bet dabar pagalvojau, kad ši teorija labai tinka Ernestui – jo gyvenimas lyg ir grįžta į tą pačią vietą, bet ten jau laukia nauja moteris kitokios spalvos plaukais...

– Tikrai banalu, bet tiesa, – sutinku. – Tai gali pritaikyti bet kam – ir Ernestui, ir sau, ir man... Beje, ar turi to technikos direktoriaus telefoną?

– Turiu. – Sandra išsiima mobilųjį, atverčia jo vardą ir ištiesia man. – Štai, nusirašyk.

– Kvailute, ne man jo reikia, – juokiuosi, – o tau. Paskambink jam.

– Kodėl?

– Mums ne taip dažnai pasiseka sutikti protingą vyrą, o jis, atrodo, toks.

Sandra išgeria savo taurę ir pakyla.

– Gerai, išsikalbėjom už visą gyvenimą. Sakei žadėjusi Rolandui, kad pažaisit „Viktoriną". Juk jam tuoj reikės gultis. Eik tesėti pažadų.

– Nieko, dar spėsiu. Aš džiaugiuosi, kad mes susitikom ir pasikalbėjom.

– Evija, – sako Sandra jau prie durų, – kaip tu manai, ko Ernestui reikia iš tos grožio karalienės?

– Aišku viena, kad jis to negaus. Jo gyvenimo spiralė pasisuko kita, jam nelabai palankia spalva, tik jis to dar nesupranta. Iš pradžių žurnaluose rašė: „Dizainerė Evija Sirtautė su gyvenimo draugu Ernestu Balučiu." Vėliau: „Verslininkas Ernestas Balutis su drauge Evija." Toliau: „Verslininkas Balutis su drauge Sandra..." – Sandra susiraukia. – O dabar skaičiau: „Manekenė Indraja Žilytė su draugu Ernestu Balučiu..." Jauti skirtumą?

Mes abi nusijuokiam ir atsisveikinam. Nors mes ir ne geriausios draugės, bet stengiuosi ištraukti ją iš balos ir būsiu laiminga, jei pavyks. Niekam nemalonu murkdytis sielvarto liūne.

– Evija! – staiga šūkteli Sandra pro durų plyšį. Aš vėl praveriu duris.

– Ką dar prisiminei?

– O kaip tavo pačios spiralė? Ar dar neatsisuko ten, kur parašyta „meilė"?

– Dar ne, – atsidūstu. – Matyt, spalvos išsidėsčiusios netolygiai...

Darius

Nors ketinu skambinti Sandrai, bet nusprendžiu pirmiausia išmėginti laimę parašydamas žinutę: *Ar tu tikrai neatsiliepsi, jei paskambinsiu?*

Nepamėginęs nesužinosi, – tuoj atsako ji.

Ką gi, mėginu. Ji atsiliepia. Ir staiga mano kuklus, pilkas kambarys nušvinta daug ryškesnėmis spalvomis.

– Tu dar manęs nepamiršai? – stebisi ji.

– Beveik. Ėjau per adresų knygutę, žiūrėjau telefonų numerius ir tryniau tuos, kuriais jau seniai nesinaudoju. Radau vardą *Sandra* ir pagalvojau, kad prieš ištrindamas dar patikrinsiu, kas ta Sandra.

– Taip man ir reikia, gavau, ko norėjau, – nusijuokia ji.

– Ar tu neištrynei mano telefono?

– Ne, yra, iš karto matyti, kad žinutė nuo technikos direktoriaus. Aš sąmoningai atsakiau tau, o ne kažkokiam nežinomam numeriui.

– Ką gero veikei Vilniuje per tą laiką?

– Gero? Iš pradžių nieko gero, vaikštinėjau, liūdėjau ir vis galvojau, ką padariau ne taip, o dabar su savo pirmtake kuriam verslo planą, kaip pelningai parduoti mano landynę. Ir ši veikla man jau teikia šiokį tokį džiaugsmą.

– Tu bendrauji su ta dizainere?

– O kuo čia stebėtis? Nieko nėra baisesnio už susivienijusių buvusių žmonų kerštą.

Bet Sandra juokiasi ir aš abejoju, ar tos susivienijusios žmonos tikrai rengia siaubingą vendetą.

– Aš labai atidžiai bibliotekoje perverčiau pastarųjų savaičių žurnalus. Norėjau rasti tavo buvusiojo nuotrauką.

– Radai?

– Taip, netgi su naująja. Ir labai nusivyliau jo skoniu. Niekada nekeisčiau tavęs į tą blondinę.

– Tavo spiralės dėsnis pasitvirtino ir Ernesto gyvenimo draugių plaukų spalvoms. Šiuo metu atsisuko geltonas periodas.

– Aišku...

Mes nutylam.

– Ar vakarais vis dar važinėjies dviračiu? – nutraukia tylą ji.

– Taip, negi atsisakysiu tokio gero sporto.

– O kokios spalvos jos plaukai? – jos balse girdžiu šypseną.

– Oi, tos moterys, vis tiek rūpi, – juokiuosi. – Norėtum išgirsti kokių nors pikantiškų mano gyvenimo epizodų. Deja, kartais važinėju su vaikais, tik jie čia turi daug draugų, todėl dažniausiai vienas. O tu?

– O aš neturiu dviračio, bet net jei ir turėčiau, negi suksi aplink mikrorajoną, kvėpuodama išmetamąsias dujas.

– Vadinasi, reikia sugalvoti kitokios veiklos.

– Kokios?

– Pavyzdžiui, pasiirstyti ežere kur nors pusiaukelė-je tarp Šiaulių ir Vilniaus.

– Ir kur būtų ta pusiaukelė?

– Na, pavyzdžiui, Trakuose.

– Šauni pusiaukelė, – kvatojasi ji. – Man labai tinka. Tik nežinojau, kad Šiauliai nuo Vilniaus vos už penkiasdešimties kilometrų. Jei taip – dažnai matysimės.

– Dabar žinosi. Aš rimtai, susitinkam Trakuose.

– Ar kitą kartą pusiaukelė tarp Vilniaus ir Šiaulių bus Šeduvos malūne? – linksmai teiraujasi ji.

– Tu greit atspėji mano neišsakytas mintis.

– Taip, aš turiu daug tau nežinomų talentų.

– Nekantrauju, kad atskleistum bent vieną.

– Siūliau Nidoje, atsisakei... Dabar gailėkis – nebe-siūlysiu.

Su manim telefonu šnekasi visiškai kita Sandra. Jei ne tos užuominos, kurias žinom tik mudu, suabejočiau, ar čia tikrai ji. Manau, kad jei mes dabar susitiktume, ji man dar labiau patiktų, nes telefonu atrodo linksma, draugiška, nuoširdi. Nė nepastebiu, kaip pralekia pusvalandis. Jau seniai taip gerai nesijaučiau paprasčiausiai šnekėdamasis telefonu su miela moterimi. Tačiau klausantis skambaus Sandros juoko kyla nenumaldomas noras ją pamatyti, suspausti glėbyje, bučiuoti ir, žinoma, mylėtis, tik dar nežinia, kada tai įvyks ir iš viso ar įvyks. Vis dėlto, nors mes ir nesutarėme konkrečios datos susitikti, bet Sandra pasakė gal. O jei moteris abejoja, vyras gali turėti vilčių.

Sandra

Kitą savaitę energingai nusprendžiu ieškotis darbo. Vartau skelbimus internete, laikraščiuose. Daugiausiai visi nori biuro administratorių. Nepasakyčiau, kad labai norėčiau dirbti sekretore, mieliau atlikčiau tai, ką labai gerai išmokau Ernesto firmoje. Bet kol vėl rasiu ką nors geresnio, kodėl ne? Taigi, surašiusi gana įspūdingą motyvacinį laišką ir gyvenimo aprašymą, išsiuntinėju į kelias firmas. Tiesa, neturiu rekomendacijos, bet laiške nurodau, kad mano šefas dabar atostogauja, tačiau grįžęs mielai parašys. Po kelių dienų gaunu kelis kvietimus ateiti pasikalbėti. Neblogai. Matyt, mano darbo patirtis Ernesto Balučio firmoje ir kelios užsienio kalbos daro įspūdį. Kruopščiai ruošiuosi pokalbiams: apgalvoju savo aprangą, nueinu į grožio saloną, pasidarau manikiūrą, susitvarkau plaukus. Dabar ne gėda būtų ir Evijai pasirodyti, tačiau nusprendžiu susitikti su ja tik kai paaiškės, ar gavau kokį nors darbą. Per tris dienas nueinu į keturis pokalbius, visur maloniai pasišnekučiuojame, man pažada paskambinti per savaitę.

Einant į dar vieną pokalbį, mano žvilgsnis užkliudo Ernesto firmos konkurentų reklaminį stendą ir, kaip man dažnai būna, priimu spontanišką sprendimą: pirmiausia nueisiu pasikalbėti pas juos. Tiesa, jie nesiskelbia, kad reikia darbuotojų, bet galiu pamėginti susitikti su jų direktore. Jei mane priimtų į darbą, galėčiau dar kaip nors panervinti Ernestą. Turiu daugybę kontaktų, galbūt man pavyktų buvusius partnerius įkalbėti bendradarbiauti su mano naująja darbaviete, o ne su Ernestu. Likimas šiandien man šypsosi. Nueinu į tą firmą, paprašau administratorės, kad užrašytų susitikti su direktore, paminiu savo buvusį darbdavį. Sekretorė paprašo palaukti, užeina pas savo šefę ir vėl pasirodžiusi pakviečia į kabinetą – mane priims dabar. Maždaug keturiasdešimties metų moteris išklauso mano pasiūlymą, pamąsto ir sako:

– Jūs mane suintrigavote. Jums pasisekė: viena mūsų darbuotoja ką tik išėjo motinystės atostogų. Kadangi dar vasara, mes laukiame rugsėjo ir dar nieko nepriėmėme į jos vietą. Manau, kad galite pamėginti. Ateikite poryt.

Ji man pasiūlo neblogą atlyginimą, nors keliais šimtais litų mažesnį negu pas Ernestą, bet juk čia mano darbas baigsis uždarius biuro duris, nereikės pirktis suknelių, batelių ir papuošalų banketams, taigi išsiversiu. Atostogos baigėsi, ir gyvenimas vėl įgauna prasmę. Susijaudinimas, kad tuoj pradėsiu dirbti konkurentų bendrovėje, nuslopina prisiminimus apie savaitgalį su Dariumi Trakuose. Ir gerai, nes jis nenori vienadienių santykių, o aš nenoriu su niekuo susisaistyti rimtesniais ryšiais. Paskambinu Evijai, reikia pasigirti, kad dirbsiu pas Ernesto konkurentę. Pamėginsime kartu sudaryti veiksmų planą, kaip galėčiau jam šiek tiek sugadinti nuotaiką, bet kad jis nesuuostų, jog tai aš. Aš teisingai spėjau, kad, aptikęs mano atsisveikinimo užsakymus, jis iš karto lieps mane užblokuoti. Taip ir buvo, aš jau nebegaliu įeiti į jų kompiuterių sistemą. Ernestas didvyriškai susilaikė, nepaskambino man ir neišplūdo, bet patikimas šaltinis pranešė, kad, grįžęs iš romantiškų atostogų ir gavęs mano užsakytas prekes, beprotiškai įsiuto ir aprėkė visus, kas tik pasipainiojo akyse, nors kalčiausias pats – kodėl niekam nepranešė, kad aš pas juos nebedirbu.

Susitinkame su Evija „Medininkuose". Nežinau, kodėl būtent čia. Evija pasiūlė. Matyt, panoro įrodyti ir man, ir sau, kad ta vieta mums jau nekelia nemalonių prisiminimų, sugebame ramiai šnekučiuotis sėdėdamos už to paties staliuko, kaip ir tada. Pasidaliju su Evija džiugia naujiena dėl darbo ir norėdama pasigirti, ką sugebu, papasakoju, kokių prekių užsakiau Ernestui išeidama ir kaip jis reagavo tai sužinojęs. Ji vėl šluostosi juoko ašaras, giria mane, kokia esu išradinga. Mes kartu pasėdime neilgai, tik kol papasakoju naujienas, nes Evija neturi daug laiko – žadėjo anksčiau grįžti namo, kad išleistų Rolando auklę į koncertą. Jos sūnui dar tik šešeri ir ji nepalieka jo vieno namuose. Ji išgeria kavą ir atsisveikina, o aš dar sėdžiu prie staliuko, baigiu valgyti savo patiekalą. Prieš eidama į pokalbį dėl darbo, neprisiverčiau nė kąsnio nuryti. Praėjus įtampai, žinoma, pasijutau be galo alkana, užsisakiau didelį kepsnį ir, besikalbėdama su eksžmonų klubo įkvėpėja, nespėjau jo sudoroti.

– Labas, Sandra, – už nugaros pasigirsta lietuviški žodžiai, ištarti su akcentu.

Krūptelėjusi iš netikėtumo, pakeliu akis.

– Labas, Žerarai, – sakau prancūziškai. – Iš kur tu čia?

– Jei atsimeni, aš ilgametis Ernesto partneris ir dažnai čia atvažiuoju.

– Taip, atsimenu, tik niekaip nesuprantu, kodėl jūs taip ilgai laikotės vienas kito? Ir ko tu čia važinėji? Jau seniai galėtum turėti savo atstovą.

– Visai neseniai tu tuo nė kiek nesistebėjai, Sandra.

– Man atrodo, kad tai buvo be galo seniai, nes netikėtai atsidūriau visiškai kitame pasaulyje, kuriame Ernesto nėra.

– Žinau, Sandra. Supratau jau tada, kai gavau tavo paskutinį užsakymą. Matai, tada aš pirmiausia paskambinau Ernestui. Jis pasakė, kad atostogauja Kanaruose. Paklausiau, ar su Sandra, numykė, kad ne. Aš iš karto kažką įtariau, o kai pakalbėjau su tavim, viskas pasidarė aišku...

Įtariai pažvelgiu į jį, laukdama pratrūkstant pykčio. Žinoma, Žeraras visada taktiškas ir mandagus, niekada manęs neiškeiktų, tačiau piktų žodžių galiu susilaukti. Bet jis šypsosi.

– Dabar buvom susitikę ir aptarėm, ką gi darysim su tais dešimčia tūkstančių flakonų pigaus odekolono.

– Jei dar tada viską supratai, kodėl siuntei?

– Man labai patiko tavo sumanymas. Tikrai ne kiekviena moteris sugalvotų šitaip originaliai atkeršyti ją pametusiam meilužiui. Tu labai mane pralinksminai.

– Priimsi tą odekoloną atgal?

– O ne! Čia jau Ernesto bėdos, kad nesugebėjo kontroliuoti situacijos ir išlėkė atšvęsti tavo išvijimo su naująja gyvenimo drauge. Patariau jam skirti labdarai, kaip tu ir norėjai, – nuoširdžiai juokiasi jis.

– Tu ją matei?

– Mačiau prieš porą mėnesių... Paryžiuje. Kiek menu, ir tave pirmą kartą pamačiau ten.

Viskas taip, kaip aš ir sakiau tam technikos direktoriui, – scenarijus tas pats, keičiasi tik aktorės. Tačiau dar kartą įsitikinu: viena – kalbėti pačiai, kita – kai kitas tau tai patvirtina. Man iš karto pasidaro negera, nors jau tariausi įveikusi šį skausmo etapą. Tačiau stengiuosi neparodyti savo jausmų ir sakau:

– Esu mačiusi tokį filmą, kur moteris semdavosi energijos iš vyrų. Jie sendavo, o ji visą laiką išlikdavo jauna. Čia labai panašus atvejis, tik vampyras – Ernestas, o aukos – moterys.

– Jei jau užsiminėme apie moteris... Su kuo tu čia sėdėjai prie staliuko? Ji man pasirodė kažkur matyta.

– A, čia buvo „Pamestų žmonų" klubo susirinkimas.

– Dalyvavo tik dvi narės? – juokiasi jis.

– Turėtų būti daugiau, tik aš jų nepažįstu. Bet man visiškai nerūpi, nors Evija norėtų susirasti ir kitų to vyro pamestųjų draugių. Jai niekaip neišblėsta entuziazmas. Sako, kad kuria psichologinį Ernesto portretą.

Netgi buvo susitikusi su pirmąja, teisėta Ernesto žmona, bet toji gyvena Anglijoje, todėl sunkiau pasikviesti į susirinkimą.

– Tu pasakei Evija? – Žeraras nustebęs kilsteli antakius. – Čia su tavim buvo Evija?

– Taip, Evija. Tiesa, ji labai pasikeitė per tuos kelerius metus. Tiksliau tariant, susigrąžino ikiernestinę išvaizdą. Atsimeni, kaip prieš daugelį metų mes visi susitikom čia? Tada ji iškėlė bjaurią sceną, apipylė Ernestą vynu, o štai dabar mes bendraujam lyg niekur nieko. Keičiamės patirtimi, ji man pataria, kaip įsirengti butą.

– Evija... – visai neklausydamas užsigalvojęs taria jis. – Kaip ji gyvena?

Aš gūžteliu pečiais.

– Manau, kad visiškai gerai: išgijo nuo Ernesto, turi daug klientų, augina sūnų...

– Ernesto sūnų? – staiga labai susidomi Žeraras.

– Ne. Iš pradžių ji manė, kad vaikas Ernesto, ir gadino mums gyvenimą – rašė laiškus internetu, siuntinėjo nuotraukas, bet vėliau Ernestas pasidarė DNR tyrimus ir paaiškėjo, kad vaikas ne jo... O, kaip mes džiūgavom! Gėrėm šampaną, išlėkėm į Tailandą atšvęsti pergalės. Evija buvo labai sugniuždyta... Ji netgi ketino... – laiku prikandu liežuvį. Vos neleptelėjau, kad ketino palikti vaiką prieglaudoje. O juk ji tik man vienai patikėjo tą paslaptį apie savo silpnumo akimirką, prašė niekam nesakyti.

– Nusižudyti? – pasibaisi Žeraras.

– Ne, ne... – paskubu patikinti. – Ne taip kraupiai. Ketino išvažiuoti iš Vilniaus, dirbti kokia nors provincijos dailės mokytoja, kaip ir tėvai, bet atsitiesė, grįžo, vėl dirba dizainere. – Tiesą sakant, abejoju, ar Evijai kada nors buvo šovusi tokia mintis dirbti dailės mokytoja. Pasilikusi kūdikį ji nusprendė įrodyti ir sau, ir visiems aplinkiniams, kad Ernestas nepajėgs jos sužlugdyti nei moraliai, nei materialiai. Tai kaip tik buvo jai stimulas vėl grįžti į interjero dizaino pasaulį. Bet juk turėjau ką nors pasakyti Žerarui, vos neišdavusi savo naujos draugės.

– O kieno tas vaikas?

– Nežinau. Ji man neprisipažino. Tiesą sakant, ir man, ir pačiam Ernestui buvo labai keista: kol jie gyveno kartu, Evija neturėjo kitų vyrų, troško pagimdyti jo kūdikį ir per vaiką susigrąžinti tolstantį mylimąjį...

– Bet nepavyko?

– Nepavyko... Tačiau gal ir gerai, Ernestas nevertas turėti tokį šaunų sūnų.

– Man visada patiko Evija, – patylėjęs pagaliau prataria Žeraras. – Neįsižeisk, bet niekaip nesupratau, kaip Ernestas galėjo iškeisti ją į tave.

Aš abejingai numoju ranka.

– Nieko keisto. Dabar aš ir pati nesuprantu. Evija protinga, daug intelektualesnė už mane. O gal būtent todėl? Per daug protinga Ernestui? Jis nepakenčia už save protingesnių, ypač moterų.

– Na, dėl to gali tik džiaugtis, – šaiposi Žeraras. – Dabar, kai Ernestas išmetė ir tave, gali teisėtai laikyti save protingesne už jį. Beje, aš niekada neabejojau tavo gabumais, o sprendžiant iš paskutinio užsakymo...

– Aš niekada nenorėjau jo pranokti, buvau jo mergytė, žuvytė, katytė, paukščiukas... – mano balsas išdavikiškai suvirpa. Tada aš buvau tokia neapsakomai laiminga...

– Sandra, atleisk, – jis spūsteli mano ranką, matydamas, kaip aš mirksiu, beviltiškai mėgindama sulaikyti ašaras. – Jokiu būdu tavęs nesmerkiu – tu jį mylėjai ir dar tebemyli. Tik aš į tave žiūriu kaip į savo dukterį, geriausiu atveju jaunesniąją sesutę, o Evija mane visada traukė kaip moteris...

– Tai imk ir paskambink jai! – kažkodėl piktai sakau – tas palyginimas su sesute vis dėlto mane suerzino – ir atverčiu ekranėlyje jos telefono numerį. – Štai! Ji dar nebus toli nuėjusi. Galėsi pasakyti, kad ji tau visada patiko...

Žeraras pamąstęs pasiima savo mobilųjį ir įsirašo Evijos telefoną.

– Matai, dar reikia, kad aš jai patikčiau... O tuo labai abejoju.

– Niekada nesužinosi, jei nepaklausi. Bet, mano manymu, tu dar labai patrauklus vyriškis, nepilvotas, nepraplikęs, – dar neatlyžusi pašaipiai raminu jį, ir staiga įsižiūriu į tamsias, kiek žilstelėjusias Žeraro garbanas, kurios taip primena... neklusnius Rolando plaukus. – O Viešpatie! – išsprūsta man. Na, žinoma, tas vakaras „Medininkuose", kai Evija sužinojo apie Ernestą ir mane. Juk ir jis ten buvo. Kaip aš anksčiau nepagalvojau. Aš išpūtusi akis tylėdama spoksau į Žerarą, jis nesmagiai pasimuisto.

– Kas tau? Ką pamatei? – pagaliau pasiduoda jis.

– Nieko, – išlemenu. – Tas Evijos vaikas... Jis...

– Kas tam vaikui?

– Jis toks pats garbanotas kaip ir tu, – nesugalvojusi, ką protingiau pasakyti, išrėžiu.

– Na ir kas?

– Nieko. Tik toks sutapimas, – aš pasijuntu be galo laiminga, kad vienam mano pasirinktam objektui Nidoje užteko sveiko proto mane atstumti, kai buvau pasiryžusi nusitempti jį į savo lovą, o kitas turėjo prezervatyvų. – Džiaugiuosi, kad silpnumo akimirką nepadariau to paties kaip Evija.

– Aš nieko nesuprantu, – nuoširdžiai tikina Žeraras.

– Dėl manęs tau ir nereikia nieko suprasti. O apie Eviją galėtum ir pagalvoti... – Aš atsistoju. – Na, man jau metas. – Palieku ant stalo porą dvidešimtinių, bet Žeraras mosteli ranka:

– Leisk man tave pavaišinti.

– Kodėl? Juk mes nevakarieniavome kartu.

– Šiaip sau. Tiesiog aš taip noriu. Laikyk tai premija už pelningą paskutinį užsakymą.

– Na ir gerai! Premija, tai premija, – aš pasiimu pinigus. – Sėkmės!

– Beje, Sandra, naujoji Ernesto draugė – tipiška blondinė. Protu nė iš tolo neprilygsta tau.

– Kaip malonu! – ironiškai šypteliu iš jo pastangų komplimentu ištaisyti savo ankstesnį netaktą. – Kaip kažkada aš Evijai. Bet ji dešimčia metų jaunesnė už mane... O tai didelis privalumas. Kaip jau minėjau, Ernestas tikisi nepasenti pasirinkdamas vis jaunesnes partneres. Na, gero tau vakaro! O aš tikrai eisiu.

Išeidama matau, kaip Žeraras jau kažkam skambina. Tikriausiai Evijai. Esu įsitikinus, kad jis suprato mano užuominą apie garbanotąjį jos vaiką...

Evija

Pasikalbėjusi su Sandra, grįžtu namo, paleidžiu auklę, kuri prižiūri Rolandą, kai man reikia po pietų susitikti su klientais, ir imu ruošti vakarienę. Pavalgysim terasoje, o paskui kaip visada ką nors veiksim kartu – gal piešim, gal skaitysim ar žaisim. Aš nedaug laiko galiu skirti sau. Šiandien jau išnaudojau jį, pasėdėjusi su Sandra kavinėje. Tuose pačiuose nelemtuose ar lemtinguose „Medininkuose", nuo kurių viskas ir prasidėjo. Nežinau, kodėl mes nuėjome ten. Aš pasiūliau, Sandra padvejojusi sutiko. Gal abi norėjom įrodyti sau, kad neliko jokių nuoskaudų ir mes jau sugebam žvelgti į praeitį filosofiškai, o gal norėjom pačios pasukti laiko spiralę ten, kur jau kartą buvom...

Suskamba mobilusis telefonas. Ekranėlyje nežinomas numeris, matyt, vėlyvas klientas.

– Labas vakaras, Evija, – kažkas sveikinasi lietuviškai su užsienietišku akcentu.

– Labas, – nustebusi atsakau. – Kas man skambina? – klausiu užsitęsus tylai.

– Čia Žeraras...

Turiu atsisėsti. Per daug netikėta. Po šitiek metų... Iš kur jis gavo mano telefoną? Kodėl man šitaip daužosi širdis? Ko aš išsigandau? Juk jis nieko nežino. Niekas nieko nežino, tik mano mama ir tėtis, o jie tikrai niekam neprasitarė.

– Sandra davė tavo telefoną, – angliškai paaiškina jis. – Mes visi buvom „Medininkuose", tik aš sėdėjau atokiau. Nenorėjau trukdyti Sandrai, priėjau tik tau išėjus, nes tavęs nepažinau. Tu labai pasikeitei...

– Septyneri metai – gana ilgas laiko tarpas, – ištariu. – Nenuostabu, kad nepažinai.

– Aš net neatkreipiau į tave dėmesio, nes nė nepagalvojau, kad Sandra gali sėdėti su tavimi.

Laiko spiralė! Ji tikra. Manėm, kad tai mes ją pasukom – sugalvojom ateiti į „Medininkus". Pasirodo, ne. Tai likimas. Anąsyk Žeraras taip pat tenai buvo. Ir vėl mes atsidūrėme toje pačioje vietoje, tik laikas kitas ir mes kiti... Sandros technikos direktoriaus teorija pasiteisino.

– Evija, ar tu labai toli nuėjai? Norėčiau susitikti.

– Kodėl?

– Tiesiog noriu tave pamatyti, pasikalbėti. Ar gali sugrįžti į „Medininkus"?

– Negaliu. Aš jau namie. Viena su sūnumi. – Mano balsas suvirpa. Reikėtų pasakyti „su tavo sūnumi", bet aš niekada to nepajėgsiu.

– Tada ar galiu užeiti pas tave?

Mano galvoje pralekia ištisas minčių viesulas. Pasikviesti? Nesikviesti? Ką visa tai reiškia? Ko jis nori? Ar Sandra jam ką nors sakė? Bet ką galėjo pasakyti, jei ji nieko nežino...

– Evija? Tu mane girdi?

– Girdžiu, bet nežinau, ką atsakyti.

– Atsakyk: taip, užeik, mano adresas...

Nusprendžiu, kad pasakiusi „ne" vėliau užsigraušiu. Nieko neatsitiks, jei pasikalbėsim, aš ne viena namie. Juk nejaučiu jam jokio pykčio, jis dėl nieko nekaltas, nieko nežino. Tegu Rolandas bent pamato tėvą. Vėliau kada nors aš jam pasakysiu: „Prisimeni, kai pas mus buvo užėjęs toks prancūzas..."

– Netoli „Medininkų", – pasakau adresą. – Rasi?

– Žinoma.

Jis ateina greit. Atidariusi duris pirmiausia pamatau didelę raudonų rožių puokštę ir visai sutrinku. Kodėl jis su gėlėmis?

– Sveika! – Jis paduoda man gėles ir prancūzišku papročiu pabučiuoja į abu skruostus.

Už manęs stovi Rolandas ir smalsiai žiūri į svečią.

– Čia mano sūnus Rolandas, – pristatau.

– *Bonsoir, monsieur,* – sveikinasi mano vaikas, nes jam pasakiau, kad užeis mano senų laikų draugas iš Prancūzijos.

– *Est-ce que tu parle français?* – nustebęs klausia Žeraras.

– *Un peu,* – truputį, – atsako Rolandas. Mes abu lankome prancūzų kalbos pamokėles. Mus moko viena miela studentė. Norėjau, kad Rolandas bent kiek suprastų tėvo kalbą. Nežinai, ko gyvenime gali prireikti, o angliškai ir taip išmoks.

– *Quel âge as-tu?* – teiraujasi Žeraras.

– *Six. L'année prochaine j'irai à l'ecole.* – Šešeri. Kitais metais eisiu į mokyklą.

Žeraras tikrai nustebęs dėl vaiko kalbos mokėjimo.

– Mes ruošėmės vakarieniauti. Ar prisijungsi? – kviečiu angliškai, nepasitikėdama savo prancūzų kalbos žiniomis.

– Valgiau „Medininkuose", – sako jis. – Bet mielai pasėdėsiu kartu. Beje, čia tau – jis išima iš maišelio butelį gero prancūziško raudonojo vyno.

Mes susėdame terasoje. Rolandas stengiasi kalbėtis su svečiu prancūziškai. Žeraras vis giria jo pastangas.

– Mamyte, aš viską suprantu, ką tas dėdė sako, – didžiuojasi jis. – Kaip gerai, kad mus Renata išmokė, ar ne?

Juokiuosi, kad jį išmokė, o manęs tai ne, matyt, jau per sena mokytis. Nors suprantu, ką jie kalba paprasčiais sakinukais, bet pati nedrįstu ir prasižioti. Devintą valandą liepiu Rolandui eiti miegoti.

– Bet aš dar noriu pasikalbėti su dėde Žeraru, – patempia lūpytę vaikas.

– Mes dar būtinai pasikalbėsim, – pažada Žeraras. – O dabar tau reikia išsimiegoti.

Rolandas rimtai linkteli ir nueina į vonią. Jis savarankiškas, moka pats nusiprausti, aš jau seniai jam nepadedu. Nesuprantu tų vienišų motinų, kurios savo sūnus maudo iki paauglystės ir dar ilgiau. Aš labai stengiuosi, kad Rolandui neišsivystytų Edipo kompleksas, juk auga be tėvo.

– Tu gražiai išauklėjai sūnų, Evija, – sako Žeraras. – Labai mielas, guvus vaikas. Ir visai neblogai kalba prancūziškai, gražiai taria.

– Ačiū! – Malonu, kad mano pastangos davė vaisių. Maniau, kad jei kada nors jau suaugęs sūnus susiras tėvą, jie geriau susikalbės gimtąja kalba.

Nusiprausęs Rolandas dar ateina palinkėti mums labos nakties.

– Ar tu rytoj tikrai būsi? – susirūpinęs klausia jis Žerarą.

– Būsiu, – pažada jis. – Ir mes tikrai pasikalbėsim.

Žiūriu į juos kartu, matau, kokie jie panašūs. Mano atsitiktinės meilės, netgi ne meilės, o keršto vaisius ir jo biologinis tėvas. Gražus, tik neilgai trunkantis vaizdas. Keista, kad Žeraras taip mielai bendravo su Rolandu. Jo vaikai jau suaugę. Kiek prisimenu iš anksčiau, dabar jau turėtų būti baigę universitetą. Jis už mane vyresnis kokiais penkeriais metais. Šiek tiek pražilęs, bet ilgoki garbanoti plaukai vis dar tamsūs ir įspūdingi kaip ir tada. Jis nė kiek nepraplikęs. Esu girdėjusi, kad garbanoti nuplinka greičiau, bet jam tai dar negresia, o sūnus paveldėjo tėvo plaukus... Palydžiu Rolandą į jo kambarį. Jis klausia, ar dėdė nakvos pas mus. Paaiškinu, kad jis visada apsistoja viešbutyje, kai atvyksta su reikalais.

– Tai kaip jis rytoj bus? – susirūpina sūnus. – Aš dar noriu pasikalbėti su juo prancūziškai.

– Matyt, vėl užeis į svečius. Paprastai jis nežada, jei negali įvykdyti, – prisimenu tai iš senų laikų. Ernestas džiaugdavosi, kad Žeraru visada gali pasikliauti.

Pabučiuoju sūnų, užkloju, išėjusi uždarau duris ir grįžtu į terasą, atsisėdu į pintą krėslą ir tyliu. Dabar, kai su mumis nebėra Rolando, pajuntu įtampą ir nebežinau, ką pasakyti. Anksčiau, kai jis atvažiuodavo pas Ernestą, vakarėliuose kalbėdavomės apie įvairius dalykus. Restorane, prie bendro stalo, dažniausiai šnekučiuodavomės apie sportą, keliones, patiekalus. Jis gerai kalba angliškai, po kursų Amerikoje aš taip pat neblogai, todėl bendrauti būdavo lengva.

Atsidūrę šalia vienas kito furšetuose, mes diskutuodavome ir apie prancūzų dailę, ir apie literatūrą, kiną, teatrą, madas. Žeraras kilęs iš senos giminės, jau kelios kartos baigusios universitetus, jis domisi literatūra, daile ir muzika nuoširdžiai, nes jam tai įdomu ar tiesiog atėję per giminės genus, o ne todėl, kad madinga, kaip daugumai mūsų verslininkų, neišskiriant Ernesto.

Žinau, kad Žeraras mėgsta gaminti. Kai svečiavomės pas jį, tai jis, o ne Sofi ruošė vakarienę, pjaustė salotas ir neleido mums padėti, nes „turi būti atsakingas tik vienas – svetimos rankos gali pakeisti skonį". Ir, reikia pripažinti, buvo tikrai skanu. „Ypatingai paruoštas jautienos patiekalas su ypatingu padažu", – pasakė jis, kai mėginau klausti recepto.

Žeraras papildo mano taurę ir nutraukia tylą:

– Kaipgi tu gyvenai visus tuos metus, Evija? Buvo sunku?

– Negi tikiesi atsakymo: „Ne, ką tu, buvo labai lengva ir smagu"? – mano balse nėra ironijos, galbūt nuovargis. Meluočiau sakydama, kad abejingai stebėjau tėvo ir sūnaus susitikimą.

– Kaip laikosi Sofi? – klausiu tik tam, kad pasiūlyčiau kokią nors temą pokalbiui, kažkodėl nesuabejoju, kad jie gali būti ne kartu. Sofi – tuometinė Žeraro partnerė. Šauni, gyvybinga prancūzė, nuoširdi ir triukšminga, kupina gyvenimo džiaugsmo. Jie ilgai gyveno kartu, nors ir nebuvo susituokę. Žeraras seniai išsiskyręs su žmona, bet, kaip prancūzams įprasta, jie gražiai bendrauja, kartu su vaikais susitinka per šeimos šventes.

– O Sofi nebėra... – apsiniaukia jis. – Jau dveji metai. Kai nustatė vėžį, išgyveno tik porą mėnesių... Nors neilgai kankinosi.

Na štai, jau nepataikiau paklausti. Bet mes šitiek metų nesimatėm, kaip aš galėjau žinoti.

– Gaila... Labai tave užjaučiu, – sakau. – Man ji tikrai patiko.

– Ir man... – atsidūsta jis. – Tokios gyvenimo draugės galima tik pavydėti. Mes puikiai sutarėm, supratom vienas kitą.

– Bet jei viskas buvo taip nuostabu, kodėl tu... Kodėl mes... – išraudusi neužbaigiu. Gal jis nė neprisimena to trumpo nuotykio? Žeraras šypteli, ir aš suprantu, kad jis viską prisimena, tik dėl to man ne lengviau.

– Mes atleisdavom vienas kitam smulkius nukrypimus... Ir Sofi turėjo trumpą atostogų romaną su jaunu marokiečiu... Bet aš ją puikiai supratau – kartais gyvenime norisi žaibo blyksnio, audros, kuri sujudintų tą nusistovėjusį vandenį, įneštų šviežio oro gūsį, kad vėl atsinaujintume ir įvertintume tai, ką turime.

– Ar ji... taip pat žinojo apie tave ir mane? – Nors tikriausiai jam tai toks nereikšmingas epizodas, kad nevertėjo nė užsiminti.

– Ne, nebūtina visko pasakoti, kai ką reikia pasilikti ir sau. – Žeraras mąsliai žiūri į mane. – O tu labai išgražėjai. Man visada atrodė, kad tau labiau tiktų tamsūs plaukai.

– Aš tik septyneriais metais pasenau... – nelinksmai nusišypsau.

– Patikėk manim, atrodai daug geriau negu tada. Tuometinį agresyvų seksualumą pakeitė brandus, švelnus moteriškumas, kuris tau daug labiau tinka.

– Prancūzai nuo amžių mokėjo sakyti komplimentus. Aš visada žavėjausi tavo galantiškumu. Mūsų vyrams to trūksta. Gal tai užkoduota prancūzų genuose, juk jūsų šalyje tiek aristokratų, kone kiekviena šeima galėtų rasti savo karališkas šaknis...

– Dabar žavėjausi tavo žvilgsniu, kai žiūri į sūnų. – Žeraras niekais paverčia mano pastangas palaikyti lengvą pokalbį. Negi jis mane provokuoja? Bet negali būti. Jei jau jis kalba apie vaikus, tai ir aš galiu paklausti.

– O kaip laikosi taviškiai?

– Žanas Polis baigė ekonomiką, dirba mano firmoje. Žinai, jis jau nuo paauglystės man labai daug padėdavo, ypač su kompiuterių programomis. Tai ir liko pas mane. O Nadina smuikininkė. Baigė muzikos akademiją. Ją priėmė į Paryžiaus operos orkestrą.

Tai štai iš kur tas Rolando polinkis į muziką. Kur tik priėjęs prie pianino vis mėgina groti, išūžė man ausis, kad nori mokytis muzikos. Bet aš vis dar laukiu – nenoriu atimti jam vaikystės. Nesu tokia moderni mamytė, kuri vis giriasi: o maniškis lanko muziką, dailę, baseiną, pramoginius šokius ir dar kelis būrelius. Pažiūrėsim, kaip čia bus toliau.

Žeraras pakyla nuo pinto krėslo ir prieina prie manęs. Jo žvilgsnis toks, kad mano širdis, rodos, tuoj išsoks iš krūtinės. Ne, to negali būti... Ne... Tik ne vėl...

– Evija, – jis paima mano ranką. – Mes abu žinom, kad labai sunku kalbėtis apie kasdieninius dalykus, nes aš noriu tavęs nuo tos akimirkos, kai tu man atvėrei duris.

– Ne... Taip neturi būti... Taip negerai... Aš negaliu...

– Tu viską gali, nes tu nuostabi moteris.

Nors Žeraras manęs neįtikina, bet nesipriešinu, kai jis mane apkabina ir mūsų lūpos susilieja. Laikas sustoja, visas pasaulis išnyksta ir aš tik geriu jo bučinio karštį.

– Nenoriu tavęs versti, – tyliai sako jis, atsitraukęs nuo mano lūpų. – Man būtų lengviau, jei tu pati parodytum kelią į miegamąjį.

Jo glėbyje aš jaučiuosi tokia saugi, kaip niekada per daugelį metų. Nekovosiu su likimu, atvedusiu Žerarą pas mane. Prisimenu Sandros spiralę ir mintyse nusijuokiu. Kad ir kaip banaliai skambėjo to technikos direktoriaus išvedžiojimai, bet tai įvyko – mes ir vėl atsidūrėme toje pačioje padėtyje kaip prieš septynerius metus, tik vieta kita. Tačiau manau, kad dabar aš viską atsiminsiu. Nieko nesakydama, paimu Žerarą už rankos ir nusivedu į savo kambarį. Rolandas niekada nesikelia naktį, neturėtų pabusti ir dabar.

Mes vėl išeiname į terasą, įsisupę į minkštus baltus kilpinius chalatus. Nežinau, kam aš laikiau tą neišpakuotą vyrišką. Tiesiog impulso pagauta nupirkau du – gal kada nors prireiks. Kol kas nereikėjo.

Nesakau, kad per tuos septynerius metus mano gyvenime nebuvo sekso. Buvo, tik ne namie – viešbučio kambaryje, sodo namelyje, poilsio namuose, bet namai turėjo likti tik mano ir Rolando, kol atsiras žmogus, kurį tikrai norėčiau čia matyti. Kodėl šiandien ir su Žeraru? Juk aš nė neprisimenu ano karto. Tada buvau mirtinai įskaudinta, graužiama beprotiško noro keršyti ir pasirinkau seną kaip pasaulis būdą – permiegoti su kitu vyru. Žinoma, tai nepadėjo, ryte buvo dar blogiau. Vėliau būčiau visai išmetusi iš galvos tą atsitiktinę naktį, jei ne Rolandas. Ačiū Dievui, kad nepasielgiau, kaip kai kurios paliktos moterys, – nemiegojau kiekvieną naktį vis su kitu, ir žinau, kas mano vaiko tėvas.

Bet kodėl šiandien jis čia, mano terasoje? Dar niekada čia nesėdėjau tokiu metu. Tylu, nėra jokio vėjo, gaivu, bet nešalta, naktinės peteliškės sukasi apie žibintus, skleidžiančius jaukią gelsvą šviesą. Ant stalo dega vabzdžius atbaidanti kvapi žvakė. Jaučiuosi rami, patenkinta, kupina nepaaiškinamo švelnumo, ir Žerarui, ir tiesiog gyvenimui. Kai išsisklaidys nakties burtai ir butą nušvies ryški saulė, viskas išnyks. Žeraras jau bus išėjęs, nes aš nenorėsiu, kad Rolandas jį rastų, aš viena gersiu kavą terasoje ir tikriausiai liūdėsiu, trokšdama to, ko gal jau niekada nepatirsiu, – meilės. Ne sūnaus, ne tėvų, ne brolio, o vyro meilės. Tačiau gal jau viskas praeity, ir niekas manęs neįsimylės, kai man jau keturiasdešimt dveji? Bet tai bus ryte, o dabar aš turiu taurę puikaus raudonojo vyno ir stiprų, švelnų vyrą šalia. Būtų šventvagiška tuo nesimėgauti.

Nors mes sėdime tylėdami, bet dabar tai neslegia, priešingai, ramina. Kažkodėl jaučiu, kad ir Žerarui gera, nors neįsivaizduoju, ką jis dabar galvoja.

– Evija... – pradeda jis, bet man dingteli viena mintis ir aš jį nutraukiu:

– Žerarai, anksčiau tu mane vadinai Eva, kodėl dabar kitaip?

– Juk tavo tikras vardas Evija.

– Taip. Bet anksčiau...

– Tą naktį tu rėkei: „Nekenčiu to vardo Eva. Tik Erniui aš Eva. Tai visiškai kitas vardas. Tik jis padarė iš manęs Evą, jis numarino Eviją, nutrenkė ją į gilų šulinį. Padarė tokią, kokios norėjo, ir pametė."

– Aš taip sakiau? Negaliu tuo patikėti.

– Aš puikiai prisimenu tuos tavo žodžius, Evija. Nors žinau, kad tu beveik nieko neatmeni iš to mūsų susitikimo, tik Ernesto išdavystę.

– Taip, tu teisus, – atsidūstu. – Gal tavo ego ir įžeistas, bet taip yra...

– Visiškai neįžeistas. Aš ir tada tai supratau, tik ne-
pajėgiau susilaikyti. Tačiau viliuosi, kad šiandien man
pavyko geriau ir tu prisiminsi šią naktį.

Tikiuosi, kad jis nemato, kaip aš išraustu. Žinoma,
aš prisiminsiu, kaip galima pamiršti tokią naktį. Nors
praėjo jau beveik valanda, visą mano suaudrintą kūną
dar tebevarsto patirtos aistros adatėlės.

– Bet jei tau sunku ištarti mano vardą, – neatsakiusi
į jo teiginį aš toliau gvildenu Evos-Evijos temą, – `gali
vadinti kaip tau patogiau.

– Kas dar tave vadina Eva? – nusijuokęs iš mano
taktikos klausia jis.

– Niekas. Mama sakė, kad jei būtų norėjusi Evos,
tai būtų taip ir įregistravusi.

– Ji teisi, – linksi Žeraras. – Man labiau patinka
Evija, bet juk to nežinojau iki tos mūsų pirmosios nak-
ties. – Ir vėl jis trikdo mane, užsiminęs apie tą nak-
tį. – Juk kai susipažinom, Ernestas man pristatė tave
kaip Evą, o tu nesipriešinai...

– Ar tu tikrai taip gerai prisimeni tą naktį? – kažko-
dėl tai man pasidaro svarbu. – Ką aš ten dar iškrėčiau?
Gal pridariau tokių dalykų, kurių turėčiau gėdytis?

– Aš labai gerai prisimenu tą naktį...

Aš tyliai aikteliu, bijodama išgirsti ką nors nema-
lonaus.

– Tu ir tada buvai nuostabi, – kalba jis, – tik gaila,
kad aistra buvo skirta ne man. Šįkart, bent jau aš labai
norėčiau tuo tikėti, tu buvai su manim.

Aš pakylu nuo savo krėslo, kur sėdėjau viena, ir at-
sisėdu ant dvivietės sofutės šalia Žeraro.

– Apkabink mane, – tyliai prašau. – Jau taip seniai manęs niekas neapkabina. – Žinau, kad šitaip rodau, kokia silpna esu. Iki šiol aš taip nemaniau, bent jau norėjau tikėti, kad esu labai tvirta. Visada buvau ramstis kitiems, stipri, savarankiška moteris, atstojanti abu tėvus savo sūnui, bet šiandien staiga pasijutau trapi ir pažeidžiama. Iš praeities atklydęs Žeraras ištraukė seniai nugramzdintas mano savybes.

Jis apkabina mane, aš padedu galvą jam ant peties. Kaip gera, kai vyras bučiuoja tau plaukus. Visiškai neseksualu ir suteikia neapsakomą saugumo jausmą. Mintyse meldžiuosi, kad dangus dar neimtų rausti, kad dar ilgiau pabūčiau nerealiame tamsos, intymumo ir slaptų vilčių pasaulyje... Tačiau vasarą švinta taip anksti, ir aš nusiviliu, pamačiusi, kad naktis jau traukiasi, šviesa kinta, rytuose dangus jau nebe juodas, o pilkšvas.

– Noriu, kad šis sapnas niekada nesibaigtų, – nė nepajuntu, kaip viena mintis išdavikiškai išsiveržia balsu. Žeraras atgręžia mano veidą į save ir pabučiuoja į lūpas.

– Evija, o aš noriu, kad tarp mūsų viskas būtų aišku. Palengvinsiu tau vieną labai sunkią užduotį, kurios tu niekaip neprisiverti atlikti. Aš žinau, kad Rolandas mano.

Jaučiuosi lyg nublokšta stipraus smūgio, nors Žeraras nepatraukė savo rankos.

– Iš kur? – sukužu nustėrusi, gerklę sugniaužia taip, kad vos neuždūstu.

– Pirmiausia tai suvokė Sandra ir užsiminė apie garbanotus Rolando plaukus. Bet tavo telefoną ji man jau buvo davusi. Aš ir taip ketinau su tavim susitikti. Sandra tai gali patvirtinti. O pamačius vaiką, neliko jokių abejonių. Suprantu, koks tau turėjo būti šokas, suprantu, kodėl man nepranešei.

Aš tyliu. Galvoje sukasi tūkstantis minčių, bet nė vienos neįmanoma išsakyti balsu. Man be galo gaila, kad išaušo daug anksčiau, negu tikėjausi. Sapnas buvo pernelyg trumpas. Aš taip nenoriu grįžti į realybę ir aptarinėti, ką šis faktas, kad Žeraras sužinojo apie sūnų, keičia mano, Žeraro, Rolando ir mūsų visų gyvenime.

– Bet mes pasikalbėsim apie tai vėliau, – lyg atspėjęs mano mintis sako jis. – Aš tik norėjau, kad tu žinotum ir nesikankintum, svarstydama, kaip man tai pranešti... – Jo ranka raminamai glosto man skruostą. – Nebegalvok apie tai. Grįžkim į lovą, leisk man vėl mylėti tave...

Aš tylėdama paklūstu, vildamasi, kad pavyks grįžti į nutrauktą sapną. Į tą patį nepavyksta, bet naujajame Žeraras kitoks. Aš tiesiog tirpstu nuo jo švelnumo. Nesuprantu, ką jis man murma prancūziškai, per mažai moku tą kalbą, bet jaučiuosi mylima. Žinoma, tai įmanoma tik sapne, bet juk to aš ir troškau: nors trumpą valandėlę, nors sapne...

Ryte pabundu viena. Kitaip ir negalėjo būti. Jis privalėjo išeiti, kad Rolandas nerastų mūsų lovoje. Vaikas nieko nesuprastų ir sureaguotų skausmingai. Tačiau sieloje keistai tuščia. Galėjo išeidamas bent atsisveikinti... Pažvelgusi į laikrodį net nutirpstu – dešimta valanda. Tiesa, aš užmigau apie penktą. Bet Rolandas jau seniai pabudęs. Ką jis veikia? Kodėl nekelia manęs? Sugraibau chalatą ir einu į Rolando kambarį, tačiau iš terasos mane pasiekia balsai ir širdis šokteli. Vildamasi, kad ten Žeraras, o ne atvykęs į svečius mano tėtis (daugiau jokie vyrai čia nesilanko), skubu per svetainę. Žvilgsnis užkabina pledą ir pagalvę ant sofos. Jis apie viską pagalvojo! Nė pati nežinau, kodėl širdį sugniaužia toks seniai pamirštas graudulys.

Terasoje tėvas ir sūnus žvalgosi į senamiestį, Rolandas rodo rankute, o Žeraras jam sako prancūziškus žodžius, kuriuos sūnus labai rimtai kartoja.

Ant stalo stovi kavinukas, skrudinta duona, sūris, džemas, netgi prancūziški raguoliai. Namie aš neturėjau nei džemo, nei raguolių, nei skrudintuvo. Bet viso to reikia prancūziškiems pusryčiams ir iš kažkur atsirado.

– Iš kur visa tai? – sakau nė nepasisveikinusi. Jie atsigręžia. Rolandas šelmiškai šypsosi.

– Mudu su tėčiu buvom parduotuvėje.

Kambarys susvyruoja, ir aš įsitveriu sofutės ranktūrio.

Žeraras puola manęs prilaikyti.

– Kodėl tu taip skausmingai reaguoji? – šypsodamasis klausia jis.

– Ką gi tu jam pasakei?

– *Je suis ton père,* – tiek jis jau supranta. Ačiū tau, kad nusprendei vaiką mokyti prancūziškai, todėl dabar mes beveik susikalbam.

– Taip, mamyte, – švyti Rolandas, išsiterliojęs eklero kremu. – Aš viską supratau, ką tėtis sakė.

– Norėjau, kad tau būtų lengviau, – skėsteli rankomis Žeraras. – Negerai padariau?

Aš jau nebežinau, kas gerai ir kas negerai. Daug galvodavau apie tai, kaip aš pasakysiu vaikui apie tėvą. Kol kas jis žinojo tik tiek, kad tėtis dirba Prancūzijoje ir mes kada nors pas jį nuvažiuosim. Niekada neketinau meluoti, kad tėtis žuvęs, bet ir tiesos sakyti negalėjau. Kita vertus, o kokia ta tiesa? Kas ją suprastų? Gal Sandra, nes pati elgėsi taip pat. Vaikas, manau, niekada. Niekam nemalonu žinoti, kad atsiradai pasaulyje nelauktas, neplanuotas, tiesiog vienos nakties „netyčiukas".

Pažiūriu į laimingą Rolandą. Jis taip natūraliai priima faktą, kad tėtis atsirado. Galbūt vėliau klausinės, bet dabar jam visiškai nesvarbu. Tėtis yra – ir gerai. Gal Žeraras ir teisus – padarė taip, kad man būtų lengviau, nereikėtų nieko aiškinti. Tačiau jis nežino, ką aš vaikui sakiau apie jį, ar iš viso sakiau...

– Viskas užgriuvo lyg perkūnas iš giedro dangaus. Aš per daug sutrikusi. Aš apskritai jam nieko nesakiau apie tave, nes nežinojau, ką pasakyti. Tiesa negraži, melo nesugalvojau. Jis žino tik, kad tėtis dirba Prancūzijoje, gali parodyti Prancūziją žemėlapyje...

– Tu jį mokei prancūziškai, Evija, ir tai viską pasako: jau rengei jį mūsų susitikimui. – Sunku apibūdinti Žeraro žvilgsnį, suprantu tik viena – jis susijaudinęs. – Aš jau atsipeikėjau nuo pirmojo smūgio, kad šešerius metus nežinojau, jog turiu dar vieną sūnų, bet dabar jau apsipratau ir dėkingas tau, kad jį išsaugojai.

– Aš negalėjau tiesiog paskambinti tau ir pasakyti: o žinai, tu turi sūnų, – vos girdimai murmu. – Man... man buvo be galo gėda.

– Gėda? – kilsteli antakius jis. – Tai man turėtų būti gėda, kad pasinaudojau tavo bejėgiška padėtimi ir mylėjausi be apsaugos. Aš taip seniai tavęs norėjau, kad tuo metu nieko negalvojau. Be to, maniau, kad gyvendama su Ernestu, tu, žinoma, vartoji kontraceptines tabletes...

Dabar jau mano eilė stebėtis.

– Kodėl tu manęs seniai norėjai? Juk tu tada gyvenai su Sofi!

Jis gūžteli pečiais.

– Tai netrukdė man geisti tavęs, bet mačiau, kad tu ištikimos žmonos tipas, todėl nieko nedariau.

– Šnekėkit prancūziškai, – pyksta Rolandas. – Kad ir aš suprasčiau.

– Aš nemoku, – sakau.

– Kaip tai nemoki? – stebisi vaikas. – Juk mes kartu mokėmės.

– Taip, taip! *Lait, pain, café, fromage. Merci pour le petit déjeuner, c'était très délicieux*, – ištariu. Pienas, duona, kava, sūris. Ačiū už pusryčius, buvo labai skanu.

– Matai, kaip moki, – kvatojasi Žeraras. – Didžiulė pažanga. Pirmą kartą girdžiu tave kalbant prancūziškai. Beje, tari gražiai.

– Ačiū, ačiū, bet tai beveik viskas, ką aš moku. Gilių minčių neišdėstysiu, o man reikia tau taip daug papasakoti...

– Aš taip pat apie daug ką noriu su tavim pasikalbėti, Evija, – atsidūsta jis. – Bet turiu labai mažai laiko. Šiandien vakare skrendu namo. Nebent jūs skristumėt su manim.

Aš tik palinguoju galvą. Kur jau mes skrisim... Per daug viskas netikėta.

– O ką, visai nebloga mintis, – staiga pralinksmėja Žeraras ir lėtai, labai aiškiai tardamas klausia Rolando: – Ar nori šiandien skristi į Prancūziją su manim ir mama?

– *Oui!* – šūkteli Rolandas. – Kaip, mamyte?

– Aš kaip tik ketinau pasiimti tris savaites atostogų, – sako Žeraras. – Galėtume kartu nuvažiuoti prie jūros, ten tikrai būtų laiko apie viską pasikalbėti. Evija, ar tavo klientai tuo metu apsieitų be tavęs?

– Nežinau, – sumurmu, nes esu pernelyg priblokšta, kad galėčiau aiškiai mąstyti, juo labiau kalbėti. – Žadėjau atostogauti rugpjūtį...

– Rugpjūtis jau greit. Bet man jūsų reikia dabar. Juk yra internetas – galėsi nusiųsti projektus savo klientams.

– Aš jau tiek metų elgiausi apdairiai ir protingai. Kažkodėl vakar tu privertei mane išjungti visas apsaugos sistemas... Bet šitaip negalima. Kartą su tavim jau pasielgiau beprotiškai, ir štai kas išėjo... – Krypteliu smakrą į Rolandą.

– Tai kad labai gražiai išėjo, – nusikvatoja Žeraras, o Rolandas nesuprasdamas, kodėl tėtis iš jo juokiasi, nepatenkintas susiraukia. – Kaip tavo impulsyvus kūrinys, šitas labai vykęs. Lažinuosi, kad planuojant nebūtų šitaip pasisekę.

– Tu teisus, – dabar ir aš pralinksmėju. – Su Ernestu labai kruopščiai planavau, planavau, netgi klastos griebiausi, ir nieko, o čia...

– Taigi, Evija, tu jau per ilgai prieš pasielgdama viską nuodugniai apsvarstydavai, bet dabar atėjo metas permainoms, todėl eik dėtis daiktų, kol aš pats nepersigalvojau, – sako jis, o aš mąstau, kad jau seniai niekas nežiūrėjo į mane taip nuoširdžiai susižavėjęs.

Darius

Jau kelias dienas gyvenu mūsų praėjusio susitikimo prisiminimais. Po pirmojo pokalbio, kai nustatėme, kad pusiaukelė tarp Šiaulių ir Vilniaus yra Trakai, mes kas vakarą ilgai plepėdavom telefonu. Po savaitės nusprendėm, kad reikia patikrinti šią teoriją, ir susitarėm susitikti Trakuose. Iki paskutinės minutės abejojau, ar Sandra pasirodys sutartoje vietoje prie tilto į pilį, bet ji atsirado laiku. Pagalvojau, kad ji stulbinamai graži, visiškai kitokia negu Nidoje – atsipalaidavusi, veidas pagyvėjęs, bendraujant neliko ironijos, kandumo.

Mes išsinuomojom valtį ir pusę dienos irstėmės, maudėmės, sunaikinom visas Sandros atsivežtas maisto atsargas ir galiausiai pavakare išalkę nuėjom į kibininę.

– Greit sveiksti, – pagiriu ją, kai sėdime prie staliuko, laukiam, kol atneš kibinus, ir geriam sultis – alkoholio negalima, nes abu atvažiavom automobiliais. – Didžiulis skirtumas nuo Nidos laikų. Žinoma, į gerąją pusę.

– Man labai padėjo pokalbiai su viena psichoterapeute, – rimtai sako ji.

Šios profesijos paminėjimas man nesukelia gerų jausmų. Kažkodėl visada atrodė – jei žmogus nesugeba pats atsitiesti, joks psichologas nepadės. Bet čia tik mano nuomonė. Tikriausiai daugybei žmonių jie, žinoma, padeda.

– Tikrai lankai seansus? – atsargiai klausiu.

– O ne! – juokiasi ji. – Nereikia visko suprasti paraidžiui. Šiuo metu mes tapom geriausios draugės su mano pirmtake Evija. Ji dalijasi savo patirtimi ir atskleidė man tiek vertingų gyvenimo tiesų, kiek joks psichologas nežino. Žinai kaip būna: alkoholikams geriausiai padeda buvę alkoholikai, narkomanams – narkomanai. Pamestai meilužei – tokia pat likimo draugė, tik jau išsikapsčiusi iš duobės.

Norėčiau ir aš būti jai tokia atrama, bet nesu pamestas meilužis, todėl, matyt, nesugebėsiu. Nenoriu skirtis su Sandra, bet jau vakaras, kol grįšiu namo, bus labai vėlu. Nors rytoj ir sekmadienis, bet Vilniuje neturiu kur nakvoti, išskyrus viešbutį ir Sandros butą, bet nesu tikras, ar jau atėjo laikas. Nors ji linksma, elgiasi draugiškai, bet gal tai tik pastangos grįžti į normalų gyvenimą, įtikinti save, kad galima susitikinėti ir su kitais.

– Tai ką darom toliau? – klausia Sandra. – Skirstomės?

– O ką siūlai?

Jos lūpos suvirpa tramdydamos šelmišką šypseną, kurią vis tiek išduoda akys.

– Aš – nieko. Juk sakiau – praleidai progą, tai dabar graužk nagus.

– Šeštas jausmas man kužda, kad jei šiandien aš ką nors panašaus pasiūlysiu, tu atsisakysi.

– Negali žinoti, kol nepamėginai... – pasako ji savo mėgstamą frazę.

– Bijau mėginti.

Ji surimtėja.

– Tai ir nemėgink.

Matau, kad Sandra taip pat nenori atsisveikinti, kaip ir aš, bet ištiesia man ranką.

– Labai ačiū už puikią dieną. Tikrai buvo labai smagu.

Spusteliu jos ranką, nors norėčiau griebti į glėbį ir nepaleisti.

– Ar matei tokį filmą „Prieš saulėtekį"? – klausia Sandra.

– Neprisimenu.

– Jie susipažįsta traukinyje, išlipa Vienoje ir visą naktį klaidžioja po miestą. Ar nenorėtum pasivaikščioti po Vilnių?

– Prisiminiau, mačiau! Tačiau filmo pabaigoje jie vis tiek pasimyli parke ant žolės. Man netinka – tam aš jau per senas.

– Nereikės parke ant žolės, aš turiu prieglobstį. Negi tau neįdomu pasižiūrėti, ką man paliko mano eks?

– Atvirai pasakius, nenoriu turėti jokių reikalų netgi su jo šmėkla, kuri, be abejonės, klaidžioja po tavo butuką, nes, žiūrėdama į tos skylės, kaip tu vadini, sienas, tu vis tiek prisimeni, kas tave čia įkišo, ir širsti arba liūdi. Susitiksim tikrame tavo bute, kurį įsirengsi savarankiškai, be buvusiojo malonės.

– Radai pretekstą nemiegoti pas mane? Nori mane įtikinti, kad mums trukdys pono Balučio šešėlis? Tu tiesiog bijai, – bet ji nenori manęs įžeisti, tik nepiktai įgelti. – Niekaip nesuprantu, iš kur tu turi tuos vaikus, jei vien mintis pasimylėti tau kelia tokį siaubą?

– Pritariu. Manęs niekas nesuprastų – kaip aš galiu atsisakyti tokios gražios, geismingos, žadančios man didelį malonumą moters. Vis dėlto būsiu nepopuliarus – tuoj sėsiu į mašiną ir nuvažiuosiu. – Aš ryžtingai paleidžiu jos ranką, kurią ir taip per ilgai užlaikiau, ir pasuku prie automobilio.

– Paskambink, kai grįši, – šūkteli ji.

Atsigręžiu, Sandra šypsodamasi pamojuoja ir aš patenkintas išsišiepiu iki ausų: įvykiai pradeda klostytis man palankia linkme.

Grįžęs negaliu jai paskambinti, nes pas mus sėdi Danguolė su Tomu ir su mano vaikais žaidžia „Monopolį". Nors taip yra buvę ne kartą, bet dabar mano pirma mintis pamačius tą vaizdą: „O Viešpatie, jie atsikraustė." Krūpteliu viduje, net apsidairau, ieškodamas svetimų daiktų, ir lengviau atsikvepiu jų nepamatęs.

– Kur tu buvai? – klausia Danguolė.

– Su reikalais, – trumpai atsakau.

– Šeštadienį?

– Juk žinai, kad kartais važiuoju ir šeštadienį, ir sekmadienį.

– Todėl aš ir sakau, kad labai gerai, kai tuo metu prižiūriu tavo vaikus.

– Mano vaikai jau nemaži, prižiūrėti nereikia.

– Vaikai, kaip jums smagiau – vieniems ar žaisti su manim ir Tomu? – pasitelkia pagalbą Danguolė.

– Žinoma, žaisti, – vienu balsu atsako vaikai.

– Matai? Gavai per nosį? – erzinasi ji. Bet aš nenusiteikęs su ja juokauti, einu paļįsti po dušu. Nors maudžiausi visą dieną, bet kelionė atgal buvo ilga, jaučiuosi apdulkėjęs ir suprakaitavęs. Be to, viliuosi, kad, kol aš prausiuos, jie baigs žaisti ir Dangė jau bus išėjusi.

Deja, kai išeinu iš dušo, Tomas jau nulipęs į apačią, Rytė ir Vakaris – užsidarę savo kambariuose, o Danguolė vis dar sėdi svetainėje.

– Išgersim? – siūlo ji.

– Aš labai pavargęs.

– Juo labiau tau reikia atsipalaiduoti.

– Ne atsipalaiduoti, o į lovą.

– Pritariu, aš tuoj ateisiu.

– Dange, ne.

– Ne? – jos veidą iškreipia negraži grimasa. – Kodėl? Jau persisotinęs? Dulkinai tą šliundrą Sandrą?

– Nesižemink, Dange, vulgarybės tau visiškai netinka.

– Aš neatiduosiu tavęs jokiai vilniškei kekšei! – šnypščia ji, kad vaikai neišgirstų.

– Oi, Dange, nesugadink to, ką mes turėjom, tokiomis nevertomis kalbomis. Tau tik trisdešimt dveji, dar susirasi žmogų, kurį pamilsi.

– Kodėl tave taip traukia kekšės? Ir tavo mylimiausia Astutė turėjo meilužį. Nežinojai? Gal porą metų susitikinėjo jo sodo namelyje. Iš ten važiuodama ir žuvo! – išrėkia ji ir sustingsta, nes tarpduryje pasirodo Vakaris. Eidamas iš vonios, jis, matyt, išgirdo garsų tetos balsą ir atėjo pasižiūrėti, kas čia darosi. Aš nežinau, kiek jis išgirdo, bet matau, kad Danguolė visa išbalo.

– Aš... aš pasakojau tėtei apie vieną savo draugę...

– Labai garsiai pasakojai, – sako Vakaris, – aš net išsigandau, kas čia tau atsitiko.

– Eik miegoti, Vakari. Dangė susinervino, aš ją palydėsiu į apačią.

Lipant laiptais Danguolė pradeda verkti.

– Aš... aš labai atsiprašau. Aš nenorėjau.

– Tu man nepasakei nieko naujo. Nesu toks kvailas, kaip manai, moku dėlioti faktus, bet jei dar kada prasižiosi prie vaikų, nežinau, ką tau padarysiu.

– Matyt, aš per daug tave myliu, kad taikstyčiaus su tavo meilužėmis. Todėl ir prasiveržė.

– Liaukis, Dange, tu manęs nemyli, neišsigalvok. Eik ir išsimiegok.

Pradarau duris ir įstumiu ją į vidų.

Tokia puiki buvo diena ir tokia bjauri pabaiga. Kodėl, kai gyvenimo kasdienybėje nutinka kas nors gražu, trapu, asmeniška, kitas būtinai nori tai supurvinti, sumindžioti, sudraskyti ir išmesti?

Visai nebėra noro skambinti Sandrai. Bet žadėjau, todėl tik parašau žinutę: „Grįžau laimingai, bet nenoriu tavęs žadinti." Ji man iš karto paskambina.

– O tu manai, kad telefono pyptelėjimas nepažadina?

– Apie tai nepagalvojau. Ar tikrai jau miegojai?

– Miegojau, bet nieko, užmigsiu vėl. Vėlokai grįžai. Užtrukai kelyje?

– Taip, teko pasikeisti ratą, – neketinu pasakyti, dėl ko užtrukau.

– Vargšelis! Kitą kartą susitiksim tavo pusiaukelėje, kad tu grįžtum greičiau.

Ji pasakė „kitą kartą". Nuotaika man tuoj pasitaiso. Mes kalbamės neilgai, nes jau lūžtu, kaip noriu miego. Prieš užmigdamas dar pagalvoju, kad padariau klaidą likęs gyventi šiuose namuose, o dabar turbūt per vėlu ką nors keisti – vaikai per daug įpratę čia, mokykla arti, draugai šalia, būtų sunku kur nors išeiti. Būtų geriausia, jei išeitų Danguolė, nes nebegaliu ja pasitikėti, įtūžusi vėl ims ką nors pliurpti. Apie mirusius gerai arba nieko. Kadangi apie paskutinę žmonos gyvenimo dieną negaliu pasakyti nieko gero, todėl ir tyliu. Ji jau užmokėjo už savo paklydimą, o vaikams niekas neturi aptemdyti mamos paveikslo.

Sandra

Jau dvi savaites gyvenu Evijos bute. Nė nesapnavau, kad man šitaip pasiseks. Ji paskambino kitą dieną po mūsų pasisėdėjimo „Medininkuose", kai nusiunčiau Žerarą paskui ją.

– Sandra, greit ateik pas mane. Duosiu tau raktą. Kol aš atostogausiu, galėsi mėnesį pagyventi pas mane. Per tą laiką kaip tik suremontuos tavo butą.

– Nieko nesuprantu. Dar vakar tu man nieko neužsiminei apie jokias atostogas, o šiandien...

– O šiandien vakare išskrendam su Žeraru į Prancūziją. Jis kviečia pailsėti savo viloje prie jūros. – Jos balse man dar negirdėtos džiugaus susijaudinimo gaidelės.

– Evija, atsitiko kažkas gera? – atsargiai klausiu. – Iš balso tu man atrodai laiminga.

– Taip, dabar aš laiminga, – prisipažįsta ji. – Bet laimė tokia efemeriška būsena. Ji trunka labai trumpai...

– Žinau, – atsidūstu. Aš ir pati visai neseniai jaučiausi laiminga, praleidusi dieną Trakuose. Žinoma, per kelias dienas tie euforijos garai išsisklaidė ir dabar aš nei labai pakylėta, nei nusiminusi, tiesiog viskas normalu. – Bet norėčiau tikėti, kad tau ji ilgiau išsilaikys.

– Kol kas gyvenu šia akimirka, – sako Evija, – nemąstau, kas bus rytoj. Bet dabar greičiau ateik pas mane, turiu dar daug darbų.

Pamačiusi ją tarpduryje net nustėrstu – nesu jos mačiusi tokios gražios, tiesiog spinduliuojančios.

– Mamyt, kas atėjo? – atbėga iš kambario Rolandas. – O, labas, Sandra! Maniau, kad tėtis grįžo, – ir vėl dingsta savo kambaryje.

– Šitaip įmanoma? – pritrenkta klausiu. – Per kelias valandas viską išsiaiškinti ir kad visi būtų laimingi?

– Ačiū tavo nuovokumui, Žeraras jau atėjo žinodamas apie vaiką ir pasistengė, kad visiems būtų lengviau. Dabar Rolandas devintam danguj.

– O tu?

– O aš... Jau sakiau tau... Norisi paprašyti: sustok, akimirka žavinga! Deja, esu realistė, tik šiandien nenoriu apie tai galvoti. Pasikalbėsim, kai grįšiu po mėnesio.

Vakare iš karto susikraustau į naują butą ir telefonu jau erzinu Darių (po tos dienos Trakuose mintyse jis jau tapo man Dariumi, nors nė karto jo taip nepavadinau):

– Aš persikrausčiau į labai žavų butą, kur nė su žiburiu nerasi mano eks gyvenimo draugo šmėklos. Jei tu supranti, ką noriu pasakyti.

– Kvieti į svečius?

– Abejoju, ar tu važiuosi vidurnaktį, bet jei kada būsi mūsų krašte, maloniai prašom. Tą butą tikrai verta apžiūrėti.

– Kvietimas priimtas. Butu susidomėjau.

– Šaunu! O manimi?

– O tave jau matęs ne kartą, nelabai ir įdomu, – erzina jis.

– Ne visokią matei, – atsikertu.

– Neprarandu vilties pamatyti, kai ateis tinkamas metas, – vis nepasiduoda jis.

Dabar su Darium kalbamės kasdien. Nejučia susikūrėm tokį ritualą: kuris nors pasiunčia žinutę, o kitas, jei gali ir nori bendrauti, paskambina. Dažniausiai ir gali, ir nori.

Man patinka šnekėtis su juo, nepiktai šaipantis vienam iš kito. Visada labai pagerėja nuotaika. Nors pastaruoju metu ji ir taip nebloga – darbe sekasi gerai, ta sritis man puikiai žinoma. Mano darbdavė patenkinta, kad, pasinaudodama savo senomis pažintimis, sugebėjau įkalbėti kelis Ernesto tiekėjus bendradarbiauti su mumis labai neblogomis sąlygomis. Mano bendradarbiai – gana malonūs žmonės. Jau buvau pasiilgusi kolektyvo, kasdienio ėjimo į darbą, kai turi galvoti, kuo apsirengti, kaip pasidažyti, kad padarytum gerą įspūdį ir kolegoms, ir klientams. Gyvendama su Ernestu, dirbdavau namuose, biure pasirodydavau retai, tik kai Ernestas rengdavo susirinkimus ar pobūvius, priimdavom atvykusius partnerius ar užsakovus. Tada viskas atrodė normalu, tačiau tik sugrįžusi į įprastą biuro aplinką supratau, ko man anksčiau taip trūko. Juk aš nesu atsiskyrėlė, visada mėgau bendrauti su žmonėmis. Ernestas buvo užtemdęs man visą horizontą, bet dabar jo paveikslas kasdien darosi vis blankesnis. Noriu tikėti, kad tuoj liks tik neryškus šešėlis. Pavydžiu Evijai, kad ji dabar laiminga, nors ir stengiuosi save įtikinti, kad ji, tiek iškentėjusi, tikrai nusipelnė šios laimės. Abejoju, ar ji taip staiga įsimylėjo Žerarą, su kuriuo ją siejo tik dalykiniai santykiai ir sūnus. Tačiau po tų atostogų Prancūzijoje ką gali žinoti – gal jos laiko spiralė ir atsisuks į meilės spalvą. Nors aš jai ir pavydžiu, bet linkiu, kad taip būtų. Ir sau linkiu to paties.

Darius

Šiandien aš turėjau reikalų Vilniuje, susitikau su viceministru ir dar keliais pareigūnais. Iki šiol Sandrai neskambinau, nežinojau, kiek užtruksiu. Šiandien pažeidžiu ritualą ir paskambinu nepasiuntęs žinutės.

– Spėk, ką aš veikiu? – klausiu, kai ji atsiliepia.

– Keiki mechanikus, kad laiku nesutvarkys vilkiko, o ryt jau būtinai reikia vežti krovinį į, pavyzdžiui, Ispaniją.

Ji jau prisiklausiusi mano skundų tokiomis temomis.

– Stoviu priešais bokšto laikrodį ir svarstau, iš kurio lango tu jį matai.

Sandra neseniai sakė, kad jos draugė dizainerė mėnesiui išvažiavo į Prancūziją ir leido pagyventi savo bute, kol remontuosis savąją „landynę".

– O, tai puiki proga pamatyti Evijos šedevrą. Aš tuoj papasakosiu, kaip mane rasti.

Ji paaiškina. Svarstau, ar nereikėtų nupirkti vyno, bet nusprendžiu, kad vis tiek jo negersiu, nes reikės važiuoti namo. Gal gėlių? Apsidairau ir pamatęs lauko kioskelį nuperku didelę, margaspalvę vasarinių gėlių puokštę. Tikriausiai jos buvęs širdies draugas dovano-

davo tik rožes, bet technikos direktoriui tiks ir darže-
lio gėlės.

Nesunkiai surandu namą, paskambinu prie lauko
durų, Sandra mane įleidžia, užlipu į paskutinį aukštą.
Ji atidaro duris. Vilki gėlėtą suknelę su petnešėlėmis.
Paduodu jai gėles. Ji išrausta.

– O, kokia puokštė! Ačiū, Dariau!

Verčiau ji būtų pasakiusi kaip visada – „technikos di-
rektoriau". Tas kreipinys mus iš karto atitolindavo, bet,
pirmą kartą išgirdęs iš jos lūpų savo vardą, aš suimu jos
veidą delnais ir pabučiuoju į lūpas, ir dar kartą, ir dar.

– Gėlės, – murma ji. – Reikia jas pamerkti.

Ji eina į virtuvę, sugriebia pirmą pasitaikiusią vazą,
prileidžia vandens, įstato puokštę, bet aš stoviu už nu-
garos, bučiuoju jos pečius, kaklą, suknelės iškirptę. Ji pa-
lieka gėles ir atsigręžia į mane, apkabina mano kaklą.

– Dariau, – kužda man prie ausies, – aš žinau, kad
čia tu...

– Aš jau patį pirmą vakarą tavęs norėjau, – sakau, kai
nurimę gulim plačioje Evijos lovoje.

– Žinau, – ji šypsosi, žvelgdama pro langą į mėlyną,
dar vakaro žaros nepaliestą, dangų. – Ačiū, kad manęs
palaukei.

– Būčiau ir šiandien laukęs, jei būtum pasakiusi:
„Ačiū už gėles, technikos direktoriau", bet tikras var-
das mane sutirpdė.

– O mane – tavo gėlės. Dar niekada nebuvau gavu-
si tokios gražios puokštės.

– Netikiu.

– Prabangių – taip. Bet tokios nuoširdžios – ne. Žinai, aš žiūrėdavau į tokių paprastų gėlių puokštes turgeliuose ir svajodavau, kad kas nors man tokią padovanotų, bet pati niekada nepirkdavau – norėjau dovanos.

– Tai turbūt kažką reiškia, kad būtent ją gavai nuo manęs. – Aš švelniai bučiuoju ją, bet, kai ji ima tankiau alsuoti ir užsimerkia, sakau: – Tačiau jei tu nori pakartoti, aš turiu pavalgyti.

Ji atsimerkia ir nusijuokia.

– Skaičiau tokią Irvino Šo knygą „Naktinis darbas", kurioje herojai ketino eiti pavalgyti, bet taip ir nenuėjo – dvi paras mylėjosi pas ją, o jos šaldytuvas buvo visiškai tuščias.

– Tu per daug skaitai ir per daug filmų žiūri – kiekvienam gyvenimo atvejui randi ką pritaikyti. Paieškok ko nors šaldytuve, šiandien aš nenoriu eiti į jokią kavinę. Gal, kitaip negu pas tą heroję, jame ko nors yra?

Sandra suraukia kaktą.

– Meniu toks: varškė, jogurtas, dvi bandelės su razinom, ledai...

Pamačiusi mano rūgščią miną, ji juokdamasi ištiesia ranką į telefoną ir suranda numerį:

– Šeimyninę picą ir butelį raudonojo vyno. Užteks? – klausia manęs. Aš linkteliu. – Ačiū, viskas. Už penkiolikos minučių? Šaunu. – Ji padeda telefoną ir vėl pasisuka į mane. – Turbūt vyno užsakiau per mažai, bet jei pritrūksim, įsisuksiu į Evijos atsargas, ji tikrai turi.

– Nepritrūksim, man dar reikės grįžti į Šiaulius, pameni?

– Visai ne! Jie nevalgę mylėjosi dvi paras, o tu gausi picą. Taigi: jie užvalgė picos ir mylėjosi tris paras.

– O vėliau jį išmetė iš darbo, – priduriu aš.

– Bet tai nesvarbu, nes jis susirado svajonių moterį, – nepasiduoda Sandra.

Mūsų pašėlusį juoką nutraukia telefonspynės skambutis – atvežė picą. Sandra paspaudžia mygtuką, susiranda suknelę, apsivelka ir eina prie durų. Ji visa išraudusi, plaukai išsitaršę. Tas picų išvežiotojas iš karto supras, ką ji veikė.

Ji grįžta po kelių minučių. Matau, kad jau spėjo nusiprausti po dušu.

– Eik, persirenk prieš vakarienę, – liepia ji. – Visuose romanuose jie persirengia.

Prunkštelėjęs pasiimu džinsus, marškinius ir einu į vonios kambarį.

Evijos butas tikrai įspūdingas, apgalvota kiekviena smulkmenėlė, netgi rankšluosčių spalvos. Vonios kambaryje yra stoglangis, todėl pakanka šviesos gyvoms gėlėms. Tačiau nepasakyčiau, kad esu rūmuose, tiesiog jaukiame šiuolaikiškame moters bute, nes vyro pėdsakų čia nematyti, tik vaiko – rankšluostis su meškinu, gyvūnėlių formos kempinėlės, vaikiška pasta, šampūnas.

Išėjęs iš vonios išgirstu Sandros balsą:

– Ateik į terasą.

Ten aš dar nebuvau. Kol kas mačiau tik virtuvę, vonią ir, žinoma, miegamąjį. Pereinu nepaprastai jaukią svetainę, pro stiklines duris išeinu į terasą. Ten ant staliuko guli mūsų milžinė pica, dega žvakė, taurėse žaižaruoja raudonas vynas, o ant pintos sofutės sėdi Sandra su juoda suknele, plaukus susisegusi įmantriu kaspinu, avi juodas aukštakulnes basutes. Dabar pastebiu ir vyšnine spalva nulakuotus kojų nagus, ir dailiai sutvarkytus grakščiai sukiojančios taurę rankos nagučius.

Vėl sukyla beprotiškas geismas, aš iš karto pamirštu alkį.

– Sandra... – suvaitoju. – Aš jau tikiu, kad jie galėjo nevalgę mylėtis dvi paras.

– Tikrai? – šaiposi ji. – Bet pica atauš, ateik.

– Tikiuosi, kad Evija turi mikrobangę.

– Žinoma, turi, bet jau bus nebe tas. Ir į vyną prikris mašalų, o aš taip stengiausi viską ruošdama.

– Tu tikrai turi daug slaptų talentų...

– O tu matei dar tik du... Be to, stalo serviravimas – ne talentas. Lankiau specialius kursus, kai kūriau savo firmą.

Toks laimingas nesijaučiau jau labai seniai. Stengiuosi prisiminti, kada tai buvo, ir nepavyksta. Iškyla tik paskutinių mėnesių įvykiai – irstymasis valtele su Sandra, vakarienės Nidoje su Sandra, važinėjimasis dviračiais su Sandra... O anksčiau – tuštuma.

Gal panašiai jaučiausi leisdamasis slidėmis nuo aukšto kalno, gerdamas į save neaprėpiamos erdvės ir laisvės pojūtį, grožėdamasis spindinčiomis snieguotomis kalnų viršūnėmis, ar kai buriuojant jachta paklusdavo mano rankų judesiams, gal dar stebėdamas krykštaujančius savo vaikus. Bet su moterimi – niekada.

– Aš juk sakiau, kad reikia persirengti vakarienei, – išblaško mano mintis Sandra, koketiškai šypsodamasi. – Aš ir persirengiau, o tu?

– Gal technikos direktorius atitinka sodininką iš tų tavo meilės romanų. Sodininkas neturi smokingo...

– Ne, jis prilygsta aristokratui, kuris keliauja apsimetęs paprastu vaikinu. Herojė palaiko jį vairuotoju, bet jis...

– Jau nebepasakok! – graudžiai paprašau. – Man tikrai gaila tos auštančios picos, todėl nusprendžiu, kad mylėsimės vėliau.

Mes pavalgome, išgeriame vyną ir, žinoma, grįžtame į lovą.

Nenoriu važiuoti namo, nenoriu palikti Sandros. Trokštu būti su ja, čia, tame bute, toje lovoje, mylėtis, mylėtis, mylėtis, sėdėti toje terasoje, juokauti, kvailioti, daryti tai, ko niekada gyvenime nesu daręs, ir būti laimingas. Tačiau žinau, kad tokia laimė trunka trumpai. Tai tik akimirka, kai jautiesi visiškai laisvas, be jokių įsipareigojimų ir tavo siela kyla virš debesų, bet kūnas tuoj žnektelės ant tvirtos žemės, kur laukia nesibaigiantys darbai ir rūpesčiai.

– Aš turiu paskambinti, Sandra, – sakau, kai mes vėl pasimylim.

– Kam? – mieguista klausia ji. – Tikiuosi, kad ne į darbą ir ne žmonai.

– Vaikams, pasakyti, kad grįšiu vėlai, nes jaudinsis.

– Tai jie dabar pas tave?

– Taip, pas mane.

– Man toks įspūdis, kad jie nuolat pas tave.

– Palikim juos ramybėje, Sandra. Ši diena mūsų.

Ji vis tiek turės kada nors sužinoti, bet dar ne šiandien.

Išeinu į virtuvę, pasikalbu su vaikais, jie nenustemba, nes seniai pripratę prie tokių tėvo kelionių, kai reikia lėkti gelbėti sugedusio vilkiko, ir net neklausia, kas dabar atsitiko.

Sugrįžtu pas Sandrą, dar nors truputėlį pabūsiu su ja... Išvažiuoju naktį, sunkiai atsiplėšęs nuo jos. Sandra taip pat nenori manęs išleisti.

– Ar turi laisvų rankų telefono įrangą? Aš tau paskambinsiu, jei neužmigsiu.

– Žinoma, turiu.

Kelyje mes plepam kokį pusvalandį, vis prisimenam kokias nors smulkmenas iš mūsų susitikimo. Sandra nuolat skambiai juokiasi, ir tai šildo man sielą lekiant plentu juodoje naktyje.

Kitą dieną Danguolė svaidosi žaibais – atseit jai viskas aišku, kur aš buvau ir kodėl taip vėlai grįžau. Pasistengiu kuo greičiau jos atsikratyti, sėdu į automobilį ir dingstu, nesiklausydamas, ką ji rėkia pavymui. Aš jos visai nesuprantu. Kodėl ji sugalvojo, kad mes pora? Kodėl ėmė kurti tokį mūsų bendros ateities planą, kuris dabar, kai pažinau Sandrą, man atrodo kraupus. Net nupurto pagalvojus, kad turėčiau su ja gyventi kaip su žmona. Man apskritai nereikia jokios žmonos. Kam man sutuoktinė ir ramus šeimyninis gyvenimas, kai aš turiu Sandrą – audringą, žavią, linksmą Sandrą, kuri lyg viesulas įsiveržė į mano užsistovėjusį kasdienybės užutėkį, priversdama patirti man nepažįstamas aistras ir jausmus.

Sandra

Negi taip būna: galuojiesi, sielvartauji, širsti, svarstai visus variantus, kodėl tave pametė, kaip galėtum jį susigrąžinti, ir staiga viskas pasidaro nebesvarbu – visas mintis užpildo kitas. Ir ne tik mintis – kiekvieną kūno ląstelę. Dabar, išvažiavus Dariui, mano širdis dainuoja, siela kyla į padebesius, kūnu bėga virpuliukai vos prisiminus, kaip jis mane lietė. Negi aš vėl įsimylėjau? Dabar mane tik suristą ir užkimšta burna vėl nuvestų pas Ernestą. Nė už ką ten negrįžčiau. Evija kankinosi daug ilgiau. Metus rengėsi susitikimui su Ernestu, septynerius laukė naujos meilės. Nežinau, ar ji myli Žerarą, bet dar nežada grįžti namo. Ji tik internetu siunčia man buto brėžinius ir nurodymus, kokias statybines medžiagas pirkti.

Neseniai parašė pasiliksianti dar mėnesį. Apie meilę nė žodžio, tik kad Rolandas jau neblogai kalba prancūziškai, daug geriau už ją. Iš žinutės teksto sunku spręsti, ar ji laiminga, bet jei dar nevažiuoja namo, matyt, ne dėl to, kad sūnus išmoktų prancūziškai. Jai pasisekė, kad Žeraras nelaiko jos vienos nakties partnere. Mačiau jo veido išraišką, kai sakė, kad jam visada patiko Evija. Galbūt ji slapta ilgametė jo meilė.

Nuoširdžiai linkiu, kad jai viskas būtų gerai, ji tikrai to nusipelno. Šiandien skaitydama „Delfyje" antraštes vos nenukritau nuo kėdės tikrąja prasme – tiek atsilošiau, kad vos nenulaužiau kompiuterio kėdės atlošo. *Mylimasis Indrajai padovanojo sužieduotuvių žiedą.* Netgi nuotrauka yra: išdidi blondinė išsišiepusi, atkišusi prieš kamerą ranką demonstruoja savo deimantą, o šalia stovi Ernestas ir idiotiškai šypsosi. Kaip jai tai pavyko? Nei Evija, nei aš to nepasiekėm, o kaipgi ta jauniklė sugebėjo? Skaitau visą straipsnį ir aptinku dar įdomesnę naujieną: pasirodo, kad mylimasis, turtingas verslininkas Ernestas, išrinktajai padovanojo ne tik žiedą, bet ir krūtų didinimo operaciją. Nusikvatoju ir pasiunčiu Evijai žinutę į mobilųjį: „Ar skaitei „Delfį"?" Po dešimties minučių ji man paskambina per skaipą.

– Na ir pralinksminai, – sako ji. – Ar dabar mes jau nuolat skaitysim „Delfyje", kaip sekasi mūsų porai?

– Tuoj tu paskaitysi, kad Ernesto mylimoji pasamdė tavo didžiausią konkurentę pertvarkyti namams pagal jos skonį.

– Nieko nuostabaus. Jos vietoj aš padaryčiau tą patį. Jei tik mylimasis finansuoja...

– Ar turėčiau suprasti, kad jau įsisukai į Žeraro namus?

– Ne, neturėtum. Ten seni šeimos namai ir kiekvienas daiktas jau radęs savo vietą. Juk tu pati esi ten buvus, kai jis gyveno su Sofi.

– Nesu! Mes susitikdavom restoranuose.

– Keista... – nutęsia Evija. – Tai kodėl aš esu buvusi?

– Nes tavo nuomonė jam buvo svarbi, o mano – nė kiek. Žeraras mane laikė tik Ernesto užgaida, jaunesniąja sesute. O tu – jo svajonių moteris.

– Na, tu ir pasakei...

– Čia jo žodžiai, ne mano.

– Aš labai atsargiai žiūriu į panašius pareiškimus.

– Tai kodėl nevažiuoji namo?

– Nes čia mane lepina. Manęs dar niekas šitaip nelepino, todėl naudojuosi proga.

– Ar Žeraras pristatė vaikams broliuką? – paklausiau to, ką labai knietėjo sužinoti.

– Pristatė. Rolandas apsalęs iš laimės, kad turi tokį didelį brolį. Sesuo padarė mažesnį įspūdį, bet apie Žaną Polį čiauška neužsičiaupdamas. Na, o Nadina sureagavo moteriškai – apsiverkė, apsikabinusi mažąjį...

Evijos gyvenimo siužetas vertas geros melodramos – ir laimės būta, ir ašarų, ir vėl viskas gerai. Mūsų abiejų laiko spiralės dabar sukasi labai panašia kryptimi. Kaip banaliai pasakytume: po nakties išaušo diena, pro debesis pasirodė saulė, juodąjį laikotarpį pakeitė rožinis.

Su Darium aktyviai mylimės. Jis buvo atvažiavęs dar kelis kartus, ir vėl mes iš lovos išlipdavom tik pavalgyti. Kaip gerai, kad Evija prasitęsė atostogas ir mes turim jaukią aplinką meilei. Vieną savaitgalį praleidom Druskininkuose – užsisakėm viešbutį, mirkom vandens parko baseinuose, glamonėjomės pirtyse, kai nebūdavo kitų lankytojų, vaikščiojom po pušynus, Nemuno pakrantėmis, ir, žinoma, mylėjomės.

Šiemet labai gražus ruduo. Jau paskutinė spalio savaitė, bet šalnų nepakąstos dar žydi gėlės, oras dar visiškai nešaltas. Nors praėjo tik keturios dienos nuo mūsų paskutinio susitikimo su Dariumi, aš jau jo pasiilgau. Vakar skambinau, kviečiau atvažiuoti, bet jis niekaip negalėjo – kaip visada nemalonumai darbe. Siūliausi atvažiuoti aš, bet jis kažką numykė, kad pas jį nėra sąlygų, supratau, kad nenori man parodyti, kur gyvena. Jis pažadėjo ištrūkti savaitgalį ir atlėkti pas mane, bet kartais likimas ima ir iškrečia keistų pokštų. Šį rytą mano viršininkė paprašė nuvažiuoti į Šiaulius ir patikrinti mūsų skyrių „Saulės mieste“, nes atsiradę kažkokių nesklandumų.

Nusprendžiau Dariui nieko nesakyti. Paskambinsiu, kai būsiu Šiauliuose. Jis turėtų labai nustebti. Nebūtina kviestis manęs į svečius, tiesiog nueisim pasėdėti į kokią nors kavinę. Man viskas patinka su juo – ir mylėtis, ir vaikštinėti, ir sėdėti tyliai, kad tik būtume kartu. Galbūt iš pradžių ir su Ernestu jaučiausi panašiai, bet tai buvo seniai. Jei Ernestas su manimi pasijuto jaunas ir vėjavaikiškas, tai dabar aš sugrįžau į tuos laikus, kai man buvo dvidešimt ir susitikinėjau ne su turtingais verslininkais, o su paprastais vaikinais. Be to, tada mūsų santykius temdė jo tuometinės draugės Evijos šešėlis, su kuriuo turėjau kovoti, o Darius laisvas. Tiesa, jis daug laiko skiria vaikams, bet juk naivu būtų tikėtis susipažinti su savo amžiaus nevedusiu vyriškiu. Man tinka, kad Darius išsiskyręs.

Susitvarkiusi reikalus Šiauliuose mėginu skambinti Dariui, bet jo telefonas išjungtas. Papietauju ir vėl mėginu – vis dar išjungtas, tada informacijoje susirandu jo darbo telefoną. Sužinau, kad technikos direktorius bendrauja su kažkokiais svečiais, todėl surizikuoju ir paklausiu jo adreso. Jei jo nėra, bent pažiūrėsiu, kur jis gyvena. Labai smalsu. O per tą laiką galbūt ir jis pats pasirodys. Sugalvoju, kad turiu perduoti siuntinuką jam tiesiai į rankas. Patikėjusi manimi, sekretorė pasako adresą. Namas penkioliktas, butas antras. Susiradusi gatvę nustembu – čia tik individualūs namai. Pastatau automobilį gatvės pradžioje ir einu pėsčia, žiūrėdama į numerius. Štai ir penkioliktas namas, nedidelis, su mansarda. Galbūt Darius čia nuomojasi butą. Žiūriu į namo langus ir nesugalvoju, ką daryti. Eiti paklausti? Staiga kieme pamatau Rytę. Jau visai nieko nebesuprantu. Bet kas gi man sakė, kad Darius gyvena daugiabutyje? Galbūt jis grįžo pas savo tėvus? O vaikai nuolat jį lanko. Visiškai logiška.

Įeinu pro vartelius ir pašaukiu Rytę. Mergaitė baisiausiai nustemba.

– Sandra? Iš kur tu čia?

– Aš komandiruotėje. Ar tėtis namie?

– Ne, bet tuoj grįš, – padvejojusi atsako. – Jis ką tik skambino.

– Ar galiu jo palaukti viduje?

– Aš neturiu rakto, – sako Rytė, nežiūrėdama man į akis. – Lauk čia, – ji mosteli į pavėsinę.

284

Mergaitė, žinoma, meluoja. Kas gi ten pas tą Darių darosi, kad manęs nenori įsileisti į vidų?

Aš atsisėdu dailioje medinėje pavėsinėje. Tikiuosi, kad Darius ilgai neužtruks, – nors ir nešalta, bet kiek įmanoma išsėdėti lauke spalio mėnesį?

– Tai aš jau einu pas draugę, – sako Rytė ir atidaro vartelius.

– Ar čia tavo senelių namas? – klausiu jai pavymui.

– Žinoma, kad senelių, – šūkteli ji nubėgdama. – Tik jų taip pat nėra namie.

Mergaitė dingsta, lieku viena. Kad nors tas Darius grįžtų anksčiau negu jo tėvai, nes nemokėsiu paaiškinti, kas aš. Dairausi po kiemą. Aplinka tvarkinga, bet nešiuolaikiška, sodas senas, vejos nedaug, toliau matosi daržas, gėlynai senoviški, bet kieme pristatyta įvairiausių medžio drožinių ir prikabinėta skulptūrėlių, kompozicijų iš medžių šaknų, kelmų. Nors darbai gana meniški, bet mano skoniui čia visko per daug. Darius neužsiminė, kad jis ar tėvas drožinėtų. Kita vertus, mes tiek mažai žinome vienas apie kitą. Tiesiog tokiems pokalbiams nelieka laiko, nes kambaryje mes vien tik mylimės, o vaikščiodami lauke šnekam visokiausius tik mums suprantamus mielus niekus, erzinamės ir juokiamės. Jau seniai man nebuvo taip linksma.

Staiga pro vartelius įeina maždaug mano amžiaus moteris ir įsmeigia žvilgsnį į mane.

– Jūs pas ką? – įtariai klausia.

– Pas Darių.

– O kas jūs? – Jos akys patamsėja, veide – akivaizdus susierzinimas.

– O jūs? – atkertu. – Aš taip pat jūsų nepažįstu.

– Aš – jo žmona, – sarkastiškai šypsodamasi meta ji. – O jūs?

Atrodo, kad gavau smūgį į paširdžius, nesumoju, ką atsakyti. Šito man tik betrūko. Kodėl aš sugalvojau, kad Darius išsiskyręs? Jis man niekada to nesakė, niekad nieko nepasakojo, nė žodeliu neužsiminė: „Žmonos nėra." O aš, kvailelė, ir patikėjau. Galvoje pralekia šimtai smulkmenų, kėlusių įtarimą. Tas nuolatinis jo skubėjimas namo, skambinėjimas vaikams, kurie gyvena pas jį...

– O kieno šitas namas? – sutrikusi klausiu.

– Mano tėvų! – įžūliai šypsosi ji. – Mes čia visi gyvenam. Bet tu neatsakei į mano klausimą: kas tu?

– Pažįstama, – sakau, nes daugiau nieko nesumąstau, dar vis negaliu atsigauti po patirto šoko.

– Viskas man aišku, kokia čia „pažįstama", tu ta Sandra iš Vilniaus. Nidoj susipažinot. Darius man skundėsi, kad nieko negali padaryti – lyg būtum jį *apčiaravojusi*. Aš net ketinu eiti pas būrėją, kad tuos kerus nuimtų, – tūžmingai beria moteris, neleisdama nė įsiterpti.

Mano nuomone, jai šiek tiek pasimaišę galvoje, bet tiesa ta, kad mane bjauriai apgavo. Aš aklai pasitikėjau Dariumi, jis padėjo man atsigauti, bet pasirodo, kad

visas jo elgesys – vienas melas, tik toks, kai meluojama
ne tiesiogiai, o nutylima tiesa.

– Aš labai tavęs prašau – palik jį ramybėje, negriauk
mano šeimos, – staiga moteris ima šnekėti visiškai ki-
taip – graudžiai, nuolankiai. – Kam tau tas vedęs vyras,
kam tau tie svetimi vaikai? Negi nėra laisvų? Tu tokia
graži, tikrai susirasi kitą. Prašau! – Ji sugriebia mano
ranką ir gręžia mane deginančiu žvilgsniu. – Prašau!
Maldauju dėl vaikų.

Girgžteli varteliai ir kieme atsiranda Vakaris. Jis,
kaip ir sesuo, labiausiai nustemba, pamatęs mane.

– Sandra? Iš kur tu čia? Ar tėtis žino?

– Ne, nežino! – atsako Dariaus žmona. – Ir nesuži-
nos, nes Sandra jau išeina.

– Kodėl?

– Todėl, kad tavo mama labai prašo, – sakau aš. –
Tikrai, aš verčiau eisiu.

Vakaris spokso į mane net prasižiojęs.

– Kokia mama? – pagaliau piktai rėžia jis. – Mano
mama mirusi! Ir tu puikiai tą žinai!

– Aš pirmą kartą girdžiu! Man tėtis nieko nesakė, –
sakau nustėrusi. – Maniau, kad čia tavo mama, – mos-
teliu į tą moterį.

– Čia mano teta Dangė, mamos sesuo, – jau ramiau
paaiškina berniukas.

– Aš ir nesakiau, kad esu tų vaikų motina, – pašai-
piai šypsosi ta Dangė. – Tik kad mes kartu su Dariu-
mi. Beje, jau trejus metus.

– Ką? – surinka Vakaris. – Ką tu pasakei?

Vis dėlto ji ne žmona. Jei vaikas nežino, vadinasi, jie negyvena kartu. Atrodo, kad Vakarį ši žinia pritrenkė dar labiau už mane.

– Tu nori užimti mamos vietą? Niekada!

– Nusiramink, – šneka ta Dangė. – Aš tikrai nenoriu ir niekada neužimsiu, o štai ji... – duria pirštu į mane, – to tik ir tykoja. Pamatysi, tuoj turėsit pamotę. Galėsit palyginti ją ir su mama, ir su manim. Todėl aš ir pamelavau, gelbėdama tave ir Rytę.

Dabar Vakaris atsisuka į mane.

– Mums mamos niekas nepakeis! Supranti, niekas! Ir nustok persekioti tėtį! – berniukas išraudęs, jo akyse ašaros.

– Einam, Vakari, aš tau viską paaiškinsiu, – įkalbinėja berniuką teta. Atrodo, kad, stengdamasi pakenkti man, ji perdozavo ir dabar nebežino, kaip atitaisyti padarytą žalą – vaikas labai susijaudinęs. – Tegul čia ta būsima pamotė laukia tavo tėvo. Gal ir sulauks apie vidurnaktį.

Vakaris meta į mane neapykantos kupiną žvilgsnį, Dangė – paniekinamą, ir jie palieka mane vieną. Atsistoju nuo suolo, kur iki šiol sėdėjau, ir net susverdėju. Smūgis buvo tikrai stiprus, šiek tiek svaigsta galva ir pykina, bet giliai pakvėpuoju ir jau galiu eiti toliau.

Gatvėje sutinku grįžtančią Rytę.

– Jau išeini? – klausia ji visai nenustebusi. – Gal ir neverta laukti. Tėtis su svečiais Kaune, grįš labai vėlai.

– Tai kodėl sakei, kad tuoj?

Mergaitė gūžteli pečiais.

– Žinojau, kad Dangė tuoj pareis, norėjau, kad su tavim susipažintų.

– Kodėl? – aš jau nepajėgiu suprasti net dešimtmetės mergaitės logikos.

– Nes ji mamytės sesuo, mano geriausia teta. Ji labai norėjo tave pamatyti.

– O iš kur ji žino apie mane?

– Aš papasakojau. Mes apie viską pakalbam. Na, tai aš ir eisiu. Atia! – Ji man pamojuoja ir nubėga namų link.

Einu prie automobilio, kurį palikau aikštelėje gatvės pradžioje.

Mane vis labiau pykina ir skauda galvą. Ar pajėgsiu vairuoti? Atsisėdu prie vairo. Ne, čia neliksiu, reikia bent išvažiuoti už miesto. Pasėdžiu dar kelias minutes ir galiausiai ryžtuosi užvesti variklį. Griežtai įsakau sau liautis šiurpus dėl patirtos gėdos ir žiūrėti į kelią. Vis dėlto susikaupiu ir pamažu pykinimas praeina – matyt, nauja veikla sušvelnino streso poveikį. Išvažiuoju į Kelmės plentą ir negalvodama riedu tolyn, bet greičio nedidinu. Visa ta istorija neverta, kad nesuvaldžiusi automobilio apsiversčiau ir susižaločiau. Aš bijau ne mirties, o likti neįgali iki gyvenimo pabaigos. Keista, bet užplūsta ramuma. Atsidūriau tokioje absurdiškoje padėtyje, kad nepajėgiu net įvertinti. Maniau radusi šaunų, nuoširdų vaikiną... Nuoširdų? Aha, tikrai! O ką aš apie jį žinojau? Pasirodo – nieko, tik kur dirba ir kad turi du vaikučius, kurių nuslėpti negalėjo, nes juos pamačiau jau antrąjį pažinties vakarą. Maniau įsimylėjusi, bet iš tiesų tik įklimpau į melo liūną. Darius galėtų teigti, man nieko nemelavęs, ir būtų teisus – nemelavo, tik leido man padaryti neteisingas prielaidas ir jų nesugriovė. Taip, žmonos nėra – tai *aš* sugalvojau, kad jis išsiskyręs. Tai *aš* nusprendžiau, kad vaikai gyvena su motina, o su tėčiu matosi tik savaitgaliais ir per atostogas. Natūralu: taip gyvena pusė Lietuvos šeimų, gal net daugiau, nes išsiskyrę tėvai dažnai pamiršta vaikus iš pirmosios santuokos. Galėjau tik džiaugtis, kad jis toks rūpestingas tėtis, todėl prižiūrės ir mūsų vaikus...

Kokius mūsų vaikus? Sandra, tu jau visai nuplaukei į pievas! Pažįstama su juo tris mėnesius, kelis kartus permiegojai ir jau svajoji apie bendrus vaikus? Tai kodėl su Ernestu dar nesvajojai? – paklaustų Evija.

Ernestui atrodė, kad aš dairausi į vaikus, bet galbūt taip elgiausi nesąmoningai. Tiesą sakant, kelerius metus aš nelabai įsivaizdavau mus abu tėvų vaidmenyje. Nors galvojau, kad reikėtų pagimdyti bent vieną vaiką, bet vis atidėliodavau, nes maniau, kad tam turime begalę laiko. Gyvenimas su Ernestu atrodė toks idealus, kad vaikas viską būtų sugadinęs. Tiesa, artinantis trisdešimtam gimtadieniui, jau pradėjau pratintis prie tos minties, kad turėtume tapti tikra šeima, nes jau pakankamai ilgai gyvenom sau.

Dabar žiežula Dangė apkaltino mane būtais ir nebūtais dalykais – esą aš ketinu tapti tų vaikų pamote. Absurdiškiau sunku ir sugalvoti. Neturėdama savo vaikų, norėčiau auginti svetimus? Ir dar paauglius? Ačiū, nereikia. Jau pakankamai prisižiūrėjau, kai mano tėvai vargo su paaugliu broliu. Tarp mūsų aštuonerių metų skirtumas. Mes niekada nebuvom labai artimi – juk aš jau vaikščiojau į pasimatymus, o jis buvo vaikas. Dabar jau studentas, bet ir vėl mūsų gyvenimas pernelyg skirtingas. Jis nemėgo Ernesto, neateidavo pas mus į svečius, susitikdavom tik namie per didžiąsias šventes. Dabar jis susitupėjo, mokosi gana gerai, nekrečia jokių kvailysčių, bet paauglystėje prisigalvodavo visokių nesąmonių. Tėvai vos atgynė jį nuo alkoholio ir narkotikų, nors jis pabandė ir tą, ir tą. Taigi manęs nė kiek nežavi mintis tapti dviejų paauglių mama. Ir staiga suvokiu: todėl Darius ir neprisipažino, kad yra našlys ir vienas augina vaikus. Jis gerai suprato, kad tai sužinojusi aš neapsidžiaugsiu. Viena, kai vaikai gyvena atskirai ir tėtį mato kartą per savaitę, nors antrajai žmonai ir tai nemalonu, ir visai kas kita – įsibrauti į šeimą, kur dar labai gyvi prisiminimai apie mirusią mamą.

Mano pyktis išgaruoja, lieka tik liūdesys. Darius iš pat pradžių žinojo, kad mūsų santykiai pasmerkti, bet nepajėgė manęs atsisakyti, todėl ir tylėjo. Turėjau pati susivokti, kad čia kažkas ne taip, bet per daug skubėjau užsimiršti kito vyro glėbyje. Ir man tai neblogai pavyko – nelinksmai nusijuokiu mintyse. Dabar jau prisiminsiu nebe Ernesto, o Dariaus glamones, liūdėsiu dėl nutrūkusio trumpo romano.

O kodėl nutrūkusio? Jei tu supranti, kodėl Darius taip elgėsi, kam jį nutraukti? – vėl išgirstu Evijos balsą.

Todėl, kad jis be perspektyvos. Todėl, kad man nereikia vienišo vyro su dviem vaikais. Toji Dangė be reikalo putoja ir gąsdina vaikus – jokia pamotė aš jiems nebūsiu. Gali ji pasiimti tą vyrą, jei labai nori. Kažkodėl aš netikiu, kad ji galėtų turėti rimtų vilčių. Jeigu jau vaikai nieko nenutuokė apie jų santykius, matyt, Darius juos labai kruopščiai slėpė. Ji – ne jo tipo moteris? *O kas jo?* – paklaustų Evija. – *Tu? Iš kur žinai? Tu jo visai nepažįsti.*

Nepažįstu, bet šita Dangė jam per daug paprasta. Aišku, ir aš ne kažin koks lobis, bet jam reikia subtilesnės ir gal smulkesnių kaulų moters, labiau išsilavinusios. *Tokios kaip tu? Bet juk tau jo nebereikia, tiesa? Tai ko čia svarstai, kas jam tinka?* Ta menama Evija mane nervina. Na, kodėl ji manęs nepalieka net mintyse? Sėdi Prancūzijoje pas tą savo Žerarą, tai ir sėdėk, nėra ko brautis į svetimas mintis su ta savo ironija ir kaišioti gyvenimiškąją patirtį. Aš ir pati rasiu tinkamą sprendimą.

Darius

Grįžtu namo vėlai. Šiandien visą dieną praleidau su svečiais. Jie svarbūs mūsų bendrovei, o daugiau niekas neturėjo laiko. Nebuvo kada paskambinti Sandrai, todėl mėginu dabar. Ji dar neturėtų miegoti, bet nekelia, matyt, vis dėlto atsigulė ir išsijungė garsą. Keista, mes kalbėdavomės ir vėlai vakare, bet šiandien aš net patenkintas – esu toks pavargęs, kad tik griūnu į lovą ir iš karto užmiegu. Ryte ji taip pat neatsiliepia, todėl nusprendžiu, kad pamiršo nusistatyti įprastinę telefono aplinką. Vaikai rengiasi į mokyklą, paskubomis pusryčiauja, ir mes persimetame vos keliais sakiniais. Jau eidama pro duris Rytė staiga klausia:

– Tėti, iš kur Sandra žino mūsų adresą?

– Ji nežino, – išsiblaškęs atsakau. – Turi mano telefoną, o kam jai adresas?

– Na, kad į svečius atvažiuotų...

– Ji neatvažiuos, – sakau, nors jei vaikai paklaustų kodėl, nesugebėčiau atsakyti. Todėl, kad man nepatogu kviesti ją į mirusios žmonos namus? Tikriausiai. Man vis atrodo, kad uošviai pasmerktų, jog išduodu jų mirusios dukters atminimą.

– Daugiau tai tikrai neatvažiuos, – supratingai linksi Vakaris.

– Kaip suprasti – *daugiau* neatvažiuos? – gūžteliu pečiais.

– Nes vakar jai čia nepatiko, – gudriai šypsosi Rytė.

Pagaliau aš supratau: vakar čia kažkokiu būdu lankėsi Sandra ir jai nepatiko. Matyt, vaikai pasirūpino, kad nepatiktų. Jie su visomis mano draugėmis elgiasi labai nemandagiai, nors Nidoje neprieštaravo, kai mes kartu važinėjomės dviračiais ar vakarieniaudavom. Ten dar nejautė pavojaus, o kai ji įsibrovė į jų teritoriją, puolė jos ginti. Todėl Sandra ir neatsiliepia.

– Ji vakar čia buvo? – klausiu vaikų.

– Buvo, – vienu balsu atsako jie.

– Ir jūs su ja kalbėjotės?

– Ir mes, ir Dangė...

Jergutėliau! Ir Dangė! Dabar man dar aiškiau, kodėl Sandros telefonas tik atsako ilgais pyptelėjimais.

– Ko gi jūs visi jai prikalbėjot? – prisiverčiu neišsiduoti, kad įtūžis jau sprogdina mane, tuoj suskilsiu kaip perkaitęs stiklainis.

– Kad nenorim, jog ji būtų mūsų pamotė...

– Oi, jūs, proto bokštai! Ji jauna, gali turėti savo vaikų, kam jai svetimi?

– Ji nori savo vaikų? Tai tu su ja žadi turėti vaikų? – tokia tikimybė visiškai pribloškia Rytę.

– Tai jau ne! Mums nereikia jokių mažų vaikų! – širsta Vakaris. – Jeigu tu su ja turėsi vaikų, tai aš išeisiu gyventi pas senelius ir Dangę!

– Nenoriu aš jokių vaikų! Kokias nesąmones jūs čia tauškiat! – rikteliu. – Aš turiu jus, daugiau vaikų man nereikia!

– Bet Sandrai reikia! Vadinasi, ji turi susirasti kitą vyrą! – dukra pribaigia mane geležine logika.

– Ir ji nesibraus į mūsų šeimą! – džiaugsmingai daro išvadą sūnus. Įtariu, kad pakartojo tetos žodžius.

– Eikit greičiau, pavėluosit į mokyklą, – stumiu juos pro duris, – vakare pasikalbėsim.

Jie paknopstomis nubilda laiptais, nes liko vos dešimt minučių nubėgti iki mokyklos. Ji netoli, bet vis tiek teks visą kelią lėkti.

Aš taip pat nebeturiu laiko ir einu prie automobilio. Man dar reikia laiko suvokti, kas įvyko vakar ir kaip tai keičia mano santykius su Sandra. Taigi, ji žino mano padėtį ir kad nieko, be sekso ir malonaus laiko leidimo, negali iš manęs tikėtis. Vaikai be reikalo būgštauja – jokia pamotė ji jiems nebus. Aš neįsivaizduoju, kad ji ateitų į mūsų namus, miegotų toje pačioje lovoje, kaip ir Asta, ruoštų vaikams pusryčius ir apskritai – pakeistų mano žuvusią žmoną. Man jos reikia visiškai ne tam. *O kam?* Tam, ką mes turim dabar – plepėti telefonu vėlyvais vakarais, važinėti į pasimatymus, lankytis romantiškose vietose ir mylėtis, mylėtis, mylėtis, patirti tai, kas jau seniai nugrimzdo į praeitį, pasijusti jaunam, kai nevaržo jokie įsipareigojimai ir ateities planai. Mano gyvenime buvo vien nyki kasdienybė ir taip mažai džiaugsmo, o su Sandra vėl atgimė aistros, polėkiai, gyvenimas įgijo linksmą, nerūpestingą atspalvį. Štai ko man reikia – laisvės, džiaugsmo ir nevaržomo sekso su puikia partnere, kurios vis negana. Tai ne Dangė, padėdavusi numalšinti seksualinį alkį. Tačiau vos numalšindavau, norėdavau kuo greičiau likti vienas ir miegoti. Su Sandra viskas kitaip. Mylėčiaus su ja visą dieną. Su ja visaip smagu – ir irstytis valtele, maudytis ežere, ir vaikštinėti susikibus už rankų. Jei pradėtume gyventi kartu, tuoj pat dingtų romantika ir vėl prasidėtų įkyri kasdienybė. Aš nenoriu šeimyninio gyvenimo. Mes jau prisitaikėme gyventi trise su Ryte ir Vakariu. Jei jau Astos nebėra, man nereikia kitos žmonos, kaip tauškia Dangė. Juo labiau jos. Jei man tektų išbūti su Dange viename kambary ilgiau kaip parą, tikriausiai imčiau kaukti iš nevilties. Seserys labai skirtingos. Asta buvo nepastebima, bet viską pamatydavo ir sutvarkydavo taip, kad ir man, ir vaikams būtų patogu, jauku, šilta. Dangė triukšminga ir visur kelia netvarką – pirma padaro, paskui pagalvoja. Gyvendamas su ja nenuobodžiautum, bet nuolat būtum susierzinęs dėl tos nežabotos jos energijos.

O Sandra? Ji visapusiškai šauni ir man labai patinka.

Dabar, prisiminęs ją, iš karto pajuntu geismą. Tačiau pamėginus įsivaizduoti ją savo namuose niekaip nesusidėlioja paveikslas. O jei dar įpieštume čia jos vaikus, kurių maniškiai taip kratosi? Geriau nė negalvoti! Daugiau mano gyvenime nebebus jokio kūdikių verksmo nei sauskelnių. Nemanau, kad ir Sandrai šito reikia – juk ir ji labai džiaugiasi tuo, ką turime. Žinau, kad šitaip aš tik mėginu įpiršti norima už esama. Reta moteris nenori vaikų. Beje, prisimenu, pačią pirmą pažinties dieną Sandra minėjo, kad svajojo ištekėti už tuometinio partnerio ir kada nors susilaukti vaikų. Bet jis nenorėjo. Tuo mes ir panašūs, nes ir aš nenorėčiau. Viskam savas laikas, o mūsų jau praėjo: Balutis paleido į pasaulį vieną vaiką, aš – du, todėl manau, kad užtenka. Dabar puikiai suprantu tą Sandros eks – vyriškas solidarumas. Kita vertus, mudu su Sandra pažįstami vos keturis mėnesius, mylimės tik tris ir džiaugiamės kiekviena minute kartu. Apie jokius kūdikius nebuvo nė kalbos. Nežinau, ko Sandrai prikalbėjo Rytė, Vakaris ir Dangė, bet ji, matyt, išsigando perspektyvos tapti dviejų paaugusių vaikų pamote. Turiu ją nuraminti, kad nieko panašaus aš nė nemaniau. Net jei kada nors ir sugalvočiau gyventi su ja, tai kur mes gyventume? Ji turi vieno kambario butuką Vilniuje. Aš nieko neturiu. Uošvių namas man nepriklauso. Nebent jie parašę testamentą, kad pusė atiteks mano vaikams. Svetima moteris namuose – smūgis Astos tėvams. Be to, ir Dangė pasistengtų mūsų gyvenimą paversti pragaru.

Taigi seka logiška išvada: kartu gyventi neįmanoma, todėl viskas lieka taip, kaip buvę. Tačiau kodėl ji neatsiliepia, kai jai skambinu?

Parašau jai žinutę: *Prašau, pakelk ragelį*. Atsakymo negaunu, bet vėl mėginu skambinti. Šį kartą man pavyksta. Išgirstu jos „klausau“.

– Supykai? – klausiu apsidžiaugęs, kad pagaliau viską išsiaiškinsim.

– Ne, tik nusivyliau, kad apsimetinėjai ne tuo, kuo esi. Leidai man tikėti esąs laisvas.

– Bet aš ir esu laisvas.

– O ne! Supančiotas daug labiau, nei būtum išsiskyręs.

– Sandra, pripažink, jei aš tau iš pat pradžių Nidoje būčiau pasakęs tiesą, tu iš karto būtum pasitraukusi.

– Tikriausiai! Ir būčiau pasielgusi teisingai.

– Taip aš ir maniau, todėl tylėjau. Jau ne viena mergina pabėgo, sužinojusi, kad vienas auginu vaikus...

– Gyveni uošvių namuose ir turi meilužę furiją... – papildo ji. – Patikėk, ne kiekviena moteris įstengtų su tuo susidoroti.

– Kad ir ką tau prikalbėjo mano vaikų teta, bet ji jau ne mano meilužė. O dėl viso kito, tu man per daug patikai, todėl nenorėjau atsisakyti.

– Apie mane nepagalvojai? Gal aš nenoriu tokių santykių, kurie neturi ateities?

– Kokios ateities? Turi galvoje šeimą, lizdelį, savus vaikus?

– Manai, kad neturėčiau to norėti?

– Maniau, kad po septynerių metų tu jau soti šeimyninio gyvenimo, o dabar norėtum patirti ką nors nauja, romantiška.

– Labai gerai žinai, kad tie septyneri metai nebuvo šeima. Asmeninė padėjėja gyveno kartu su šefu.

– Sandra, negi tau nepatinka dabartiniai mūsų santykiai – be jokių įsipareigojimų, susitinkam tik tada, kai abu to norim, šitaip mes nuolat pasiilgstam vienas kito, degam aistra...

– Tiesą sakant, tas atstumas mane jau pradeda veikti. Kiek laiko tu ištversi šitaip važinėdamas pas mane? Jau aišku, kad pas tave susitikti neįmanoma. Negi nuolat apsistosime motelyje pusiaukelėje?

– Ką tu siūlai? Man viską mesti ir kraustytis į Vilnių?

Na, kodėl tos moterys tuojau nori tave kur nors įpainioti? Kodėl joms nepatinka laisvi, neįpareigojantys santykiai? Kodėl iš karto reikia konkretumo, aiškumo, namų?

– O ką tu siūlai? Man keltis į Šiaulius ir apsigyventi tavo uošvių namuose?

– Jokiu būdu. Bet jei jau taip nori būti arčiau, gali pardavusi vieno kambario butą Vilniuje čia nusipirkti trijų.

– Ir priimti tave gyventi su vaikais? – pagiežingai klausia ji.

– Bent jau turėtume kur susitikti.

– Vadinasi, aš tau turiu sudaryti sąlygas, o tu nė piršto nepajudinsi?

Ką mes čia kalbam? Kodėl svarstom tokius dalykus, kurie iki vakar dienos mums visai nebuvo svarbūs?

– Sandra, būk protinga! Mums nereikia nieko judinti. Mane visiškai tenkina tai, ką mes turime. Aš atvažiuosiu pas tave, pabėgsim kur nors pabūti dviese.

– Ir kiek šitaip tęsis?

– Nežinau! Kelis mėnesius, metus, gal keletą metų! Ką aš dabar žinau? Niekas to nepasakytų.

– Tu nenorėtum vesti antrą kartą, turėti vaikų?

– Saugok Dieve, ne!

– O jei aš nėščia ir vaikas tavo!

Čia tai bent smūgis! Jei nesėdėčiau, būčiau susileidęs.

– Tikiuosi, klausimas retorinis? – išlemenu nelabai tvirtai.

– Nusiramink, – juokiasi ji, bet man nepatinka tas juokas, jis nenuoširdus, nebūdingas Sandrai.

– Manau, būtų geriausia, jei jokių vaikų nebūtų, nebent norėtum auginti viena, – atvirai pasakau.

– O jei nuspręsčiau auginti viena? Padėtum?

– Sandra, aš šito neprašau, ir tikrai nenorėčiau tokių staigmenų.

– Staigmenų nebus, – lengvai pažada ji. – Bet ir nieko daugiau nebebus.

– Kodėl? – Ji mane siutina taip, kad, jei įmanyčiau, griebčiau ir gerai papurtyčiau. – Kodėl mes kalbamės apie kažkokius: kas būtų, jeigu?

– Tavo nuomone, mums neįmanoma gyventi kartu, turėti vaikų, tu nenori nieko pakeisti, ketini iki amžiaus pabaigos trintis kartu su mirusios žmonos tėvais ir jos šešėliu. Taigi manęs tai netenkina. Jei man reikės meilužio, susirasiu jį arčiau ir susitikinėsiu dažniau nei kartą per dvi savaites. Jei nuspręsiu turėti vaiką, tai su žmogumi, kuris jo nesikratys. Jei būčiau išsiskyrusi moteris su vaikais, tikriausiai mane tenkintų tokie neįpareigojantys santykiai, o dabar manau, kad neverta gaišti laiko tam, kas neišvengiamai anksčiau ar vėliau baigsis. Todėl tegul tai įvyksta anksčiau. Nenoriu nieko padaryti nelaimingo.

Klausausi tų žodžių ir nebepažįstu Sandros. Aš jos taip atkakliai siekiau, taip ilgai laukiau ir šekit – po trijų mėnesių mes jau aiškinamės santykius. Kiek suprantu, ir ji, kaip Dangė, trokšta už manęs ištekėti. Ir už ką man tokia bausmė? Kodėl aš moterims atrodau toks tinkamas kandidatas į vyrus?

– Tu kalbi apie neįmanomus dalykus, – mėginu ją atvėsinti. – Tu nepamilsi mano vaikų, jie – tavęs. Kaip mes galėtume gyventi kartu?

– Iš kur tu žinai, kai mes nė nepamėginom? – pašaipiai klausia ji. – O gal visiems pavyks pamilti vieniems kitus?

– Tik jau nesakyk, kad degi noru būti mano vaikams mama. Vis tiek nepatikėsiu! – Mano juokas taip pat bjaurus, sarkastiškas. Aš nepatinku sau, bet nieko neįstengiu padaryti – noriu rėkti, tyčiotis, įrodinėti, kad ji neteisi, nors iš tiesų juk meluoju – nirštu, kad turiu kažką įrodinėti telefonu, užuot mylėjęsis su ja.

– Nedegu! Visiškai ne! Tačiau septynerius metus išgyvenusi vien šia diena, dabar norėčiau pagalvoti ir apie ateitį. Laikas bėga, nebegaliu vien semti gyvenimo malonumų, norisi ir ko nors apčiuopiamo. Prakeikta laiko spiralė vėl atsisuko į tą pačią vietą – vėl sutikau vyrą, kuris nenori su manimi vaikų... Bet aš neketinu trypčioti vienoje vietoje, klausytis manęs nekenčiančios tavo meilužės įžeidinėjimų ir stengtis prisijaukinti tavo vaikus, kurie, pasak tavęs, vis tiek niekada manęs nepamils. Aš pasitraukiu, Dariau. Buvo malonu su tavimi, bet privalau eiti toliau. Daugiau į tavo skambučius neatsiliepsiu, žinučių neskaitysiu.

Ji išjungia telefoną man nespėjus nieko pasakyti. Kurį laiką spoksau į užtemusį ekranėlį. Kokia musė ją šiandien įgėlė? Kodėl gi ji pradėjo kalbėti apie dalykus, kurių iki šiol nė vienas neminėjom? Kol kas jai tikrai nereikėjo nei šeimos, nei vaiko. Per mažai laiko praėjo po jos skyrybų. Ne, ji nebuvo ištekėjusi, bet septyneri metai – tai labai daug. Kaipgi kitaip pavadinti tai, kas įvyko? Tik skyrybomis. Aš vedęs išgyvenau septynerius metus. Ir viskas buvo tikra. Su Sandra mano šeimyninis gyvenimas būtų visiškai kitoks. Bet to niekada nebus, tai kam svarstyti tą absurdišką – kas būtų, jeigu.

Sandra

Mano idilė baigėsi. Pagyvenau tris mėnesius svetimame bute, įsivaizduodama, kad jis mano. Kažkodėl buvau įsitikinusi, kad Evija negrįš, liks pas Žerarą, bet štai ji namie. Matosi, kaip pasiilgusi savo buto, vaikščioja po kambarius ir meiliai liečia kiekvieną daiktą.

– Kodėl gi tu grįžai? – klausiu, kai mes sėdime svetainėje ir gurkšnojame jos parvežtą prancūzišką vyną.

– Atostogos negali trukti amžinai, – mąsliai sako ji. – Ateina pabaiga.

Aš įdėmiai ją stebiu.

– Bet tu man neatrodai nelaiminga.

– Aš ir nesu nelaiminga. Kodėl turėčiau būti?

– Na, išsiskyrus su Žeraru...

– Aš su juo neišsiskyriau, nes mes niekada ir nebuvom kartu.

Nustėrusi žiūriu į ją – negi aš tokia kvaila ir kažko nesupratau?

– Ką tu nori pasakyti? Argi Prancūzijoje gyvenot atskirai?

– Aš gyvenau pas jį. Mes kartu miegojom ir tai man patiko, bet juk tai tik atostogos. Viskas buvo puiku, kaip ir visada per atostogas. Bet atostogos baigėsi.

Jos ir taip užsitęsė ne mėnesį, o tris. Mano darbas čia, jo – ten. Ten aš vėl atsidurčiau, kur kažkada buvau, – tapčiau turtingo vyro gyvenimo drauge, o čia esu asmenybė, žinoma dizainerė.

– O kaip Rolandas?

– O ką Rolandas?

– Juk jo tėvas liko ten.

Evija gūžteli pečiais.

– Milijonai vaikų matosi su savo tėvais tik per šventes ir atostogas. Taip pat ir Rolandas.

– Evija, negi tu nepasiilgsi Žeraro?

– Nežinau, dar praėjo tik pusė dienos, kai jo nemačiau, pažiūrėsiu.

– Ar jis lengvai išleido tave?

– Jis gerbia mano norus. Supranta, kad man labai svarbus mano darbas, kad ilgai truktų, kol rasčiau klientų Paryžiuje. Be to, nemoku prancūziškai, o jie baisūs šovinistai – atsisako bendrauti angliškai. Niekada nepasitikės dizainere, nemokančia jų kalbos.

– O aš maniau, kad tau patinka Žeraras... – nusivylusi nutęsiu.

– Nežinau, – ji susimąsčiusi siurbteli vyno. – Na, taip, jis man patinka, bet ne tiek, kad įsivaizduočiau mus kaip šeimą, nuolat gyvenančią kartu. Aš per daug nuo to atpratusi.

Į kambarį įbėga Rolandas.

– Mamyte, ar galiu į kiemą pas draugus?

Evija linkteli.

– Tik apsirenk. Čia daug šalčiau negu Prancūzijoje.

– Rolandai, ar tau patiko Prancūzijoje? – klausiu vaiko.

– Taip, labai.

– Nenorėtum ten gyventi?

– Ne-a, – rimtai atsako jis. – Čia mano draugai, seneliai.

– Ar tėčio nepasiilgsi? – kvočiu toliau, o Evija priekaištingai linguoja galvą.

– Pasiilgsiu, bet juk jis greit pas mus atvažiuos ir mes pas jį nuvažiuosim.

– Matai, kaip viskas paprasta, – sako ji, kai Rolandas išbėga pro duris. – Jis atvažiuos, mes nuvažiuosim.

– Niekas ne paprasta. Man ir Šiauliai pasirodė per didelis atstumas, o čia Paryžius...

– Viskas priklauso nuo to, ko tu nori iš tų santykių, – sako Evija. – Mudvi labai skirtingai žiūrime į gyvenimą. Per tuos septynerius metus aš įpratau būti viena ir kliautis tik savimi, todėl nenoriu tapti kieno nors antrąja puse ir paaukoti karjerą, kuri man padeda išreikšti ir įprasminti save.

– Bet juk taip nebūtų! – karštai pertraukiu ją. – Žeraras – tai ne Ernestas. Jis niekada nesutiktų, kad tu mestum darbą ir sėdėtum namie.

– Galbūt. Aš jį per mažai pažįstu, todėl negaliu taip kategoriškai teigti.

– Juk jam reikia ne katės, o... – Nesugalvoju, ko jam reikia.

– Draugės ir meilužės, – padeda man Evija.

– Na, taip, draugės, kurią jis gerbia ir niekada nepažemins.

– Ne, nepažemins. Bet ir tai nepakankama priežastis vėl mesti viską, ką antrą kartą sukūriau.

Nemanau, kad ji teisi, bet ką aš jai galiu pasakyti? Nieko. Mes abi vėl atsidūrėme panašioje padėtyje kaip prieš tris mėnesius – abi savo noru atsisakėm vyrų, kuriems mes patikom ir su kuriais mums patiko. Nenoriu sakyti meilės, nes šis žodis mums visiems per skaudus. Evija jo niekada neištars, nes jaučiasi per daug nusvilusi, apie Žerarą nieko negaliu pasakyti, nes nemačiau jo po to susitikimo „Medininkuose", manau, kad Dariui patikau dėl fantastiško sekso, o aš pati tik mintyse keikiau save, kam vėl įsimylėjau netinkamą vyrą, garsiai niekam to neprisipažinčiau, net Evijai. Pasirodo, kad Nidoje aš teisingai galvojau apie jį: netinkamas objektas. Vėliau mėginau įtikinti save, kad vis dėlto tinkamas, bet pirmas įspūdis dažniausiai būna teisingas, ar ne?

Darius

Už lango bjaurus gruodis, greit Kalėdos, o žiemos nė kvapo. Po tokio gražaus saulėto spalio purvinas lapkritis ir ne geresnis gruodis. Lietus Lietuvoj... Tamsu, niūru, darbe vieni nemalonumai, vilkikai genda lyg pašėlę, vairuotojai pikti kaip velniai – negali išvažiuoti į reisą, negauna pinigų. Mechanikai tik keikiasi, nesutinka dirbti viršvalandžių, nes už juos moka skatikus. Visi savo pyktį lieja ant manęs, viršininkai taip pat putoja, grasina atleisti. Tik įdomu, ką jie darys paskui, kur ras tokį kvailį, kad eitų į mano vietą. Man ir pačiam reikėtų bėgti iš šito darbo ir iš tų namų, kuriuose visai nebemiela būti. Sekso fronte visiškas štilis – išsiskyręs su Sandra, negaliu nė pagalvoti apie jokią moterį. Jei Danguolė pasisiūlytų, turbūt nuleisčiau ją laiptais, o ji tą jausdama svaidosi žaibais, uošviai vis mėto užuominas, kaip būtų puiku, kad mes taptume šeima. Apsimetu, kad jų nesuprantu, nors matosi, kad Dangė metė visas jėgas kaip nors įgyvendinti savo absurdiškam planui, tam pajungė ne tik savo tėvus, bet ir mano vaikus.

– Tėti, – pradeda Rytė, kai mes ramiai valgom vakarienę, – aš su Vakariu pagalvojom, kad tau reikia vesti Dangę.

– Ką? – aš vos nepaspringstu arbata. – Kodėl?

– Būtume šeima – tėvas, motina, trys vaikai, – sesės mintį tęsia Vakaris. – Juk mes gerai sutariam, Dangė tokia šauni.

– Negi jums dabar negerai? – aš suirztu. Man labai aišku, kad patys vieni jie nebūtų to sugalvoję.

– Mums neblogai, bet tau negerai, – aiškina Rytė. – Tau reikia žmonos.

– Kodėl jūs taip nusprendėt?

– Vyrui reikia moters. – Vakaris pasako akivaizdžiai tetos ar senelio įkaltus žodžius.

– Tačiau ne bet kokios, – trumpai nukertu, nemėgindamas aiškintis, iš kur mano sūnus toks išmintingas.

– Dangė ne bet kokia. Ji linksma, supranta mus, mes prie jos pripratę. Ji sava, – dėsto argumentus sūnus, o duktė pritariamai linksi.

– Visa tai tiesa, – sutinku. – Bet bėda ta, kad aš jos nemyliu.

– Juk tu mylėjai mamą, – piktinasi duktė. – O čia jos sesuo, todėl turi ir ją mylėti.

– Nebūtinai, – mėginu aiškinti meilės subtilybes savo dešimtmetei dukrai. – Kartais nieko negali padaryti – nemyli to žmogaus, ir viskas.

– O kodėl tu negali įsimylėti Dangės? – klausia duktė. – Juk ji ir graži, ir nestora.

Negaliu ginčytis, Dangės ir veidas, ir figūra neprasti. Tiesa, ji ne tokia liaunutė kaip Sandra, bet toji dar negimdžiusi.

– Todėl, kad jis myli Sandrą, – pritrenkia mane Vakaris. – Negi tau neaišku. Bet mes nenorim Sandros.

– Nenorim, – pritaria Rytė. – Vakar girdėjau, kaip Dangė pasakojo močiutei, kad Sandra pasidarė stora ir negraži, tikriausiai nėščia.

Aš vos neatsisėdu.

– Iš kur Dangė tai sugalvojo?

– Atrodo, kad matė Sandrą „Saulės mieste". Dangė sakė: „Sandra dabar tyli, o paskui pakiš jam vaiką ir galės žinotis."

– Kam pakiš? – klausia Vakaris, suktai šypsodamasis.

– Nežinau, – kilsteli petukus duktė. – Ji sakė „jam".

– Nežinai? – piktdžiugiškai drebia Vakaris. – Visiška kvaiša! Aišku, kad tėčiui, kam gi daugiau. Juk tėtis vis lakstė pas ją į Vilnių.

Duktė pasibaisėjusi spokso į mane.

– Juk tu žadėjai, kad jokių vaikų nebus.

Taip, žadėjau, nes nemaniau, kad Sandra mane apgaus. Tipiška situacija – pamesta moteris keršydama buvusiam pasidaro vaiką su kitu. Buvusiam tai nė motais, o vargšė moteriškė tampa vieniša mama. Sandra pasekė tos savo draugės, kurios bute gyvena, pavyzdžiu. Todėl ji visą laiką gundė mane, siūlėsi, tempė į lovą, kol aš galiausiai neatsispyriau. Tačiau čia jos sprendimas. Jei ji manimi pasinaudojo, aš čia niekuo dėtas. Visą dieną įtikinėju save, kad ji pati pasirinko. Tai ji nesutiko, kad mūsų santykiai liktų tokie kaip anksčiau... Bet staiga dingteli mintis: o jei aš neteisus? Gal tai iš tikrųjų netyčiukas. Nenorėčiau patikėti, jog Sandra apsimetinėjo su manim, kad pasidarytų kūdikį ir taip primityviai atkeršytų buvusiajam. Netikiu, kad galima šitaip apsimesti. Mūsų paskutinis pokalbis pasidaro man daug aiškesnis: juk ji jau žinojo, kad laukiasi, todėl ir nenorėjo, kad viskas liktų kaip anksčiau. Dabar suprantu, kad tas – *kas būtų, jeigu,* – turėjo visiškai realų pagrindą.

Kodėl tokia iš pradžių romantiška istorija turi taip bjauriai kasdieniškai baigtis? Kaip viskas banalu ir milijoną kartų girdėta: jie mylėjosi, ji pastojo, jis ją paliko, ji viena augina vaiką. Niekada nemaniau atsidurti tokio herojaus vietoje. Balutis paliko Sandrą įtaręs, kad jai jau reikia vaikų. Aš buvau įsitikinęs, kad jai dar nieko iš manęs nereikia, bet elgiuosi panašiai. Tiesa, ne aš ją palikau, ji pati šitaip pasirinko. Neturėčiau kreipti dėmesio, bet negaliu. Visą dieną, vakarą, naktį galvoju tik apie tai, o šeštadienį nusprendžiu nuvažiuoti pas ją ir pasikalbėti. Nelabai įsivaizduoju apie ką, nes toks variantas, kur – *jis vedė ją, nes ji laukėsi,* – man taip pat netinka. Negali būti laimingos pabaigos, jei šitaip aš sugriaučiau savo vaikų gyvenimą. Bet juk tas, kurio laukiasi Sandra, taip pat mano vaikas. Galvok kaip nori – vis tiek blogai. Nenoriu jai skambinti, nes ji griežtai įsakė jai neskambinti ir nerašinėti žinučių.

Prie Sandros namo paspaudžiu telefonspynės mygtuką. Pasigirsta visai ne Sandros, o kažkoks vaikiškas balsas.

– Aš ieškau Sandros, – sakau.

– Sandra čia nebegyvena, – atsako tas vaikas.

– O kur ji gyvena?

– Nežinau.

– Tai gal tavo mama žino? – supratęs, kad čia tos draugės sūnus, klausiu.

– Gal ir žino, bet jos nėra namie.

– Ar gali man pasakyti mamos telefoną?

– Nežinau, tuoj paklausiu mamos.

Matyt, vaikas susiskambina su motina ir pagaliau padiktuoja man Sandros adresą ir durų kodą. Motina nesiteikia su manim pasikalbėti. Paklaidžiojęs Pilaitėje pagaliau randu namą ir galiausiai skambinu prie buto trečiame aukšte durų. Truputį nervinuosi, kad man neatidarys, bet durys spragteli ir atsidaro. Sandra stovi ir pašaipiai šypsosi.

– Labas. Mane jau įspėjo, kad laukčiau svečių. Ji vilki laisvą sportinį kostiumą. Mano žvilgsnis iš karto sminga į pilvą.

– Sandra, tu laukiesi? – iš karto klausiu.

– O jeigu taip, tai ką?

– Ar nepakviesi užeiti? Negi kalbėsimės tarpduryje. Ji gūžteli pečiais.

– Čia nepamatysi nieko gražaus. Kai Evija grįžo, tenka nuomotis. Vieną butą jau pardaviau, užsidirbom pinigų, dabar įrenginėju kitą, bet tikriausiai ir jį parduosiu.

– Tai kurgi tu gyvensi su vaiku, čia? – pasibaisiu.

– Kol dar tas vaikas bus... – nutęsia ji, – tai aš gal ir kotedžą įsirengsiu.

Ji nusiveda mane į kambarį, mosteli sėstis į seną, aptrintą fotelį, pati įsitaiso ant tokios pat sofos.

– Taigi kalbėk, aš klausau, – sako ji.

– Sandra, jei tu laukies, turim kažką daryti.

– O ką? – naiviai klausia ji, ir aš vos neuždūstu iš įsiūčio. Dar čia ji man šaipysis! – Pamynęs visus principus ir norus tu mane vesi? Ir mes gyvensim pas tavo uošvius?

– Aš to nesakiau...

– Tai ką sakei?

– Na, aš neišsižadėčiau savo vaiko, remčiau tave...

Ji prapliumpa juoku.

– Nesu vargšė, pone technikos direktoriau. Naujoji firma man moka pakankamai. Be to, Evija padeda uždirbti iš butų perpardavinėjimo... Finansinės paramos man nereikia.

Ji įžūliai žiūri į mane, o aš nežinau, ką pasakyti.

– Tu man sakei, kad mūsų bendra ateitis neįmanoma, vaikų turėti nenori, tai kodėl tu čia?

– Nes nenoriu apleisti savo vaiko, juk jis nekaltas, kad mūsų tokia padėtis.

– O vaiko motiną gali apleisti?

– Aš nenorėjau! Tie mėnesiai, kai buvome kartu, geriausia, ką turėjau per pastaruosius dešimt metų... Mes ir dabar būtume kartu, jei tu...

– Būčiau sutikusi gyventi šia diena, – pabaigia ji, nors aš būčiau pasakęs kitaip: jei tu nebūtum reikalavusi per daug.

– Kiek suprantu, Dariau, tau, kaip ir daugeliui vyrų, moters nėštumas yra nepageidaujamas ir nemalonus reiškinys. Kadangi turi sąžinės, mėgini kažką daryti, bet būtum labai laimingas, jei viso to nebūtų...

– Bet yra...

– Aš viską sugadinau, ar ne? Buvo taip gera mylėtis be jokių įsipareigojimų ir šast – laimė baigėsi, lieka tik kažkokios bjaurios pareigos, esi priverstas bendrauti, kai to nebesinori...

– Man norisi!

– Bet ne tokioje padėtyje?

Tyliu. Ji teisi. Dabar, kai ji nėščia, neliko jokio geismo.

– Ką gi, Dariau, manau, kad jau sužinojai viską, ką norėjai, – sako ji ir pašaipi šypsena išnyksta. – Tu nejuokavai, bendra ateitis tikrai neįmanoma. Tu toks liūdnas ir nykus, kad man tavęs net gaila, todėl neklausinėsiu, kaip tu ketini bendrauti su vaiku, kaip jį remti, ir skubu tave nuraminti – jokio vaiko nebus.

– Ką? – pašoku nuo fotelio. – Bet Dangė sakė...

– Dangė labai patikimas šaltinis, bet ir ji klysta.

Sandra nusivelka per galvą sportinio kostiumo viršų, nusviedžia ant sofos ir atsistoja, įsirėmusi rankomis į klubus. Ta pati graži, taip gerai pažįstama figūra, pilvas plokščias, nė gramo antsvorio, krūtys nepadidėjusios, viskas kaip tada, kai nurengdavau ją mylėdamasis.

– Įsitikinai? Aš nesilaukiu.

– Sandra, – žengiu prie jos, dusdamas iš geismo. Ji sulaikydama ištiesia ranką.

– Apsinuoginau ne todėl, kad tave gundyčiau. Aš tikrai nesilaukiu. Norėjau, kad įsitikintum. Nežinau, kodėl ta tavo meilužė sugalvojo.

– Kiek kartų galiu tave tikinti, kad ji jau seniai ne mano meilužė.

– Nesvarbu. Tu neišlaikei egzamino.

– Kokio egzamino?

– Niekas nepasikeitė, – liūdnai sako ji. – Atlėkei, genamas sąžinės graužimo, nes tu padorus vyras. Bet neketini nieko keisti, niekur trauktis. O aš taip pat negaliu visko atsisakyti ir taikytis prie tavęs. Vadinasi, mes teisingai pasielgėme viską nutraukę, kol dar nelabai gaila.

– Nelabai gaila? Man labai gaila. Aš noriu tavęs. Labiau, negu tu gali įsivaizduoti. Prašau, Sandra, būk su manim, nors šiandien.

Ji purto galvą.

– Ne. Paskui bus dar sunkiau išsiskirti.

– Bet kodėl turime skirtis?

– Ir vėl iš pradžių! – rikteli ji. – Todėl, kad aš jau septynetą metų gyvenau be jokių įsipareigojimų ir kur atsidūriau? Todėl, kad noriu normalios šeimos, savo namų ir savo vaikų. Jei tu man to negali duoti, viskas beprasmiška! Todėl dink iš mano gyvenimo visiems laikams.

Važiuoju namo. Lyja, valytuvai nespėja braukti nuo stiklo įkyraus lietaus čiurkšlių. „Tu neišlaikei egzamino", – sakė ji. Kažkodėl ji manęs laukė, kažkodėl manė, jog aš atlėksiu sužinojęs, kad ji nėščia. Matyt, ji tyčia leido Dangei suprasti, kad laukiasi. Niekada nepermanysi tų moterų ir jų gudrybių siekiant tikslo.

Sandra

Dariui išvažiavus, dingsta visas mano pasitikėjimas savimi, pasipūtimas, ironija. Lieka tik, Evijos žodžiais tariant, maža sutrikusi mergytė, be galo išsiilgusi meilės. Ji ilgai kaip lėlė sėdi ant sofos, o paskui prapliumpa verkti.

Tada, atvažiavusi į mūsų firmos skyrių „Saulės mieste", aš netikėtai batų parduotuvėje pamačiau Danguolę. Viskas aišku: ji dirba pardavėja. Labai tinkama profesija tokio intelekto moteriai. Visiškai nenorėjau jos matyti, todėl nė neužėjusi išskubėjau lauk. Tačiau čia netikėtai šovė į galvą mintis: o jeigu jai pasirodytų, kad aš nėščia? Ar pasakytų Dariui? Kaip jis reaguotų? Ir mane užvaldė kvailas keršytojos azartas. Ką čia panaudojus maskuotei? Kiek mėnesių galėtų būti nuo rugpjūčio pradžios? Keturi. Dar neturėtų labai matytis. Pasiimu savo šaliką, sulankstau, įbruku ant pilvo po kelnėmis ir išpešu platoką palaidinukę. Ant viršaus apsirengiu striukę, kurios neužsisagstau. Prekybos centre užeinu į tualetą, apžiūriu save dideliame veidrodyje. Striukė slepia mano „nėštumo" trūkumus, bet atrodau šiek tiek pasipūtusi ir gali kilti įtarimas. Atsidarau kosmetinę, nusivalau makiažą, lūpų dažus, pilku vokų šešėliu kiek pasitamsinu paakius – tegul mano, kad taip nykiai atrodo nėštumo nukamuota moteris. Nusprendusi, kad jau esu tinkama scenai, užeinu į tą žiežulos Dangės skyrių, pradedu apžiūrinėti batelius. Netrukus Danguolė prie manęs prieina.

– Gal kas sudomino? – mandagiai klausia ir staiga mane atpažįsta. Ji įsispokso į mano pilvą po plačia palaidine ir be žodžių pasitraukia.

Aš tuoj pat išeinu – nenoriu, kad ji atsipeikėjusi imtų manęs klausinėti. Tikslas pasiektas: aš padariau įspūdį, o toliau Dangės reikalas skleisti šią informaciją ar ne.

Pasirodo, ji paskleidė, tik kas iš to? Taip, genamas sąžinės balso, Darius atlėkė ir tik patvirtino hipotezę: mano vaikas jam būtų baisi nelaimė. Gerai, kad jo nėra.

Aš verkiu ir verkiu, nepajėgdama nustoti. Neprisimenu, kada šitaip būčiau žliumbusi. Juk valdžiausi, kai Ernestas mane pametė, o dabar lyg ir nieko neįvyko. Kodėl aš šitaip reaguoju, jei Darius teisus: nei aš noriu svetimų vaikų, nei keisti darbą, nei keltis į Šiaulius, nei gyventi su juo. Man reikia tik jo – be jokių priedų ir kad aš neturėčiau prie nieko taikytis.

Jam taip pat reikia tik manęs su sąlyga, kad viskas jo gyvenime liktų taip pat. Tai kodėl gi mes išsiskyrėm, jei abiem buvo gerai? Kodėl vaidinau prieš Danguolę? Norėdama ją paerzinti? Kad ji dar labiau susinervintų? O kam? Ji man ne konkurentė. Nei tada buvo, nei juo labiau dabar. Jei ji ką nors išsigalvoja, tai jos bėdos.

Tai vis dėlto kodėl aš verkiu? Vėl įsimylėjau ne tą vyrą, su kuriuo vėl reikėtų gyventi tik šia diena, negalvojant apie ateitį? Tačiau šiandien esu tikra dėl ateities – su Dariumi jos nėra. Beje, Evija man pritartų, nes ir pati taip pat elgiasi – pasirinko ankstesnį gyvenimą, o ne šeimą su Žeraru. Ji per daug paaukojusi, kad manytų kitaip. Aš nieko nepaaukojau, bet atsisakiau santykių su Dariumi, nes jis nenori galvoti apie ateitį.

Supypsi mobilusis telefonas, gautas naujas pranešimas. Pažiūriu į ekranėlį – Darius. Ne, šiandien Dariaus man jau gana. Aš ką tik su juo atsisveikinau visam laikui ir nurašiau kaip neperspektyvų. Spusteliu kairį klavišą: *funkcijos, ištrinti, gerai*. Viskas.

Darius

Grįžęs namo užeinu pas uošvius. Jie visi vakarieniauja.

– Tu suklydai, – iš karto be įžangų sakau Dangei. – Sandra nesilaukia.

– Tikrai? – susiraukia ji. – Buvau šimtu procentų tikra...

– O dabar šimtu procentų tikras – Sandra galėtų ant podiumo demonstruoti bikinių kolekciją. Per tave aš apsikvailinau.

– Šit kaip... – nutęsia Danguolė. – Vadinasi, ji *norėjo*, kad ir aš, ir tu taip galvotume... Tikslas nelabai aiškus... Jūs susitaikėt? – Įsmeigia ji į mane savo žalias akis.

– Ne... – papurtau galvą. – Nieko neišėjo.

– Gaila... – kažkodėl nelabai linksmai nutęsia Dangė, bet man dar nespėjus paklausti, ko gi jai gaila, ji staiga pašoka iš vietos ir džiaugsmingai sučiulba: – Tada mums nebėra jokių kliūčių. Mama, tėte, mes su Darium ketinam kartu gyventi.

– Vai, kaip gerai! – uošvė net suploja rankomis.

– Seniai laikas! – šypsosi uošvis. – Mudu su mama laukiam nesulaukiam, kada jūs baigsit slapstytis ir pradėsit gyventi kaip žmonės.

– Ką tu čia pliauški! – atgavęs balsą sakau. – Kada mes nusprendėm? Aš visai nežadu su tavim gyventi!

– Ak šitaip? – pagiežingai sako ji. – Tada kraustykis iš šitų namų. Čia ne tavo namai. Kodėl aš su savo vaiku turiu grūstis viename kambaryje ir dalytis virtuve ir kitomis patalpomis su tėvais, kai jau seniai galiu turėti savo butą?

– Taip, Dariau, – įsitraukia uošvis. – Jei tu negyvensi su Danguole, turėsi atiduoti antrą aukštą jai.

– Bet juk aš jį įsirengiau...

– Kol gyvenai su mūsų dukra. O dabar mes privalom galvoti apie kitą dukrą, – kalba uošvė. – Ji – jauna moteris, o dabar neturi net kur draugų pasikviesti. O jei norėtų ištekėti, gyventi su mumis būtų visai negerai.

– Gal jos vyras turės namą... – mėginu pajuokauti, bet, matyt, nepavyksta, nes jie visi šoka ant manęs.

– O gal tu pasiieškok žmonos su namu! – šaiposi Dangė.

– Mes jau senstam ir turim galvoti, kas mus nukaršins, – kalba uošvė. – Jei Danguolė išeis, tu tikrai mūsų neprižiūrėsi.

– Tokio amžiaus vyras jau galėtų turėti ir ką nors savo, – dunda uošvis. – Aš jau buvau pasistatęs šitą namą, savo rankom. O ką tu esi padaręs? Antras aukštas nesiskaito – mes abu dirbom.

– O apie savo anūkus jūs pagalvojot? – klausiu.

– Matai, Danguolės Tomas – toks pat mūsų anūkas, kaip ir Rytė su Vakariu. Kodėl turėtume skriausti jį? – sako uošvis.

– Mes visi kalbėjomės ir tavo vaikai žino: jei tu vedi Dangutę, jie lieka čia, jei ne – visi išsikraustot, – antrina uošvė.

– Ir ką jie sakė? – sukandęs dantis klausiu.

– Jie nenori išeiti, sakė, kad pamėgins tave įkalbėti, bet juk renkiesi tu. Mes nepriversim tavęs gyventi su Danguole, jei pats nenori.

Prisimenu, kaip karštai vaikai įtikinėjo mane vesti Dangę – jau buvo pripumpuoti šitų planų.

– Kada mums reikia išsikraustyti?

– Kuo greičiau, tuo geriau, – sako Danguolė. – Man jau seniai laikas susitvarkyti gyvenimą.

Nuotaika ir taip šlykšti, o čia dar tas ultimatumas. Aš neįsivaizduoju, kur galėtume taip staiga išeiti žiemą, bet tas *kuo greičiau, tuo geriau* dar ne konkretus terminas.

– Tikiuosi, kad dar ryt nereikia išsivežti daiktų? – sarkastiškai klausiu.

– Niekas tau ir neliepia ryt, – jau taikiau šneka Danguolė, bet pavasarį tai tikrai, nes aš norėsiu remontuotis.

– Pagalvosiu, kai grįšiu iš Slovakijos, – sakau ir palieku juos.

Po Astos mirties su vaikais kiekvienais metais važiuojame slidinėti į Slovakiją per jų žiemos atostogas. Kalėdas praleidžiame namie, o gruodžio dvidešimt šeštą išvažiuojam. Naujuosius metus sutinkame nedideliame kalnų kaimelyje su kitais tokiais pat slidininkais. Daugelį jų matome kasmet, spėjome susidraugauti. Tai puiki proga per Naujuosius pabėgti iš namų, kai neturi kur jų sutikti, o su uošviais ar mano tėvais ir Kalėdų gana. Tačiau šiemet aš visai nelaukiu tos kelionės. Kai dar su Sandra buvo viskas gerai, aš jai entuziastingai pasakojau apie mūsų slidinėjimo išvykas ir netgi kviečiau važiuoti kartu. Tada ji žadėjo pagalvoti, jei vaikai neprieštaraus. Žinoma, jie būtų prieštaravę, jau ne kartą įsitikinau, kad iš visų moterų jie pakenčia tik Danguolę. Tą dieną, kai susipykom su Sandra, ji man pasakė: „Iš kur tu žinai, kad vaikai manęs nepamils ir aš jų, jei nesuteikei mums progos bent pamėginti?" Prisiminus jos žodžius, man kyla beprotiška mintis. Parašau žinutę, kviesdamas važiuoti slidinėti su mumis. Išsiunčiu ir įsitempęs laukiu atsakymo. Žinau, kad viltis kvailių motina, ir vis dėlto... Telefonas pypteli. Skubiai atsiverčiu pranešimą nuo Sandros. Tuščias. Nė žodelio ne. Viskas aišku, ji su manim net nebesikalba ir nebesuteiks jokios galimybės perlaikyti egzaminą.

Vadinasi, pradedu naują savo gyvenimo etapą. Be Sandros ir be buto. Dėl pastarojo aš net džiaugiuosi – seniai reikėjo iš čia išeiti. Jei gyvenčiau atskirai, gal nebūčiau praradęs Sandros. Bent jau ji būtų viską sužinojusi iš manęs, o ne pačiu bjauriausiu būdu iš Danguolės. Gal man geriau seksis su kita moterimi, kai gyvensiu toliau nuo tos prietrankos, įsikalbėjusios, kad įsimylėjo mane. Pagalvoju dar apie vieną dalyką: jei jau manęs laukia tokios permainos, tai pakeisiu ir darbą, – kad visus stresus patirčiau vienu metu. Jei išliksiu gyvas, tai sulauksiu šimto metų. Bet apie viską pagalvosiu po atostogų, kurių man jau tikrai reikia.

Kitą rytą susitikęs kieme Danguolę sakau:

– Leisk Tomą slidinėti su mumis, vis tiek mašinoje yra laisva vieta.

– Tu rimtai? – be galo nustemba ji. – Kodėl? Juk tau bus didžiulis vargas su trim vaikais. Jis dar ir slidinėti žmoniškai nemoka.

– Aš jį išmokysiu. Ir nebijok, nieko jam neatsitiks, aš tikrai jį prižiūrėsiu. Rytė dar mažesnė pradėjo slidinėti.

– Aš nebijau ir pasitikiu tavim, tik niekaip nesuprantu, kodėl tu jį imi kartu? Aš maniau, kad po vakar tu iš viso su manim nebesikalbėsi.

– Laikyk tai kompensacija už tai, kad nenoriu tavęs vesti. Tikiuosi, kad per Naujus metus, kai nereikės rūpintis Tomu, tu ką nors įsimylėsi.

– Taip ir padarysiu, – pašaipiai patikina Dangė. – Bent jau gerai pasimylėsiu.

Kodėl imu Tomą kartu? Žinau, kad per daug galvočiau apie Sandrą, o besirūpindamas svetimu vaiku, mokydamas jį slidinėti, tam turėsiu mažiau laiko. Be to, vakarais trys vaikai susigalvos daugiau žaidimų ir man nereikės jų užimti, galėsiu nueiti į barą ar diskoteką, užmegzti trumpą atostogų romaną su viena iš slidininkių, nes kiek jaunas vyras gali ištverti be sekso?

Sandra

Vasario vidurys. Svečiuojuosi pas Eviją. Sėdime jos svetainėje, kūrename židinį, kaip visada gurkšnojame prancūzišką vyną, kurio pastaruoju metu jos namuose niekada netrūksta, mat turi gerą tiekėją. Per Kalėdas ji buvo išvažiavusi į Prancūziją. Kūčias kaip visada praleido pas savo tėvus, o pirmąją Kalėdų dieną iš pat ryto su Rolandu išskrido. Ji stengiasi visur spėti, tik nežinau, ar nepersiplėš. Kaip ir anksčiau ji atkakliai teigia, kad nenori jokių permainų, yra labai patenkinta tuo, ką turi.

Prieš pusvalandį Rolandas išėjo pas draugą, gyvenantį gretimame name. Mama liepė grįžti po dviejų valandų, kad turėtume laiko netrukdomos paplepėti. Evija pakyla iš vietos, įmeta porą pliauskų ir vėl susirango didžiuliame fotelyje. Čia jos vieta ir niekam nevalia užimti. Aš parietusi kojas sėdžiu sofos kampe. Jauku, spragsi malkos, šokinėja linksmi ugnies liežuviukai. Evija pasikvietė mane nakvoti, kad turėtume laiko ir vyno išgerti, ir pasišnekėti, ir pažaisti su Rolandu, nes, pasak jo, trise įdomiau.

Iki šiol mes šnekėjomės apie savo darbus, klientus, paskalas, kurias skaitėme žurnaluose ar internete, aptarėme ir didžiausią naujieną: liepos dešimtą dieną numatytos verslininko Ernesto Balučio vestuvės su manekene Indraja. Laiminga sužadėtinė dalijasi savo planais apie vestuvių ceremoniją, pokylį ir povestuvinę kelionę. Mes abi skeptiškai purtome galvas, netikėdamos, kad tai ne reklaminis triukas ir tos vestuvės iš tikrųjų įvyks.

– O, tu dar nežinai, – prisimena Evija. – Indraja skambino man. Norėtų, kad pertvarkyčiau jos namus.

– Jos – tai Ernesto? – pasitikslinu.

– Na, taip. Jie planuoja didelį remontą ir, pasak jos, visas interjeras labai senoviškas, ji norėtų avangardo, minimalizmo ir panašiai.

– Nesu tikra, ar ji žino, ką reiškia šie žodžiai.

– Žino, žino, žiūri televizorių, girdi, kaip juos vartoja kiti.

– Bet, kiek suprantu, ji nežino, kad tai tu įrengei tuos namus.

– O, ne! Pati pagalvok, kai aš juos įrengiau, ji mokėsi pradinėje mokykloje.

Mes abi pradedam kvatotis.

– Atėjo nauja karta, – pagaliau vėl pajėgiu kalbėti aš.

– Tik Ernis nesensta...

– Ar tik ne Ernestas jai patarė kreiptis į tave?

– Ne, ponia Leokadija Didgalvienė, jei tokią atsimeni.

Taip, atsimenu. Viena iš tų pagyvenusių verslininkų žmonų, kurių vyrai sėkmingai įveikė vidutinio amžiaus krizę ir neišmainė jų į jaunas, lieknas, ilgakojes

stirnaites. Didžiulis paskalų maišas. Mes lankydavo-
mės tuose pačiuose pobūviuose. Tos ponios, pripratu-
sios prie Evijos, ne iš karto priėmė mane, girdėdavau
įvairiausių apkalbų, o dabar įsivaizduoju, kaip nelen-
gva mano įpėdinei, dar nežinančiai visų elito gyveni-
mo užkulisių. Aišku, ponia Leokadija tyčia rekomen-
davo jai Eviją, tikėdamasi intrigos, kai paaiškės tiesa.

– Evija, bet juk tai puiki proga! – džiaugsmingai
šūkteliu. – Galėsi sukurti kokį nors modernistinį še-
devrą. Nebent tau būtų labai gaila ardyti savo darbą.

– Man nė kiek nebūtų gaila, nes ten jau tikrai reikia
viską atnaujinti. Tik aš ne tu. Įsivaizduoju, ką tu su-
kurtum mano vietoj, – bet man gaila ir laiko, ir ener-
gijos, turiu ką veikti ir be to.

– Gaila, – nusivylusi nutęsiu. – Taip būtų linksma...
Vadinasi, tu atsisakei?

– Ne. Liepiau Indrajai pasakyti sužadėtiniui mano
pavardę ir pasitarti, ar jis norėtų būtent šios dizaine-
rės. Jei taip, paskambinti dar kartą.

– Na ir?

– Jau praėjo savaitė, bet ji man nebepaskambino, –
prunkšteli Evija. – Po tavo įspūdingų užsakymų Ernis,
matyt, nebenori turėti reikalų su „Pamestų žmonų"
klubo narėmis.

Aptarus Ernesto ir jo sužadėtinės Indrajos reikalus,
manau, kad jau atėjo metas intymesniam pokalbiui,
todėl klausiu:

– Evija, ar tu dabar turi viską, kad jaustumeis lai-
minga?

– O kaip tu manai? – Ji visada elgiasi šitaip, kai klausiu apie asmeninius dalykus – pirmiausia stengiasi iškvosti mano nuomonę. Labai jau atsargi, saugo savo privačią erdvę.

– Pamėginkim apžvelgti faktus: tavo gyvenimas susitvarkė, namai jaukūs, sūnus šaunus, aukštuomenė gerai tave pažįsta, – Evija pašaipiai šypsodamasi lenkia pirštus, bet aš nepasiduodu, – išgijai nuo Ernesto padarytų žaizdų, pamiršai meilę jam, nebejauti nuoskaudos, esi nepriklausoma, turi puikų galantišką meilužį, kuris tave dievina... Bet žmogui niekada nebūna gana? – užbaigiu pastebėjusi liūdesio šešėlį jos akyse.

– Neįmanoma visko aprėpti, – atsidūsta Evija. – Kažko visada reikia atsisakyti dėl kitų dalykų: su Erniu turėjau ramų, aprūpintą gyvenimą, bet praradau mėgstamą darbą ir asmenybę. Dabar...

– Turi mėgstamą darbą, esi asmenybė, bet norėtum, kad čia prie židinio sėdėčiau ne aš...

– Tavo draugija man labai maloni, – juokiasi Evija.

– Ir vis dėlto...

– Ir vis dėlto žmogus, kartą nusiplikęs kopūstais, net pro daržą eidamas pučia. Aš neaukosiu laisvės dėl to sėdėjimo prie židinio ne su tavimi. Tas žmogus man nėra toks svarbus, kad...

Ją nutraukia telefonspynės signalas. Evija pakyla, nueina prie durų, nuspaudžia mygtuką.

– Klausau? O, labas, Žerarai! Iš kur tu čia? Juk turėjai atvažiuoti tik kitą savaitę. Žinoma, atidarau.

Ji negrįžta į kambarį, palaukia, atrakina duris. Paskui ateina abu. Evija išraudusi, veide švyti man nematyta išraiška – džiaugsmas, sumišęs su geismu ir... meile, rankose raudonos rožės. Žeraras žiūri į ją taip, kaip svajoja kiekviena moteris.

– Labas, Sandra! – Žeraras prieina prie jau stovinčios manęs ir pabučiuoja į skruostus. – Labai malonu tave matyti. Norėsiu susitikti su tavim ir kai ką aptarti. Turiu tau vieną pasiūlymą. Galbūt ryt?

Žinoma, kad ne dabar. Žmonės tokiomis veido išraiškomis neaptarinėja verslo reikalų.

– Tai aš jau ir eisiu, Evija. Ačiū už vyną ir šilumą.

Evija palydi mane iki durų.

– Nežinojau, kad jis atvažiuos, – sako šypsodamasi. – Apgailestauju, kad pertraukė mūsų pokalbį...

– Nė velnio tu neapgailestauji nei kad jis pertraukė pokalbį, nei kad aš neliksiu pas tave nakvoti. „Tas žmogus man nėra toks svarbus, kad...“ – mėgdžioju ją. – Ką tu mėgini apgauti, Evija?

– Gerai, – atsidūsta Evija, – jis man svarbus. O ką tu mėgini apgauti, Sandra? Nebūsiu pamotė dviem svetimiems vaikams. Na ir šaunu! Esi jauna, laisva, ieškokis kito, neturinčio dviejų vaikų. Bet ne! Kodėl tau šiandien išsprūdo: „O, jei jis būtų laisvas!“ Bet taip nėra. Sunku rasti laisvą trisdešimt penkerių metų vyrą, kuris žiūri į tave, o ne į dvidešimtmetes? Todėl priimk iššūkį.

– Beje, tas vyras gali būti ir trisdešimties, nes man dar kol kas tik tiek. Be to, daugybė žymių moterų susiranda keleriais metais ar net visa dešimčia jaunesnius.

327

– Taip ir įsivaizduoju tave su dvidešimtmečiu, – prunkšteli Evija. – Vaikų darželis.

– Na, tegul jis bus vyresnis. Pažįstu daugybę nevedusių trisdešimtmečių. Laikai kiti, niekas neskuba tuoktis. Tiesiog praėjo dar per mažai laiko, kai išsiskyriau su Dariumi, ir aš dar nespėjau. Bet tu kalbi apie iššūkį, o pati jo nepriimi – važiuok į Prancūziją.

– Jau kartą priėmiau – viena auginausi sūnų. O dabar tavo eilė. Septynerius metus gyvenai gražiai, turtingai, patogiai, kai viskas paduota ant sidabrinio padėkliuko. O dabar, užuot tikinusi save, kad tuoj vėl susirasi tinkamą vyriškį, dėl įvairumo galėtum pagyventi ne taip turtingai, ne taip patogiai, bet su mylimu žmogumi. Juk tu vis dar jį myli, nors ir tvirtini priešingai, ar ne? – Kai aš atkakliai tyliu, ji šypteli ir priduria: – Manau, kad tyla reiškia teigiamą atsakymą, todėl pamąstyk, gal verta surizikuoti.

– Bet jis nieko nedaro, kad mane susigrąžintų, – tikriausiai šis sakinys nuskamba graudžiai lyg įžeisto vaiko skundas.

– Nes negali duoti tau to, ko tu nori. Darius žino, kad tu nenori jo vaikų, tai ką jis turėtų daryti? Dėl tavęs atsisakyti vaikų?

– Pati matai, kad mano situacija neįmanoma.

– Mano taip pat, – atšauna Evija ir lengvai stumteli mane durų link. – O dabar jau eik, Sandra. Pasisvečiavai, ir gana. Reikia jausti saiką.

Aš supratingai šypsausi – aišku, kad ji nekantrauja kuo greičiau likti viena su Žeraru, nes už valandos grįš Rolandas.

* * *

Grįžusi namo įsitaisau prieš televizorių, įsisupu į ple-
dą, nes bute nelabai šilta. Gaila, kad teko palikti Evi-
jos židinį. Dabar ji ten jau tikriausiai sėdi su Žeraru
ir Rolandu. Širdį sugniaužia baisus pavydas. Kodėl ji
turi šeimą, o aš ne? Tarkim, kad ta šeima netikra, bet
šiuo metu Evija laiminga. Pasimylėjo, o dabar džiau-
giasi mylimo vyro draugija ir vyno taure. Tikriausiai
jie sėdi susiglaudę, Žeraras apkabinęs jos pečius, iš ki-
tos pusės įsitaisęs Rolandas... Net suvaitoju iš skaus-
mo. O kada aš tai turėsiu? Galėčiau taip nesielvartauti,
nes Evija tiek metų sėdėjo prie židinio viena, kai aš
laiminga gyvenau su Ernestu. Tačiau dabar man atro-
do, kad aš niekada netroškau šitaip sėdėti prie židinio
su juo, kaip dabar su Dariumi. Prisimenu, kaip mes
pirma siųsdavom vienas kitam žinutes, tikrindami, ar
kitas nori kalbėtis. Pasiimu telefoną ir imu spaudinėti
pranešimus – gal dar kas nors liko iš tų laikų. Mano
telefono atmintis didelė, gal dar ne viską ištryniau. Ži-
noma, randu kelias trumputes: *Nemiegi? Paskambink.
Neturi ką veikti? Paplepam? Turiu tau naujienų. Pasiil-
gau, o tu?* Po to mes skambindavomės. Peržvelgiu vi-
sas ir štai paskutinė:

*Atsimeni, tu žadėjai važiuoti su mumis slidinėti į Slo-
vakiją. Aš dar kartą kviečiu tave. Išvykstam gruodžio 26
dieną mano mašina. Suteik man galimybę perlaikyti eg-
zaminą, kurio šiandien neišlaikiau. Ką apie tai manai?*
Aš nustėrusi žiūriu į tuos žodžius – juos skaitau pirmą

kartą. Išsiųsta tą dieną, kai jis lankėsi pas mane Vilniuje manydamas, kad aš nėščia. Atsimenu, kad tada atėjo jo žinutė, o aš iš karto ją ištryniau. Bent jau maniau, kad ištryniau. Matyt, gerai neįžiūrėjau savo užtinusiomis nuo verksmo akimis ir vietoj *ištrinti*, paspaudžiau gretimą užrašą *atsakyti*. Peržiūriu išsiųstus pranešimus ir randu tuščią žinutę Dariui. Tai šitaip aš atsakiau į jo kvietimą susitaikyti. Ir dar drįstu skųstis Evijai, kad jis nesistengia manęs susigrąžinti. Mėgino. Prieš du mėnesius. Tą pačią dieną, kai surengiau jam spektaklį ir visiems laikams išspyriau iš savo gyvenimo, nors degiau troškimu griūti su juo į lovą ir užmiršti visas tas baisybes, kurių vienas kitam prišnekėjom. Man be galo gaila tos pražiopsotos kelionės į Slovakiją. Nors nežinau, ką būčiau atsakiusi tada, ar būčiau sutikusi. Galbūt ne – per daug emocijų ir įžeistų ambicijų. Kai vėliau papasakojau Evijai, kokį vaidinimą surengiau Dariui, ji smerkiamai palingavo galvą ir pasakė:

– Jei būčiau žinojusi, ką ketini daryti, nebūčiau jam davusi tavo adreso. Aš tikrai maniau, kad jeigu jis ieško tavęs, tai atsiras prie tavo durų su puokšte gėlių ir jūs susitaikysit. Tu, Sandra, niekaip negali be spektaklių. Vieną surengei man „Medininkuose“, kitą Ernestui su tais užsakymais, dar vieną – tai Danguolei, apsimetusi nėščia. Atrodo, jau būtų užtekę. Bet ne – dar ta pačia tema Dariui. Ar esi įsitikinusi, kad pasirinkai tinkamą specialybę? Gal tau reikėjo studijuoti režisūrą?

– Tik jau nesakyk, kad visi spektakliai buvo prasti, – niūriai paprieštaravau, nes man ir pačiai atrodė, kad ji velniškai teisi. Bent jau to paskutinio Dariui tikrai nereikėjo. Kodėl, užuot vaidinusi vargšę pamestą Veroniką, aš neatidariau jam durų vilkėdama juoda, aptempta suknele ir nepuoliau į glėbį, pamačiusi, kaip jam atlėgo? Paskui būtume nusprendę, ką darysime toliau, ir ramiai viską apsvarstę. Gal būtume radę kokį nors kompromisą.

– Vienas geras – paskutiniai užsakymai Ernestui, – pripažino Evija, – o visi kiti... Nors suprantu, kad tu laikai pavykusiu ir tą, skirtą man...

– O kodėl ne? – šypteliu. – Juk dėl jo tavo gyvenime atsirado ir Žeraras, ir Rolandas, o pati žinai, kad Ernestui vis tiek jau buvo atėjęs metas keisti partnerę.

– Pasiduodu, – pakelia rankas Evija. – Dėl šito tu pasirodei teisi. Bet vis tiek dar lieka du nevykę.

– Vienas, – nesutinku. – Dangei aš atsilyginau akis už akį – už jos spektaklį Šiauliuose, kai prisistatė kaip Dariaus žmona.

Nesvarbu, kokie sėkmingi buvo mano režisūriniai bandymai, tačiau dabar aš viena. *Priimk iššūkį, surizikuok*, – kalė man į galvą Evija. O jei pamėginčiau? Telefonas mano rankoje, reikia tik susirasti Dariaus vardą ir paspausti mygtuką... Ir ką pasakysiu? *Sveikas, kaip gyveni? Pagalvojau, kad gal ir tu vienišas... Supratau, kad buvau neteisi... Prisiminiau mūsų kartu praleistas dienas ir nusprendžiau paskambinti...* Viskas atrodo kvaila, banalu, netinkama, neatskleidžia mano tikrosios nuotaikos ir jausmų. Aš ilgai sėdžiu, nesugalvodama jokio tinkamo pirmojo sakinio. Galiausiai nusprendusi, kad nieko neatsitiks, jei aš tik pasisveikinsiu ir palauksiu, ką jis atsakys, spusteliu mygtuką ir iš karto išgirstu: *Telefonas ne ryšio zonoje arba išjungtas.* Tai tiek iš to mano noro surizikuoti. Ir kambaryje pasidaro dar šalčiau. Ilgai stoviu po karštu dušu ir įkaitusi šmurkšteliu po antklode. Supratusi, kad vis tiek neužmigsiu, pasiimu pradėtą skaityti knygą „Mano sesers globėjas". Ji labai liūdna, bet jei imsiu verkti, tai bent jau bus dėl ko.

Ernestas

Kažkas mano gyvenime nebe taip. Nesuprantu kodėl: šalia manęs graži jauna moteris, vėl nauji įspūdžiai, nauja galinga sekso partnerė. Ir vis dėlto manęs nepalieka jausmas, kad Indrajai reikia ne manęs, o to, ką galiu jai duoti. Esu įsitikinęs, kad ir Rimgailė, ir Eva, ir Sandra mylėjo mane kaip žmogų, o ne turtingą verslininką. Tiesa, su Rimgaile toks dar nebuvau, todėl dėl jos galiu nė kiek neabejoti. O kitos dvi? Jos taip pat mylėjo mane. Aš jas irgi mylėjau, bent jau tam tikrą laiką, kol išblėso naujumo įspūdžiai, o mainais į savo meilę kai ką pasiėmiau: iš Rimgailės gavau pinigus verslo pradžiai, Eva įvedė mane į aukštuomenę, sukūrė puikius namus, sutvarkė buitį, su Sandra buvo be galo smagu, pasijutau jaunas ir šaunus. Nors mes ir išsiskyrėm, jos negalėtų skųstis, nes padėjau joms patenkinti tam tikrus poreikius: Rimgailė gavo iš manęs vaiką, Eva įgyvendino savo svajonę sukurti tobulus namus, Sandra džiaugėsi kelionėmis.

Labai troškau Indrajos. Vos pamatęs ją grožio konkurso atrankoje, pasistengiau laimėti jos palankumą, pažeisdamas komisijos pirmininko etiką, pasikviečiau ją vakarieniauti ir jau tą pačią naktį, paskambinęs

Sandrai, kad užtruksiu susitikime, mėgavausi naujos sekso partnerės teikiamais malonumais. Ji buvo nepaprastai puiki ir išradinga, niekaip negalėjo manimi pasisotinti. Neįtikėtina, ką sugeba tos šiuolaikinės dvidešimtmetės. Atsiradusi mano gyvenime Sandra buvo dvidešimt trejų, bet turėjau ją daug ko išmokyti, ir tai buvo žavu. Tačiau Indraja padėjo man įgyvendinti slapčiausias erotines fantazijas, lyg būtų lankiusi Kamasutros kursus. Nenuostabu, kad aš visiškai pamečiau galvą. Mes susitikdavom, kada tik galėdavom pasprukti po alinančių repeticijų prieš konkursą. Žinoma, pasistengiau, kad ji laimėtų. Vėliau finansavau jos fotosesijas, nusivežiau ją į Paryžių, lydėjau į modelių atrankas. Ten mums nelabai sekėsi, nes iš pradžių išgyrę Indrają komisijų nariai mandagiai paaiškindavo, kad jei būtų penkiolikos, jie nė neabejodami pasiūlytų jai ilgalaikį kontraktą, o kaip pradedanti manekenė esanti per sena, jai reikėtų pamėginti tose agentūrose, kur renka modelius demonstruoti kolekcijų vyresnėms moterims. Mes ir mėginom, bet ten ji buvo per jauna – jiems reikėjo trisdešimtmečių... Užburtas ratas. Žinoma, mes nenuleidom rankų, pradėjom ruoštis „Mis Visata" konkursui Honkonge, lankėmės visuose įmanomuose elito vakarėliuose Lietuvoje, Indrajos nuotraukos pasirodė ant kelių žurnalų viršelių. Per visus devynis mūsų pažinties mėnesius Indraja buvo nenuilstanti lovoje, lipšni, paslaugi, kupina fantastiškiausių mūsų bendros ateities planų. Tačiau kodėl manęs nepalieka nuojauta, kad ji gėrisi

savimi ir mano, jog aš esu be galo, be krašto laimin-
gas, turėdamas tokį grožį šalia? Joje nėra nei Rimgai-
lės nuolankumo ir pasiaukojimo, nei Evos elegancijos
ir inteligentiškumo, nei Sandros šėlsmo ir nuoširdu-
mo. Indraja žino savo vertę, demonstruoja savo grožį
ir naudojasi mano kredito kortelėmis. Jos mieloje gal-
velėje ištisas knibždėlynas idėjų, kur dėti mano pini-
gus. Nė pats nežinau, kaip ji privertė mane susižadėti
ir paskirti vestuvių datą. Aš tiesiog ištirpstu, pamatęs
viliojančią jos putlių, geidulingų lūpyčių šypseną ir
tą ypatingą drėgnų akių žvilgsnį, atvirai kviečiantį į
lovą. Ji svajoja apie vestuves – tokias, kurios nuskam-
bėtų visoje Lietuvoje ir už jos ribų. Kad visi žurnalai
spausdintų straipsnius ir nuotraukas apie jos žymiau-
sių dizainerių sukurtus apdarus, tūkstančius raudonų
rožių ir baltų balandžių, limuzinus, fejerverkus ir gar-
sių Rusijos dainininkų pasirodymus. Kodėl Rusijos?
Turbūt todėl, kad Madonos aš neįpirkčiau, o lietuviai
visiems mirtinai nusibodę. (Tiesa, Indraja turi slaviš-
ko kraujo. Manau, kad todėl ji tokia seksuali ir nepa-
sotinama.) Apie tokias vestuves jau esam skaitę? Taip,
ne kartą, bet Indraja dar ką nors patobulintų, kad
būtų kitaip. Ar man to reikia? Nesu toks garbėtroška
ir niekad neprarandu blaivaus proto. Visos mano par-
tnerės tai galėtų paliudyti. Mane tenkintų ir kuklesnė
ceremonija. Tačiau pastaruoju metu jau tapo prestižo
dalyku pademonstruoti visai šaliai, koks esi galingas,
kiek pajėgi išleisti prašmatniam savo sukakties ar ves-
tuvių pokyliui. Aš jau praleidau progą triukšmingai

atšvęsti keturiasdešimtmetį, iki penkiasdešimtmečio dar toli, todėl prabangios vestuvės su žavinga jauna partnere būtų nebloga proga sušvytėti man pačiam, ne tik kaip grožio konkurso laimėtojos partneriui. Juk visi žinotų, kad čia mano, o ne jos pinigai, kad tai aš ją iškėliau į tokias aukštumas.

Šiandien Žeraras man paskyrė pasimatymą restorane. Keista, kad jis vėl Vilniuje, pastaruoju metu jo apsilankymai labai padažnėjo. Einu kartu su Indraja, nors ji dejuoja, kad jai labai nuobodu, iš jos nebūsią jokios naudos – anglų kalbos žinios silpnokos, prancūzų visiškai nemoka. Tačiau kažkodėl Žeraras norėjo, kad ir ji dalyvautų, todėl einame kartu. Ji vilki blizgantį sijonuką, kuris kone visiškai atidengia jos dailias ilgas kojas, rausvą aptemptą palaidinukę gilia iškirpte, iš kurios virsta jos padidintos krūtys – pasak bulvarinės spaudos, mano dovana sužadėtuvių proga. Man pačiam neatrodo, kad Indraja tapo seksualesnė, to ir taip turėjo su kaupu, bet visuose interviu ji teigia, kad po operacijos daug labiau pasitiki savimi. Na, jei ji dėl to laimingesnė, tai ir man gerai.

Restorane manęs laukia netikėtumas – salės gilumoje prie vieno staliuko įsitaisiusios dvi mano buvusios – Eva ir Sandra. Su jomis kokių šešerių metų berniukas. Aišku, Evos sūnus, kurį ji mėgino primesti man. Nusišypsau prisiminęs jos išraišką, kai pasirodė, jog vaikas ne mano. Bet pati Eva atrodo stulbinančiai – panaši į tą, kurią pamačiau prieš dvylika metų vieno verslininko įkurtuvėse ir iš karto nusprendžiau turėti. Ji vėl iš blondinės tapo brunete, ir tai jai labai tinka. Atrodo, nė nebuvo tų metų. Niekas nepasakys, kad jai, kaip ir man, keturiasdešimt dveji. Kažkur giliai viduje suvirpa kažkada jai jausto geismo šešėlis. Sandrą mačiau ne taip ir seniai, ji visiškai tokia pat kaip ir prieš kelis mėnesius. Sunku pripažinti, bet man labai trūksta Sandros darbe. Kai ji buvo šalia, nė neįsivaizdavau, kiek daug ji padaro: jokių trukdymų – laiku priimti ir išsiųsti užsakymai, jokių rūpesčių su atsiskaitymais, nepriekaištingai sutvarkyti dokumentai, geri viešieji ryšiai, puikios reklaminės kampanijos. Kai jos nebeliko, staiga viskas ėmė strigti. Anksčiau man nė į galvą nešaudavo tikrinti. Viską tvarkė ji. Kai vietoj jos paskyriau naują vadybininkę, pasirodė, kad atsirado daugybė problemų. Ėmė vėluoti pristatymai, apmokėjimai, įsivėlė apmaudžių klaidų. Priėmiau dar vieną pagalbininkę, bet nedaug kas pagerėjo. Tenka objektyviai pripažinti, kad aš neįvertinau Sandros – darbuotojos, priėmiau viską natūraliai – kaip orą, kuriuo kvėpuoju. Pasirodė, kad ji padarydavo didelę mano darbo dalį, o dabar viską turiu dirbti pats, nes niekas kitas kol kas nesugeba. Tiesa, buvau nežmoniškai įsiutęs ant jos, kai ji man užsakė tas tonas nereikalingų prekių ir nė vienas tiekėjas nesutiko priimti jų atgal, nes viskas buvo įforminta taip, kaip reikia. Žinoma, aš nenorėjau su jais pyktis, todėl nurijau tą karčią piliulę. Jie teisūs – esu savininkas, pats turėjau žiūrėti, kas mano firmoj dedasi.

– Zuikeli, į ką tu čia taip įsižiūrėjai? Visai negirdi, ką aš tau sakau, – išgirstu mielą nuskriaustos mergaitės balselį, kuriam dar niekad nepajėgiau atsispirti.

Pasekusi mano žvilgsnį, Indraja neranda kuo būti nepatenkinta – vienos moters ji nepažįsta: kai aš pradėjau merginti Evą, Indraja lankė trečią klasę. Sandrą pažįsta, bet ji sėdi nugara į Indrają, todėl ši nemato jos veido. Eva vilki elegantiška juoda suknele, ant kaklo perlų vėrinys, žinoma, tikrų, ne dirbtinių. Sandra mūvi tamsias kelnes, vilki šilkinį šampano spalvos švarkelį. Pažvelgiu į virstančias iš rožinės palaidinukės Indrajos krūtis ir nusprendžiu, kad abi buvusios atrodo daug elegantiškiau. Įsigilinęs į savo buvusiųjų išvaizdą tik vėliau pagalvoju, kodėl jos kartu? Juk jos buvo mirtinos priešės, konkurentės, kaip dabar gali sėdėti prie vieno staliuko, gerti vyną ir draugiškai plepėti?

Pagaliau pasirodo Žeraras. Pamojavęs man, jis prieina prie Sandros ir Evos. Berniukas džiaugsmingai pašoka iš vietos. Žeraras kažką pasako moterims, tos pasiima savo taures, vaikas – ledus ir visi ateina prie mūsų stalo. Nieko nesuprantu, kas čia vyksta. Žinoma, Žeraras pažįsta jas abi, bet kodėl reikėjo kviestis čia? Jam įdomu, kaip mes bendraujame? Ogi niekaip. Aš neprisirišu prie partnerių. Kai moterys išeina iš mano gyvenimo, aš su jomis tik pasisveikinu atsitiktinai sutikęs ir daugiau jokių reikalų, jokių sentimentų.

– Ernestai, supažindink damas, – angliškai prašo Žeraras.

– Sandra, Eva, Indraja, – burbteliu aš.

– Šitaip tu nieko nepasakei, – juokiasi Žeraras. – Sandra ir Evija – „Pamestų žmonų" klubo narės, o Indraja – dar tik kandidatė į klubo nares.

– *Club? What club?* – nieko nesupratusi klausia Indraja.

– Kai tave Ernis pames, galėsi stoti į mūsų klubą, – teikiasi lietuviškai paaiškinti Eva.

– O, jis manęs nepames! – įsitikinusi pareiškia Indraja. – Greičiau aš jį. Tokių kaip aš vyrai nepameta, ar ne, mano meile?

Eva santūriai šypsosi, o Sandra nesusilaikiusi prunkšteli.

– Mes irgi taip manėm, – sako Eva. – Ir matai, kur atsidūrėm. Tik nė viena nesigailim. Ačiū tau, Erni, mes daug ko išmokom, o gautas pamokas panaudojom saviauklai ir asmenybei tobulinti.

– Ką jau tu dar ištobulinai? – skeptiškai klausiu Evos. – Tu ir taip tobula.

– Ji išmoko nekreipti dėmesio į tokius kaip tu, – angliškai sako Žeraras, – ir tapo puiki mama mano sūnui.

Akimirką pamanau, kad kažkuris išprotėjom – arba jis, arba aš. Mama jo sūnui. Didesnės nesąmonės negalėjo pasakyti! Bet staiga suvokiu tiesą – tai štai kas tas paslaptingasis Evos meilužis. Mano ištikimasis ilgametis partneris. Praėjo septyneri metai. Tikrai neturėčiau reaguoti, bet kone uždūstu iš pavydo. Kaip jis drįso? Ir kaip ji drįso! Mano tobuloji ištikimoji Eva.

O mane netgi šiek tiek graužė sąžinė, kai krausčiau ją iš savo gyvenimo.

– Tai tu su ja, – švokščiu, – buvot meilužiai, o aš, kvailys, dar dovanojau jai butą...

Matyt, nevalingo pavydo iškreipta mano veido išraiška tapo grėsminga, nes Sandra skuba mane nuraminti:

– Nejuoduok. Tai įvyko tą vakarą, kai aš surengiau mūsų visų susitikimą šitame pačiame restorane. Mes pirmi pradėjom. Tačiau nieko blogo – visi kažką gavom: aš – tave, tu – mane, Evija – sūnų. O apie tas landynes, kurias tu vadini butais, verčiau nekalbėkim – per menka kompensacija už ilgametį darbą.

– Mane pamiršot, – įsiterpia Žeraras. – Aš gavau savo gyvenimo moterį, – jis meiliai pažvelgia į Evą. Niekad nemačiau jo tokio praskydusio. O Eva net švyti gavusi progą pavaidinti prieš mane: dabar graužkis nagus, kad tokį lobį atidavei partneriui. Tiesą sakant, jaučiuosi bjauriai. Iš visų vyrų žemėje kodėl būtinai jis? Tas, kuriam aš visada slapta pavydėjau ir turtų, ir elegancijos, ir to rafinuoto, aristokratiško prancūziško subtilumo. Visada atrodė, kad aš, nors ir kaip stengiuosi, nepajėgiu su juo susilyginti.

Mes šnekamės maišydami anglų ir lietuvių kalbas. Nenuostabu, nes visi mokame angliškai, bet staiga suvokiu, kad Žeraras supranta lietuviškai – čia jau man naujiena. Įsmeigiu į jį nustebusį žvilgsnį.

– Mes su Evija kartu, – savaip išsiaiškina mano nuostabą Žeraras. – Nelabai seniai, vos keli mėnesiai. Gaila, kad praradom tuos septynerius metus.

Nusprendžiu, kad vėliau išsiaiškinsiu, ką jis turi galvoje.

– O Sandra taip pat tavo partnerė? – mėginu įgelti. – Gal jūs trise?

– O Sandra – taip pat mano partnerė, – apstulbina mane Žeraras. Ir kur čia pataikiau? Tikras beprotnamis. – Bet verslo.

– Verslo! – nusikvatoju. – Buvo! Kai gyveno su manim, o kadangi mes išsiskyrėm...

– Jūs išsiskyrėt, bet ji liko mano partnerė. Pradėjusi dirbti „Magnolijoje", įtikino mane pasirašyti sutartį ir su jais.

„Magnolija" – mano aršiausi konkurentai. Sandra pas juos? Žeraras pasirašė sutartį? Nesąmonė! Aš jo vienintelis partneris. Jis tik kažkodėl nori mane įsiutinti.

– O sutartis su manim? – puolu. Kol kas tik žodžiais, bet mielai užvažiuočiau prancūzui per tą jo šypseną.

– Beje, ji baigėsi jau prieš tris savaites. Jei pameni, mes ją atnaujiname kas keleri metai.

O velnias! Visai pamiršau. Ta mano padėjėja nuolat ko nors nesužiūri.

– Aš pamiršau, bet kodėl tu manęs neįspėjai? – priekaištingai sakau Žerarui.

– Nes turiu kitų planų. Dabar, kai aš noriu daugiau laiko praleisti su savo šeima, – jis pažvelgia į Evą ir berniuką, – vienas visko nebeaprėpiu, todėl nusprendžiau turėti savo nuolatinį atstovą Lietuvoje. Tam ir pasikviečiau tave čia.

O, jis ketina suteikti man išskirtines teises. Apie tai jau seniai svajojau. Aš iš karto nusišypsau.

– Labai malonu.

– Neabejoju, kad tau bus malonu, nes tu ją gerai pažįsti, – patenkintas sako Žeraras. – Ji jau ne kartą man įrodė, kad yra puiki darbuotoja.

– Ji? – nusivylęs klausiu.

– Taip, ji. Tai Sandra.

– Sandra!? – sušvokščiu. Įniršis taip užgniaužia kvapą, kad net pamanau, jog krisiu pakirstas širdies smūgio.

– Taip, Ernestai, dabar visas sutartis sudarinėsi su manimi, – šaiposi ta gyvatė. – Bus malonu bendradarbiauti. Jei, žinoma, norėsi. Jei ne, Žeraras – ne vienintelis tavo partneris, yra ir kitų firmų.

– Maniau, kad jei tu kada nuspręsi turėti savo atstovą, juo tikrai tapsiu aš, – kreipiuosi į sveiką Žeraro protą. – Juk mes šitiek metų kartu. Tu puikiai mane pažįsti...

– Taigi, kad pažįstu. Neslėpsiu, anksčiau tikrai apie tai galvojau. Bet, Ernestai, tu pasidarei nebepatikimas. Pripažink, kai atleidai Sandrą, tavo firmos darbe atsirado daug apmaudžių klaidų. Sandros darbą dabar atlieka dvi vadybininkės ir vis tiek nesusidoroja. Kaip galiu dirbti su tavim, kai tu nesupranti, kad Sandra nutekino informaciją apie tave konkurentams, pervervavo tavo tiekėjus, jie tau siūlo nebe tokias palankias sąlygas... Trumpai tariant, ji įrodė, kad puikiai sugeba dirbti ir yra lojali tam, kuriam dirba, – pabrėžia jis paskutinį sakinį. – Ši jos savybė man labai patinka.

Smūgis po smūgio. Aš tikrai jos neįvertinau.

– Be to, sprendžiant iš tavo naujosios širdies draugės pareiškimų žiniasklaidai, – Žeraras linkteli Indrajai, ši patenkinta akinamai nusišypso, – ir tavo pastarųjų darbų, jos užmojai dideli. Manau, ji nusiteikusi kaip reikiant įsisukti į tavo imperiją, o tu jai padedi. Nors ir kaip man patiktų rezultatas, – jo vertinantis žvilgsnis užkliudo iškilią Indrajos krūtinę, – bet aš esu verslininkas ir negaliu rizikuoti, jei mano partnerį užklupo vidutinio amžiaus krizė.

Matyt, mano veidas labai ištįsęs, nes Eva su Sandra pažiūri į mane, susižvalgo ir sutartinai prunkšteli.

Nežinau, ką pasakyti, tik išgirstu, kaip Indraja angliškai aiškina po operacijos labiau pasitikinti savimi. Geriau jau patylėtų, nes Sandros krūtinė perpus mažesnė, o pasitikėjimo savimi ir įžūlumo – nors vežimu vežk. Žeraras pritardamas linksi: *You look just superb.* Indraja nukaista iš laimės.

– O dabar, Ernestai, manau, viskas aišku. Buvo malonu su tavimi dirbti. Niekas nesikeičia, tik toliau tu bendradarbiausi su Sandra, o dabar mes turime kitų reikalų, – sako Žeraras ir atsistojęs paduoda man ranką.

Vos prisiverčiu ją paspausti, per daug viskas netikėta. Dar nežinau, kiek tai paveiks mano verslą. Didelės įtakos gal neturės. Žeraras buvo pagrindinis mano partneris ir dabar jis niekur nedings, tik reikės bendradarbiauti per Sandrą. Smūgis labiau moralinis – manimi nebepasitiki. Štai kas atsitinka, kai moterys ima dominuoti ir tavo gyvenime, ir versle. Padariau didelę klaidą, gal net ne vieną, ir dabar tenka raškyti karčius vaisius.

Žeraras šiltai atsisveikina su Indraja, pabučiuoja į abu skruostus. Ši švyti laiminga, nes, aišku, nesuprato, apie ką mes kalbėjom. Jie visi pakyla ir išeina. Mes liekame su Indraja. Ji mėgina iškvosti mane, ko nesupratusi iš mūsų pokalbio su Žeraru, trumpai paaiškinu, bet matau, kad jai nelabai svarbu. Mano verslo reikalai ją domina tik tiek, kiek leidžia tenkinti jos vis augančius poreikius. Pagalvoju, kad mes nelabai turim apie ką kalbėtis. Su šia savo širdies drauge aš galiu aptarinėti televizijos gyvenimo būdo laidų bei paskalų žurnalų herojus ir skandalus apie juos. Ką dar? Kiek kainuoja drabužiai kokiame salone, kur dabar kokios nuolaidos, kokiai agentūrai pasiųsti jos nuotraukas, kokias sukneles reikės pasiimti į „Mis Visata" konkursą. Tai beveik ir visos temos. Tačiau juk ji mane patraukė ne pokalbiais ir ne išminties grynuoliais, byrančiais iš putlių lūpyčių. Štai ir dabar Indraja jaučia, kad mano nuotaika prasta, todėl, kai grįžtame namo, pasistengia mane išblaškyti vieninteliu dalyku, kurį moka tobulai, – seksu. Kai mes pagaliau baigiame, palieku ją ir einu į baseiną. Aš labai sukaitau, išprakaitavau, norisi atvėsti. Nusimetu chalatą, bet vis tiek karšta. Ir staiga nudiegia širdį. Prisėdu ant baseino krašto, laukiu, kol skausmas praeis. Kas man darosi? Dar niekada nėra taip buvę. Po gero sekso nuotaika būdavo pakili, jausdavau malonų nuovargį, bet tik ne skausmą širdies plote. Galbūt Indraja per daug nepasotinama lovoje? Bet nieko nuostabaus, jai vos dvidešimt vieneri, lygiai du kartus jaunesnė už mane. Sandra niekada nedarydavo to, kuo mane lepina Indraja. Tai, žinoma, velniškai jaudina, tik kartais sukirba mintis: kur ji viso to išmoko? Duok Dieve, kad iš juodo sekso filmų... Tikrai nenorėčiau, kad išaiškėtų kokių nors pikantiškų jos biografijos faktų...

Atrodo, skausmas praėjo. Nusišluostau išrasojusią kaktą ir neriu į vėsų vandenį. Paplaukiojęs pasijuntu visiškai žvalus. Išsitiesiu šezlonge. Indraja kažkodėl neateina, gal dar prausiasi po dušu. Todėl pasinaudojęs proga pamėginsiu patvarkyti šiek tiek susvyravusius savo verslo reikalus. Plaukiojant man šovė į galvą viena mintis. Mobilusis telefonas chalato kišenėje. Išsitraukiu jį ir paskambinu... Sandrai.

– Na, Ernestai, ar jau vis dėlto nusprendei bendradarbiauti? – žvaliai klausia ji. – Laikas, laikas, nes tuoj pritrūks tavo pagrindinių prekių. Reikia naujų užsakymų. Tik pirma turime pasirašyti sutartį.

– Sandra, grįžk dirbti pas mane. Prisipažįstu, aš nepakankamai tave vertinau. Tu buvai neįkainojama darbuotoja. Man labai gaila, kad per vėlai supratau.

– Ernestai, ar tau galvoje negerai? Gal nesupratai, ką tau šiandien aiškinom? Aš – oficiali ir vienintelė Žeraro atstovė Lietuvoje. Jau pradėjau veiklą, tvarkausi biurą.

– Galėtum atsisakyti. Aš tau mokėčiau dvigubai daugiau negu jis.

– Ir kiek tai būtų?

Pamąstęs pasakau, mano nuomone, labai padorią sumą.

Ji nusikvatoja.

– Tai maždaug tris kartus mažiau negu pas Žerarą, o dar jis žadėjo skirti įvairių priedų.

– Sandra, bet dėl mūsų buvusios meilės ir laimingų drauge praleistų metų...

– Vargšelis Ernestas jau prarado ryšį su realybe... – užjaučiamai nutęsia ji. – Taigi už visa tai tu man atsidėkojai – dovanojai nuostabų butą. Mes nieko vienas kitam neskolingi.

Jos ironija pjauna skaudžiau už peilį. Tokios Sandros aš nepažįstu, bet sukandęs dantis dar kartą mėginu ją palenkti:

– Sandra, tu teisi, tas butas – tikra landynė. Parduosim šitą ir aš tau nupirksiu daug padoresnį.

– Mielas mano, kuo tu mane laikai? Kuklia pelyte, nuolankiai priimančia visus likimo smūgius? Aš jau seniai ten nebegyvenu. Mudvi su Evija sėkmingai įrengėm ir pardavėm jau kelis butus, – išdidžiai praneša ji. – Dabar abi gyvenam labai gražiai. Bet jei tu man norėtum padovanoti namą su baseinu, aš neatsisakyčiau.

Deja, namo su baseinu aš negaliu padovanoti.

– Aš nemaniau, kad tu tokia kerštinga, Sandra. Niekada tokia nebuvai, – mėginu apeliuoti į jos sąžinę.

– Nesu kerštinga. Aš netgi siūlau tau sudaryti su manimi sutartį. Patikėk, sąlygos nebus daug blogesnės negu tiesiogiai su Žeraru.

– Susikišk tą sutartį žinai kur! – įsiutęs išjungiu telefoną. Rytoj biure pasitarsim, kaip mums toliau dirbti be Žeraro produkcijos, bet Sandra bent nesišaipys iš manęs, kai nusižeminęs apnuoginu prieš ją savo širdį, ir nenurodinės man, ką turiu daryti.

Sandra

Ir vėl birželis. Kaip greit prabėgo metai be Ernesto ir pusė metų be Dariaus. Meluočiau teigdama, kad viską jau pamiršau, atsigavau ir jaučiuosi laisva ir laiminga. Anaiptol. Pastarąją savaitę oras nuostabus, saulėta, šilta, taip ir traukia prie jūros. Maždaug tokiu metu pernai buvau Nidoje. Ir dabar labai norėčiau. Aišku, ne viena. Tačiau nėra ką pasikviesti. Evija su Rolandu išskrido į Prancūziją. Gyvens ten visą vasarą, o prieš rugsėjį grįš. Ji nusprendė leisti sūnų į mokyklą Lietuvoje, Žeraras nieprieštaravo. Nors toks gyvenimo būdas – ne atskirai, bet ir ne kartu – man atrodo be galo keistas, tačiau ją ir Žerarą tenkina. Taip ir skraido vienas pas kitą. Ne man juos teisti. Aš šitaip negalėčiau – norėčiau nuolat būti kartu, kiekvieną vakarą, o ne tik savaitgaliais ir per atostogas, o jie atrodo įsimylėję ir laimingi. Ant Evijos piršto žybčioja deimantas, bet paklausta, ar ketina sužadėtuvių žiedą pakeisti į sutuoktuvių, ji tik neapibrėžtai atsako: galbūt kada nors. Ką gi, kiekvienam savo. Jei jiems gerai, tai man tuo labiau. Jei Evija išvažiuotų nuolat gyventi į Prancūziją, man jos labai trūktų. Šiuo metu ji vienintelė tikra mano draugė, kitos tik geros pažįstamos.

Per septynerius metus su Ernestu nutolau nuo senųjų kurso draugių, su kuriomis įkūrėme „Rengą" ir buvom neišskiriamos. Verslininkų žmonos ir meilužės, su kuriomis anksčiau bendravom, liko savo rate, o aš, pamesta Ernesto, automatiškai iš jo iškritau. Taip jau būna tuose sluoksniuose – nebereikalinga vyrui tampi nebereikalinga ir jo aplinkai. Tikriausiai tų draugių ir vėl atsiras, tik reikia kantrybės. Tačiau visa tai taip skiriasi nuo man įprasto gyvenimo būdo, kad kartais susigraudinusi net ašarą nubraukiu. Aš nesu vienišė ir toks primestas vaidmuo mane labai slegia.

Šiandien sulaukiau dviejų keistų telefono skambučių. Ryte ekranėlyje pamačiau vardą „Ernestas". Na štai, pagaliau ryklys pasidavė. Nuo paskutinio mūsų pokalbio prabėgo mėnuo. Turbūt klientės reikalauja prekių, kurių atsargos jau pasibaigė. Ernestui teko perlipti per savo principus ir sutikti bendradarbiauti, nes moterų kantrybė ne geležinė: neradusios įprastų produktų jo salonuose, pradės jų ieškoti kitur. Taigi verslininkas apsigalvojo ir norėtų bendradarbiauti. Tačiau neatspėjau.

– Sandra, sugrįžk pas mane, – vos pasisveikinęs sako jis.

– Jau kartą kvietei, aš atsisakiau ir tikrai nepersigalvojau. Man labai patinka būti Žeraro atstove.

– Ne, Sandra, aš kviečiu ne į firmą. Sugrįžk į mano namus ir apskritai į mano gyvenimą.

– Kas gi tau pasidarė, Ernestai? – apstulbusi šūkteliu. – Juk liepos dešimtą turi būti tavo vestuvės.

– Mes jas atidėjom neribotam laikui. Turbūt skaitei, kad po konkurso Indraja gavo pasiūlymą padirbėti modeliu Honkonge.

– Skaičiau, bet maniau, kad savo vestuvėms sugrįš.

– Aš niekada netroškau tų vestuvių, tai buvo jos svajonė savo pokyliu sudrebinti visą Lietuvą.

– Taigi Indraja liko Honkonge, todėl tu nusprendei susigrąžinti mane?

– Sandra, atsisakydamas tavęs, aš padariau didžiausią savo gyvenimo klaidą.

– O gal dar anksčiau? Atsisakydamas Evijos. Mačiau, kaip žiūrėjai į ją ir jos sūnų per mūsų paskutinį susitikimą – apgailestaudamas, kad ir tu galėjai turėti tokį didelį vaiką.

– Eva jau labai tolima praeitis. Tada dar nebuvau subrendęs turėti vaikų.

– Ir pernai dar nebuvai subrendęs, – primenu. – O dabar jau subrendai?

– Sandra, aš norėčiau turėti vaiką su tavimi.

– Gerai, kad sėdžiu, Ernestai, nes būčiau nugriuvusi. Tau rimtai kažkas atsitiko. Pakliuvai į ligoninę priešinfarktinės būklės ir jau matei koridorių į amžinybę?

– Ne, – padvejojęs atsako jis, ir aš suprantu, kad pataikiau gal ne į dešimtuką, bet visai netoli, – tik pagalvojau, kad atėjo laikas save pratęsti.

– Tai nėra tokia būtinybė – jau pratęsei su Rimgaile. Lukas Balutis studijuoja Braitono universitete.

– O, tu jau viską žinai...

– Tapusi „Pamestų žmonų" klubo nare daug sužinojau. Susirask Luką.

– Mėginau, – atsidūsta Ernestas. – Jis su manimi nenori nei susitikti, nei apskritai bendrauti.

– Užjaučiu, bet negaliu padėti.

– Gali, Sandra. Juk tu norėjai vaiko.

Aš pradedu juoktis.

– Sandra, aš labai rimtai. Dabar viskas būtų kitaip. Mes susituoktume.

– Ak, koks būtų džiaugsmas žiniasklaidai! Visos televizijos laidos pasigautų šią sugrįžusios meilės istoriją. Ar paliktume tuos pačius Indrajos užsakymus ir vestuvių scenarijų? Būtų labai patogu, tu neprarastum pinigų už netesybas.

– Sandra, nebūk tokia sarkastiška. Juk sakiau, kad padariau klaidą, dabar noriu ją ištaisyti. Povestuvinei kelionei galėsime vykti į bet kurią tavo pasirinktą pasaulio vietą. Tu vis sakydavai, kad norėtum pakeliauti po Pietų Ameriką, pamatyti majų šventyklas. Pagalvojau, kad tikrai būtų šaunu...

– Matyt, tavo padėtis tikrai prasta, o paskutinė nesėkmė paveikė ir protą, – užjausdama sakau. – Bet jau sakiau, kad negaliu tau padėti. Tu man per senas, Ernestai. – Ir norėdama, kad šie mano žodžiai liktų paskutiniai, išjungiu telefoną.

Galėčiau triumfuoti: Ernestas pripažįsta savo klaidas ir nori grįžti į praeitį. Ir vėl laiko spiralė... Tačiau šį kartą aš tik abejingai gūžteliu pečiais – ne toje vietoje ji atsisuko. Kad ir kaip graužčiausi esanti vieniša, bet ne ant Ernesto peties norėčiau padėti galvą...

Kitas skambutis pasigirsta vakare, apie dešimtą valandą. Numeris nežinomas. Atsiliepusi išgirstu vaikišką balsą:

– Labas vakaras, ar čia Sandra?

– Taip, Sandra, – nustebusi sakau. – O kas čia kalba?

– Rytė. Dariaus duktė.

– Rytė? Kas atsitiko? – Aš visiškai neįsivaizduoju, kodėl ta mergaitė galėtų man taip vėlai skambinti, net išsigąstu: kažkas negerai Dariui? Meluočiau teigdama, kad man visiškai nerūpi.

– Nieko blogo, bet mes su Vakariu oro uoste ir mūsų niekas nepasitiko.

– Kaip tai niekas nepasitiko? O kur tėtis?

– Tėtis Vokietijoje.

– O iš kur jūs grįžot vieni? – nieko nesuprantu.

– Iš Frankfurto. Mes buvom pas tėtį, – aiškina Vakaris, perėmęs telefoną iš sesers. – Jis išėjo į kitą firmą ir dabar mėnesiui išsiųstas į kursus, kad galėtų dirbti naujame darbe.

– O seneliai, Danguolė?

– Seneliai sanatorijoje Druskininkuose, o Danguolė važiavo mūsų pasiimti, bet jos mašina sugedo kažkur vidury kelio. Tai ji davė tavo telefoną, nes mes daugiau nieko Vilniuje nepažįstam, o nei autobusai, nei traukiniai į Šiaulius jau nevažiuoja.

Nežinau, iš kur ta Danguolė turi mano numerį, matyt, seniai šnipinėjo Darių ir įsirašė dėl visa ko, jei kartais norėtų man atsiųsti kokią mielą žinutę, kaip aš kažkada Evijai... Nors maniau nutraukusi visus saitus su ta šeima, bet ne tokia aš beširdė, kad palikčiau vaikus naktį oro uoste. Taip jie ir į policiją gali pakliūti. Bet tai nebūtų pats blogiausias atvejis. O jei kokiam nors pedofilui ar šiaip plėšikui?

– Sėdėkit salėje, aš būsiu po pusvalandžio. Jei kas nors klaus, pasakykit, kad teta jus tuoj pasiims.

– Mes galim ir patys taksi, tik pasakyk adresą.

– Ne, ne, laukit manęs, – griežtai sakau. Nenoriu, kad vaikai naktį vieni važinėtų taksi. Visokių vairuotojų pasitaiko. Jei kas atsitiks, liksiu kalta. Nors iš tiesų čia kalčiausia Danguolė – negi negalėjo rasti kitos išeities? O jei manęs nebūtų namie? O jei būčiau atsisakiusi padėti? Bet jie nekalti, kad turi tokią neatsakingą tetą, ir nesvarbu, kad mes jau išsiskyrę su jų tėvu.

Randu Dariaus vaikus kantriai sėdinčius laukiamojoje salėje. Seniai juos mačiau, jie paaugę, pasikeitę, bet Vakario balse dar nėra to paaugliško šiurkštumo, o Rytė, matyt, dar porą metų neįžengs į moterų pasaulį. Būtų dar ne per vėlu susidraugauti, jie dar ne visai paaugliai, nepraradę to vaikiško nuoširdumo, kažkodėl pagalvoju, bet juk man tai neturi rūpėti. Įkeliu jų lagaminą į automobiliuko bagažinę ir važiuojam pas mane.

Pakeliui sužinau, kad Darius išėjo dirbti į besikuriančią Lietuvos–Vokietijos logistikos firmą, todėl reikėjo važiuoti į mokymus. Vaikai nuskrido pas tėtį, pabuvo keturias dienas, apžiūrėjo Frankfurtą. Kitą savaitę jis turi paruošti baigiamąjį darbą ir išlaikyti egzaminus, o jie kaip ir kasmet važiuos į sporto stovyklą Nidoje, poryt išvyksta, todėl ir grįžta namo.

Mes parvažiuojame pas mane. Dabar mano butukas jau visai padorus, dviejų kambarių. Nors ir neketinu čia užsibūti, tai dar nėra mano svajonių namai, bet nors turėsiu kur paguldyti svečius. Vaikai alkani, nes valgė tik apie pirmą valandą pietus, o lėktuve nieko negavo. Virtuvėje sutepu kalną sumuštinių, nes prisiminusi savo brolį nusprendžiu, kad tokio amžiaus vaikai turi valgyti daug, užplikau arbatos. Išbadėję vaikai vieną po kito naikina sumuštinius, aš geriu arbatą. Mes pirmą kartą draugiškai šnekučiuojamės, nors pažįstami jau metus. Pernai Nidoje buvau per daug įsijautusi į pamestos meilužės vaidmenį, vėliau nebuvo laiko, nes mums su Dariumi rūpėjo tik būti vieniems ir mylėtis, o galiausiai aš praleidau progą paslidinėti su jais Slovakijoje. Galbūt tada būtume susidraugavę. Tačiau aš ir vėl mintyse subaru save: o kam gi man reikia su jais susidraugauti, argi svarbu, ką jie apie mane galvoja? Šiandien atsitiktinai susitikom, o rytoj nuvešiu juos į stotį ir viskas pasibaigs. Vaikai pasakoja man apie Frankfurtą. Keista, kad aš nė sykio nebuvau pačiame mieste, nors daugybę kartų lankiausi oro uoste, kai reikėdavo persėsti į kitą lėktuvą. Atrodo, Darius pasistengė ir vaikai daug pamatė.

– Negaliu sulaukti, kada važiuosim į stovyklą, – sako Vakaris. – Labai noriu maudytis.

– Ir aš, – pritaria Rytė. – Tik gaila, kad nebus tėčio ir negalėsim ilgai maudytis, tik kiek treneriai leis.

– Tai tėtis šiemet nevažiuos? – neištveriu nepaklaususi.

– Atrodo, kad jam nebepatinka Nida, – sako Rytė. – Kai praeitą kartą buvom, tai tik sėdėjo ant tos kopos ir tylėjo. Jei ko nors klausi, tai tik – ką, ką sakei? Nieko negirdi. Visai nebuvo linksma. Tėtis nenorėjo nei dviračiais važinėtis, nei velomobiliais, liepdavo mums vieniems.

– Kada jūs buvot Nidoj? – nesupratusi klausiu.

– Per ilgąjį gegužės savaitgalį, – paaiškina Vakaris. – Tris dienas. Ir svarbiausia, kad pats mus įkalbėjo, mes nelabai norėjom – maudytis dar šalta, draugų nėra. Kas kita, kai būnam stovykloje. Ir ko mes ten trenkėmės? Verčiau būtume važiavę į vandens parką, kaip iš pradžių galvojom.

– Danguolė sakė, kad tėtis ten vakarykščios dienos ieškojo... Bet ne ten ieškojo, verčiau reikėjo Vilniuje, bet ir tai abejotina, ar būtų radęs, nes kam reikalingi svetimi vaikai. Tik aš nelabai supratau, ką ji norėjo pasakyti... – kilsteli petukus Rytė ir naiviai klausia. – Gal tu supranti?

Ta jų teta visiškai nelaiko liežuvio už dantų. Matyt, neturi su kuo pasikalbėti ir vis sumaišo auditoriją, drebia negalvodama (o gal kaip tik labai apgalvojusi), nors vaikams visai nereikia to žinoti. Kita vertus, nelabai pasitikiu tuo Rytės naivumu. Tikriausiai ji mane provokuoja, nori išsiaiškinti, kas jai pačiai labai rūpi: ar aš tikrai nebūsiu jų pamotė.

– Tai jus dabar Danguolė prižiūri, kol tėtis Vokietijoje, o seneliai sanatorijoje? – pasigaunu naują temą, kad nereikėtų diskutuoti apie vakarykščią dieną.

– Aha, – linkteli Rytė, pilna burna kimšdama bandelę su marcipanais. – Dabar, kol tėtis Vokietijoje, mes vėl gyvenam pas juos.

– Kodėl sakai vėl? – kilsteliu antakius. – Juk jūs visą laiką ten gyvenat.

– Jau ne. Mes išsikraustėm.

– Nuomojamės butą, kol turėsim savo, – paaiškina Vakaris, pamatęs mano nustebusią miną. – Tik dar nežinom, kokiam mieste bus tėčio darbas. Gal Šiauliuose, gal prie Vilniaus, gal Klaipėdoj... Jie turi daug padalinių. Sakė, kad jis galės pasirinkti.

Ši žinia man labai netikėta.

– Bet kodėl jūs išsikraustėt? Juk galėjot palaukti, kol bus aišku, kur tas naujas tėčio darbas.

– Nes tėtis nenorėjo vesti Danguolės, todėl seneliai liepė išsikraustyti, – nelinksmai pareiškia Rytė, bet brolis kumšteli jai į šoną ir mergaitė nutyla.

– O kodėl tėtis nenorėjo vesti Danguolės? – nesusilaikau nenusišypsojusi – vis dėlto ta žiežula negavo, ko taip troško.

– Kodėl, kodėl! – piktai atšauna Vakaris. – Todėl, kad nemyli.

– Vakaris mano, kad tėtis myli... – Bet Rytė taip ir nepasako, ką tėtis myli, nes brolis stukteli smarkiau, ji kerta atgal, ant stalo pavojingai subaršką puodeliai.

– Vaikai, liaukitės, – griežtai sakau, – nesugriaukit mano virtuvės. Man ir neįdomu, ką jūsų tėtis myli. – Tačiau aš meluoju – man labai įdomu, bet bijau. Tik nežinau ko: išgirsti savo vardą ar nusivilti neišgirdus. – O dabar jau laikas miegoti.

– O praustis? – klausia Rytė.

Maniau, jie tokie pavargę, kad džiaugsis galėdami išsitiesti, bet, matyt, taip išmokyti mamos, o dabar ir tėčio. Turiu pripažinti, kad man tai patinka. Paduodu vaikams rankšluosčius, jie susiranda savo dantų šepetukus ir paeiliui eina į vonią. Pakloju vaikams svetainėje. Mano sofa išsilanksto taip, kad čia net trise galima sutilpti, o vaikai laibi, tikrai bus patogu.

– Jūs pirmieji mano svečiai, čia dar niekas nenakvojo, – sakau jiems.

– Net tėtis? – gudriai nusišypso Rytė ir nusigręžia, kad nematytų žudančio brolio žvilgsnio.

Aš išraustu ir nesumoju, ką atsakyti. Tie šiuolaikiniai vaikai per daug viską žino. Kita vertus, mergaitė paklausė logiškai, juk turbūt tėtis nesidalijo įspūdžiais, kur jis nakvoja Vilniuje, nepasakojo, kur ta Sandra gyvena. Jei iš viso ką nors pasakojo. Tikriausiai ne. Jam, kaip ir man, buvo svarbu tik būti kartu, mes negalvojom apie tai, kas bus rytoj. O kai kiti mus privertė susimąstyti, viskas baigėsi.

– Ne, aš čia dar neseniai gyvenu, – bandau paaiškinti.

– Ar jūs nebesusitikinėjat? – dabar labai rimtai klausia Vakaris.

– Nesijaudinkit, jau ne, – raminu.

– Gal ir nelabai gerai, – kažkodėl susiraukia jis.

Galėčiau nutylėti, bet labai knieti sužinoti, ką tas vaikas turi galvoje.

– Bet juk jūs to labai norėjot... – tiriamai pažvelgiu į jį.

– Tu normaliausia iš visų kitų jo draugių, – nevaikiškai atsidūsta Vakaris.

– Ir gražiausia... – sumurma Rytė, jau beveik užsimerkusi. – Nė nepalyginti su ta Nendre...

– Nelda, ne Nendrė, – pataiso brolis. – Ko iš anos norėt, blondinė...

Nusijuokiu iš tokio televizijos suformuoto vaiko požiūrio, bet maža pavydo adatėlė smigteli širdin. Nors labai norėčiau paklausinėti apie tą Neldą (na ir vardas!), bet nugaliu save, palinkiu jiems labos nakties ir užgesinu šviesą. Nusipraususi nueinu į miegamąjį, atsigulu, bet niekaip negaliu užmigti. Dariaus vaikai vėl privertė prisiminti tai, ko aš ir taip nepajėgiau pamiršti. Kodėl aš įstengiau per porą mėnesių išgyti nuo Ernesto, o dabar jau pusę metų kankinuosi? Ar Darius pasipainiojo tinkamu laiku, o dabar nepavyksta susipažinti su tokiu vyrišku, kuris įsuktų į aistros sūkurį, nušluojantį visus ankstesnius prisiminimus? Manau, esu gana patraukli, ir, jei noriu, pavyksta greitai susipažinti. Taigi mėginau nueiti į kelis pasimatymus, bet labai greit nuspręsdavau, kad su tuo žmogumi nebenoriu susitikti. O gal šita paskutinė meilė buvo tikresnė? Kol kas mylėjau tris kartus. Pirmoji mokyklinė meilė praėjo vos išvažiavus studijuoti į skirtingus miestus. Naiviai maniau, kad Ernestas – didžioji ir paskutinė mano gyvenimo meilė, bet pasirodė, jog ne. O kas man galėtų pasakyti, kuri meilė tikriausia? Ir kiek jų dar bus? Netikiu vienintele gyvenimo meile. Taip būna tik romantiškuose filmuose ar įžymių žmonių biografijose – kaip Petrarka iki mirties šlovino Laurą, Dantė – Beatričę. Netikiu, kai gyvenimo saulėlydyje vienišos senutės sako: *Mes jau turėjom tuoktis, bet jis žuvo ir aš nebepajėgiau nieko pamilti, taip ir pragyvenau visą amžių viena.* Tiesiog jų kelyje nebepasitaikė kito vyriškio, galbūt jos praleido savo laiką, o vėliau niekas nebekreipė dėmesio. Pagalvoju, kad Ernestas man sukrovė ištisus albumus mūsų nuotraukų iš kelionių, švenčių ir šiaip kasdienybės, bet neturiu jokios Dariaus nuotraukos, jokios jo dovanėlės, tik tą mažytę iš spalvotos vielutės susuktą spiralę. Užsidegu šviesą ir išsitraukiu ją iš kosmetikos krepšelio. Ji visada ten, primena man, kad po tamsaus laikotarpio atsisuks šviesus. Ką reiškia Dariaus vaikų atsiradimas pas mane? Kad ir vėl grįžtu į tą pačią vietą? Tik pasikeitusi? Gal protingesnė? Jau sutikčiau su kompromisais? O jis? Jis turi kažkokią blondinę Nendrę. Aš, kaip ir Rytė, niekaip neprisimenu jos vardo. Bet, matyt, ji nėra tokia svarbi, jei jis gegužės mėnesį važiavo į Nidą ir sėdėjo ant Parnidžio kopos. Tai kodėl, kai kelis kartus mėginau jam paskambinti, pavėluotai radusi kvietimą slidinėti, jo telefonas vis kalbėdavo man: *Telefonas ne ryšio zonoje arba išjungtas.* Gavęs tuščią mano žinutę pasikeitė telefono numerį, kad nebeliktų jokių pagundų manęs ieškoti? Bet neverta dabar svarstyti, rytoj kaip nors patikrinsiu šitą versiją.

Danguolė

Ne, aš nesu ta neigiama serialų herojė, savo pinklėmis ir intrigomis besistengianti žūtbūt pasiglemžti pagrindinį vyrišką personažą ir sutrukdyti jam mylėti pelenę, princesę ar šiaip gerą mergaitę. Aš nemyliu Dariaus, niekada nemylėjau, nenorėjau su juo gyventi, juo labiau ištekėti. Per gerai ir per seniai jį pažįstu, kad manyčiau, jog mums gali kas nors išeiti. Nors man jau trisdešimt dveji, bet dar nepraradau vilties sutikti vyrą, kurį tikrai pamilsiu ir kuris mylės mane. Bet tai tikrai nebus Darius. Gyvenčiau su juo tik tada, jei aplink neliktų jokio kito padoraus vyro. Ne, jis man nei bjaurus, nei nepatrauklus, fiziškai galiu būti su juo, tačiau žiūriu į jį kaip į brolį. Tada kodėl aš su juo miegojau ir netgi pati skatinau mūsų artumą? Iš pradžių abu jautėmės vieniši, vėliau – įpratome, pasidarė patogu. Jei sesuo nebūtų žuvusi, niekada nieko nebūtų įvykę, nors ir žinojau, kad ji jam neištikima. Visada maniau, kad iš tų mokyklinių draugysčių nieko gero neišeina. Negalima viso gyvenimo praleisti su pirmąja meile, nepažinus kitų. Man atrodo, kad Asta ir Darius jau nemylėjo vienas kito, kai ji pastojo, o paskui jau nieko nenorėjo keisti. Aš ir tada jai sakiau: netekėk, jei nemyli, bet ji nesutiko – šitiek metų kartu, ką žmonės pagalvos, tėvams bus skaudu, vaikas augs be tėvo, o jie jau pripratę vienas prie kito, žino visas silpnybes, nereikės prisitaikyti.

Jų gyvenimas buvo baisiai nuobodus. Tačiau nors Asta ir turėjo meilužį, bet skirtis nenorėjo. Apskritai ji nebuvo kovotoja. Tos kelios valandos per mėnesį meilužio, taip pat vedusio vyro, draugo sode padėdavo jai ištverti pilką kasdienybę. Ar Darius darė tą patį? Manau, ne. Jis visada buvo labai sąžiningas, nebūtų galėjęs apgaudinėti. Jei gyvenčiau su Dariumi, mano gyvenimas taip pat būtų nuobodus. O gal kaip tik priešingai? Neištvėrusi jo pasyvumo imčiau maištauti ir jį stumdyti, tada kiltų bjaurūs barniai kaip jau dabar kelis kartus, nors mes tik retkarčiais susibėgam ir nuolat nesimaišom vienoje patalpoje.

Tai kodėl aš taip atkakliai įtikinėjau jį, o vėliau griebiausi ir vaikų, ir tėvų pagalbos, aiškinau, kad mes privalom gyventi kartu? Nes norėjau jį supurtyti ir priversti veikti. Man iš pat pradžių nepatiko tas sprendimas, kad jie liko gyventi mūsų namuose. Tai nenormalu. Vyras visai neturi savo erdvės, negali pasikviesti į svečius jokios moters, tegul ne seksui, bet paprasčiausiai išgerti kavos, nes, visų nuomone, jis įžeistų ir tėvų jausmus, ir mirusios žmonos atminimą. Sesuo buvo man labai brangi, bet negalima gedėti ištisą amžinybę, gyvenimas eina toliau. Kai trisdešimt dvejų lieki našlys, nereikia šalia mirusios žmonos vardo išsikalti ir savojo, tik be mirties datos. Ne, ne, mes iki šito nepriėjom, ant Astos paminklo nėra Dariaus vardo. Aš čia tik vaizdžiai šneku, nes visa kita liko taip, lyg Asta niekada nebūtų išėjusi iš šių namų. Tai aš neapsikentusi po kelių mėnesių išnešiau jos drabužius, kosmetiką, laiškus, dienoraščius, „netyčia" sudaužiau jos mėgstamą puodelį, pradanginau dar kelias smulkmenas, bet jos dvasia vis tiek tenai liko. O nereikia! Mirusieji turi ramiai ilsėtis ten, kur išėję, o gyviesiems reikia gyventi. Be to, aš materialistė, noriu susitvarkyti savo buitį ir atsiskirti nuo tėvų. Aš jau seniai buvau išėjusi iš tėvų namų, atpratusi nuo jų globos ir budraus žvilgsnio. Gyvenimas privertė grįžti, nes išsiskyrusi su vyru nepajėgiau grąžinti paskolos už butą, o ir, be jos, turėjom skolų, kai žlugo mūsų verslas – pakelės motelis ir kavinė. Londonas turėjo padėti mums išlikti, bet tik išskyrė mus ir privertė viską pradėti iš naujo. Man reikia savos erdvės, o ne grūstis kartu su tėvais. Vis vyliausi, kad Darius susiras kitą moterį ir išeis kurti su ja naujo gyvenimo. Deja! Ta flegmatikė mano sesuo ir jį pavertė tokiu pat lepšiu. Taip, jis pavyzdingas tėvas, nenori skaudinti vaikų, pakeisti jų aplinkos, parvesti jiems naują mamą. Bet juk negalima nuolat auginti vaikų šiltnamio sąlygomis, jie turi pratintis prie nelabai malonios tikrovės, ruoštis permainoms. Aš atidžiai stebėjau Darių, svarsčiau, kaip jį išstumti iš tėvų namo, bet vis neradau už ko užsikabinti. Nė viena iš jo draugių neatrodė ilgam. Tačiau, kai pernai grįžęs iš Nidos Darius pasirodė kitoks, nebenorėjo manęs, įtariau, kad šį kartą viskas rimčiau. Vėliau mano nuojauta pasitvirtino: jis tikrai įsimylėjo.

Bet ir vėl nebuvo panašu, kad ketina ką nors dėl to daryti. Tada aš ėmiau kištis ir po truputį judinti įvykius. Pirmiausia sukėliau pavydo sceną, negražiai išvadinau jo Sandrą, vildamasi, kad jis supyks, sureaguos impulsyviai, išlėks pas ją, atvirai pasikalbės apie savo padėtį, kol aš nepridariau ko nors blogiau. Bet ne – ramiai papriekaištavo, kad man toks elgesys netinka, ir viskas. Tada ėmiau siūlytis kartu gyventi. Maniau, kuo įkyresnė būsiu, tuo labiau jis priešinsis. Deja! Praėjo keli mėnesiai, ir nieko. Aš nelabai didžiuojuosi savimi dėl kai kurių savo veiksmų. Kai likimas taip netikėtai atbloškė Sandrą į mūsų kiemą, galėjau viską paaiškinti gražiau, taktiškiau, nesakyti, jog esu žmona ir negąsdinti Vakario. Bėda ta, kad dažnai pasielgiu impulsyviai, neapgalvojusi. Štai ir dabar – užuot privertusi Darių išeiti pas Sandrą, aš juos išskyriau. Tiesa, man buvo jau mirtinai nusibodę laukti, kada gi jis jai prisipažins esąs našlys ir rimtai pasikalbės apie ateitį, bet jis ir vėl pasirodė bailys – liko sename kiaute.

Jaučiausi bjauriai iškėlusi ultimatumą: arba gyveni su manimi, arba kraustaisi iš namų. Man gaila vaikų, nes aš juos myliu, bet juk ši komuna negali laikytis amžinai. Vaikai netruks užaugti, išskris iš namų, o mes ir liksim gyventi du vienišiai po vienu stogu su senais tėvais. Manau, esu skolinga Dariui už tai, kad jis, nurijęs nuoskaudą dėl mano poelgio, išsivežė Tomą slidinėti. Vaikas dar niekur nebuvęs, nes aš vis neturėdavau laiko su juo išvažiuoti. O dabar grįžo iš tos Slovakijos išdidus kaip povas. Išmokęs ne tik lygioj vietoj slidinėti, bet ir nuo kalno leistis. Net susigraudinau. Tačiau dėl to dar nesmagiau prieš Darių. Jis laiko mane didžiausia kenkėja, beviltiškai jį įsimylėjusia pavydžia pakvaišėle. Mes taip neblogai sutarėm, kol nepradėjau reguliuoti jo gyvenimo pagal savo sukurtą scenarijų. Maniau, kad privalau pasistengti dėl mirusios sesers, pasirūpinti, kad jos vaikai vėl turėtų normalią šeimą, vyras netaptų nuobodžiu niurgzliu, nes iš tokio jokios naudos nei sau, nei aplinkiniams, juo labiau vaikams. Deja, man ir vėl nepavyko. Dabar Darius nuo manęs bėga kaip nuo raupsuotosios, visiškai nepasitiki, nė nemano paprasčiausiai pasikalbėti kaip senais gerais laikais. Kodėl aš nieko nepadarau kaip reikiant? Atrodo, stengiuosi, įdedu daug širdies į kokį nors žygį, o vis išeina nei šiaip, nei taip, nukenčia kiti, o labiausiai tai aš pati, nes vis ką nors prarandu.

Šiandien, važiuodama į Vilnių pasitikti Vakario ir Rytės, visą kelią apie tai galvoju. Žinau, kad Dariui vis dar rūpi Sandra, bet jis jau nuleido rankas. Kažin, kaip jaučiasi ji, ar jau susirado naują draugą? Reikėtų patikrinti, o jei ne, gal pavyktų juos kaip nors vėl sutaikyti? Tiek laiko bauginusi vaikus nauja pamote ir būsimu kūdikiu, bet nepasiekusi to, ko norėjau, nusivylusi savo kaip psichologės sugebėjimais, aš pakeičiau taktiką: pradėjau atsargiai kalbėti, kad tėtis negali gyventi vienas, jis dar jaunas, jie greit išeis iš namų, ir jis liks vienišas, gali iš nevilties pradėti gerti, susirasti visokių netikusių draugų. Palyginti su tuo, kita moteris namie, broliukas ar sesytė nebūtų taip jau labai blogai, priešingai, apsaugotų nuo didesnių negerovių. Ir vaikai man pritarė. Mes visą laiką buvom geri draugai. Sesers vaikai labai atviri su manim. Vis dėlto yra temų, kuriomis nepasitarsi su vyru, reikia moters. Ypač mergaitei. Jie vadina mane geriausia teta. Ir nenuostabu – Dariaus brolio žmoną mato retai, be to, ji ne kraujo giminaitė, o aš visą jų gyvenimą šalia, išskyrus keletą Londone praleistų metų.

Kol Darius ieškojo naujo buto ir darbo, aš daug laiko praleidau su vaikais. Išsiaiškinau, kad Rytei ir Vakariui Sandra „visai nieko", patinka labiau už kitas tėčio simpatijas, bet jie su ja beveik nebendravę, nesikalbėję. Aš vis svarsčiau, kaip jie galėtų pabendrauti, bet nieko nesugalvojau. Dabar, jau visai netoli Vilniaus, man šovė į galvą viena mintis: o jei vaikų niekas nepasitiktų? Kur jie nakvotų? Sustojau kelkraštyje, pasitikrinau mobilųjį. Turiu Sandros numerį. Kažkada įsirašiau, radusi pavėsinėje ant stalo Dariaus telefoną. Tada pagalvojau, maža dėl ko gali prireikti, gal parašysiu kokią anoniminę žinutę, paerzinsiu. Kol kas dar nieko nepadariau. Ir gerai, nes dabar ji neatsilieptų. Paskambinsiu Sandrai ir pasakysiu, kad negaliu paimti vaikų, nes sugedo mašina, paprašysiu, kad ji pasirūpintų, kol aš išsikviesiu techninę pagalbą. Tačiau ji per daug įsiutusi ant manęs, todėl verčiau tegu tai padaro patys vaikai, o geriausiai Rytė. Nuvažiavau į oro uostą. Vos tik nusileido lėktuvas ir vaikai įsijungė telefonus, paskambinau Vakariui, pamelavau, kad sugedo mašina, padiktavau Sandros telefoną, paskui tamsiame automobilyje sėdėjau aikštelės pakraštyje ir laukiau, kol pasirodė Sandra ir išsivežė vaikus. Tada ir aš išvažiavau į viešbutį. Tegul jie dar iš ryto pabendrauja, o vėliau grįšim kartu.

Ryte paskambinau vaikams, paklausiau, kaip sekasi, pasakiau, kad atsidūriau Vilniuje, nes čia buvo arčiau, mašina tvarkoma, po pietų bus sutaisyta ir tada visi kartu grįšim namo, jie dar spės pasiruošti kelionei į sporto stovyklą. O iki to laiko, kad neprailgtų laukti, gal Sandra juos nusivestų į Gedimino pilį ar kokį muziejų.

Pasiimu vaikus apie ketvirtą valandą. Kaip susitarėm, Sandra atveža juos į aikštelę prie „Akropolio". Laukdama jų apvaikščiojau visus didžiuosius prekybos centrus. Pasisveikinu su ja, padėkoju, kad išgelbėjo mane ir pasirūpino mano sūnėnu ir dukterėčia. Ji pasako, kad nebuvo sunku, jie gerai praleido laiką. Rytė ir Vakaris tai patvirtina. Vaikai atsisveikina su Sandra draugiškai, aš – santūriai, jei pulčiau bučiuotis, ji iš karto ką nors įtartų, o dabar viliuosi, kad ji niekada nesužinos, koks buvo mano vaidmuo šioje istorijoje. Galbūt kada nors, pamiršusios senas nuoskaudas ir apgavystes, mes pradėsim normaliai bendrauti.

Pagaliau išvažiuojame. Šiauliuose būsim tik apie septintą. Vėlokai, nes vaikai į Nidą išvyksta šeštą valandą ryto, bet manau, kad pasielgiau teisingai, davusi jiems daugiau laiko pabūti su Sandra.

Pakeliui į namus vaikai man pasakoja apie Sandros butą, kur miegojo ir ką veikė šiandien: pirmiausia pasikėlė į Gedimino kalną, nes Sandra ten netoli gyvena, buvo Nacionaliniame muziejuje, apžiūrėjo Valdovų rūmus, užėjo į Arkikatedrą, papietavo „Čili kaime".

– O kaip jums patiko Sandra? – pagaliau klausiu to, kas man labiausiai rūpi.

– Visai nieko, – sako Rytė. – Draugiška.

– Su ja galima sutarti, – pritaria Vakaris.

– Ar ji turi draugą?

Jie sutartinai gūžteli pečiais.

– Nežinom. Bet tikriausiai turi, juk ji tokia graži, – sako Rytė.

Pritariu jos nuomonei, bet vis dėlto klausiu:

– O gal ji visai tiktų tėčiui?

– Tu būtum labiau tikus, – sako Rytė, bet iš balso suprantu, kad ji jau nėra tuo įsitikinusi.

– Tikriausiai ne, – nusijuokiu aš. – Verčiau liksiu jūsų geriausia teta.

– Tai tu nemyli tėčio? – pasisuka į mane Vakaris, sėdintis keleivio vietoje priekyje.

Gal atėjo metas pasakyti jiems tiesą, nors visą laiką tvirtinau priešingai.

– Myliu kaip giminaitį, sesers vyrą, jūsų tėtį, bet ne taip, kaip mylėjau savo vyrą.

– Viskas aišku, – sako Vakaris ir kumšteli Rytę. – Matai, aš tau sakiau, kad jie abu nemyli vienas kito.

– Bet Dangė norėjo už jo ištekėti, – niūkteli brolį Rytė. – Ir tu pats pritarei, kad būtų gerai. – Vakaris taip pat nelieka skolingas – kerta sesei per ranką.

– Pamirškit tai, vaikai, – tildau juos. – Tai buvo klaida, maniau, kad taip būtų visiems patogiau, bet paskui supratau, kad nebūtų. Negalima tuoktis be meilės. Mudu su jūsų tėčiu tuoj būtume pradėję labai ginčytis ir pyktis. Ar to norėtumėt?

– Nelabai, – atsidūsta Vakaris. – Būtų geriausia, kad mes visi gyventume taip, kaip tada, kai mama buvo gyva.

Jie patys gerai supranta, kad taip neįmanoma. Atrodo, jau įkaliau jiems, kad šeima be moters, tai ne šeima ir jokia močiutė ar teta neatstos tėčio žmonos. Aš nežinau, ko pasiekiau šiandien. Gal visiškai nieko. Jei ta Sandra nebenori Dariaus, tai jokios naudos, kad ji dieną pabendravo su jo vaikais.

– Sandra prašė atsiųsti žinutę, jei tėtis atvažiuos į Nidą, – staiga sako Rytė.

Valio!!! – sušunku mintyse, vis dėlto ne veltui sugaišau laisvą dieną, prasitryniau Vilniuje ir šitiek paklojau už viešbutį. Tiesa, nors kartą pasijutau ponia, pasilepinau gražioje aplinkoje, bet, jei nebūčiau nieko pasiekusi, gailėčiaus vėjais iššvaistytų pinigų.

– Jei jūs abu manot, kad reikia, parašykit. Bet pirma graudžiai įkalbinėkit tėtį, kad jis greičiau tvarkytųsi reikalus Vokietijoje ir atvažiuotų, kol stovykla nepasibaigė. Sakykit, kad pasiilgot, norit jį pamatyti ir panašiai. Tik dar kartą sakau: pasitarkit, ar tikrai norit, kad jie susitiktų. Apgalvokit visus už ir prieš, ir, žinoma, ar jums patiktų turėti broliuką ar sesę.

Jie patikina mane, kad pagalvos. Dar išgaunu pažadą, kad jie niekada neužsimins Dariui nei apie mano mašinos gedimą, nei apie nakvynę pas Sandrą. Sakau, kad tėčiui tai nepatiktų, ir jie pritardami linksi galvomis.

Gal nors kartą gyvenime aš viską padariau teisingai?

Darius

Baigęs kursus dar norėjau likti ir, kol vaikai bus stovykloje, pavažinėti po Vokietiją. Šiemet stovykloje mane pakeitė kiti tėvai, nes vis tiek nebūčiau spėjęs grįžti. Vaikai prižiūrėti, dėl jų aš ramus, todėl galiu skirti laiko sau. Tačiau jie pradėjo kasdien skambinėti ir įkalbinėti atvažiuoti į Nidą, tikino mane, kad nekeliaučiau vienas, jie taip pat norėtų viską apžiūrėti, todėl verčiau nuvažiuosim visi savo mašina. „Ir nedrįsk pasiimti kartu tos Nendrės, – įspėjo Rytė, – nes mes labai supyksim." Man niekaip nepavyksta susitarti su vaikais, kad mandagiai elgtųsi su mano merginomis, jie nuolat prikrečia visokių kvailysčių. Elgiasi taip, lyg būtų aikštingi trimečiai, o ne beveik paaugliai. Nelda – dabartinė mano bendradarbė, mus kartu išsiuntė į mokymus. Tiesa, mes jau Šiauliuose kelis kartus vakarieniavom, vaikai buvo ją matę, ji žinojo, kad aš našlys, darbe to neįmanoma nuslėpti. Tačiau kai vaikai atvyko į Frankfurtą ir pakviečiau ją kartu su mumis pasivaikščioti po miestą, Rytė nuolat vadino ją Nendre, pešėsi su Vakariu ir aikštijosi kaip maža mergaitė. Siūlau eiti į kokią nors vietą, ji pradeda bambėti, kad pavargo, nori gerti, nori ledų, jai ten visai neįdomu.

Vakaris pabrėžtinai ignoravo mano draugę, neatsakinėjo į jos klausimus arba pliurpė visiškas nesąmones. Galiausiai Nelda pati suprato trukdanti, prisiminė nebaigtą projektą ir mus paliko. Vaikai iš karto pasidarė normalūs – ir nepavargę, ir neištroškę, ir norėjo apžiūrėti miestą. Vėliau Nelda man priekaištavo, kad aš labai išlepinęs vaikus, jie virtę žvėriukais. Nesvarbu, kad jų mama mirusi, jie privalo žinoti savo vietą. Nieko jai nesakiau. Juk jie tokie ne su visais svetimais, tik su moterimis, kurias laiko pavojingomis. Aš juos suprantu, bet kada gi jie supras, kad aš negaliu visą gyvenimą būti tik su jais? Štai ir dabar kviečiasi mane, nebeištvers vieni, jie nori laisvės, o ne trenerių muštro. Kaip visada man pasidaro jų gaila ir atsiprašau Neldos, kad negalėsiu su ja keliauti. Po pažymėjimų įteikimo ceremonijos per furšetą pamatau ją meiliai besišnekučiuojančią su vienu iš mūsų dėstytojų. Berods jis išsiskyręs. O Nelda išraiškingai žvelgia į jį, viliojančiai šypsosi, akivaizdžiai žadėdama malonumą. Ji pasisuka į jį nugara, klubai gundančiai subanguoja... Esu beveik įsitikinęs, kad jiems pavyks susitarti. Tačiau man nė kiek ne apmaudu. Buvo malonu praleisti kelis vakarus ir naktis kartu, bet to užtenka. Pykstu ant savęs, kad niekaip nepajėgiu užmiršti Sandros. Visas po jos turėtas moteris lyginu su ja, ir vis jų nenaudai. Su jomis aš tik leidau laiką, o su Sandra jaučiau, kad gyvenu.

Paskambinu vaikams, pasakau, kad atvažiuosiu.

– Ar Nidoje daug pažįstamų? – teiraujuos.

– Nelabai, – atsako Rytė ir pavardija kelis klasės draugus, kaimynę, Vakario mokytoją. Žinoma, niekas iš jų manęs nedomina. Kita vertus, kodėl Sandra turėtų būti ten, juk pernai ji atvažiavo pabūti viena, pagalvoti, o šiaip ji pripratusi prie daug prabangesnių kurortų.

Pirmąją dieną Nidoje praleidžiu su vaikais, jie džiaugiasi, kad dabar jau gali maudytis kiek tik nori, niekas nevaro į krantą. Prisiminęs, kaip gegužės mėnesį atsisakiau važinėtis dviračiais, dabar noriu išpirkti savo kaltę ir pats siūlau šią pramogą. Bet jie susižvalgo ir klausia, ar aš nenorėčiau užlipti ant Parnidžio kopos. Sakau, kad jau prisilaipiojau praėjusį kartą ir dabar nenoriu. Rytė pareiškia, kad ji šį kartą dar nebuvusi ir labai norėtų, Vakaris jai pritaria, aiškina man, kad užlipti ant tos kopos – poilsiautojų tradicija ir mes privalom jos laikytis. Atsidusęs sutinku.

Antroje aikštelėje Rytė pasako, kad vos beatgaunanti kvapą, ir sėdasi ant suoliuko. Vakaris pasisiūlo jos palaukti.

– Tu eik, tėti, – ragina jie mane. – Žinom, kaip tau nepatinka sėdinėti pusiaukelėje. Mes tuoj tave prisivysim.

Palieku juos, pasiekiu viršūnę, atsigręžiu pažiūrėti, ar vaikai nesiveja. Ne, jų dar nematyti, ilgai ilsisi. Tiek to, dar kartą nueisiu prie to suoliuko, kur pirmą kartą ją pamačiau. Tai jau tapo mano tradicija, nors niekad nelaikiau savęs sentimentaliu. Suoliukas užimtas, ant jo sėdi moteris ir žiūri į taip gerai pažįstamą vaizdą.

Nenuostabu, čia nuolat kas nors sėdi ir grožisi didinga, romantiška gamta. Ši moteris atrodo tokia pat liūdna ir susimąsčiusi kaip tada Sandra. Reginys toks pažįstamas, kad net sugelia širdį, kitą akimirką ji jau daužosi smarkiau. Bet juk... Ne, tai tik miražas, iliuzija, to negali būti! Aš lėtai artinuosi prie jos. Sandra atsigręžia, išgirdusi mano žingsnius. Sustoju netekęs žado.

– Tu čia, – pagaliau atgaunu balsą.

– Čia. Matai, ta tavo išrasta spiralė vėl mus atbloškė į tą pačią vietą. – Ji atgniaužia kumštį. Ant delno guli mano susukta vielutė.

– Neįtikėtina, – aš jau šypsausi. – Pradėsiu tikėti telepatija. Aš juk taip norėjau, kad tu atvažiuotum, tik pats jau nedrįsau kviesti. Vadinasi, mano teorija tikrai pasitvirtino!

– Taip, bet šįkart tą spiralę šiek tiek pasuko tavo vaikai...

Aš atsigręžiu, tikėdamasis, kad jie stovi man už nugaros, tačiau aplink tuščia.

– Nemanau, kad jie ateis, – juokiasi ji ir spusteli telefono pranešimus. – Tave turbūt sudomins šios žinutės. Štai pirma: *Tėtis rytoj atvažiuos į Nidą*. O čia dar viena: *Šiandien 19 val. mes lipsim ant kopos*.

– Nesuprantu, kodėl jie taip padarė, – priblokštas sakau.

– Matyt, jie norėjo pasakyti, kad neprieštarauja mūsų susitikimui... – Sandra mosteli į suoliuką. – Sėskis, Dariau. Mes jau šitaip sėdėjom prieš metus, – sako ji, kai aš atsisėdu šalia ir palieku tarpą. – Spiralė tikrai atsisuko į tą pačią vietą. Mes pradedam viską iš pradžių. Tik, kaip tu sakei pernai, ir laikas kitas, ir mes kiti.

– Turbūt mes tapom protingesni, bent jau žinom, ko tikėtis vienam iš kito ir ko kitas nori, – spėju.

Ji įdėmiai pažvelgia man į akis.

– Bet jei mes abu tai suprantam ir savo valia, bent jau aš, atsidūrėm čia, tikriausiai esam pasirengę prisitaikyti?

– Jei jau mano vaikai pasirengę... – šypsausi. – Maniau, kad jie didžiausia kliūtis mums abiem.

Tiesa, aš atsidūriau čia ne visai savo valia. Visiška mistika, kodėl į mūsų santykius įsipainiojo mano vaikai. Aš mažai tesikalbėjau su jais apie Sandrą, tik tada, kai ji netikėtai pasirodė mūsų kieme ir Danguolė surengė spektaklį. Išsiaiškinę tą įvykį, visi sutartinai nusprendėm, kad ji nebus jų pamotė ir mums nereikia jokio mažo vaiko. Vėliau mano tvirta nuomonė dėl to labai susvyravo, aš net gailėjaus, kad ta netikėta žinia apie Sandros nėštumą pasirodė melaginga. Praėjus pirmam šokui tikriausiai būčiau pažiūrėjęs į viską ramiau, pasirinkęs Sandrą ir mūsų vaiką, o ne gyvenimą be jos ir mes vėl būtume kartu. Vėliau beveik nebeminėjom jos vardo, gal tik porą kartų: kai nepelnytai aprėkiau Vakarį, šis niūriai burbtelėjo: „Jau verčiau draugautum su Sandra, tada buvai ne toks piktas", – o Frankfurte, baidydama Neldą, Rytė įžūliai įsispoksojo į ją ir pareiškė: „Man tamsūs plaukai labiau patinka. Tokie kaip Sandros." – „Ir man, – pritarė brolis. – Sandra apskritai labai graži." Nelda susiraukė, bet nutylėjo. Nors aš visiškai sutikau su vaikų nuomone, bet apsimečiau neišgirdęs. Daugiau prie tos temos negrįžom. Kartą jau mėginau svarstyti – „kas būtų, jeigu", ir nieko neišėjo, todėl neverta pradėti iš naujo. Iki tos dienos man nė nešovė į galvą, kad vaikai prisimena Sandrą ar rezga kažkokius planus. Nieko neįtariau ir šiandien ryte, kai einant prie jūros duktė netikėtai pareiškė: „Gal ir visai nieko būtų turėti mažą sesytę ar broliuką, aš padėčiau auginti. Bet tik ne tos Nendrės vaiką." Aš nutylėjau, manydamas, kad ji kalba abstrakčiai, bet pasirodo, lavina jau buvo pajudėjusi nuo kalno...

– Tu man neatsakai, – girdžiu Sandros balsą. – Apie ką užsigalvojai?

– Aš galvoju... – Ne, nieko nesakysiu apie vaikus. Apie jų vaidmenį pasukant laiko spiralę mes dar pakalbėsim vėliau. Maniau, tik romantinėse komedijose vaikai suranda naują mamą ar tėtį, tačiau dabar pats pasijutau įpainiotas į panašų sąmokslą, tik dabar man visiškai nerūpi, kaip mudu su Sandra abu atsiradom čia. Ji šalia, ir daugiau niekas nesvarbu. Pasislenku, kad šalia mūsų nebeliktų tarpo, ir apkabinu jos pečius. Ji suvirpa ir prisiglaudžia. – Aš galvoju, jei jau tikrai ta spiralė atsisuko į tą pačią vietą, tai pernai, kai sėdėjome čia, tu man kai ką pasiūlei...

Sandra vėl atsitraukia, atsigręžia į mane, akyse šokinėja linksmos kibirkštėlės.

– Bet tu atsisakei... Ir jei scenarijus tas pats, tai reikės palaukti iki rugpjūčio...

– Oi, ne! Šiandien aš sutikčiau... Ir jau su daug kuo sutikčiau. Jei tai atsakymas į tavo klausimą...

– Kol kas tiks, o vėliau aptarsim išsamiau, – juokiasi ji ir pakyla nuo suoliuko. – Taigi, tarkim, kad pernykštis pasiūlymas galioja...

Kaip man trūko jos juoko! Jau neįsivaizduoju, kaip galėjau gyventi be jo.

Ernestas

Kai netikėtai nualpau per vieną vakarėlį, kur šėlom su Indraja, ir atsidūriau ligoninėje, į daug ką pradėjau žiūrėti kitaip. Ne, aš dar nebuvau priešinfarktinės būklės, kaip sakė Sandra, ir koridoriaus dar nemačiau. Ačiū Dievui, vakarėlis buvo privatus ir ši istorija nepakliuvo į spaudą ir televiziją. Indrajai užteko proto nesireklamuoti tokiu būdu, o gal pasirodė, jog menka čia reklama, kai nepajėgiantį linksmintis širdies draugą išveža į ligoninę, todėl viskas liko paslaptyje. Man nustatė organizmo išsekimą ir liepė sulėtinti gyvenimo tempą. Praleidęs savaitę ligoninėje, gavęs daugybę įvairiausių lašelinių, injekcijų su vitaminais ir kitokiais stiprinančiais vaistais, išlydėjau Indrają į grožio konkursą Honkonge. Pasiruošimas man nemažai kainavo, investavau į jos drabužius, aksesuarus, asmeninius trenerius, stilistus. Cha! Investavau! Kai investuoji, tai tikiesi, kad kada nors tai atsipirks. O dabar vestuvės atidėtos ir aš iš viso abejoju, ar investicijų objektas kada nors sugrįš. Akivaizdu, kad Indraja rado turtingesnį rėmėją, gal kokį nors grožio konkurse šviežio gardaus kąsnelio besidairantį šeichą, ir mėgins įsitvirtinti ne tik jo lovoje, bet ir Rytų mados pasaulyje. Europoje ji tam per sena, bet gal Azijoje, o ypač arabų kraštuose, kitaip? Dabar jaučiuosi neblogai, bet mano gydytojas liepė pailsėti. Pasak jo, poilsis turi būti ne aktyvus – ne triukšmingi Viduržemio ar Karibų jūros kurortai, barai, diskotekos, varginančios ekskursijos, nauji įspūdžiai ir akrobatinis seksas su jaunom gražuolėm, o geriausia – Lietuvos pajūris, Kuršių nerija. Aš privalau daug vaikščioti, kvėpuoti jūros ir pušynų oru, galiu maudytis, važinėtis dviračiu... Vadinasi, daryti tai, kas man niekada neteikė džiaugsmo ir visiškai neatitinka mano atostogų supratimo. Paklusau gydytojui ir dabar nesiliauju jo keikęs. Pasirinkau tylią Preilos gyvenvietę ir mirštu iš nuobodulio. Aš apskritai nepratęs atostogauti vienas, o dabar visiškai neturiu ko veikti. Kiekgi galima vaikščioti iki jūros ir atgal, klampoti per smėlį pajūriu ar pamariais? Čia nėra net kur padoriai pavalgyti, todėl tris dienas pasikankinęs atvažiavau papietauti į Nidą. Automobiliu, ne dviračiu, nors aš jį ir atsivežiau, bet niekada nesižavėjau šiuo sportu. Nidoje daugiau žmonių, maistas kavinėse neblogas, bet ši vieta visiškai ne mano stiliaus, trūksta Havajų ar Maljorkos spindesio ir erotikos, nėra nei akių kur paganyti, čia visi bikiniai tik paplūdimyje, bet ir tai daug kuklesni, kelnaitės su juostele retas reiškinys, o be viršutinės dalies reta moteris išdrįsta pasirodyti. Dabar sėdžiu krantinėje prie marių ir stebiu žmones: šeimos, šeimos, šeimos su vaikais, vyresniais ir vežimėliuose, daugybė pagyvenusių vokiečių. Vaikšto sau tokie senukai, matyt, visą amžių nugyvenę kartu, ir susikibę už rankų vaidina įsimylėjėlius. Trumpam šmėkšteli mintis, kad man tai negresia, nes mano visos pastarojo meto partnerės daug jaunesnės. Tik, turint galvoje Indrają, kažin ar čia toks didelis privalumas.

Mano namai sujaukti. Ruošdamasi sukti lizdą, Indraja pradėjo amžiaus remontą, nusisamdė kažkokią jauną avangardo dizainerę, nes aš pasipriešinau, kai ji, pagiežingų „šeimos draugių" patarta, paprašė Evos paslaugų. Dabar pirmajame aukšte viskas išardyta, daiktai sukrauti laikinoje pašiūrėje, statybininkai pradėjo kažkokius darbus, bet užsakovė dingo ir jau nebežinau, kas viską užbaigs. Be to, iš pirmųjų rezultatų pamačiau, kad man tai visiškai nepriimtina, todėl atsisakiau tos dizainerės ir darbai sustojo. Dabar mano namai tokie, kad į juos nesinori grįžti. Pats nesugalvodamas, kaip viską ištaisyti, pamynęs visą išdidumą paskambinau Evai. Ji maloniai, dalykiškai pasikalbėjo su manimi, deja, padėti negalinti, nes atostogaujanti Prancūzijoje, grįšianti tik prieš rugsėjo pirmąją, kad suruoštų sūnų į mokyklą. Jei aš norįs, kad namai būtų daugiau ar mažiau panašūs į man įprastus, patarė kreiptis į jos buvusią bendradarbę Vestą. „Aš jau nebeatkursiu to, kas buvo, – pasakė ji. – Juk tada stačiau savo svajonių pilį." – „Tu ir dabar galėtum ją statyti toje pačioje vietoje, – nutariu pamėginti laimę. – Nė viena mano turėta moteris tau neprilygsta. Kai pamačiau tave restorane, visas suvirpėjau – atrodai lygiai taip pat, kai aš tave įsimylėjau..." Aš dar daug ką galėjau jai pasakyti, bet ji juokdamasi mane nutraukė: „O,

Erni, tu nė kiek nepasikeitei. Ačiū už komplimentus, bet toje vietoje pilis jau seniai sugriuvo, o aš senų neatstatinėju, kuriu naujas..."

Mano buvusios moterys puikiai verčiasi be manęs, šaiposi ir nė nesiklauso jokių mano pasiūlymų. Ar aš tikrai norėčiau kurią nors susigrąžinti? Jos abi savotiškai žavios, ir dabartiniam, ramesniam mano gyvenimo etapui tikriausiai labiau tiktų Eva. Sandra teisi: aš pavydėjau Žerarui, kad jis turi ją ir sūnų. Gulėdamas ligoninėje, pagalvojau, kad su tokia žavia žmona ir sūnumi aš atrodyčiau daug geriau negu su ta liesa, seksualia manekene, kuri, deja, galėtų būti mano duktė. Indraja beveik nelankė manęs ligoninėje, bet aš ją supratau – ruošėsi kelionei į Honkongą, turėjo begales rūpesčių, reikėjo atsiimti sukneles, nusipirkti aibę aksesuarų bei kitokių smulkmenų ir susikrauti daugybę lagaminų. Pasaulio grožio konkursas tai ne vilniškis, reikalavimai daug didesni, konkurencija milžiniška, pinigų sumos įspūdingos. Iš pradžių maniau, kad aš ją lydėsiu, kaip ir kiekvienoje kelionėje, netgi buvau užsisakęs bilietus. Tačiau gydytojai griežtai uždraudė man skristi, gąsdino, kad, jei neklausysiu, galiu ir negrįžti, todėl išleidau ją vieną. Tačiau į oro uostą palydėjau. Atsisveikindama ji net susigraudino, apsiašarojo, kad labai gaila palikti savo negaluojantį tėtuką. Suprantu, kad ji tai pasakė negalvodama, tiesiog išsprūdo, ir tiek, bet aš, išgirdęs tokį kreipinį, dar labiau pajutau laiko tėkmę ir bedugnę tarp kartų, apie kurią tiek daug mąsčiau ilgomis dienomis stebėdamas lėtai kapsintį lašelinės skystį.

Indrajai išvažiavus, staiga pasijutau vienišas, galvojau nueiti į pogrindinį sekso klubą, kur draugiškos mergaitės, užplūdus melancholijai ir nuoboduliui, padėdavo prasiblaškyti, bet ir vėl prisiminiau grėsmingai surauktus gydytojo antakius: jokio akrobatinio sekso! Taip ir sėdėjau sujauktuose namuose, kol vieną vakarą, nebeištvėręs tokios padėties, impulso pagautas, paskambinau savo buvusiai uošvei ir paprašiau sūnaus telefono numerio. Ji padvejojusi padiktavo. Nemačiau jo beveik trylika metų, nieko apie jį negirdėjau. Nė pats nežinau, kodėl nusprendžiau susirasti. Gal tikrai jau buvau pajutęs amžinybės šauksmą. Nežinau, ko aš tikėjausi, bet vos tik prisistačiau, jaunuolis pasakė, kad neturi man ko pasakyti, nenori išgirsti, ką aš jam ketinu pasakyti, ir išjungė telefoną. Daugiau, kiek bemėginau, jis neatsiliepė. Tada ir pagalvojau apie Sandrą. Padariau milžinišką klaidą, jos atsisakydamas. Jau anksčiau pasigailėjau praradęs neįkainojamą darbuotoją, vėliau pradėjo atrodyti, kad ir visose kitose srityse ji buvo nepakartojama. Net jei Eva būtų laisva, ji man jau nebepagimdytų vaiko, o štai Sandrai tik trisdešimt. Ji tikrai tiktų. Ir ji tam jau subrendusi, moraliai pasiruošusi. Kur buvo mano protas, kai apsvaigau nuo Indrajos? Aišku kur, pasakytų man visi, tik ne galvoje. Nesakau, kad man žūtbūt reikia vaiko. Veikiau stabilumo. Dabar mano gyvenimas visiškai išbalansuotas. Sandra jį vėl sutvarkytų, nes ji labai veikli. Su Sandra aš atgaučiau ir moralinę, ir materialinę pusiausvyrą, namuose vėl atsirastų tvarka. Ji žaibiškai atkurtų visą buvusią der-

mę ir jaukumą. O jei viso to kaina vaikas, tai aš pasi-
ryžęs mokėti, nes vienu šūviu nušaučiau du zuikius: ir
susitvarkyčiau gyvenimą, ir pratęsčiau save. Kažkodėl
buvau įsitikinęs, kad pavyks ją palenkti. Ketinau skau-
džiai muštis į krūtinę, beprotiškai atgailauti. Juk man
visada pavykdavo įtikinti moteris, visada gaudavau tai,
ko norėdavau. Deja, matyt, praradau kvalifikaciją, nes
nė neišklausiusi iki galo ji atsisakė...

Mano nelinksmas mintis nutraukia šaižus skam-
butis. Krūpteliu iš netikėtumo ir, lyg mano fantazijos
būtų virtusios materija, pamatau... Sandrą ant dviračio.
Balti trumpi šortukai ant dailių įdegusių kojų, ryškūs
geltoni marškinėliai, raudona kepuraitė su snapeliu,
vėjyje plaikstosi tamsūs plaukai. Ji atrodo beprotiškai
graži ir viliojanti. Pradedu tikėti likimu: ką tik mel-
džiau, kad ji sugrįžtų, ir štai aukštesnės jėgos atsiuntė
ją pas mane. Dabar tik rasiu kaip ją įtikinti, ištarsiu
reikiamus žodžius, ir viskas vėl bus gerai!

Sandra šypsodamasi pamojuoja man ir... prava-
žiuoja.

– Sandra! Sustok! – šūkteliu.

Ji sulėtina greitį, atsigręžia, dar kartą pamojuo-
ja ir nulekia tolyn. Ją nusiveja kažkoks maždaug jos
amžiaus dviratininkas tokia pat raudona kepuraite.
Akivaizdu, kad jie kartu. Ausyse suskamba Sandros
žodžiai: *Tu man per senas, Ernestai.* Ir staiga pajuntu
skausmingą dūrį į širdį suvokęs: juk tai mano jaunystė
negrįžtamai prašvilpė pro šalį ir atsisveikindama pa-
mojo ranka.

IRENA BUIVYDAITĖ
Padovanok man savaitgalį

Jūratė, padavusi skelbimą
„Padovanok man romantišką
savaitgalį be jokių įsipareigojimų“,
nesitikėjo, kad Manto, atsiliepusio
į jos žinutę, ji niekaip negalės
pamiršti. Su Mantu ji praleido
nuostabų savaitgalį Ispanijoje,
tačiau susitarė sugrįžę į Lietuvą
daugiau nesusitikti. Tuo labiau
kad Jūratė turėjo visiškai kitokių
planų – susirasti turtingą vyrą.
Tačiau įvykiai susiklosto visai ne
taip, kaip tikisi mergina.

IRENA BUIVYDAITĖ
Geriausios draugės

Aurelijos gyvenimas slenka
įprasta tėkme – mėgstamas
darbas, jaukūs namai, graži
šeimyna. Staiga lyg viesulas
įsiveržia beveik dvidešimt metų
nematyta buvusi geriausia draugė,
ir viskas apsiverčia aukštyn
kojom. Sukunkuliuoja ramus
provincijos gyvenimas, į paviršių
iškyla giliai glūdinčios paslaptys.
Aurelija priversta naujai pažvelgti
į draugystę, meilę ir šeimos
santykius.

Elena de Strozzi
Lietaus simfonija

Romane pasakojama jaunos
filologės, dirbančios leidykloje, ir
žymaus rašytojo meilės istorija.
Netikėta meilė pakeičia
Kunigundos gyvenimą, ir
dvasiškai stipri mergina sugeba
įveikti, atrodytų, nenugalimas
kliūtis. Tačiau ji kamuojama
vidinė baimės, kad negali
būti mylima, nes net motina
jos nemyli. Kaip išguiti šį
„raupsuotosios" kompleksą, vis
primenantį, kad ji neverta meilės?
Ar ji išdrįs patikėti esanti mylima?

Elena de Strozzi
Salve, Regina

Pirmakursė Regina senojo
universiteto labirintuose sutinka
čia studijuojantį Valdą Daumantą
ir įsimyli jį iš pirmo bučinio.
Jauną studentę savo simpatijomis
apdovanoja ir atgijusios senosios
universiteto dvasios. Nors
jaunuolių laukia devyneri klaidūs
nesusipratimų ir išbandymų
metai, tikroji meilė nugali visas
kliūtis.

Buivydaitė, Irena

Bu-155 Gyvenimo spalvos: romanas / Irena Buivydaitė. – Vilnius: Alma littera, 2010. – 384 p.

ISBN 978-9955-38-500-4

Naujame pamėgtos autorės romane aktualiu aspektu nagrinėjamos meilės ir šeimos temos, parodomas dabartinio elito požiūris į šeimos vertybes, pagarbą žmogui ir atsakomybę už jį. Klausiama, kaip išsaugoti tikrąsias vertybes šiuolaikinio elito tuštybės mugėse.

UDK 888.2-3

Irena Buivydaitė

GYVENIMO SPALVOS

Romanas

Redaktorė *Bronė Brazauskaitė*
Korektorės *Indrė Petrėtytė, Marijona Treigienė*
Viršelio dailininkas *Edvardas Jazgevičius*
Maketavo *Zita Pikturnienė*

Tiražas 1000 egz.
Išleido leidykla „Alma littera“, Ulonų g. 2, LT-08245 Vilnius
Interneto svetainė: www.almalittera.lt
Spaudė Standartų spaustuvė,
S. Dariaus ir S. Girėno g. 39, LT-02189 Vilnius